Inge Lempke

Mord in Bonn

Pützchens Mord

Die Autorin **Inge Lempke** wurde 1954 in Bonn-Oberkassel geboren und studierte bis zur Geburt ihrer Tochter Physik an der Friedrich-Wilhelm-Universität in Bonn.
Im Laufe der Jahre schrieb sie zahlreiche Horrorgeschichten und unheimliche Erzählungen, aber heute hat sie sich auf Kriminalromane, deren Handlungen in Bonn und Umgebung spielen, spezialisiert.

Inge Lempke

Mord in Bonn

Pützchens Mord

EDITION LEMPERTZ

Impressum

Math. Lempertz GmbH
Hauptstr. 354
53639 Königswinter
Tel.: 02223 / 90 00 36
Fax: 02223 / 90 00 38
info@edition-lempertz.de
www.edition-lempertz.de

Umschlagentwurf, Satz und Layout: Ralph Handmann

Text: Inge Lempke

Lektorat: Kristina de Giorgi

Printed and bound in Germany

ISBN: 978-3-943883-18-3

Als Laura die Augen aufschlug, war es dunkel um sie her.

Wo war sie? Sie konnte sich nicht erinnern. Was war passiert? Auch daran konnte sie sich nicht erinnern. Es war nicht nur draußen dunkel, sondern auch in ihr.

Ihr war nicht einmal ganz klar, in welcher Position sie sich befand: Lag sie, stand sie, saß sie? Doch, sie lag, irgendwie zur Hälfte, aber ihre Beine spürte sie kaum.

Einen Moment lauschte sie... es war vollkommen still um sie her. Still und kalt.

War sie allein? Sie hatte das Gefühl, dass etwas auf ihr lag, etwas Warmes, Schweres, das sich nicht bewegte. Sie versuchte den Kopf zu drehen. Das tat weh. Also ließ sie es. Auch ihr linker Arm war irgendwie... eingeklemmt?

Den rechten Arm spürte sie nicht. Aber dann spürte sie etwas anderes. Es war eigenartig... etwas schien zwischen ihren Beinen aus ihr herauszulaufen, es lief immer weiter, hörte nicht auf... und sie wurde immer schläfriger und ruhiger, und ein seltsames Gefühl nahm ganz von ihr Besitz: Alles war gut so, wie es war, alles war friedvoll und sinnvoll, ja, alles war gut so, wie es war...

Kapitel 1

Bonn, Pützchens Markt
Sonntag, 5. September, 21.15 Uhr

Angelikas Gondel kam eben am höchsten Punkt des Riesenrads an: Was für ein Ausblick! Überhaupt – was für ein Abend! Sie konnte sich nicht erinnern, dass in den letzten 60 Jahren jemals Anfang September solche Temperaturen geherrscht hatten!

Angelika genoss den Ausblick: Das rechtsrheinische Bonn lag ihr zu Füßen und natürlich die riesige Kirmes, die vor bunten Leuchtreklamen und blitzenden Lichtern nur so funkelte. Fast war auch der Rhein zu sehen, zumindest konnte man seinen Verlauf anhand von Brücken, Post-Tower und Drachenfels erahnen.

Der Abendhimmel färbte sich allmählich von Dunkeltürkis zu Nachtblau. Das Riesenrad drehte sich langsam weiter, wieder hinab auf die Erde zu, hinab und hinein in den schier ohrenbetäubenden Lärmpegel Dutzender Fahrgeschäfte. Gewaltige Menschenmengen schoben sich durch die Gassen zwischen den Buden.

Als das Riesenrad den untersten Punkt passierte, stieg Angelika der herrliche Duft von gebrannten Mandeln in die Nase. Im Gegensatz zu Gudrun, die rechts neben ihr in der Gondel saß, konnte sie es sich leisten, eine ganze Tüte davon zu verdrücken. Gudrun nämlich platzte aus allen Nähten. Gott, wie die Frau wieder aussah: Sie hatte sich in ein schwarzes, ärmelloses Kleid mit kleinen, weißen Blümchen gezwängt und versprühte den Charme der berühmten Leberwurst in der Pelle!

Auf Angelikas linker Seite saß Gisela: dünn, hager, knochig. Natürlich hatte ihr rosa Blüschen Ausschnitt, damit nur jeder ihre hervorstehenden Schlüsselbeine bewundern durfte! Nein, mit diesen beiden Damen konnte man sich wirklich nur auf Pützchens Markt sehen lassen. In der Welt jenseits der Kirmes traf sich Angelika lieber mit einer ganz anderen Sorte von Freundinnen: mit kultivierten Frauen, die ihr fast das Wasser reichen konnten.

Und wieder schwang sich die Gondel hinauf in den Himmel, und für ein paar Sekunden fühlte sich Angelika wie die Herrscherin über ganz Bonn. Ihr Blick wanderte über den großen Platz unter ihr und blieb eine Weile an einer mit Lichtern übersäten Riesenschaukel hängen: Am unteren Ende saßen die Fahrgäste wie in einem Suppenteller. Ihr Blick glitt weiter über die Menge… es gab viele Schaukeln auf der Kirmes, natürlich alle total überdimensioniert. Warum schaukelten die Menschen nur so gerne? Erinnerungen an die Kindheit?

Die zweite, gut vertretene Fahrgeschäftgattung war das Karussell. Es gab solche, die sich, wie es sich gehörte, am Boden drehten, und viele andere, die ihre Gäste in Gondeln an krakenartigen Armen durch die Luft wirbelten, aber die Krönung war ein schlanker Turm, an dem sich ein Kettenkarussell in luftige Höhen schraubte. Du lieber Himmel – da wurde einem ja schon vom Zugucken schwindlig!

Schnell schaute Angelika woanders hin. Direkt auf Gisela, die plötzlich, wie jedes Jahr, mit dem Finger nach unten zeigend ausrief: „Ich seh unser Haus… da!"

Angelika sprach Gisela einen IQ von höchstens 75 zu und bezweifelte gleichzeitig (wobei sie sich ein Grinsen kaum verkneifen konnte), dass Gisela überhaupt wusste, was ein IQ war.

Und auch Gudrun (IQ 85) machte ihr Haus am Rande von Pützchens Markt aus, und Angelika (IQ bei mindestens 130) spielte mit und heuchelte großes Entzücken darüber, ihr Haus entdeckt zu haben.

Ein paar Minuten später war die teure Riesenrad-Fahrt zu Ende, und Angelika und ihre „Freundinnen" tauchten ein in die Menge der sich vorwärtsschiebenden Männer, Frauen, Kinder, Kinderwagen und sogar Hunden. Das Mitführen der Vierbeiner auf Pützchens Markt war garantiert verboten und fiel definitiv unter Tierquälerei, regte sich Angelika lautstark auf und stieß besonders bei Gisela auf Zustimmung, die hatte nämlich Angst vor Hunden.

Zu dritt drängten sie sich an Kinderkarussells vorbei, an Auto-Scooter und Geisterbahn, an Losbuden, an Schieß- und Wurfbuden und an schwindelerregenden Variationen von Achterbahnen und Rutschen. Nie im Leben würde sich Angelika in eins dieser neumodischen Karussells setzen! Nein, sie blieb bei Riesenrad und gebrannten Mandeln. Und die kaufte sie sich jetzt an einem Stand mit Unmengen von Lebkuchenherzen, glasierten Äpfeln, Zuckerwatte und anderem Süßkram. Die Zahnärzte der Stadt rieben sich sicher schon die Hände.

Ein paar Buden weiter zog sich Gisela zehn Lose, von denen nicht eins gewann. Gudrun bestand wie jedes Jahr darauf, Achterbahn zu fahren, und wie jedes Jahr musste sie allein fahren. Voll wohligen Grauens schauten Angelika und Gisela zu, wie Gudrun durch die Kurven und in schrecklichen Winkeln nach unten raste.

Wie üblich ging es Gudrun nach der Fahrt nicht gut, und so versuchten sie, einen Sitzplatz im Biergarten zu ergattern. Sie genehmigten sich ein Pils, und kontrollierten zum wiederholten Mal ihre um den Bauch geschnallten Taschen, in denen sie Geld, Ausweis und Hausschlüssel bei sich trugen. Angelika hatte noch Papiertaschentücher eingesteckt, Gudrun Hustenbonbons und Gisela ihren Organspendeausweis – für den Fall, dass sie vom Riesenrad fiel oder von der Menge totgetrampelt wurde.

Eine halbe Stunde später brachen sie auf, um sich wenigstens noch den Kleidermarkt zu Gemüte zu führen. Der Menschenandrang war enorm, der Abend warm wie im Hochsommer und der Lärm unglaublich: Von überall her drang Musik herüber, und von den Karussells und den riesigen Schaukeln war das Geschrei und Gejauchze der Fahrgäste zu hören. Manchmal verstand man sein eigenes Wort nicht!

Gegen zehn machten sie sich langsam auf den Rückweg, und als sie an einer weiteren Bratwurstbude vorbeikamen, roch es so lecker, dass Angelika nicht länger widerstehen konnte: Sie kaufte sich eine dünne Rostbratwurst mit viel Senf und einem weichen Brötchen, das nach gar nichts schmeckte. Aber die Wurst war gut.

Gudrun verkniff sich das späte Essen, weil sie angeblich wieder einmal eine Diät machte. Gisela, die Dürre, hatte selbstverständlich um die Uhrzeit keinen Appetit mehr. Angelika stellte sich mit ihrer Wurst neben die Bude, weil sie sich damit unmöglich durch die Menschenmenge quetschen konnte. Plötzlich tropfte ein dicker Klecks Senf von der Wurst. Angelika sah ihm nach und blickte auf ihre Sandalen, in denen ihre fast schwarzen Füße steckten: vom Staub und vom Dreck auf dem Platz. Vielleicht sollte sie am nächsten Tag keine Sandalen anziehen.

Nachdem Angelika die Wurst verschlungen hatte, fühlte sie sich müde: Seit zwei Stunden schlenderte sie nun schon über den Platz, allmählich taten ihr die Füße weh, und sie war sicher, dass es ihren Begleiterinnen nicht besser ging. Sie schaute auf die Uhr: 22.35 Uhr.

„Tja, ich glaube, ich muss mal langsam ins Bettchen… Also dann, meine Lieben, bis morgen Abend, um halb neun!"

Man umarmte und verabschiedete sich, winkte sich zu, und als sich

Angelika von der Bratwurstbude entfernt hatte und sich nach ein paar Metern umdrehte, waren die beiden Frauen in der Menge nicht mehr zu entdecken. Stattdessen fiel ihr Blick auf einen jungen Mann im hellen T-Shirt, mit blauer Baseballkappe auf dem Kopf, der kräftig und gar nicht einmal unsympathisch aussah und der ihr irgendwie bekannt vorkam. Er musterte sie eindringlich.

Sie drehte sich um und ging weiter. Sie war körperlich fertig, ganz schön genervt von dem Krach in ihren Ohren, und sie wollte nur noch nach Hause, das keine 100 Meter entfernt war.

Zum Rand der Kirmes hin lichtete sich die Menge ein wenig, aber die Geräuschkulisse nahm kaum ab, denn der warme Wind blies aus Südwest. Sie schaute sich noch einmal um: Der junge Mann war immer noch hinter ihr. Verfolgte er sie? Was wollte er? Sie ausrauben?

Angelika legte beide Hände auf ihre Tasche, blieb stehen und sah ihn an. Sofort wandte er den Blick ab, tat so, als suche er jemanden und winkte dann mit erfreutem Gesicht. Angelika blieb noch stehen – wobei sie von mehreren Leuten angerempelt wurde – und wartete ab, was passierte.

Der junge Mann bog nach rechts zum Kettenkarussell ab, das gut besucht war von Leuten, die hoch oben in der Luft jauchzten und schrien. Angelika wandte sich ab und ging weiter. Jetzt merkte sie, dass sie leichte Halsschmerzen hatte, wahrscheinlich weil sie vorhin bei der Unterhaltung so hatte brüllen müssen.

Nach außen hin unbekümmert, spazierte sie am Kettenkarussell entlang, drehte sich aber im Gehen mehrmals um: Von dem Mann war nichts zu sehen. Sie wollte auf jeden Fall verhindern, dass der Kerl mitbekam, wo sie wohnte! Denn vorhin, kurz bevor er verschwunden war, glaubte sie, einen dunkel drohenden Blick von ihm aufgefangen zu haben. Er hatte ihr Angst gemacht. Vielleicht sollte sie, sobald sie die Kirmes verlassen hatte, einen großen Umweg machen, ihr Handy bereithalten und, falls sie den Mann wieder zu Gesicht bekam, sofort die Polizei rufen.

Inzwischen hatte sie das Ende des Kettenkarussells erreicht, wo ein Lattenzaun das Gelände abschloss. Dahinter gab es einen engen, dunklen Durchgang zwischen dem Zaun und den Rückseiten einiger Wohnmobile der Schausteller.

Urplötzlich tauchte von dort eine Hand auf, packte Angelika am Arm und zerrte sie in die Dunkelheit.

*

Bonn, Polizeipräsidium
Montag, 6. September, 11.20 Uhr

Sascha und Andreas saßen in ihrem nicht mehr ganz so kühlen Büro und sahen Akten durch, bis Andreas' Telefon klingelte und die Zentrale durchgab, auf Pützchens Markt sei eine Leiche gefunden worden.

„Haben sich wieder zwei Besoffene geprügelt?", fragte er wenig begeistert.

„Glaube ich kaum", erhielt er als Antwort. „Die Tote ist eine 64-jährige Frau, der weder Tasche noch Portemonnaie gestohlen wurden. Also eher ein ungewöhnlicher Fall, ganz nach eurem Geschmack."

„Soll ich mich jetzt bei euch bedanken?", nörgelte Andreas, legte auf und informierte Sascha, der froh zu sein schien, endlich seinen Schreibtisch verlassen zu dürfen.

Draußen vor dem Präsidium traf sie mit Wucht die Mittagshitze. Wie lange würde dieses Wetter noch anhalten?!

Im Auto gab es immerhin eine Klimaanlage, deren Einsatz Andreas aufgrund der ungesund kühlen Luft allerdings nicht sonderlich behagte. Er schaltete sie trotzdem ein. Unterwegs unterhielten sie sich über die größte Kirmes weit und breit, und Sascha erzählte, dass er mit Annika und Gabriel bereits am Samstagmittag dort gewesen sei.

„So viele Menschen auf einem Haufen hab ich schon lange nicht mehr gesehen. Wie voll muss das erst abends gewesen sein!" Sascha schüttelte den Kopf.

„Und, wie viel hast du ausgegeben?"

„Natürlich, was anderes interessiert dich nicht! Wichtig ist doch, dass wir Spaß hatten, und den hatten wir! Ja, ich weiß, Spaßhaben kommt bei dir erst an 274. Stelle!"

„Du bildest dir ja tatsächlich ein, mich zu kennen!" Andreas war genervt, zum einen von der Hitze, zum anderen von der Klimaanlage. Außerdem hatte er Hunger. Und schließlich ärgerte er sich über Saschas Bemerkung. Das reichte, er ließ den Mann reden und dachte darüber nach, warum eine 64-jährige Frau gerade auf einer Kirmes ermordet worden sein könnte. Ihm fiel dazu nichts ein.

Nach zehn Minuten erreichten sie die Ausläufer des Markts und schafften es, sich mit dem Auto einen Weg bis ganz nah an den Tatort heran zu bahnen. Sascha meinte, der Andrang sei gar nicht zu vergleichen mit dem vom Wochenende. Trotzdem – es war schon einiges los. Bisher hatten nur ein paar Buden geöffnet, die meisten Karussells und die großen Attraktionen des Markts standen noch still.

Sascha und Andreas stiegen aus und eilten zu einem Streifenwagen hinüber, der am Straßenrand parkte. Ein Kollege führte sie ein paar Meter weit auf den Platz, dann hinter einen Bretterzaun, der mit einigen abgestellten Wohnmobilen einen schmalen Gang bildete. Glücklicherweise fiel kein Sonnenlicht hinein.

Von Kirmesbesuchern fortgeworfener Müll lag am Eingang herum, weiter hinten konnte man auf dem Boden eine schwarze Plastikplane sehen, die wohl über die Leiche gedeckt worden war, jetzt aber neben ihr lag.

Eine zierliche, ältere Frau mit blondgrauen Haaren, mit einer geblümten, ärmellosen Bluse und einem schwarzen Rock bekleidet, die Füße in flachen Sandalen, lag mit leicht verdrehten Gliedmaßen auf dem Rücken. In ihrem Gesicht hing schräg eine rote, verbogene Brille. Eine schwarze Tasche und eine schwarze Jacke schienen achtlos zur Seite geworfen worden zu sein.

Ein zweiter uniformierter Kollege übergab Andreas ein Portemonnaie. „Die Frau heißt Angelika Müschberg und wohnt hier um die Ecke."

Andreas zog einen Personalausweis heraus und sah sich die Adresse an. „Sie war wohl auf dem Heimweg und – "

„Hallo, Andreas!", rief jemand von hinten. „Ganz schön heiß heute, was?"

Andreas wandte den Kopf. „Hallo, Peer."

Peer trug ein himbeerfarbenes Shirt. Eigentlich eine schöne Farbe. Aber nicht für Peer. Er drängte sich mit seinem Köfferchen an Andreas und dem Kollegen vorbei und kniete neben der Leiche nieder.

„Ach du Scheiße", meinte er plötzlich. „Hast du das schon gesehen? Jemand hat Zigaretten auf dem Arm dieser netten Frau ausgedrückt."

Andreas beugte sich über die Leiche. „Stimmt, ist mir gar nicht aufgefallen. Wer macht denn so was? Und vor allem, warum?"

Sascha, Experte in Punkto Brandwundenzufügung, meldete sich zu Wort: „Im Film werden damit Aussagen oder Geheimnisse aus den Leuten herausgepresst."

Peer sah Andreas an, Erstaunen im Blick. „Der hält uns für blöd."

Andreas nickte. „Ich wollte damit ausdrücken: Welches Geheimnis könnte eine nette, ältere Dame wohl haben, damit jemand zu so brutalen Methoden greift und die Frau dann auch noch umbringt?"

Sascha reagierte entspannt. „Richtig, und die nächste Frage ist doch: Hat der Mörder erfahren, was er wissen wollte? Oder hat er die Müschberg aus Wut umgebracht, weil sie nichts sagen konnte oder wollte?"

„Sehr gute Frage, Sascha." Andreas lächelte nachsichtig. „Peer, wie sieht's mit der Todesursache aus?"

Peer sah sich die Vorder- und auch die Rückseite der Leiche genau an, kratzte sich mit seinen schlanken, behandschuhten Fingern in den akkurat gescheitelten Haaren und ließ verlauten: „Sie könnte erstickt worden sein und zwar mit der – ", er schaute sich suchend um, „mit der Plastikplane da drüben. Hey Leute, packt die Plane vorsichtig ein, da sind vielleicht DNA-Spuren von der Frau und dem Täter drauf!"

Andreas schaute in die gleiche Richtung und bemerkte, dass sich am Eingang der Gasse bereits Schaulustige eingefunden hatten. Allmählich bekam er in diesem engen, heißen, nicht wirklich gut riechenden Durchgang so etwas wie… Platzangst?

„Kannst du auch was über den Todeszeitpunkt sagen?", fragte er Peer.

Der wischte sich ein paar Schweißtropfen von der Stirn. „Schätze mal, wenn ich die Temperaturen hier mit berücksichtige, so am späten Abend."

„Wer hat die Frau gefunden?"

Einer der uniformierten Kollegen zeigte zum Eingang der Gasse. „Das war Herr Zeith, der steht da vorne." Er winkte den Mann zu sich heran. Hinter ihm tauchten auch gerade Renate und Wilfried auf, um am Tatort Spuren zu sichern.

Zeith, ein schlanker, sehniger Mann um die Vierzig kam näher. Er trug Bermudas und T-Shirt und seine dunklen Haare waren hinten zu einem Zopf zusammengebunden. In der Hand hielt er eine Zigarette, an der er hin und wieder zog. Er lächelte kaum, als Andreas ihm die Hand gab.

„Guten Tag, Herr Zeith, ich bin Kommissar Montenar von der Kripo Bonn und das hier sind meine Kollegen. Können Sie uns erzählen, wie Sie Frau Müschberg gefunden haben?"

Der Mann schaute mit seinen hellblauen Augen unangenehm berührt nach unten auf die Leiche, hob den Blick wieder und guckte von da an überall hin, nur nicht in Andreas' Gesicht.

„Ich wohne mit meiner Frau und meinem Sohn in dem Wagen da", er wies auf das zweite Wohnmobil in der Reihe, „und nach dem Frühstück bin ich raus, um nach den Stromkabeln und so weiter zu gucken. Mache ich jeden Morgen. Wissen Sie, es gibt Besoffene, die pinkeln und kotzen hier hin, und manchmal kommt einer auf die blöde Idee, Kabel durchzuschneiden! Hab ich alles schon erlebt. Ich dachte noch, welcher Blödmann hat denn die Plane hierhin geschmissen, die gehört nämlich eigentlich weiter hinten auf die Spielzeuge von den Kindern. Ich heb sie also auf, und dann liegt da die Frau! Zuerst dachte ich noch, die liegt im Vollrausch da, und ich hab wie blöd an ihr gerüttelt, aber die rührte sich nicht mehr!"

Zeith schien empört über diese Zumutung und saugte heftig an seiner Zigarette.

Andreas nickte verständnisvoll. „Wo waren Sie gestern am späten Abend?"

„Ich arbeite bei der Achterbahn, und gestern war ich da bis… bis weit nach ein Uhr nachts."

„Haben Ihre Frau und Ihr Sohn denn erwähnt, dass sie gestern Abend was Ungewöhnliches gehört haben?"

Zeith guckte überrascht. „Nee, die haben mir nichts gesagt. Wissen Sie, was hier abends für ein Lärm ist? Da fällt gar nicht auf, wenn mal einer schreit. Hier schreit dauernd jemand."

„Danke, Herr Zeith."

Andreas fiel auf, dass der Lärmpegel auch jetzt schon angestiegen war. Die Karussells wurden anscheinend eins nach dem anderen in Betrieb genommen. Sollte man den Markt nach diesem Mord nicht ganz schließen? Er lachte kurz auf (für die Kollegen sicher sehr unmotiviert): Die Stadt würde ihm was anderes erzählen - hier ging es um gutes Geld!

Sascha hatte sich die Aussage von Zeith und ein paar andere Dinge notiert. Andreas wandte sich an ihn: „Schreib mal auf, dass wir einen Zeugenaufruf in den Medien starten, sobald wir die genaue Todeszeit haben. Ich muss jetzt unbedingt was essen!"

„Ich auch", stimmte Sascha zu.

Und als befände man sich in einer engen Felsschlucht, hörte man wie Echos drei weitere Stimmen: „Ich auch“, „Ich auch, „Ich auch“.

Bald darauf warteten Sascha, Renate, Wilfried, Peer und Andreas vor einer Bratwurstbude ungeduldig darauf, dass die Würste endlich gar und knusprig waren. Dazu gab es Mineralwasser oder Cola und gratis jede Menge Hitze vom Grillrost. Die armen Leute, die in der Bude arbeiten mussten.

Als sie vom Essen zurück waren, wurde gerade Müschbergs Leiche abtransportiert, Peer begleitete sie. Renate und Wilfried suchten weiter den Durchgang hinter dem Lattenzaun ab.

Andreas und Sascha hingegen begaben sich auf die Suche nach Müschbergs Haus. Laut Stadtplan war es nicht weit entfernt. Drei Minuten später standen sie vor einem großzügigen, wenn auch älteren Einfamilienhaus: weiß verputzt, tief gezogenes Dach mit roten Ziegeln, neben dem Haus eine Doppelgarage, alles sehr gepflegt und teuer wirkend.

Andreas sah auf die Uhr: 13.15 Uhr. Die Sonne brannte gnadenlos vom tiefblauen Himmel herab. Die Luftfeuchtigkeit musste bei 95% liegen, so jedenfalls fühlte es sich an. Er eilte durch den Vorgarten, der von immergrünen Bodendeckern überwuchert und mit fein gefiederten Farnen bepflanzt war, die wenigen Stufen bis zur Haustür hinauf. Vor und auf den Stufen gab es ein paar blaue Kübel mit feuerroten Geranien darin. Aus Müschbergs Tasche, die er an sich genommen hatte, holte er einen Schlüsselbund heraus und fand den richtigen Schlüssel.

Da die Frau von niemandem als vermisst gemeldet worden war, ging Andreas davon aus, dass sie allein wohnte. Im Hausflur war es Gott sei dank deutlich kühler. Die Wände waren halbhoch holzgetäfelt, darüber eine schwere, goldweiß gestreifte Tapete. Andreas ging weiter und kam in ein Wohnzimmer, das von herabgelassenen Rollläden verdunkelt war. Er machte Licht: edel aussehende, weiße Möbel mit goldenen Verzierungen und Beschlägen und dünnen geschwungenen Beinchen. Links ein ebensolcher weißer Schrank. Auf dem Sofa viele pastellfarbene Kissen.

„Kann ich die Rollläden hochziehen?“, rief Sascha von irgendwoher.

„Ich denke schon. Wo bist du?“

„Oben.“

Andreas folgte der Stimme. Sascha öffnete eben die Rollläden in einem Schlafzimmer mit breitem Bett, Nachttisch und Schrank. Alles in weißem Schleiflack und irgendwie altmodisch, aber auch hier wirkte alles vom Feinsten. War die Müschberg eine vermögende Witwe? Ging es bei dem Mord doch um Geld?

Oben gab es noch ein Gästezimmer und ein sehr gut ausgestattetes Bad. Aber auf den ersten Blick waren keine aufschlussreichen Dokumente oder ähnliches zu finden. Also wieder nach unten. Sascha zog auch in der Küche den Rollladen hoch und bediente sich in der Spüle an der Wasserleitung.

„Hast du keinen Durst? Der Wurstmensch hat doch garantiert mit Absicht so viel Salz in die Wurst gemischt!", schimpfte Sascha und wischte sich mit der Hand über den Mund, während sich Andreas einen Moment an den Tisch setzte. Die Hitze draußen machte ihn wirklich fertig!

Er schaute sich um: Die Kücheneinrichtung war hauptsächlich weiß, und alles schien penibel aufgeräumt. Durch ein großes, zweiteiliges Fenster konnte man hinaus in einen sorgfältig angelegten Garten sehen. Plötzlich klingelte es an der Haustür, die er vorhin hinter sich zugeworfen hatte: Wilfried und Renate.

Bevor sich Renate an die Arbeit machte, berichtete sie von den Gegenständen, die sie hinter dem Holzzaun gefunden hatte: weggeworfene Verpackungen und Getränkedosen und etwa zwei Dutzend Zigarettenkippen verschiedener Marken. Vielleicht gehörte ja die eine oder andere Kippe dem Täter. Renate schenkte Andreas ein schüchternes Lächeln.

Andreas lächelte nicht zurück. Natürlich hatte auch sie von der Sache mit Sabine gehört. Rechnete sie sich jetzt Chancen aus? Das mit Sabine war ein gutes halbes Jahr her, er war noch nicht bereit für Neues. Möglicherweise war er nie wieder bereit für Neues!

„Das wär nicht schlecht", antwortete er. „Also gut… Dann leg mal los. Vielleicht findest du ja hier des Rätsels Lösung."

Mit Sascha im Gefolge begab er sich ins Wohnzimmer, wo er systematisch Schränke und Schubladen nach Unterlagen und Hinweisen durchsuchen wollte, als es erneut an der Haustür klingelte. Anscheinend machte Renate die Tür auf, denn Andreas hörte sie sagen: „Gut, dann gehen Sie bitte da lang, da finden Sie zwei Kommissare, die Sie über alles informieren werden."

Keine zehn Sekunden später trat eine Frau durch die Wohnzimmertür, die aussah, als käme sie von den Proben zu einem alten Hollywood-Schinken: um die Sechzig, eher groß und üppig gebaut, in einem wadenlang und weit schwingenden, türkisblauen Kleid mit sehr großzügigem Dekolleté, in hochhackigen, türkisblauen Schuhen, auf dem Kopf einen breitkrempigen, türkisblauen Hut. Ihr Haar fiel in großen, braunen Locken bis über ihre Schultern. Als sie ihren Namen nannte, musste sich Andreas arg beherrschen, um nicht laut aufzulachen.

„Ich bin Lorna Dreesbach und heute mit meiner Freundin Angelika zum Kaffee verabredet", klärte sie alle Anwesenden auf. „Ist ihr was zugestoßen?" In ihrem Blick lag echte Besorgnis.

„Ja, das kann man so sagen. Wir sind übrigens die Kommissare Montenar und Piel von der Bonner Kripo". Andreas wies auf einen Sessel. „Vielleicht setzen Sie sich hin."

„Oh mein Gott, ist es so schlimm?!" Ihre braunen, perfekt geschminkten Augen guckten erschrocken. „Wenn das so ist, geh ich lieber gleich in die Küche." Sie drehte sich um und marschierte auf ihren hohen Absätzen mit großen und ziemlich undamenhaften Schritten in den Flur.

Andreas verstand erst, was sie meinte, als er die Küche betrat und sah, wie sich Lorna Dreesbach eine Schnapsflasche aus Müschbergs Kühlschrank holte. Sie schien sich hier auszukennen, denn sie öffnete einen Küchenschrank und nahm ein Schnapsgläschen heraus. Sie zögerte kurz, wandte sich um und fragte: „Möchten Sie auch einen?"

„Wir sind im Dienst!", tadelte Andreas.

Dreesbach setzte sich an den Küchentisch, schenkte sich das Gläschen voll und kippte es in einem Zug herunter. „So, einen Moment noch." Sie holte eine Zigarettenschachtel aus ihrer ebenfalls türkisblauen Handtasche hervor und zündete sich eine Zigarette an. Ihre Fingernägel waren lang und rosa lackiert. Sie zog einmal heftig an der Zigarette und fragte: „Ist Angelika… tot?"

„Ja", antwortete Andreas, der lieber stehen blieb. „Sie wurde vor ein paar Stunden ermordet aufgefunden. In einer dunklen Ecke von Pützchens Markt."

„Was?!" Dreesbach schenkte sich mit zitternden Fingern noch ein Schnäpschen nach und trank das Glas wieder in einem Zug leer.

Sascha nickte, setzte sich zu ihr an den Tisch und begann mit der Befragung. „Frau Dreesbach, Sie waren eine gute Freundin von Frau Müschberg?"

„Ja, allerdings."

„Dann können Sie mir sicher ein paar Angaben zu ihrer Person machen."

Dreesbachs braune Augen sahen an Sascha vorbei. Ihre Stimme war dunkel. „Wir kannten uns seit über 35 Jahren... seit ich nach Bonn gezogen bin." Ein tiefer Zug an der Zigarette. „Ist sie wirklich tot? Ich kann das gar nicht glauben... auf Pützchens Markt... Hat man sie ausgeraubt?"

„Nein, darum ging es anscheinend nicht. Wir vermuten ein anderes Motiv. Frau Dreesbach, sind Sie in der Lage, sich ein klein wenig zu konzentrieren? Wir sind auf Ihre Mithilfe angewiesen."

„Was? Ja, natürlich. Was wollen Sie wissen?"

„War Frau Müschberg verheiratet?

„Gerhardt ist im August letztes Jahr verstorben. Das hat sie ziemlich mitgenommen."

„Ist sie etwa allein auf die Kirmes gegangen?"

„Oh nein", sagte Dreesbach, und Andreas glaubte eine Spur von Verachtung in ihrem Blick bemerkt zu haben. „Nein, sie traf sich da jedes Jahr mit zwei Frauen, die wie Angelika direkt hier am Markt wohnen. Und ich meine, die heißen Gudrun und Gisela."

„Die Nachnamen kennen Sie nicht?", fragte Sascha.

„Nein, die beiden waren unter meinem... naja, sie waren nicht meine Kragenweite."

„Wir werden die Damen schon irgendwie aufstöbern. Und Sie hatten keine Lust auf Pützchens Markt? Auch unter Ihrem Niveau?"

„Nein! Das haben Sie falsch verstanden! Mir ist es da einfach zu voll und zu laut! Und dieses Jahr auch zu heiß!"

„Hatte Frau Müschberg Kinder?"

„Angelika hatte zwei Töchter. Saskia und Viktoria. Die haben beide eine eigene Familie."

Sascha machte sich Notizen. „Frau Müschberg lebte also ganz allein hier im Haus?"

„Ja."

„Und Sie trafen sich öfters mit ihr?"

„Ja, meistens montagnachmittags."

„Wissen Sie, ob in letzter Zeit irgendwas Besonderes passiert ist? Wurde Ihre Freundin vielleicht bedroht?"

Dreesbach schaute in die Luft, überlegte, rauchte, konnte sich aber an Derartiges nicht erinnern.

„Würden Sie mir bitte Namen und Adressen der näheren Verwandtschaft angeben?“, bat Sascha.

Das tat Lorna Dreesbach, soweit sie konnte, und rauchte zwischendurch ihre Zigarette bis zum Filter herunter.

Sascha sah sich die Liste an und fragte: „Gab es kürzlich Streitigkeiten zwischen den Familienmitgliedern?“

Dreesbach drückte die Zigarette in einem Aschenbecher, den sie ebenfalls aus einem Schrank geholt hatte, aus und zündete sich sofort eine neue an. Ihre mit sommersprossenartigen Flecken übersäten Hände zitterten.

„Vor ein paar Wochen hatte Angelika einen hässlichen Streit mit Saskia, die wollte 15.000 Euro von ihrer Mutter haben. Ihrer Tochter hätte Angelika das Geld vielleicht noch gegeben, aber nicht ihrem Schwiegersohn, den konnte sie nicht leiden. Soweit ich weiß, hat Saskia das Geld bis heute nicht bekommen.“

„Und jetzt erbt sie zusammen mit ihrer Schwester viel mehr“, merkte Sascha an, während sein giftgrünes Polohemd eine große farbliche Irritation in die weiße Küche brachte – vor allem im Zusammenspiel mit Dreesbachs türkisblauem Gesamtoutfit.

Lorna Dreesbach senkte ob Saschas Bemerkung den Blick und knöpfte sich schnell ein anderes Familienmitglied vor. „Mit ihrem Schwager, also dem Bruder ihres verstorbenen Mannes, hatte Angelika auch Streit. Er lebt auch hier in der Nähe, in Beuel. Es ging um irgendwelche wertvollen, alten Bücher, die Gerhardt angeblich seinem Bruder versprochen hatte. Nur stand davon eben nichts in seinem Testament. Peter, also der Schwager, der übrigens ziemlich krank ist, hat erst kürzlich wieder mit seinem Anwalt gedroht. Aber wegen solcher Sachen bringt man doch niemanden um!“ Ihr Blick irrte erschrocken ins Leere.

„Ja, da mögen Sie Recht haben“, übernahm Andreas. „Sascha, machst du bitte mal das Fenster auf. Haben Sie irgendeine Idee, wer sonst der Täter gewesen sein könnte?“

Mit abwesendem Blick dachte sie einige Sekunden nach, und ganz kurz schien darin ein unterschwelliges Entsetzen aufzublitzen, dann schüttelte sie den Kopf.

„Eine Frage noch.“ Sie schaute zur Seite. „Frau Dreesbach, sehen Sie mich bitte mal an.“ Andreas wartete, bis sie ihm wieder in die Augen sah. „Frau Müschberg wurde misshandelt, vermutlich, weil ihr Mörder etwas von ihr erfahren wollte. Haben Sie eine Ahnung, um was es da gegangen sein könnte? Überlegen Sie in aller Ruhe."

Ihr Blick schweifte ab, ihre Hand hob sich, sie nahm einen sehr tiefen Zug aus ihrer Zigarette – und fing furchtbar an zu husten. Sascha, der gerade vom Fensteröffnen zurückkam, klopfte ihr ein bisschen auf dem Rücken herum, sie trank einen Schluck Wasser, und dann ging es wieder.

„Nein, ich hab keine Ahnung", hauchte sie und räusperte sich. „Man hat sie misshandelt?" Tränen traten in ihre Augen. „Was hat man mit ihr gemacht?"

„Darüber darf ich vorläufig nicht reden", behauptete Andreas und hatte plötzlich Zweifel daran, dass die Frau tatsächlich so ahnungslos war, wie sie tat. „Brauchen Sie ein Taschentuch?", fragte er in sanftem Ton.

„Danke, ich hab selbst welche", schluchzte Lorna und griff in ihre große, türkisblaue Tasche, die an der Stuhllehne hing. Sie begann darin zu kramen, fand ein Papiertaschentuch, und putzte sich geräuscharm die Nase.

„Frau Dreesbach, würden Sie mir noch ein paar Angaben zu Ihrer Person machen? Sind Sie auch Witwe?"

Dreesbach vergaß fast das Naseputzen. Sie hob den Blick aus ihrem Taschentuch und sah Andreas erstaunt an. „Aber ich war doch nie verheiratet!"

„Nun, dann haben Sie auch keine Kinder?"

„Doch, eine Tochter."

Sie wirkte nicht mehr so leutselig wie gerade noch – über ihr eigenes Leben schien sie nicht so gerne Auskunft zu geben. Warum auch immer. Andreas setzte sein Speziallächeln auf, das besonders vertrauenerweckend wirken sollte, und bohrte weiter: „Was sind Sie von Beruf?"

Die Frau hob den Kopf noch ein wenig höher und ließ Andreas mit einer Prise Arroganz in der Stimme wissen: „Ich lebe von Mieteinnahmen und Kapitalerträgen… und so was."

Andreas lächelte weiter. „Sie sind also vermögend, was ja an sich kein Verbrechen ist. Hatten Sie in letzter Zeit Meinungsverschiedenheiten mit Frau Müschberg? Waren Sie vielleicht eifersüchtig auf ihre Freundinnen, mit denen sie jedes Jahr die Kirmes besuchte? Fühlten Sie sich ausgeschlossen? Haben Sie mit Frau Müschberg darüber gestritten und in einem Wutanfall – "

Sie unterbrach ihn. „Also bitte, Herr Kommissar – dann hätte ich mir doch eher die beiden ‚Damen' vorgeknöpft!" Und gleich würde sie behaupten, nie und nimmer auch nur im Entferntesten fähig zu sein, ein Verbrechen begehen zu können. Als hätte sie Andreas' Gedanken gelesen, fügte sie mit vorwurfsvoller Stimme hinzu: „Angelika und ich haben uns immer bestens verstanden! Und außerdem wäre ich gar nicht in der Lage, irgendeinem Menschen etwas Böses anzutun! Kann ich jetzt gehen?"

Andreas ließ Sascha ihre Adresse und Telefonnummer notieren und schickte die Frau nach Hause. Er sah auf die Uhr. „Es ist kurz nach sechs, statten wir dem Schwager einen Besuch ab. Wo wohnt er?"

„Auch in Beuel", informierte ihn Sascha, der auf seinem Block nachgesehen hatte.

Andreas wandte sich zum Gehen und brummte: „Gut, dann haben wir's ja nicht weit. Ich freue mich schon auf unser heißes Auto."

„Ach komm, du schaffst das schon! Du bist doch furchtlos und mutig, du bist der Mann, der keiner Herausforderung aus dem Weg geht, der Held, der den Kampf gegen die Hitze aufnimmt, der unerschrockene – "

Andreas fiel ihm ins Wort. „Sag mal, ist es jetzt gut?"

Als sie in den Flur traten, rutschte Renate auf den Knien über die Bodenfliesen. Ihr Hintern wirkte in dieser Stellung recht appetitlich. Die glatten, blonden Haare hatte sie im Nacken zusammengefasst, und dieser Zopf hing über ihre Schulter herab.

„Na, schon was gefunden?", fragte Andreas und ging ganz rechts an der Wand entlang an ihr vorbei.

„Nichts Besonderes", antwortete sie und schaute nicht hoch.

Spurensucher Wilfried hingegen starrte im Flur durch seine starke Brille einen Spiegel an, als wolle er sich selbst hypnotisieren.

„Hallo, Wilfried. Auch noch nichts gefunden?"

„Nein." Er ließ den Spiegel nicht aus den Augen.

„Wir machen mal eben Verwandtenbesuche."

„Alles klar."

Kaum saßen sie im Auto, als sich Sascha in seinen kurzgeschorenen, hellblonden Haaren hinter dem Ohr kratzte, den Wagen startete und verlauten ließ: „Na, war das nicht ein bisschen wie in ‚Arsen und Spitzenhäubchen'? Zwei nette, ältere, harmlose Damen bringen heimlich Leute um. Und jetzt müssen sie dafür zahlen."

„Natürlich."

„Wieso nicht? Oder die Müschberg hat ihren Mann ermordet, und die Töchter haben das rausgekriegt und ihren Vater gerächt!"

Andreas seufzte. „Gut, klären wir noch ab, woran Vater Müschberg verstorben ist. Deine Theorie passt übrigens nicht zu den Brandwunden."

„Doch", widersprach Sascha. „Das war die Strafe der Töchter."

Zehn Minuten später kamen sie in der Nähe der Kennedy-Brücke an. Der Rhein hatte einen ziemlich niedrigen Wasserstand. Natürlich fanden sie keinen Parkplatz im Schatten. Andreas fluchte, stieg aus und hielt Ausschau nach dem Haus, in dem Schwager Peter Müschberg wohnte.

Das „Haus" entpuppte sich als recht exklusive Appartementanlage direkt am Rhein mit Rollstuhlrampe und sehr gepflegten Aufzügen.

Müschberg residierte im dritten Stock, vermutlich mit unverbaubarem Blick auf das andere Rheinufer, und öffnete, auf seinen Rollator gestützt, seine Wohnungstür. Er war ein großer, kräftig gebauter Mann, graue Haare umgaben kranzförmig seinen Hinterkopf, ein grauer Schnurrbart zierte sein Gesicht. Er trug eine silberne Brille und hatte einen leicht leidenden Ausdruck im Gesicht.

„Ja, bitte?", fragte er.

Sascha und Andreas wiesen sich aus, woraufhin Müschberg sie ins Wohnzimmer bat, wo durch eine breite Fensterfront die Sonne auf eine eher moderne Einrichtung schien. Müschbergs blasse Füße steckten in Gesundheitssandalen, seine Beine in einer dünnen, grauen Jogginghose, darüber hatte er ein unterhemdartiges, blaues Shirt an.

Er ließ sich steifbeinig und ächzend auf einem hellen Sofa nieder. Rechts auf einem Sideboard lief ein Fernseher mit ausgeschaltetem Ton.

„Wir müssen Ihnen leider mitteilen, dass Ihre Schwägerin Angelika Müschberg gestern Abend ermordet wurde", begann Andreas und setzte sich, wie Sascha, in einen Sessel.

„Ach was", murmelte der Mann, und seine Augen, unter denen sich schwere Tränensäcke gebildet hatten, guckten auf einmal neugierig.

„Das ist ja ’n Ding! Wer macht denn so was? Und warum?“

„Das wissen wir noch nicht.“

„Wo und wie ist es denn passiert?“

„In einer dunklen Ecke auf Pützchens Markt. Wahrscheinlich ist sie erstickt worden“, antwortete Andreas dem Schwager und beobachtete seine Reaktion.

Aber Müschberg wirkte hauptsächlich interessiert, wenn nicht sogar leicht amüsiert. „Sie geht also immer noch jedes Jahr auf Pützchen? Immer noch mit den zwei Frauen?“

„Ja, genau. Kennen Sie zufällig die Nachnamen der beiden?“

„Warten Sie mal… Die eine hatte einen ganz komischen Nachnamen…“ Müschberg runzelte die Stirn und grübelte. „Irgendwas mit ‚K‘… Kosmos? Nee… Kaos? Jetzt hab ich’s: Anblick! Die eine Frau heißt Gudrun Anblick! Den anderen Namen weiß ich nicht.“

Sascha machte sich Notizen, und Andreas fuhr mit seiner Befragung fort: „Wir haben gehört, dass Sie krank sind?“

„Ja, Rheuma, Arthritis, das volle Programm.“ Er griff nach einem Glas Wasser, das auf dem Couchtisch stand. Seine Hände sahen überhaupt nicht krank aus: keine Verkrümmungen, keine geschwollenen Gelenke. „Möchten Sie auch was trinken?“

„Nein, danke. Wir haben auch gehört, dass Sie sich mit Ihrer Schwägerin nicht besonders gut verstanden haben... Sie hatten Streit wegen irgendwelcher Bücher?“

Müschberg trank ein paar Schlucke und schien die Zeit zum Nachdenken zu nutzen. Bedächtig setzte er das Glas wieder ab und meinte, während er zum Fernseher hinüberschaute: „Ja, es waren sehr alte und kostbare Bücher aus unserem Familienbesitz; hätte ich gerne zurück gehabt, als mein Bruder starb. Angelika hat behauptet, sie könne sie nicht finden – aber ich wette, sie hat sie aus lauter Bosheit und Geldgier verkauft!“

„Sie war boshaft?“, wollte Sascha wissen.

„Ja, dumm, geldgierig und boshaft! Sie hat keinem was gegönnt!“, schimpfte Müschberg, und seine Entrüstung klang echt.

Andreas schaltete sich ein. „Woher kommt das? Ihre Schwägerin hatte doch alles, was man zu einem guten Leben braucht. Woher diese Missgunst?“

Müschbergs Blick wanderte zu Andreas. „Ich weiß nicht, so gut kannte ich die Frau nun auch nicht. Oder ihre Familie. Ich weiß gar nicht so genau, aus welchem Umfeld sie stammt. Es liegt doch immer an der Familie, nicht wahr?"

„Oft", meinte Andreas und ließ sich auf keine Diskussion ein. „Können Sie uns was zu den Töchtern von Frau Müschberg sagen oder deren Ehemännern… wie hießen die noch?"

Sascha schaute schnell auf seinen Notizblock. „Saskia ist mit Bob Freeman verheiratet und Viktoria mit Ralf Braun."

„Den Mann von Viktoria kenne ich gar nicht, die sind ja weggezogen. Mit Saskia hatte Angelika dauernd Streit… und ihren Mann konnte sie auf den Tod nicht ausstehen. Dabei ist der ganz in Ordnung. Kommt aus Jamaika, und am Anfang dachte ich, der ist dauernd bekifft." Müschberg ließ zum ersten Mal ein kleines Lächeln unter seinem buschigen Schnauzbart sehen. „Aber die sind da irgendwie alle von Natur aus so fröhlich. Allerdings kann der Mann auch anders. Ich meine, der ist ganz schön ehrgeizig." Müschberg verfiel in Schweigen und schien zu diesem Thema nichts weiter sagen zu wollen.

„Kennen Sie eine Frau Lorna Dreesbach?" Andreas wurde es langsam heiß in diesem sonnenbeheizten Raum.

„Vom Namen her. Das ist doch auch so eine reiche Nichtstuerin, die mit ihrem Leben nichts anfangen kann, weil sie nichts im Hirn hat!", regte sich Müschberg auf.

Andreas stand auf. „Herr Müschberg, waren Sie gestern Abend zu Hause?"

„Ich war gestern überhaupt nicht vor der Tür." Er hob erstaunt beide Augenbrauen. „Sie wollen doch wohl nicht andeuten, ich hätte Angelika umgebracht?"

„Natürlich nicht. Ist eine Routinefrage." Andreas wies auf einen Schädel aus elfenbeinfarbenem Material, der auf einem Schreibtisch neben einem PC-Monitor lag, und der ihm schon beim Hereinkommen aufgefallen war. „Was haben Sie gemacht, bevor Sie krank wurden?"

„Ich war Arzt, Rheumatologe. Das Schicksal kann echt zynisch sein, finden Sie nicht? Ich hab schon meinen Anwalt gefragt, ob wir nicht dagegen vorgehen können, aber er meint, das Schicksal säße am längeren Hebel."

„Die Erfahrung hab ich auch gemacht." Andreas schaute sich ein letztes Mal im Raum um. „Ich sehe hier keine Fotos. Was ist mit Ihrer Familie?“

„Meine Frau hat sich vor 15 Jahren scheiden lassen und die Kinder mitgenommen. Das Übliche halt: Ich durfte zahlen und am Wochenende die Kinder hüten, damit sich die Gnädigste mit neuen Männern vergnügen konnte.“

„Danke für Ihre Auskünfte. Und gute Besserung!“, wünschte Andreas und hielt ihm die ausgestreckte Hand hin.

Müschberg, der sitzen geblieben war, griff nicht zu. „Sorry, das tut mir zu weh.“

Schade, genau das hatte Andreas testen wollen. Im Hausflur war es angenehm kühl, aber draußen vor dem Haus staute sich die Hitze sogar im Schatten.

„Fahren wir noch zu der Tochter, die hier in Bonn wohnt?“, fragte Sascha.

„Wo denn?“

„In der Nähe vom Endenicher Ei.“

„Ok. Bringen wir's hinter uns.“ Als Andreas ins Auto stieg, glaubte er fast, keine Luft mehr zu bekommen. „Du darfst die Klimaanlage mal kurz anmachen“, informierte er Sascha.

„Bist du sicher? Nicht, dass du dich verkühlst.“

„Danke für deine Fürsorge. Was hältst du von Müschberg?“

Sascha überlegte einen Moment. „Zwischendurch hab ich ein paar Mal gedacht, der simuliert. Das wär doch der perfekte Mord! Selbst wenn er vor Rheuma kaum laufen kann, könnte er sich als Arzt doch irgendwas spritzen, damit er für zwei, drei Stunden keine Schmerzen hat.“

„Möglich. Und dann hat er also seine Schwägerin mit Zigaretten traktiert, um zu erfahren, wo seine Bücher sind?“

Sascha fuhr auf die Kennedy-Brücke. „Genau. Und als er erfuhr, dass sie sie verkauft hat, hat er sie vor Wut mit der Plane erstickt.“

„Aber wieso auf Pützchens Markt?“

„Also, das war so: Peter Müschberg hatte es satt, immer nur zu Hause rumzuhängen, und wollte sich vergnügen. Er spritzt sich ein starkes Schmerzmittel oder sonst was und fährt zu Pützchens Markt. Dort läuft ihm zufällig seine Schwägerin über den Weg, die gerade allein nach Hause geht, er schnappt sie sich, zerrt sie hinter den Zaun und so weiter.“

Da Andreas dazu nichts sagte, fuhr Sascha fort: „Es kann natürlich auch jeder andere gewesen sein, aber ansonsten hat es sich genau so abgespielt!"

„Meinst du."

„Natürlich!" Sascha überholte ein paar Trödler auf der Oxfordstraße.

„Eigentlich keine schlechte Idee", gab Andreas zu. „Irgendwer ist ihr auf Pützchen über den Weg gelaufen, der ziemlich wütend auf sie war. Nur wird für uns die Sache dadurch nicht einfacher."

„Einfach wär ja auch langweilig."

„Du bist wohl nicht ausgelastet."

„Kein Kommentar." Sascha lächelte leicht gequält vor sich hin.

„Wo hast du übrigens dein reizendes, grünes Polohemd gekauft?"

„In einem kleinen Laden bei mir im Gebirge", erläuterte Sascha. „Was gefällt dir daran nicht?"

„Das Grün."

„Dachte ich mir. Das ist ein modernes und sehr individuelles Grün! Jemand mit deinem konservativen Geschmack ist damit natürlich überfordert."

„Natürlich. Außerdem investiere ich mein Geld lieber in sinnvollere Dinge als in individuellfarbene Polohemden."

„In was denn?"

„In ein neues Astronomie-Buch. Ich möchte mir mal wieder die Sterne ansehen."

„Klar, du hast ja jetzt auch mehr Freizeit."

Andreas hielt den Mund, denn auf dieses Thema hatte er nun gar keine Lust! Sie schienen auch gerade im richtigen Teil der Stadt angekommen zu sein, nämlich in Endenich, in einer siedlungsartigen Anlage mit lauter gleichartigen, niedrigen Wohnblocks aus den Siebzigern, in der Saskia Freeman, Angelika Müschbergs Tochter, sowie ihr Ehemann Bob Freeman wohnten.

Die Tochter, 34 Jahre alt, war genauso klein und zart wie ihre Mutter, hatte das gleiche blonde Haar und trug eine hellbraune Brille. Sie arbeitete als Lehrerin an einer Grundschule und zeigte sich zwar überrascht, aber anscheinend nicht wirklich tief getroffen vom Tod ihrer Mutter. Sie bat Sascha und Andreas in die Küche, wo ihr Mann und die beiden Kinder beim Essen saßen.

Bob Freeman, ein freundlicher, dunkelhäutiger Jamaikaner mit schwarzen Rastalocken, trug ein weiß-lila geblümtes Hemd, eine modische, randlose Brille, sprach perfekt Deutsch und studierte laut eigenen Angaben Ingenieurswissenschaften. Allerdings verdiente er sich bei einer Gartenbaufirma etwas dazu.

Andreas fragte nach den Alibis, und Saskia gab an, am Vorabend sei sie mit Mann und Kindern auf Pützchens Markt gewesen, aber kurz nach 19 Uhr nach Hause gefahren. Und ja, natürlich wisse sie, dass ihre Mutter die Kirmes seit vielen Jahren regelmäßig besuche.

„Ich würde gerne mal die Kinder befragen", verkündete Andreas.

„Bitte, tun Sie das", erlaubte Saskia Freeman, ohne mit der Wimper zu zucken.

Sascha übernahm diese Aufgabe und erfuhr, dass Eltern und Kinder noch gemeinsam bis 21.15 Uhr ferngesehen hatten, und dass die Kinder anschließend in ihre Zimmer geschickt worden waren. Also hatten die Eltern nicht wirklich ein Alibi.

Doch Saskia Freeman leugnete nicht einmal den seit Jahren schwelenden Streit zwischen ihr und ihrer Mutter, der noch massiver geworden war, seit die Tochter um die 15.000,- € für ein neues Auto gebeten und sie nicht bekommen habe.

„Frau Freeman, hatte sonst noch jemand Streit mit Ihrer Mutter?", fragte Andreas. „Oder haben Sie eine Idee, wer Ihrer Mutter das angetan haben könnte?"

Sie schüttelte den Kopf. „Ich hatte doch in den letzten Jahren kaum Kontakt zu ihr."

Sascha, der anscheinend unbedingt an seiner Muttermord-Theorie festhalten wollte, stellte die nächste Frage: „Woran ist Ihr Vater eigentlich verstorben?"

Frau Freeman sah ihn irritiert an. „Mein Vater? Der war ein richtiges Arbeitstier. Nicht nur Anwalt, nein, es musste ja auch noch die Politik sein! In den letzten Jahren hatte er drei Herzinfarkte und jede Menge Bypässe. Den vierten Infarkt hat er nicht überlebt."

Sascha schob ungehalten das Kinn vor. Diese Aussage wollte sich nicht so recht in seine Mordtheorie fügen.

Andreas wechselte das Thema. „Haben Sie Kontakt zu Ihrem Onkel, Peter Müschberg?"

„Ja, ab und zu."

„Könnte er was mit dem Mord an Ihrer Mutter zu tun haben?"

Saskia sah Andreas an, als hätte er einen schlechten Witz gemacht. „Onkel Peter?!", rief sie aus. „Der ist krank! Der ist so krank, der könnte nicht mal eine Maus erwürgen!"

„Sie glauben nicht, wozu Menschen fähig sind, wenn man sie nur wütend genug macht!", klärte Sascha sie auf und verabschiedete sich. Drei Minuten später saßen er und Andreas wieder im heißen Wagen. Sascha bog Richtung Innenstadt ab.

„Na, was hältst du von der Tochter?", fragte er.

„Weiß ich noch nicht. Die beiden haben jedenfalls keine ordentlichen Alibis. Nachdem die Kinder im Bett waren, hätte sich einer von ihnen noch mal wegschleichen können."

„Ja, vielleicht hat das ein Nachbar gesehen – hier sitzt man sich ja fast gegenseitig im Wohnzimmer."

„Jörg und Petra können morgen die Nachbarn ausquetschen. Mir reicht's für heute."

Sascha schwieg eine Weile. Doch plötzlich stellte er fest: „Hier laufen ja eine Menge Menschen mit schwarzer Hautfarbe rum."

„Stimmt, hier in Bonn ging es immer schon international zu. Erst wegen unserer alten Universität und später auch noch wegen der ganzen Botschaften." Andreas wies nach rechts. „Wir müssen da abfahren."

„Ich weiß!"

„Ich kann mich schwach erinnern, dass eine meiner Großtanten in den 50er Jahren Zimmer an Studenten vermietet hat. Da war schon mal ein Afrikaner oder Perser dabei, wie die damals noch hießen."

Sascha schwieg wieder, und Andreas wechselte das Thema. „Wie geht's eigentlich Frau und Kind?"

„Wunderbar." Schweigen.

„Na komm schon, du hast doch irgendwas!"

Kurzes Nachdenken, dann sprudelte es aus Sascha heraus wie Öl aus einem frischen Bohrloch: „Meine Frau kriegt langsam 'nen Baby-Koller oder so was! Sie jammert nur noch: Mir fällt die Decke auf den Kopf, ich muss unter Menschen, ich brauch noch was anderes als Putzen, Kochen und Windelnwechseln! Ich hab ihr gesagt, sie soll sich nicht anstellen, Gabriel wird so schnell groß, und dann hat sie das Beste verpasst! Wir streiten uns mindestens dreimal am Tag darüber! Jetzt sucht sie schon nach einem Kindergartenplatz, und der Junge ist gerade mal zwei Jahre alt!" Sascha fuhr immer schneller, während er sich aufregte. „Ich hab ihr gesagt, Gabriel kommt frühestens mit drei Jahren in den Kindergarten! Frühestens! Basta!"

Die im Licht der Abendsonne hellbraun-rötlich leuchtenden Felswände des ehemaligen Steinbruchs kamen in Sicht. In Oberkassel angekommen, hielt sich Sascha überraschenderweise an die vorgeschriebene Geschwindigkeit und fuhr langsam die Königswinterer Straße entlang, die um diese Tageszeit gerne als Großraumparkplatz benutzt wurde.

„Kannst du mich zu Hause absetzen?", fragte Andreas.

„Klar."

Als Sascha in die Kalkuhlstraße abbog, meinte Andreas: „Weißt du, worüber ich an deiner Stelle nachdenken würde? Willst du wirklich, dass dein Sohn später mal so mutterfixiert ist wie ich?"

Schnell stieg er aus, bevor Sascha antworten konnte, hob grüßend die Hand und marschierte auf das alte Backsteinhaus zu. Er freute sich auf seine gemütliche Dachgeschosswohnung, in die wohl so schnell keine Frau mehr ihren Fuß setzen würde!

Kapitel 2

Bonn, Polizeipräsidium
Dienstag, 7. September, 7.30 Uhr

Als Sascha zur Bürotür hereinkam, sah er den fliederfarbenen Brief auf seinem Schreibtisch liegen. Dieser Anblick verursachte ihm umgehend Bauchschmerzen. Jetzt wagte sich dieses Weib sogar schon bis ins Präsidium! Das ging ja gar nicht!

Sascha hängte seine Jacke über die Stuhllehne und machte erst einmal Kaffee. Während er das Pulver in den Filter löffelte, überlegte er zum fünften Mal (denn dies war der fünfte Brief), wie er reagieren sollte. Aufmachen oder wegwerfen?

Bisher hatte er jeden aufgemacht – wenn auch unter verschärften Vorsichtsmaßnahmen: Briefbomben waren schließlich immer noch in Mode. Schon vor Jahren hatte er sich im Baumarkt Schutzbrille und dicke Arbeitshandschuhe besorgt. Andreas wäre stolz auf ihn gewesen.

In den ersten vier Briefumschlägen ohne Absender hatte je eine pastellfarbene, stark parfümierte Karte gesteckt mit Texten wie: *Du bist der wunderbarste Mann, der mir je begegnet ist. Ich liebe Dich.*

Beim ersten Brief hatte er noch gedacht, es handele sich vielleicht um eine originelle Liebeserklärung von Annika. Obwohl das überhaupt nicht zu der unverschämten Art passte, in der sie ihn an jenem Tag wieder einmal zusammengefaltet hatte. Aber wer sonst würde ihm solche Briefe schicken?

Mit der Begründung, es sei ein Fundstück von einem Tatort, hatte er einen der Briefe auf Fingerabdrücke überprüfen lassen, die auch in größerer Anzahl vorhanden, aber leider nicht registriert waren. Irgendeine Art von Gift oder Chemikalien wurde auch nicht gefunden. Andreas hatte er bisher noch nichts davon erzählt.

Sascha setzte sich, nahm eine Schere, hielt den lila Umschlag, auf dem nur sein Name stand, mit ausgestreckten Armen von sich und öffnete ihn. Immerhin explodierte nichts. Er zog die Karte heraus und las:

Ich sehne mich so danach, in Deinen Armen zu liegen und in Deine unbeschreiblich schönen Augen zu schauen. Ich weiß, dass Du mit der Frau, mit der Du zusammenlebst, nicht glücklich bist. Ihr streitet euch dauernd, und wenn Du nicht zu Hause bist, bekommt sie Besuch von einem anderen Mann.

Ich könnte dich so glücklich machen. Denk darüber nach. Ich melde mich wieder. In Liebe R.

Es war das erste Mal, dass sie den Brief unterzeichnete. Als er den Buchstaben „R" las, fiel ihm spontan Ramona ein, die graue Maus aus der Sekte, die ihm vor mehr als einem Jahr eine Zeitlang nachgestiegen war.

Dann aber glitt sein Blick zurück zu diesem wahrhaft ungeheuerlichen Satz: Ihr streitet euch dauernd, und wenn du nicht zu Hause bist, bekommt sie Besuch von einem anderen Mann. Sein Verstand geriet sich prompt mit seinem Gefühl in die Haare – der eine sagte, das ist doch nur eine dumme Verleumdung, um deine Beziehung kaputtzumachen, und das andere rief: Und was, wenn da wirklich ein anderer Mann im Spiel ist? Verdammt!

Und außerdem schien diese R. zu wissen, wo er wohnte! Er warf die Karte auf den Schreibtisch, sprang auf und marschierte ein paar Mal hin und her. So ein Mist hatte ihm gerade noch gefehlt! Als ob er nicht schon genug Stress mit seinem Familienleben hätte! Und wenn –

Sein Telefon klingelte. Herrgott, wie sollte er sich denn unter den Umständen auf seine Arbeit konzentrieren! Er nahm ab und fauchte: „Ja, was ist denn?!"

Im Hörer kurze Sprachlosigkeit. „Entschuldigung, hab ich mich verwählt? Ich wollte eigentlich diesen sympathischen Typen namens Sascha Piel sprechen."

Sascha hustete ein paar Mal demonstrativ. „Ja, Peer, ich bin's, hab mich nur verschluckt. Was gibt's denn?"

„Also: Angelika Müschberg ist definitiv erstickt worden. Vermutlich mit der Plastikplane", führte Peer aus. „Außerdem gibt es Hämatome an ihren Armen, und die Brandwunden stammen von einer Zigarette. Ich sag dir Bescheid, wenn wir die Marke wissen."

„Danke." Sascha fühlte sich auf den Arm genommen. Gab es denn hier weit und breit nur eine Person, die ihn respektierte? Die Irre mit den Briefen?!

Und schon trat Andreas ins Zimmer, mit einem zufriedenen Lächeln in seinem hageren, langsam faltig werdenden Gesicht! Warum lächelte er? Weil er zurzeit keinen Ärger mit Frauen hatte? Weil er wusste, dass Sascha welchen hatte?

„Guten Morgen“, säuselte er. „Immer noch im Clinch mit Annika?“

„Ja.“ Sascha wandte sich ab und ließ möglichst unauffällig den Brief in seiner Schublade verschwinden. „Was steht heute auf dem Programm?“

„Das wollte ich gerade mit dir besprechen.“

*

Bonn-Mehlem
7.45 Uhr

Was für ein herrlicher Morgen! Lorna öffnete die breiten Türen des Wintergartens und schob sie zur Seite. Die Sonne schien schräg herein auf die Palmen, Farne und Orchideen, und Lorna warf einen Blick auf das Außenthermometer: 19°. Das würde ein heißer Tag werden.

Schade, dass Angelika ihn nicht erleben durfte. Als Lorna daran dachte, kippte ihre Stimmung. Sie setzte sich an den Korbtisch, goss sich eine Tasse grünen Tee ein und bestrich ihr Vollkornbrot mit Frischkäse.

Nach dem ersten Bissen fragte sie sich, was es einem nützte, wenn man so gesund wie möglich lebte und dann ermordet wurde! Was für eine Ungerechtigkeit! Nach dem zweiten Bissen hatte sie keinen Appetit mehr. Sie griff nach ihrer Tasse, nahm sie in beide Hände, trank und schaute über die weite, leicht abfallende Rasenfläche zum Rhein hinunter, von dem ein Stück zwischen den Stämmen zweier alter Buchen zu sehen war.

Und da war wieder dieses Gefühl von Kälte und Grauen, das ihr den Rücken hinaufkroch: Wer tat so etwas? Wer brachte eine nette, ältere Frau um? Und warum?

Sie spürte, wie ihr Tränen in die Augen stiegen. Nein, jetzt nicht! Lorna stand auf, holte sich aus der Küche eine Zigarette und stellte sich damit auf die große Terrasse vor dem Wintergarten. Das war eine Ausnahme-Zigarette, eine Notfall-Zigarette sozusagen, denn normalerweise rauchte sie nur eine nach dem Mittagessen, eine am Nachmittag, eine am Abend. Das hielt sie aus gesundheitlicher Sicht für vertretbar.

Aber heute war ein Ausnahmetag: Eine Freundin war ermordet worden ... wer tat denn nur so was?

Und mit einem Mal – ihr Herz stolperte kurz – fiel ihr jemand ein, der ein Motiv gehabt haben könnte... Aber wie um alles in der Welt sollte diese Person an Angelikas Namen gekommen sein?

Nein, das war Unsinn! Da war es doch eher – ihr Herz schlug wieder ruhiger – einer von denen gewesen, mit denen Angelika Geschäfte gemacht hatte und der ihr zufällig auf Pützchen über den Weg gelaufen war. Geld war ihr nämlich immer sehr wichtig gewesen, sie kaufte Dinge ein und verkaufte sie bald darauf wieder, sie traf Entscheidungen danach, ob sie ihr finanziell etwas brachten oder nicht.

Lorna war da anders: Sie entschied meistens nach Bauchgefühl, und damit war sie bisher gut gefahren. Eigentlich bereute sie keine ihrer Entscheidungen. Selbst wenn sie sich im Nachhinein als falsch herausstellten, dann hatte sie wenigstens etwas aus ihnen gelernt. Sogar aus ihrer letzten wichtigen, falschen Entscheidung hatte sie gelernt, nämlich auf keinen Fall mehr auf das zu hören, was andere ihr einreden wollten!

Lorna zog tief an der Zigarette und drückte sie in einem Glasaschenbecher auf dem Terrassentisch aus. Gerade, als sie die paar Stufen zum Wintergarten hochstieg, kam ihr Allegra entgegen.

„Morgen, Mama, gut geschlafen?"

Sie gaben sich gegenseitig ein Küsschen auf die Wangen und setzten sich an den Frühstückstisch.

„Fährst du gleich zur Vorlesung?", fragte Lorna.

„Ja, ich nehme den Zug um 11", verkündete Allegra und griff zu Brötchen und Marmelade. Vollkornbrot schmeckte ihr zu „gesund".

Lorna beobachtete, bis obenhin voll mit Liebe und mütterlichem Stolz, wie ihre Tochter mit dem Messer in ihren zarten, geschickten Fingern Butter auf eine Brötchenhälfte strich. Neben ihr kam sich Lorna oft vor wie ein plumpes, tollpatschiges Trampeltier. Allegra war eben (Gott sei Dank!) ganz nach ihrem Vater geraten: der schlanke, feingliedrige Körperbau, die blaugrünen Augen, die künstlerische Veranlagung.

„Was macht das Studium?" Lorna schenkte ihrer Tochter aus einer anderen Kanne Kaffee ein.

„Läuft gut", antwortete Allegra kauend. „Im Herbst ist eine Prüfung. Ach übrigens, mein Laptop hat den Geist aufgegeben – krieg ich einen neuen?"

„Klar, such dir einen guten aus."

„Danke. Und was macht dein Buch?"

„Die ersten 20 Seiten hab ich schon fertig." Lorna trank ein paar Schlucke Tee. Irgendwie war es ihr peinlich, über das Buch zu reden: Sie kam nämlich überhaupt nicht weiter.

Seit ihrer Jugend schon hatte Lorna das Gefühl gehabt, dass eine große Künstlerin in ihr schlummerte. Sie hatte angefangen zu malen, hatte Gesangsstunden und Klavierunterricht genommen, hatte sich in einer Ballettgruppe versucht und ein paar Kurzgeschichten verfasst. Aber immer war alles auf unerklärliche und unspektakuläre Weise im Sande verlaufen. Und so würde es auch dem Abenteuerroman ergehen, dem achten übrigens, den sie angefangen hatte zu schreiben.

„Super", meinte Allegra, aber es klang eher wie: *Schön, dass du dich in deiner vielen Freizeit mit irgendwas beschäftigst!*

Sie zog ein braunes Gummiband vom Handgelenk, schlang es mit schnellen Bewegungen um ihr langes, braunes Haar und machte sich auf diese Weise schnell einen etwas zerzausten Knoten am Hinterkopf.

„Mann, das wird heiß heute, ich schwitze ja jetzt schon!"

„Ja, nimm dir genug zu trinken für unterwegs mit", riet Lorna und griff jetzt doch nach einem Brötchen. Sie fühlte sich nicht wirklich gut.

*

Bonn, Polizeipräsidium 13.05 Uhr

Andreas schob den Teller beiseite, nahm Notizblock und Kugelschreiber zur Hand und schrieb ein paar Fragen auf.

Die Glastüren des Bistros standen weit offen, es herrschte ein ungesunder Durchzug, und lange würde Andreas hier nicht mehr sitzen bleiben! Er wartete nur noch auf Sascha, der nach dem Essen plötzlich wie von der Tarantel gestochen aufgesprungen und Richtung Toilette geflüchtet war. Das war vor 10 Minuten gewesen.

Andreas trank sein Mineralwasser aus, notierte noch ein paar Namen von Verdächtigen und schaute sich um. Alle Tische besetzt, sogar die draußen vor dem Haus unter den riesigen Sonnenschirmen. Mindestens die Hälfte waren Menschen, die mit dem Polizeipräsidium nichts zu tun hatten.

Doch wo blieb Kollege Sascha? Andreas fing an, sich Sorgen zu machen. Ob er ihn anrufen sollte? Er hatte das Handy noch nicht ganz aus der Tasche gezogen, als Sascha weiter hinten in der Tür auftauchte: weiß wie ein Blatt Papier und mit leidendem Blick.

„Ich hatte gerade einen Mordsdurchfall", offenbarte er, während er sich setzte und den Rest seiner Cola trank.

„Hast du dir wenigstens ordentlich die Hände gewaschen?" Dafür erntete er einen genervten Blick, aber keine Antwort. „Geht's denn wieder?"

„Klar, ich bin topfit", behauptete Sascha, trank sein Glas leer und stand auf. „Also dann, auf nach Siegburg."

Im Auto war es heiß wie in der Sauna. Sascha fuhr los und fragte: „Fenster auf oder Klimaanlage an?"

Andreas fand beides prinzipiell furchtbar. „Erst mal Klimaanlage", entschied er und schaute sich, ein bisschen träge vom Essen, schweigend die Gegend an. Auch Sascha hatte anscheinend keine Lust, sich zu unterhalten; er fuhr nicht einmal über die Autobahn, sondern durch 85 Stadtteile und hielt schließlich in Sankt Augustin kurz vor der Siegburger Brücke an einer Bäckerei an.

„Ich fühle mich so leer – ich muss unbedingt was essen! Und zwar Rosinenbrötchen." Sascha stieg aus und kam zwei Minuten später mit einer Papiertüte zurück. „Willst du auch eins?"

Andreas schüttelte den Kopf, und Sascha fuhr, Rosinenbrötchen kauend, weiter bis zur Gartenbaufirma, bei der Bob Freeman gelegentlich jobbte.

In der Firma informierte man sie, dass Freemans Kollegen heute in Holzlar beschäftigt waren. Also ging es zurück nach Holzlar, wo der Chef mit drei Leuten in der Nähe einer alten Mühle vor einem Privathaus Pflastersteine verlegte. Der Chef, ein großer, schmaler Mann mit schütteren, weißblonden Haaren und sehr roten Wangen, sowie ein Kollege von Freeman wussten nur Gutes über den Schwiegersohn von Angelika Müschberg zu berichten. Auf gut Glück fragte Andreas die Männer, ob sie zufällig am Sonntagabend auf Pützchens Markt gewesen seien. Zwei bejahten, aber Freeman sei ihnen dort nicht begegnet.

Als sie wieder im Auto saßen, nahm Andreas kurz die Brille ab und rieb sich über die Nase. „Lassen wir die Freemans erst mal außen vor. Hast du was über Müschbergs andere Tochter rausgekriegt?"

„Ja, Viktoria Braun wohnt in der Nähe von München, ist Lehrerin wie ihre Schwester und war nach eigenen Angaben zur Tatzeit bei Mann und Kind. Manfred prüft nach, ob sie vorgestern mit Zug oder Flugzeug nach Bonn gefahren ist."

„Hat sie auch so eine gute Meinung über ihre Mutter wie Saskia?"

„Keine Ahnung, sie wusste doch längst Bescheid und war reichlich zugeknöpft." Sascha ließ den Motor an. „Wohin jetzt? Nach Pützchen?"

Andreas nickte und lotste Sascha per Stadtplan durch mehrere gewundene Nebenstraßen direkt zum Rand der Kirmes, auf der anscheinend wieder die Hölle los war. Es wurde immer noch nicht viel geredet. Wahrscheinlich war auch die Hitze schuld.

Es war schwierig, in der Nähe von Angelika Müschbergs Haus einen Parkplatz zu finden. Eigentlich war der ganze Bereich um Pützchens Markt für Besucher gesperrt, aber es gab immer ein paar dreiste Autofahrer, die sich um keinerlei Verbote kümmerten.

Drei Straßen weiter fanden sie ein Plätzchen, um den Wagen abzustellen. Sascha war immer noch blass. Andreas freute sich ca. eine Minute lang über die angenehme Wärme außerhalb des eisigen Autos. Kurz bevor ihm schon wieder zu heiß wurde, stand er in Müschbergs Diele Wilfried gegenüber, der berichtete, jede Menge Fingerabdrücke im Haus gefunden zu haben, die er nun zuordnen und überprüfen lassen wollte.

Gerade als er im Wohnzimmer verschwand, kam Renate die Treppe herunter. Blond, fast schlank, geschminkt, ernst, leichter Trotz im Blick.

„Hallo, gibt's was Neues?", fragte sie, blieb unten an der Treppe stehen und verschränkte die Arme. Die Ärmel des Overalls hatte sie bis über die Ellbogen hochgeschoben, der Reißverschluss klaffte vorne auf, die Kapuze hing auf dem Rücken, immerhin trug sie Handschuhe.

„Nee", meinte Sascha, „und bei dir?"

„Nicht wirklich, mir sind nur ein paar Dinge aufgefallen." Sie schaute hauptsächlich Sascha an – was Andreas auch wieder nicht passte.

„Was denn?", fragte er freundlich. Sachlich freundlich. Wieder wich ihr Blick aus, sie sah Andreas nicht an, sie sah ihn einfach nicht an!

„Ich hab überall gesucht, aber im ganzen Haus gibt es keinen Computer", erklärte sie.

Andreas gab sich ernsthaft Mühe, nicht besserwisserisch zu klingen.

„Die Frau war Mitte Sechzig und gehörte wahrscheinlich zu denen, die keinen Sinn für moderne Technik haben."

„Ja, Andreas, den Gedanken hatte ich tatsächlich auch. Aber dann dachte ich weiter. Ich forschte nach und fand heraus, dass Angelikas Mann Gerhardt bis zu seinem Tod Landtagsabgeordneter in Düsseldorf gewesen war, und als Politiker – auch als alter – hat man garantiert mindestens einen Laptop! Aber hier gibt's keinen!"

Sascha, der langsam wieder Farbe im Gesicht bekam, lieferte auch gleich einen Beitrag. „Vielleicht war unser Mörder nur hinter dem Laptop her... wegen finsterer Machenschaften."

„Möglich, obwohl – Politik mit finsteren Machenschaften in Verbindung zu bringen ist doch ein wenig gewagt!", tadelte Renate und fuhr fort: „Da wir schon beim Ehemann sind: Ich hab in keinem Kleiderschrank ein ‚männliches' Kleidungsstück gefunden, und auch sonst keinen Hinweis darauf, dass je ein Mann im Haus gewohnt hat. Außer den Fotos im Schlafzimmer."

„Das ist doch nicht ungewöhnlich", behauptete Andreas. Allmählich wurde er ungehalten. „Wahrscheinlich wollte Angelika nur jede schmerzhafte Erinnerung loswerden."

„Sicher. So, wie vermutlich auch ihr Auto."

„Was heißt das?"

„Nachdem mir die Zweitschlüssel in die Finger geraten waren, hab ich gezielt nach Wagenpapieren gesucht. Der Führerschein war in ihrer Handtasche, andere Papiere hab ich noch nicht gefunden."

„Ja und?"

„Ich hatte Walter beauftragt, nach Angelikas Auto zu suchen, aber es scheint verschwunden zu sein."

„Wurde es als gestohlen gemeldet?"

„Nein."

„Ist es in der Werkstatt?"

„Nicht in ihrer Stammwerkstatt."

Sascha meldete sich wieder zu Wort: „Hat sie es vielleicht jemandem geliehen?"

„Wissen wir noch nicht."

„Oder hat sie es in zwei Kilometern Entfernung abgestellt, weil sie nicht wollte, dass es von randalierenden Kirmesbesuchern demoliert wird?"

„Kannst du dich erinnern? Sie hat eine Garage! Wir suchen weiter. Und was habt ihr jetzt vor?"

Bei dieser Frage sah sie Andreas nun doch ins Gesicht. Mit diesen unglaublich himmelblauen Augen. In denen (wie er sich vielleicht nur einbildete) eine Spur von Herausforderung aufleuchtete. Er warf einen Blick auf seine Armbanduhr: beinah halb vier.

„Ich rufe jetzt erst mal Jörg an. Der wollte sich mit Petra um die Befragung der beiden Frauen kümmern, die mit der Müschberg auf Pützchens Markt gewesen sind." Andreas wandte sich ab, ging den kühlen Flur entlang und suchte in seinem Handy nach Jörgs Nummer. Kurz darauf hatte er ihn am Apparat.

Im Großen und Ganzen hatte Jörg allerdings nichts Neues von den Damen Gudrun Anblick und Gisela Horn erfahren, die beide schwer erschüttert waren: Angelika Müschberg sei noch gesund und munter gewesen, als sie sich getrennt hatten. Sie hatte auch nicht verängstigt gewirkt oder sich verfolgt gefühlt. Also wieder keine Hinweise.

Andreas legte auf und gab die Nicht-Informationen weiter. „Gut, dann statten wir jetzt Lorna Dreesbach einen Besuch ab. Vielleicht kann die uns noch ein paar Fragen beantworten." Als Andreas mit Sascha im Gefolge aus dem Haus trat, schlug ihm die spätnachmittägliche Sommerhitze entgegen.

„Ich komme morgen in Shorts und Sandalen ins Büro!", ächzte er und achtete darauf, auf dem Weg zum Auto keinen Schritt aus dem Schatten zu treten.

„Eher dreht Arnie noch drei weitere Folgen vom ‚Terminator'", lästerte Sascha, dessen Gesichtsfarbe immer mehr ins Rötliche spielte.

Im Wagen war es sogar anfangs kühler als draußen, und Andreas verbat sich den Betrieb der Klimaanlage, aber zehn Minuten später, als sie an der Auffahrt zur Südbrücke ankamen, brach sein Widerstand zusammen – die Hitze hielt er einfach nicht aus!

„Mach das Ding wieder an! Hier ist es ja schlimmer als im brasilianischen Regenwald!"

„Wusstest du das nicht? Das mittlere Rheintal heißt nicht umsonst die ‚Tropen Deutschlands', " fabulierte Sascha, dem es immer besser zu gehen schien.

„Stimmt, die ganzen Palmen allein in Oberdollendorf... wie in der Karibik!"

„Apropos, hast du ‚Fluch der Karibik' gesehen? Natürlich nicht. Aber eins sag ich dir: Wer das nicht gesehen hat, hat wirklich was verpasst im Leben."

„Das ist jetzt nicht dein Ernst, oder?" Andreas kratzte sich an einer Stelle unter dem Gurt.

„Doch. Gut, zuerst ist man vielleicht irritiert, wie Jonny Depp den Piraten gibt. Der Mann ist ja wie entfesselt! Wenn ich den jetzt in anderen Filmen sehe, denke ich immer, der hat ein Narkosemittel gespritzt bekommen!"

„Du meinst, es erweitert den Horizont, sich ‚Fluch der Karibik' anzugucken?"

„Weiß ich nicht. Aber es macht einfach Spaß."

Andreas merkte plötzlich, wie der letzte Satz irgendetwas in ihm berührte... Spaß... Wann hatte er das letzte Mal so richtig Spaß gehabt? Was bedeutete das überhaupt für ihn? War das nicht –

Sascha unterbrach seine Gedankengänge: „Wie hieß noch mal die Straße? Wir sind gleich in Godesberg."

„Du musst dich auf jeden Fall links halten, da, wo's zum Rhein runtergeht."

Ein paar Minuten später fuhren sie durch eine Straße, auf der sich sonst gerade kein anderes Auto bewegte. Zu beiden Seiten hohe Zäune, Mauern, Tore, hinter denen alte Bäume in riesigen Gärten sichtbar wurden und ab und zu ein Teil einer Villa. Auch Menschen waren auf den Bürgersteigen nicht zu entdecken.

Sascha schüttelte den Kopf. „Also hier möchte ich auch nicht wohnen, da müsste ich ja dauernd Angst vor Einbrechern haben."

„Du bist doch bewaffnet."

„Meinst du, es macht mir Spaß, ständig Leute abzuknallen?"

„Ja, dachte ich mir." Andreas schnallte sich ab, als Sascha vor dem Haus Nr. 72 anhielt. Hier gab es überhaupt keine Parkplatzprobleme. Andreas stieg aus. War es hier nicht sogar kühler als in der Innenstadt? Und ruhig war es auch, bis auf ein paar Vögel, die in den mächtigen Bäumen saßen und trotz der Hitze ein paar Töne trällerten.

Haus Nr. 72 war einer dieser eindrucksvollen Altbauten, die im Bonner Süden öfters zu finden waren, mit Erkern, einem angebauten Turm und überdachter Eingangstreppe.

Lorna Dreesbach war anwesend, ließ Andreas und Sascha herein und bot ihnen in ihrem Wohnzimmer etwas zu trinken an. Sie trug ein schwarzgrundiges, wadenlanges Kleid mit stilisierten Mohnblumen, das oben eng und um die Beine herum weit geschnitten war.

„Ich hoffe, wir stören nicht." Andreas lächelte so gewinnend wie möglich, und Lorna Dreesbach lächelte fast ein wenig schüchtern zurück.

„Ach nein, gar nicht. Ich war nur gerade mit meinem Roman beschäftigt."

„Wie interessant. Über was schreiben Sie denn?"

„Ich bin mir noch nicht sicher. Vielleicht wird es eine Mischung aus Krimi und Liebesgeschichte. Setzen Sie sich doch bitte, ich bringe Ihnen was von meiner selbstgemachten Holunderlimonade, die ist gut bei dem Wetter!"

Die große, stämmige Frau schritt eilig auf ihren hohen Absätzen aus dem Raum, und Andreas sah sich um. Dreesbach liebte es romantisch, blumig und bunt. Die Wohnzimmerdecke schien abgehängt, der Raum war nach hinten zum Rhein hin zum Wintergarten ausgebaut, und da waren sie ja, die Palmen.

Hier lebte es sich bestimmt recht angenehm, und trotzdem – das war nicht seine Welt. Gerade kam Dreesbach zurück, mit einem Tablett, drei Gläsern und natürlich einer alten Glaskaraffe.

Sie schenkte ein, setzte sich und fragte: „Wie kann ich Ihnen helfen?"

„Mit ein paar Informationen über Ihre Freundin, Frau Müschberg." Andreas trank ein Schlückchen. „Hm, sehr lecker. Wir haben in ihrem Haus überhaupt keine Sachen ihres verstorbenen Mannes gefunden. Außerdem vermissen wir irgendeine Art von Computer."

„Ähm ja, wie soll ich das sagen..." Lorna machte ein trauriges Gesicht und senkte den Blick. „Angelika war ziemlich materialistisch eingestellt, sie hat immer alles, was sie nicht brauchte, zu Geld gemacht, das war gewissermaßen ein Hobby von ihr."

„Das heißt, sie hat alle Sachen ihres Mannes nach dessen Tod verkauft?"

„Ich glaube, ja. Sie hat damals, kaum dass Gerhardt unter der Erde war, seine Anzüge, Hemden, Schuhe, Golfausrüstung, politischen Bücher, seinen Schreibtisch, sein Auto und sicher auch seinen Laptop und seinen PC verscherbelt. Ich fand das pietätlos und unsensibel!" Jetzt sah Lorna Dreesbach aus, als sei es ihr peinlich, mit so einer Frau befreundet gewesen zu sein.

Andreas räusperte sich. „Eine andere Frage, Frau Dreesbach: Wissen Sie, wo wir das Auto von Frau Müschberg finden?"

Ihre erste Reaktion war ein ganz spezieller, leicht erschrockener Blick, den Andreas nur zu gut kannte. Es war der Blick: *Verdammt, mit der Frage hab ich ja nun gar nicht gerechnet! Was soll ich darauf antworten?*

Andreas lächelte besonders harmlos, während er auf Dreesbachs nächste Reaktion wartete: die Verzögerungstaktik. Die Frau hob ihre rechte Hand ein wenig an, hielt sie sich einen Viertelmeter vors Gesicht und betrachtete scheinbar hochinteressiert ihre lackierten Fingernägel. Sie überlegte noch ein paar Sekunden, bis sie stirnrunzelnd sagte: „Es ist also nicht in ihrer Garage? Seltsam. Dann habe ich keine Ahnung, wo das Auto sein könnte."

„Was für einen Wagen fuhr Ihre Freundin?"

„Einen beigefarbenen Mercedes älteren Baujahrs."

„Wieso kein neues Auto?"

„Sie war in letzter Zeit beim Fahren immer ein bisschen unsicher. Und sie war, wie gesagt, eher geizig."

„Danke, Frau Dreesbach." Andreas schaute ihr ernst und direkt in die Augen. „Und Sie haben wirklich keine Idee, wer Ihre Freundin umgebracht haben könnte? Oder warum?"

Wieder zögerte sie und starrte eine Weile wie weggetreten die Vase mit den Rosen auf ihrem Tisch an. Überlegte sie oder verschwieg sie etwas? Also legte Andreas nach: „Wenn Sie etwas wissen oder ahnen – auch wenn es Ihnen noch so absurd vorkommt – sagen Sie es mir. Es könnte trotz allem wichtig sein."

Vielleicht hätte er nicht nachbohren sollen, denn auf einmal schaute sie ihn kühl an und sagte: „Nein, ehrlich, Herr Kommissar, ich kann mir nicht mal annähernd vorstellen, wer so was tun könnte." Sie erhob sich aus ihrem Sessel und fragte gleichzeitig: „Möchten Sie noch ein Glas Limonade?"

War das eine Verabschiedung? Auch Sascha und Andreas standen auf, sagten „Nein, danke" und „Auf Wiedersehen" und begaben sich zu ihrem Wagen, der sich wieder mollig aufgeheizt hatte.

„Fahr mich bitte nach Hause, mir reicht's für heute", wies Andreas Sascha an, der Kurs auf die Südbrücke nahm und meinte: „Das ist ja komisch, das mit dem Auto."

„Ja, die Dreesbach weiß irgendwas. Vielleicht gibt's im Auto einen

Hinweis auf den Mörder. Ich ruf mal die Zentrale an. Die sollen das Kennzeichen von Müschbergs Auto rausfinden und jemanden auf die Suche schicken."

Nachdem das erledigt war, tauschten sie noch ein paar Vermutungen aus, dann wurde Andreas in der Kalkuhlstraße abgesetzt.

Er rechnete mit dem Schlimmsten, als er seine am Morgen von ihm verdunkelte Wohnung unterm Dach betrat, aber es war doch nicht so heiß, wie er befürchtet hatte. Er hielt seine Unterarme eine Weile unter kaltes Wasser, machte sich ein Spiegelei und sah sich die Nachrichten im Fernsehen an.

Danach setzte er sich an seinen Schreibtisch und grübelte über den Fall nach. Doch das führte zu nichts.

Als es anfing zu dämmern, zog er sämtliche Rollläden hoch und verglich die Innen- mit der Außentemperatur: 27° zu 25°. Also öffnete er auch noch alle Fenster, nahm sein Teleskop und eine Flasche Mineralwasser mit auf den Dachbalkon und ließ sich auf einem Sessel nieder.

Im Nordwesten verblasste der immer noch wolkenlose Himmel zu zartem Helltürkis. Andreas sah sich ein paar Sterne an, lehnte sich in seinem Sessel zurück und verschränkte die Hände im Nacken.

Ja, er war allein. Und das fühlte sich saugut an! So war er eben – für seinen Topf gab es keinen Deckel! Er war sein eigener Deckel! Punkt. Man musste Prioritäten setzen, und er hatte eine wichtige Aufgabe in dieser Welt zu erfüllen, der er am besten ohne Frau an seiner Seite nachkommen konnte! Gott, er hätte Priester werden sollen. Nein, gegen Sex war ja nichts einzuwenden, aber musste man dafür einen so hohen Preis zahlen?

Romantischere Gemüter würden jetzt einwerfen, dass es nicht um Sex ging, sondern um Liebe. Von wegen! In den allermeisten Beziehungen ging es nur darum, wer die Macht hatte, seinen Willen durchzusetzen! Was hatte es mit Liebe zu tun, wenn man sich gegenseitig das Leben unerträglich machte?

Andreas konnte nicht verhindern, dass sich seine Gedanken zum hunderttausendsten Mal in diesen verdammten Italienurlaub verbissen! Warum hatte sich Sabine nicht an die Spielregeln gehalten? Hatten sie nicht vorher verabredet, nicht immer alles gemeinsam zu unternehmen? Warum galt das auf einmal nicht mehr? Sobald er alleine sein oder etwas auf eigene Faust unternehmen wollte, bestrafte sie ihn mit „Liebesentzug"! Warum?! Genau eine Woche hatte er das ausgehalten, dann hatte er seinen Koffer gepackt und die Stadt verlassen!

Verflucht – war ihm heiß! Andreas stand auf, zog das Hemd aus, holte sich aus dem Bad eine Waschschüssel mit kaltem Wasser, stellte sie vor den Sessel, Hose hochgekrempelt, hingesetzt, Füße ins Wasser. Herrlich!

Er war nicht etwa nach Hause gefahren, sondern ins 100 km nördlich gelegene Rom, eine schöne, laute, heiße Stadt. Er hatte sich frei gefühlt, wie gerade aus einem Straflager entflohen, er hatte Kirchen und Museen und den malerischen Park der Villa Borghese durchstreift (der hätte Sabine gefallen), er hatte exzellent gespeist, war auf den Bergen und durch antike Ruinen geklettert, und einmal hatte er ein einsames Plätzchen auf einer Anhöhe gefunden, einen weißlichen Felsen unter einer gekrümmten, halbvertrockneten Pinie, und hatte ganz allein, mit sich und der Welt im Reinen, den Ausblick über das weite, tiefblaue Meer unter dem Azurhimmel genossen.

Andreas seufzte tief auf und nahm sich vor, diesen Ort wenigstens noch einmal in seinem Leben zu besuchen.

Bis dahin musste er mit dem Universum Vorlieb nehmen. Er zog das Teleskop heran, und versuchte mit seinem kleinen, menschlichen Verstand wieder einmal die Unendlichkeit des Raums zu begreifen.

Kapitel 3

Köln
Mittwoch, 8. September, 10.45 Uhr

Als Patrick sich im Bett aufsetzte, war sofort der Kopfschmerz da. Zu viel Alkohol, zu lange aufgeblieben. Das geht nicht, Junge, mehr Disziplin!

Patrick grinste gequält vor sich hin, bis er die Beine neben sich sah. Hoppla, hatte er Rubina etwa nicht nach Hause gebracht? Gerade wurde sie wach, schaute sich mit halb geschlossenen Augen unter schweren Lidern um und gähnte. „Hi. Sag mal, wie viel Uhr ist es?“

„Viertel vor elf.“

„Mist, wir wollten doch zur Vorlesung!“

„Ich lasse die Mittwochsvorlesungen sowieso immer ausfallen. Komm, steh auf, ich mach Frühstück.“

Zehn Minuten später saßen sie sich am Couchtisch gegenüber, in der Küche war kein Platz zum Sitzen. Rubina sah süß aus in dem türkisblauen Top. Süß fand er auch ihr Stupsnäschen, die großen, braunen Augen, die langen, dicken Haare. Der Rest ihres Körpers war vielleicht ein bisschen mager.

Und wie sie jetzt auf dem Toast herumkaute und zwischendurch Kaffee schlürfte, fand er auch noch halbwegs süß; nicht süß fand er ihre bestimmende Art – Rubina würde ganz sicher nicht die Mutter seiner Kinder werden, das hatte er schon beschlossen, obwohl er sie noch keine Woche kannte.

„Was machst du denn gleich?“, fragte sie kauend.

„Ich fahre jeden Mittwoch nach Hause, lass mich von meiner Mutter bekochen und mache ihr anschließend den Garten... Rasenmähen, Bäume und Büsche schneiden und so. Ich sehe das sportlich, ich tu was für meinen Körper.“ Patrick schaute sie provozierend an. Jetzt kam doch garantiert irgendein blöder Kommentar! Und da war er schon.

„Hab ich mir etwa ein Muttersöhnchen geangelt?“ Rubina lächelte aufreizend lieb.

Patrick tat gelassen. „Weißt du, der letzte, der das Wort zu mir gesagt hat, hat eine aufs Maul gekriegt.“

Rubinas Lächeln verschwand, ihr Blick wurde angriffslustig. „Du würdest mich schlagen?"

Patrick blieb äußerlich immer noch ruhig. „Nein, natürlich nicht. Mit dir würde ich was anderes machen."

Dazu wollte sie anscheinend nichts Näheres wissen. Stattdessen stand sie auf, packte ihre Sachen zusammen und meinte: „Du, ich muss los, fährst du mich nach Hause?"

Das machte er, aber die Verabschiedung fiel etwas kühl aus. Wahrscheinlich würde er die Frau nie wiedersehen. Außer an der Uni. Mist.

Nachdem sie ausgestiegen war, fuhr Patrick auf die Flughafenautobahn und gab ordentlich Gas. Der Sportwagen (ein schwarzer Porsche Targa, gebraucht, 231 PS) schnurrte mit 145 km/h über die linke Spur.

Patrick ärgerte sich ein bisschen. Muttersöhnchen! Seine Mutter verwöhnte ihn nach Strich und Faden, ja, auch mit Geld! Warum sollte er da nicht ein wenig Dankbarkeit zeigen? Warum sollte man im Leben nicht mitnehmen, was man kriegen konnte, solange es moralisch in Ordnung war? Das sagte auch sein Vater immer, seines Zeichens Richter am Bonner Landgericht.

Und außerdem hatte Patrick ein gutes Verhältnis zu seiner Mutter, erst recht seit... seit seine Schwester vor fünf Jahren so elend gestorben war. Wenn er daran dachte, stiegen ihm immer noch sofort Tränen in die Augen, da half ihm auch sein ganzes Psychologiestudium nichts!

Reiß dich zusammen und denk an was anderes! Oder willst du an der nächsten Leitplanke krepieren?! Das würde seine Mutter nicht überleben.

Am Kreuz Bonn Ost fuhr er geradeaus weiter und verließ die Autobahn an der Ausfahrt ‚Römlinghoven'. Von dort bis nach Oelinghoven brauchte er knappe zehn Minuten.

Das Haus, in dem er mehr als sein halbes Leben verbracht hatte, lag an einer schmalen, bürgersteiglosen Straße und war äußerlich gar nicht nach seinem Geschmack: ein tadellos renoviertes Bauernhaus aus dunklen Backsteinen. Aber seine Mutter liebte jeden Quadratzentimeter daran.

Schwungvoll stellte Patrick den Wagen auf dem Platz vor der Doppelgarage ab, sprang sportlich heraus und klingelte an der Haustür. Wahrscheinlich hatte seine Mutter vom Küchenfenster aus den Wagen schon gesehen, denn sie riss sofort die Tür auf und drückte ihren Sohn an ihre

Brust. Zuerst gab es Küsschen links, Küsschen rechts, und dann stellte sie die üblichen 150 Fragen, während sie durch den Flur voraus schwerfällig in die Küche ging, in ihren Gesundheitsschlappen, in dem blaugemusterten Hängerkleid über ihrem in die Breite gegangenen Körper, mit dem dicken, geflochtenen, grauen Zopf, der über ihren Rücken hing.

Hier unten im Haus roch es lecker nach Sauerkraut, ja, es gab dazu Kasseler und selbst gemachtes Kartoffelpüree, und Patrick ließ es sich schmecken.

Während des Essens redete seine Mutter über das Gemüse und die Kräuter, die sie angepflanzt hatte, und dass es unbedingt mal wieder regnen müsse, damit ihr nicht alles vertrocknete. Patrick kam kaum zu Wort, aber das war er gewohnt. Gewohnt war er auch, dass seine Mutter nach dem Mittagessen gern ein Päuschen machte.

„So Mama, geh nach oben, leg dich hin und ruh dich ein bisschen aus“, meinte er. „Ich mähe inzwischen den Rasen. Und dann gucken wir mal, was ich noch alles abschneiden soll.“

„Ja gut, bis später“, nickte sie und räumte noch eben das Geschirr in die Spülmaschine.

Derweil zog Patrick sein T-Shirt und die Jeans aus und streifte die Shorts und die alten Leinenschuhe über, die er sich zum Arbeiten mitgebracht hatte.

Während seine Mutter die Treppe hinaufstapfte, hängte er sich seinen MP3-Player um, steckte die Kopfhörer in die Ohren und ging in den Keller, von wo er den schweren Benzinmäher in den Garten schleppte. Durch die Schatten der vielen alten Bäume lag ein Großteil der Wiese nicht in der prallen Sonne.

Rundum verwehrten Büsche und Hecken den Einblick in den Garten. Schade eigentlich.

*

Königswinter-Oelinghoven
14.00 Uhr

Elke sah Patrick ein paar Minuten vom Schlafzimmerfenster aus zu. Ein schöner Anblick – die etwas längeren, blonden Haare, der muskulöse Oberkörper, die kräftigen Beine, sicher hätte er sofort einen Job als Model bekommen. Aber dazu hatte er zu viel Köpfchen, er wollte Psychologe werden. Das passte, denn er war hilfsbereit, lieb, verständnisvoll und konnte gut zuhören. Sie war stolz auf ihren Sohn.

Bahn für Bahn schob er, Kopfhörer in den Ohren, Sonnenbrille auf der Nase, den Rasenmäher über die Wiese und schien irgendein Lied mitzuträllern.

Elke wandte sich ab. Gott, war sie müde! Die Hitze machte ihr ganz schön zu schaffen. Sie ließ sich auf ihre Seite des Bettes plumpsen, streifte die Schuhe ab, legte sich hin, streckte alle Viere weit von sich und lauschte eine Weile dem Brummen des Rasenmähers, das sich näherte und wieder entfernte, näherte und wieder entfernte...

Sie dankte Gott für ihren prächtigen Sohn und für ihr von Geldsorgen freies Leben und dafür, dass sie in ihrem Alter noch halbwegs gesund war. Nach der Sache mit Linda war sie religiös geworden. Und komischerweise auch dankbar. Sie dankte Gott für jeden Tag, an dem nichts Schlimmes passierte. Und sie hatte ihm versprochen, nur noch Dinge zu tun, die sie mit Gott und ihrem Gewissen vereinbaren konnte.

Daran hatte sie sich gehalten. Zumindest bis auf – verflixt, warum musste sie denn jetzt daran denken? Warum hatte sie sich nur dazu überreden lassen? Es war falsch gewesen!

Elke fing an zu beten, um Verzeihung zu bitten, murmelte vor sich hin und fiel dann doch in einen leichten Halbschlaf.

*

Patrick schwitzte.

Eben war er am hinteren Ende des Gartens angekommen, drehte um und schob den Rasenmäher wieder aufs Haus zu. Eigentlich hatte er ein tolles Leben: Er konnte in aller Ruhe studieren, was er wollte, ohne sich finanzielle Sorgen machen zu müssen. Besonders seine Mutter war über die Maßen verständnisvoll und herzlich und erfüllte ihm jeden Wunsch. Nur manchmal ging sie ihm mit ihrer Vorliebe für Kitsch und mit ihren religiösen Zwangsvorstellungen auf die Nerven – sicher hätte sie ihm mit der Hölle gedroht, wenn sie von seinem freizügigen Lebenswandel gewusst hätte; er sah blendend aus und war von unverwüstlicher Gesundheit, und er hatte garantiert eine rosige Zukunft vor sich. Was konnte man mehr vom Leben erwarten?

An der steinernen, säulenförmigen, kitschigen Vogeltränke mitten auf dem Rasen hielt er kurz an und griff zu der Flasche, die er dort abgestellt hatte.

Das Wasser war inzwischen lauwarm, aber Patrick leerte die Flasche mit wenigen, kräftigen Zügen, ließ den Rasenmäher wieder an und schob ihn, halblaut singend, weiter über das Gras.

Er war noch keine fünf Meter gekommen, als er plötzlich einen Stich in seinem nackten Rücken verspürte. Doch bevor er irgendwie reagieren konnte, fuhr ein unfassbar starker Schmerz durch seinen Körper und ließ sein Herz regelrecht explodieren.

*

Elke schreckte hoch.

Wie lange hatte sie geschlafen? Schwerfällig drehte sie sich auf die Seite und schaute auf die Uhr auf ihrem Nachttisch. Eine halbe Stunde! Das war nicht gut, da konnte sie heute Abend wieder nicht einschlafen!

Trotzdem blieb sie liegen. Bis sie merkte, dass das laute Geräusch des Rasenmähers nicht mehr zu hören war. Sicher hatte Patrick eine Pause eingelegt. Der arme Junge, eigentlich sollte man in der Mittagshitze den Rasen gar nicht mähen!

Eine Weile lag sie noch da und wartete darauf, dass das Brummen wieder einsetzte. Aber das passierte nicht. War Patrick am Ende schon fertig mit der Wiese? Sie richtete sich auf (wobei ihr ein wenig schwindlig wurde), schwang die Beine aus dem Bett und schlüpfte in ihre Schuhe. Ächzend stand sie auf und trat ans Fenster.

Was sie sah, wollte erst überhaupt nicht in ihren Verstand. Was war das? Neben dem schräg stehenden Rasenmäher lag Patrick auf dem Bauch auf der Wiese. Auf seinem Rücken mehrere große, blutrote Flecken und Streifen.

Elkes einziger, klarer Gedanke: *Mein Gott, ein Unfall, der Junge ist unter den Rasenmäher gekommen!* Ihre Beine schienen wegzusacken. *Nein, du musst ihm helfen! Geh runter, sofort!*

Mit rasendem Herzen und weichen Knien arbeitete sie sich die Treppe hinunter. Ein Wunder, dass sie nicht stürzte! Schnell durchs Wohnzimmer, auf die Terrasse, in den Garten.

Dort blieb sie einen Moment stehen, schwer atmend, mit dem Gefühl, jeden Moment umzufallen. Wollte sie sich wirklich ansehen, ob er sich einen Fuß oder sonst etwas abgeschnitten hatte? Unsinn, er war am Rücken verletzt! Wie konnte so etwas überhaupt passieren?!

Sie begriff nichts, in ihrem Kopf war nur Panik, als sie auf Patrick zueilte, wobei sie fast einen Schuh verlor. Der Junge hatte sich die ganze Zeit über nicht bewegt. Das war irgendwie komplett unwirklich. Die einzige Erklärung, die Elke dafür zuließ, war, dass Patrick vor Schmerz das Bewusstsein verloren haben musste. Nein, etwas anderes ließ sie nicht gelten!

Dann war sie bei ihm angekommen, blickte auf ihn herab, sah, was wirklich mit seinem Rücken passiert war, sackte auf die Knie und schrie das halbe Dorf zusammen.

*

Bonn, Polizeipräsidium
13.00 Uhr

„Weißt du was?", fragte Sascha, der seiner Meinung nach gerade einen wahrlich genialen Gedanken gehabt hatte. „Was hältst du von folgender Theorie: Die Freemans erben doch jetzt nach Angelika Müschbergs Tod eine ordentliche Stange Geld. Vielleicht hat unser Bob seinen drei Kollegen zehn Prozent versprochen, wenn sie behaupten, sie hätten ihn auf Pützchens Markt nicht gesehen!"

Andreas schaute ihn über seine Lesebrille hinweg an. „Was verbeißt du dich denn jetzt so in die Freemans?"

„Ganz einfach, weil wir außer ihnen und dem Rheumakranken nichts Besseres haben", beschwerte sich Sascha und trank ein ganzes Glas Cola auf einmal leer. „Ich finde, wir sollten auch alle anderen Mitarbeiter der Firma befragen. Vielleicht ist Freeman doch einer über den Weg gelaufen!"

„Du willst doch jetzt nicht mit dem Auto los?"

„Doch! Wir kommen ja hier überhaupt nicht weiter! Angelika Müschbergs Mercedes ist in den Straßen nicht aufzutreiben, und bis wir alle Werkstätten in Bonn und Umgebung abgeklappert haben, vergehen Jahre!" Sascha war schlecht gelaunt und auch nicht ausgeschlafen. Annika nervte, Gabriel nervte. Und Andreas sowieso! Es konnte doch nicht angehen, dass ein erwachsener Mann ständig derart über die Hitze jammerte! „Also was ist jetzt, kommst du mit?"

Andreas glotzte ihn immer noch an. „Nein. Fahr doch einfach allein, irgendwann musst du ja mal auf eigenen Füßen stehen."

Geschlagene fünf Sekunden überlegte Sascha, ob er darauf antworten sollte, entschied sich dagegen, griff sich die Autoschlüssel, sagte „Bis später" und war kurz darauf auf dem Weg nach Siegburg zur Gartenbaufirma von Bob Freeman. Er war gerade auf der A59 angekommen, als er einen Anruf von Andreas erhielt.

„Ich hab gerade in Freemans Firma angerufen. Die Mitarbeiter halten sich im Augenblick an folgenden Orten auf, schreib mal mit: Einer ist in – "

„Spinnst du, ich fahre gerade 160! Und wieso mischst du dich überhaupt ein?"

„Ich wollte dir unnötige Zeit im Auto ersparen."

„Und mir unter die Nase reiben, wie blöd ich bin! Herzlichen Dank! Ich ruf dich vom nächsten Parkplatz aus an!"

Sascha trat noch ein bisschen fester aufs Gas, nahm die nächste Ausfahrt, versuchte sich nicht zu ärgern und rief Andreas zurück: Zwei Kollegen von Freeman verlegten immer noch Pflastersteine in Holzlar, drei andere Kollegen bepflanzten einen Teich in Sankt Augustin-Niederpleis, und vier waren damit beschäftigt, in Meindorf einen Zaun zu ziehen.

Sascha klapperte alle Kollegen in dieser Reihenfolge ab und war nach einer guten Stunde wieder auf dem Rückweg ins Präsidium, als er noch einen Anruf von Andreas bekam.

„Wo bist du?"

„Bin in zehn Minuten da. Was ist los? Ist dir im Büro zu heiß geworden? Willst du lieber einen Ausflug im gut gekühlten Auto machen?"

„Genau das. Wir müssen nach Oelinghoven, da ist anscheinend jemand ermordet worden."

„Oelinghoven? Das ist doch gleich hinter Vinxel. Bin in zwei Minuten da."

Als Sascha am Seiteneingang eine Vollbremsung hinlegte, stand Andreas schon bereit. Er kletterte ins Auto und wollte wissen: „Na, hast du was rausgefunden wegen Freeman?"

Sascha wendete. „Die reden zwar nicht alle nett über ihn, aber keiner seiner Kollegen ist ihm angeblich auf Pützchen begegnet. Gibt's bei dir was Neues?"

„Ich hab weiter nach Vorstrafen von Angelika Müschbergs Verwandten gesucht. Nichts." Andreas schnallte sich an. „Dann hab ich veranlasst, dass die Medien morgen eine Suchmeldung nach dem verschollenen beigefarbenen Mercedes bringen."

„Bravo."

„Ja, ich bin eben ein pflichtbewusster Beamter."

„So ähnlich wie Heinz Erhardt als Willi Winzig? Den Film musst du doch in deiner Jugend gesehen haben."

Andreas klang auf einmal unendlich genervt. „Sascha, ich bitte dich, hör auf damit!"

Sascha verstummte zumindest so lange, wie sie durch Oberkassel fuhren, dann aber platzte es aus ihm heraus: „Ich finde es verdammt traurig, dass du meine Leidenschaft für den Film nicht teilst! Wir könnten so gute Gespräche führen!"

„Über ‚Rocky' Teil 5 oder ‚Nightmare on Elmstreet' Teil 38? Film ist deine Leidenschaft? Und ich dachte, das wär die Kriminalistik!"

„Ist sie ja auch." Sascha bog ab in die Langemarckstraße. „Aber darf man denn nur eine Leidenschaft haben? Welcher Paragraph ist das denn?"

„Zu viele Leidenschaften lenken ab."

„Na, da musst du ja voll konzentriert sein." Jetzt nahm Sascha die Serpentinen besonders sportlich.

„Konzentrier du dich mal lieber auf die Kurven hier", murmelte Andreas.

Hoffentlich bekam er einen Schweißausbruch nach dem anderen! Vielleicht sollte Sascha ihn noch ein bisschen mehr quälen. „Kennst du ‚The Italien Job'? Ein Meisterwerk – und warum? Kriminalistik in Bestform! Guck dir's doch erst mal an, bevor du dein vernichtendes Urteil fällst!"

„Meinst du nicht, dass unsere kriminalistische Wirklichkeit ein bisschen anders aussieht als in deinen Filmen?"

„Gott sei Dank! Ich würde mir garantiert keinen Film über unsere Arbeit angucken!"

„Warum hast du dich dann nicht bei der Polizei in New York oder Chicago beworben?"

„Mein Englisch ist eingerostet."

Daraufhin hielt Andreas erst einmal den Mund, und Sascha gingen plötzlich seltsame Gedanken durch den Kopf: Vielleicht sollte er sein Englisch aufpolieren und tatsächlich eine Bewerbung in die USA schicken... nach Miami... oder San Franzisco... oder L.A. Ein Leben ohne nörgelnde Annika oder eine Wahnsinnige, die ihm Liebesbriefe schrieb. Natürlich würde er Gabriel vermissen. Und vielleicht sogar Andreas, diesen pedantischen, arbeitssüchtigen Besserwisser! Aber vermutlich gab es in den USA die gleichen alten Besserwisser!

Sascha düste über die sich durch sonnenüberflutete Felder schlängelnde Landstraße, die in die verwinkelten Gassen von Vinxel führte. Er entwickelte Rennfahrerehrgeiz und kurvte schnittig durch die Engstellen. Als sie Oelinghoven beinahe erreicht hatten, tauchten plötzlich hinter ihnen ein Rettungswagen und ein Notarztwagen auf, die mit Sirene durch die sommerlich grüne Feld- und Wiesenlandschaft rasten. Sascha gab noch ein wenig Gas und ließ sich erst kurz vor Oelinghoven überholen.

Dann fuhr er hinter dem Rettungswagen her, dessen Fahrt auch prompt an der angegebenen Adresse endete. Sie lag in einer schmalen Straße, die eher für Traktoren als für Polizeidienstwagen geeignet schien, obwohl es 50 Meter weiter eine Bushaltestelle gab.

Schließlich kamen sie vor einem renovierten Bauernhaus mit angebauter Doppelgarage an. Dort parkte bereits ein Streifenwagen neben einem älteren Porsche. Andreas und Sascha stiegen aus dem Auto, gingen auf das Haus zu und standen schon auf einem gewundenen Steinpfad zwischen den Blumen, als ihnen von links, von der äußersten Ecke der Garage, ein Polizist zuwinkte. „Hier rüber!"

Auch Arzt und Sanitäter liefen nach links, wo zwischen Garagenwand und Hecke ein breiter, gepflasterter Durchgang direkt in den Garten hinter dem Haus führte. Auf den ersten Blick schien dieser Garten unüberschaubar weitläufig: Nach rechts hin war er parkähnlich angelegt, mit Rasen, alten Bäumen und vielen Büschen, links trennte eine Hecke eine Art Obstbaumplantage ab, und ganz links, zur Straße hin, gab es einen Gemüsegarten.

Der Arzt und die Sanitäter eilten auf die drei Menschen zu, die mitten auf der Wiese nicht weit von einer steinernen Vogeltränke entfernt im Schatten einer Kastanie ein dramatisches Gruppenbild mit Dame und Rasenmäher abgaben: Eine ältere Frau saß dort weinend auf dem Boden, ein Polizist hockte vor ihr und redete auf sie ein, und der dritte war, so weit Sascha das aus dieser Entfernung erkennen konnte, ein Mann, der vermutlich auf dem Bauch lag, dicht neben dem roten Rasenmäher.

Das hysterische Schluchzen und Schreien der Frau war fast bis auf die Straße zu hören. Sascha betrat die Wiese und hörte Andreas murmeln: „Unser Tatort ist komplett versaut. Peer und Renate werden begeistert sein... sieh dir das an – jetzt fummelt der Arzt auch noch an unserer Leiche rum!“

Sascha sagte lieber nichts, während er neben Andreas auf die Gruppe Menschen zumarschierte. Von der Straße war der Garten wegen der Hecken nicht einsehbar. Der Arzt hatte inzwischen von dem Ermordeten abgelassen und die immer noch laut klagende Frau ein paar Meter zur Seite verfrachtet.

Andreas und Sascha wiesen sich bei dem Polizeibeamten, der sie nicht kannte, aus und ließen sich die Sachlage erklären.

„Die ältere Dame heißt Elke Jakob, und er hier – “ er wies auf den Mann zu seinen Füßen und wischte mit der Hand über die schwitzende Stirn, „ist ihr Sohn Patrick Jakob, 28 Jahre, wohnt und studiert in Köln. Wenn ich die Frau richtig verstanden hab, kam er jeden Mittwoch zum Essen und zum Rasenmähen her.“

Sascha ließ seinen Blick über die Leiche wandern. Der Mann trug praktisch nur Shorts und Stoffschuhe, auf dem nackten Rücken klafften mehrere breite und wahrscheinlich tiefe Einstiche, nach dem vielen Blut zu urteilen – sogar der Rasen unter ihm glänzte dunkel und feucht. Ein paar Fliegen hatten sich auch schon eingefunden.

Andreas ging in die Hocke, wedelte mit der Hand, um die Fliegen zu verscheuchen, und fragte den Polizisten: „Hat die Mutter gesehen, was passiert ist?“

„Leider nein. Die hat ein Nickerchen gemacht, während ihr Sohn hier draußen zugange war.“

„Wär ja auch zu einfach gewesen“, kommentierte Sascha und zeigte zum Kopf des Toten. „Was ist das da am Ohr?“

Andreas beugte sich näher heran, ohne etwas anzufassen. „Das sind Kopfhörer. Anscheinend hat er Musik gehört und nicht mitgekriegt, dass sich jemand von hinten angeschlichen hat.“

„Na, der laute Benzinmäher allein hätte auch gereicht“, bemerkte der Kollege, der unter den Armen dunkle Flecken im Hemd hatte.

„Wahrscheinlich." Andreas richtete sich auf und musterte den hinteren Teil des Gartens. Auch Sascha sah sich um: viele dichte Büsche, dicke Baumstämme, jede Menge Verstecke.

„Sorgen Sie bitte dafür, dass in dem Teil des Gartens da hinten niemand mehr rumläuft, vielleicht finden wir Spuren", ordnete Andreas an und wandte sich um. „Ich versuche mal, noch was von der Mutter zu erfahren."

Elke Jakob saß breitbeinig in ihrem blaugemusterten Hängerkleid auf dem Boden, mit völlig verweintem Gesicht. Der Arzt spritzte ihr gerade etwas in den Arm, tupfte die Stelle ab und packte seine Sachen zusammen.

Als Andreas sich der Frau vorstellte, hob sie theatralisch die Hände empor, als spiele sie in einer Oper mit und schluchzte: „Ich verstehe das nicht! Was hat er denn getan?! Er war ein so guter Mensch! So einen Menschen kann man doch nicht einfach umbringen! Nein, ich träume das! Das ist alles nicht wahr! Bitte sagen Sie mir, dass das nicht wahr ist!"

Plötzlich ließ sie die Hände sinken, und ihr Blick wurde abwesend. Das Beruhigungsmittel begann zu wirken.

Andreas hockte sich neben sie und sagte mitfühlend: „Frau Jakob, haben Sie irgendeine Idee, wer Ihrem Sohn das angetan haben könnte?"

Aber die Frau starrte schweigend ins Nichts. Ihr Gesichtsausdruck war müde und schlaff. Ganze Gesichtsteile schienen langsam in sich zusammenzusacken.

Aus dem Augenwinkel bemerkte Sascha, dass noch mehr Menschen auf den Rasen eilten. Anscheinend waren Peer und die Spurensucher eingetroffen. Letztere würden vermutlich nicht viel finden: keine Fingerabdrücke, keine Fußabdrücke. Mord im Freien hatte seine Vorteile. Für den Mörder. Falls er nicht doch bemerkt worden war.

Peer erschien in einem postgelben, ärmellosen Shirt, das zu eng war, um seinen Bauchansatz zu verbergen. Renate und einer ihrer Kollegen traten wahrhaftig in weißen Overalls an: Daran sollte sich Andreas mal ein Beispiel nehmen – die ertrugen die Hitze klaglos!

Auch der Fotograf war zur Stelle und machte Fotos von Patrick Jakob und dem Rasenmäher, während Peer sich mit der Leiche beschäftigte und sie nach ein paar Minuten vorsichtig mit Saschas Hilfe auf den Rücken drehte. In dieser Position konnte man den äußerst athletischen

Körperbau des Ermordeten besonders gut erkennen. Er trug eine verbogene Sonnenbrille auf der Nase und einen MP3-Player um den Hals.

„Mann, der sieht ja fast aus wie Vin Diesel in ‚Pitch Black'", murmelte Sascha vor sich hin, und ein klein wenig neidisch war er schon. Er sollte wieder öfter zum Training gehen und die alten Muskeln auf Vordermann –

„Was is? Du willst dir 'nen Diesel kaufen?" Peer lächelte ihn mit seinen Wulstlippen an, als habe er ihn durchschaut.

„Hat die Mutter was zur Tatzeit gesagt?", fragte Andreas den Polizisten. Der Mann sah auf seine Uhr. „Wir haben jetzt halb drei. Das muss so um zwei passiert sein."

„Gut. Wer ist denn das?"

Andreas schaute zum Haus hinüber, neben dem gerade ein nicht sehr großer, aber sehr dünner Mann in Anzughose, Hemd und Krawatte aufgetaucht war. Sein Kopf wirkte unverhältnismäßig groß im Vergleich zum restlichen Körper, und als er näher kam, verstand Andreas auch warum: Es war sein dickes, graues, etwas längeres, lockiges Haar, das seinen Kopf aus der Ferne so riesig erscheinen ließ. Energisch eilte er auf den Tatort zu.

„Sicher der Vater", vermutete Sascha, drehte sich um und tat so, als begutachte er den Boden rund um die Leiche. Sollte sich doch Andreas um den Mann kümmern!

Es handelte sich tatsächlich um Gideon Jakob, der von seiner Frau angerufen worden war. Ein paar Sekunden war es sehr still, dann hörte Sascha den Mann sagen: „Ich weiß nicht, ob Elke das überlebt." Keiner sagte etwas, und so fuhr Jakob mit tonloser Stimme fort: „Unsere Tochter Linda ist vor ein paar Jahren an einer schweren Krankheit verstorben... und jetzt das hier... nein, das überlebt sie nicht."

Andreas räusperte sich. „Sie sollten sich unbedingt professionelle Hilfe holen, alleine schaffen Sie das nicht. Herr Jakob, können Sie sich vorstellen, wer das hier gewesen sein könnte?"

Stille.

Andreas fragte weiter. „Könnte es eine Beziehungstat gewesen sein?"

„Sie meinen eine Freundin? Soweit ich weiß, hatte Patrick keine feste Freundin. In der Hinsicht war er ein wenig... flatterhaft."

„Und sonst fällt Ihnen niemand ein?"

„Ich muss Ihnen sagen, im Moment fällt mir gar nichts ein. Ich kann überhaupt keinen klaren Gedanken fassen." Pause. „Kann ich nicht morgen früh zu Ihnen kommen?"

Andreas machte einen Termin im Präsidium mit ihm aus, und Jakob eilte hinüber zu seiner Frau, die wohl immer noch auf der Wiese saß. Sascha schaute sich auch das nicht an – er wollte von dem ganzen Elend nichts mitbekommen. Wenn er sich vorstellte, dass sein eigener Sohn ermordet würde... Nein, das stellte er sich dann doch lieber nicht vor.

*

Es tat Andreas richtig weh, die beiden Eltern auf dem Rasen hocken zu sehen, wie sie sich in den Armen lagen, wie sie weinten, wie sie vom Schmerz zerrissen wurden.

Jawohl, er fühlte mit, und deshalb wandte er sich ab und sah Renate geradewegs auf sich zukommen, die Overallkapuze jetzt wieder heruntergeschlagen, rot im Gesicht, Müdigkeit in den Augen.

„Fußspuren gibt's da hinten nicht, der Boden ist zu trocken", berichtete sie, holte aus ihrer Tasche, die sie an der säulenartigen Vogeltränke abgestellt hatte, eine Flasche Wasser, setzte sie an ihre pink geschminkten Lippen und genehmigte sich ein paar große Schlucke.

„Aber ich hab ein paar blutige Papiertaschentücher unter den Büschen gefunden. Wahrscheinlich hat der Täter damit die Hände und das Messer abgeputzt. Und bei dem Gemetzel hat garantiert auch seine Kleidung was abgekriegt." Sie schraubte die Flasche zu und musterte währenddessen Patrick Jakobs Leichnam, den Peer wieder auf den Bauch gedreht hatte. „Der arme Junge. Es sind acht Stiche, oder? Entweder wollte jemand ganz sicher gehen, oder jemand hatte mächtig Wut auf ihn."

„Ja, der erste Stich hätte eigentlich gereicht. Mitten ins Herz." Peer nickte nachdenklich. „War entweder Zufall, oder der Täter hatte medizinische Vorkenntnisse."

„Also bitte – sogar ich weiß, wo das Herz ist!", lästerte Sascha, und Andreas griff ein, bevor sich die beiden wieder in die Haare gerieten.

„Das sollte ein Scherz sein", stellte er rigoros klar und betrachtete die Leiche. „Wo sind seine Sachen? Geldbörse, Autoschlüssel, Handy, so was?"

Danach hatte anscheinend noch niemand gesucht. Also ab ins Haus. Nur raus aus dieser Backofenluft!

Sascha und der Uniformierte eilten hinter Andreas her. Im Haus war es vergleichsweise kühl. In den Räumen viel Holz und alte Bauernmöbel. In der Küche wurden sie fündig: Anscheinend hatte sich der junge Mann hier umgezogen: Über einem Stuhl hingen Jeans und T-Shirt, auf dem Tisch lagen Autoschlüssel und Wohnungsschlüssel, Portemonnaie und Handy.

Andreas zog sich Handschuhe an, bevor er zum Handy griff. Er sah sich die neuesten Nachrichten an: zwei SMS von zwei verschiedenen Damen und ein entgangener Anruf von einer Rubina T.

„Hier Sascha, ruf die Frau zurück, frag, wo sie ist und ob wir mit ihr sprechen können." Andreas reichte das Telefon an Sascha weiter. Der rief an, erzählte der Frau nichts Genaues und machte mit ihr einen Treffpunkt in einem Restaurant am Kölner Rheinufer aus.

„Sag mal, ging's nicht noch weiter weg?", beschwerte sich Andreas.

„Soviel ich weiß, liegt Köln noch in Europa. Die Frau hat kein Auto und wollte ungern herkommen. Außerdem wollte sie uns anscheinend nicht in ihrer Wohnung haben, traut uns wohl nicht", bemerkte Sascha.

„Entweder das, oder in ihrer Wohnung liegen ein paar blutbefleckte Kleidungsstücke herum." Andreas nahm Patricks Portemonnaie, sein Handy und die Schlüssel an sich. „Wir fahren mal eben nach Köln, geben Sie das bitte an unsere Kollegen weiter."

Der Polizist nickte. Sascha und Andreas verließen das Haus durch den vorderen Eingang, und während Sascha das Auto zwischen den anderen Fahrzeugen und ein paar inzwischen eingetroffenen Neugierigen in der engen Straße zu wenden versuchte, lief Andreas noch einmal zurück ins Haus und trug dem Polizisten, der auf einem Stuhl in der Küche saß und augenscheinlich eine Verschnaufpause machte, auf, die Leute draußen zu befragen, ob vielleicht jemand etwas Ungewöhnliches gesehen hatte.

„In so einem Dorf fällt doch sofort alles auf, was nicht hierhin gehört. Halten Sie mal die Unterarme unter kaltes Wasser und trinken Sie einen halben Liter, dann geht's wieder", riet Andreas, stieg zu Sascha ins Auto und freute sich ausnahmsweise über die Klimaanlage. Und über das Navigationsgerät, das sie über die A3, ein Stück über die A4, über die Rodenkirchener Brücke und dann nach Norden führte. Ein Stück durch den Wald, dann eine halbe Ewigkeit am Rhein entlang durch die Stadt bis zum Agrippina-Ufer.

Dort ergatterte Sascha ein Plätzchen in einer Tiefgarage. Zurück am Tageslicht fanden sie sich an der Rheinpromenade wieder, an der ein sehr langgestreckter Gebäudekomplex aus ehemaligen Hafenanlagen lag, die irgendein vermögender Investor renoviert und in exklusive Wohn- und Geschäftsgebäude hatte umbauen lassen.

Das Restaurant lag direkt an der Promenade des ziemlich ausgetrockneten Rheins und war schnell gefunden. Auch davor gab es jede Menge besetzter Tische unter großen, braunen Sonnenschirmen. Wo steckte Rubina T.?

Andreas stellte sich so, dass er sowohl den Innenraum als auch die Tische draußen überblicken konnte, und rief die Frau mit seinem Handy an. Nicht weit entfernt klingelte, kaum hörbar in dieser Geräuschkulisse, ein Telefon, eine junge, dünne Frau mit hochgesteckten Haaren hielt ihr Handy ans Ohr, und Sascha und Andreas steuerten ihren Tisch an.

Da dort kein Platz mehr frei war, bat Andreas die Frau, die Rubina Thiele hieß, mit zur Uferpromenade zu kommen, wo er sich im Schatten der schicken Hafengebäude ihre Personalien geben ließ und sie fragte, wo sie um 14 Uhr gewesen sei.

Thiele verschränkte die mageren Arme vor ihrem blauen Top und schaute unfreundlich drein. „Wieso? Können Sie mir nicht endlich mal sagen, was los ist?"

Andreas schaute ihr fest in die großen, braunen Augen und erklärte: „Patrick Jakob wurde gegen 14 Uhr im Garten seiner Eltern ermordet."

Rubina erwiderte seinen Blick, während sich ein etwas unsicheres Lächeln auf ihr Gesicht stahl. „Sie wollen mich auf den Arm nehmen, oder?"

„Nein, absolut nicht. Hier gibt es auch keine versteckten Kameras. Wann haben Sie Patrick zum letzten Mal gesehen?"

Jetzt ging ihr Blick an Andreas vorbei, sie schluckte ein paar Mal und kratzte sich am linken Oberarm. „Ich war heute Nacht bei ihm, und er hat mich so um... um halb zwölf zu Hause abgesetzt und ist dann weitergefahren zu seiner Mutter. Er wollte... bei ihr den Rasen mähen."

„Haben Sie ein Auto, Frau Thiele?"

„Nein."

„Was haben Sie gemacht, nachdem er weg war?"

„Ich hab in der Nacht... na ja, nicht so viel geschlafen. Also hab ich was gegessen und mich noch mal hingelegt, für'n Stündchen oder so."

In ihren Augen schimmerten Tränen. Sie wischte mit dem rechten Zeigefinger unter ihrer Nase herum.

„War es was Ernstes zwischen Ihnen und Patrick?"

„Nein, eigentlich nicht." Sie schaute zu Boden. „Eigentlich wollte ich sogar heute mit ihm Schluss machen. Das ist ja das Tragische – ich hab nämlich Angst, dass... dass mein Ex-Freund Robby was damit zu tun hat." Sie presste eine Hand auf ihren Mund und schabte mit der Spitze ihrer braunen Sandalette auf dem Pflaster herum. Dann nuschelte sie weiter: „Verstehen Sie? Was, wenn Robby aus lauter Eifersucht Patrick umgebracht hat und... und wo ich doch eigentlich wieder zu ihm zurückwollte... das wär doch tragisch, oder?"

„Ja, das wär blöd", bestätigte Andreas, der ihr die ganze Geschichte nicht abkaufte. „Geben Sie mir bitte die Adresse von Ihrem Ex-Freund, wir kümmern uns um alles. Vielen Dank erst mal."

Rubina lächelte ihn traurig an und verschwand im Restaurant.

„Und jetzt?", fragte Sascha, der eine modische Sonnenbrille trug und die Gegend betrachtete. Andreas hasste es, wenn er seinem Gegenüber nicht in die Augen schauen konnte.

„Ich erzähl das jetzt alles mal unseren Kölner Kollegen. Wenn das ein Eifersuchtsdrama war, dann sollen die das machen."

„Warum?"

„Warum nicht? Wir haben genug eigene Fälle." Andreas sah auf seine Uhr. „Wo wir aber schon mal hier sind, werfen wir doch wenigstens einen Blick in Patrick Jakobs Wohnung."

Die Adresse stand in seinem Ausweis, und Andreas kam auf die Idee, einen Passanten nach der Straße zu fragen, bevor sie zur Tiefgarage gingen. Und siehe da: Patricks Wohnung war nur zehn Minuten zu Fuß von ihrem jetzigen Standort entfernt.

In der Gegend gab es überraschend viele Bäume in den Straßen, die Häuser waren alt, zum Teil sehr alt, zum Teil sehr aufwändig restauriert. Unterwegs rief Andreas einen Kollegen von der Kölner Kripo an, den er gut kannte, und schilderte ihm, was passiert war.

Der Kollege brach sofort auf, um sich um Robby zu kümmern, während sich Sascha und Andreas in Patricks Studentenbude umsahen, die selbstredend in einem der besseren Altbauten gelegen war. Zwei Zimmer, winzige Küche, kleines Bad, aber Balkon zur Straße hin, leichte Unordnung, ein bisschen unsauber, aber alles im Rahmen.

Zu zweit durchstöberten sie Schränke und Schubladen, und während sich Sascha mit Patricks Laptop beschäftigte, ging Andreas auf die Knie, schaute unter Bett und Sofa nach, unter Teppichen, hinter Bildern an der Wand, aber sie fanden beide nichts, das einen Hinweis auf Mörder oder Mordmotiv hätte geben können.

Eineinhalb Stunden später waren sie wieder auf der Autobahn, diesmal auf der linksrheinischen Seite Richtung Bonn.

Anfangs unterhielten sie sich noch über die Mordfälle, aber je näher die Nordbrücke kam, desto schweigsamer wurde Sascha. Also hielt auch Andreas den Mund, schaute sich die Landschaft an und dachte über alles Mögliche nach: Zum Beispiel darüber, wie temperaturempfindlich der Mensch doch war. So richtig wohl fühlte man sich doch nur zwischen 22°C und 27°C – und dann im Vergleich dazu das Universum mit seinen mehrere Millionen Grad heißen Sonnen und seinen sonnenfernen Planeten mit Oberflächentemperaturen um die 170°C!

Wie gut, dass der Mensch die Erde hatte.

*

Königswinter-Vinxel

Das erste, was er tat, als er vor dem Haus ankam, war, einen Blick in den Briefkasten zu werfen. Nur für den Fall, dass Annika am Mittag nicht dazu gekommen oder dass erst später am Tag etwas hineingeworfen worden war.

Und ja, es lag etwas darin: zwei Flyer mit Werbung und ein Brief. Die Handschrift kannte er, es war die seiner unbekannten Verehrerin R. Wie schön – da kam er nach Hause und fühlte sich gleich noch schlechter!

Für einen Moment dachte er sogar daran, dass Andreas das einzig Richtige tat: sich einfach von allen Frauen fernzuhalten!

Aber nein, das war auch keine Lösung. Sascha warf die Werbung gleich in die Altpapiertonne, stopfte den Brief in seine hintere Hosentasche (hoffentlich enthielt er diesmal auch keinen Sprengstoff) und stieg in den ersten Stock.

Kaum hatte er den Schlüssel in der Wohnungstür herumgedreht, als er drinnen Annika rufen hörte: „Guck mal, der Papa kommt!“

Vorsichtig schob Sascha die Tür auf und trat in den Flur, während

Gabriel nur mit einer Windel bekleidet auf ihn zutapste. Die kräftigen Ärmchen ausgestreckt, auf dem Gesicht ein Strahlen. Sascha nahm ihn auf den Arm, schmuste ein bisschen mit ihm herum und ging in die Küche. Annika stand im rot-schwarz-pink gemusterten Badeanzug am Herd und bereitete irgendeinen Brei für Gabriel zu.

„Was ist denn hier los?“, wollte Sascha wissen.

Annika, die langen, schwarzen Haare zum dicken Zopf geflochten, warf ihm über die Schulter einen koketten Blick zu. „Erstens war mir zu warm, und zweitens fand ich, du solltest mal wieder was Schönes sehen.“

„Danke.“ Er setzte Gabriel in seinem Hochstuhl ab, nahm neben ihm Platz und strich seinem Sohn einmal über die kurzen, hellblonden Locken. Was hatte Andreas für einen Kommentar abgegeben, als er *das Kind* (wie er meistens sagte), zum ersten Mal zu Gesicht bekam? „Der Junge sieht eigentlich keinem von euch beiden ähnlich.“ Und dann musste der alte Freizeitgenetiker noch angeben: „Übrigens, bei den Haaren setzt sich immer die dunkle Farbe durch, *das Kind* bleibt also nicht blond.“

Wenigstens hatte Gabriel blaue Augen. Sehr dunkelblaue Augen. Noch. Vielleicht setzte sich ja auch hier die Mutter durch. Vielleicht war er gar nicht der Vater.

Annika stellte einen Teller mit Stücken selbstgebackener Pizza mitten auf den Tisch und bemerkte, während sie die Stücke verteilte: „Du hast wieder diesen ‚Bin-ich-überhaupt-der-Vater‘-Blick drauf! Weißt du, das reicht mir jetzt! Du machst morgen einen Vaterschaftstest!“ Sie setzte sich. „Den bezahl ich sogar, aber nur, weil du von Berufswegen so misstrauisch sein musst!“

„Das ist doch Quatsch!“, protestierte Sascha. „Natürlich vertraue ich –“

„Nein, du traust niemandem! Ende der Diskussion!“ Ihre Stimme wurde weicher. „Und jetzt probier mal die Pizza. Wie wär’s mit einem Gläschen Rotwein dazu?“

„Gibt’s was zu feiern?“

„Vielleicht.“

Sascha bekam fast einen Herzinfarkt. „Du bist doch nicht wieder schwanger?!“

Ein paar Sekunden schaute sie ihn an, dann prustete sie los. „Mensch, Sascha, du hättest dein Gesicht sehen sollen! Nein, ich bin nicht schwanger.“

Sie amüsierte sich noch ein bisschen, während Sascha sich ärgerte. „Also gut. Was gibt es sonst Tolles?", brummte er.

„Wir haben vielleicht einen Kita-Platz für Gabriel, ich krieg morgen Bescheid!", platzte es aus Annika heraus, und offenbar freute sie sich wirklich. „Mein Chef hat gesagt, er will wahrscheinlich eine Filiale in Beuel aufmachen, und ich könnte da Geschäftsführerin werden! Ist das nicht super?"

„Ja", murmelte Sascha, und es lag ihm auf der Zunge, sie zu fragen, warum um Himmels willen sie unbedingt dieses Kind hatte haben wollen! Er verkniff sich die Frage und fing an zu essen.

Nach dem Essen brachte Annika den quengelnden Gabriel ins Bett, das noch in ihrem Zimmer stand. „Der Kleine braucht das" behauptete sie immer, und dann hörte Sascha, wie sie Gabriel etwas vorsang. Ja, das war ihre andere, ihre mütterliche Seite, die gab es eben auch, und die mochte er besonders.

Sascha setzte sich in sein Zimmer vor den Fernseher und versuchte, sich abzulenken. Wenn er ehrlich war, verstand er diese ganzen weiblichen Widersprüche nicht.

Eine halbe Stunde später ließ sich Annika, immer noch im Badeanzug, neben ihm nieder, zog ihm das T-Shirt aus und schmiegte sich an ihn. Heiß war es sowieso schon, aber jetzt wurde ihm noch heißer. Bald lagen sie sich in den Armen, schwitzten, klebten förmlich aneinander fest, aber sie hatten ihr Vergnügen, denn Gabriel war gnädig an jenem Abend und wachte nicht zur unpassenden Zeit auf.

Nach dem Duschen ging Annika schlafen: Sie sei völlig kaputt, und wer wisse schon, um welche Uhrzeit Gabriel entschied, dass die Nacht zu Ende war.

Auch Sascha duschte, machte anschließend seine Zimmertür hinter sich zu und zog den Brief der Unbekannten aus seiner Hosentasche. Seine gute Stimmung schlug abrupt um – in Wut auf die Briefschreiberin. Da tauchte wie aus dem Nichts diese Verrückte auf, belästigte ihn, verbreitete Behauptungen über Annika und erwartete dann auch noch, dass er sie dafür liebte! Wie krank war das denn?!

Und anscheinend wurde es schlimmer mit ihr, denn das hier war schon der zweite Brief an diesem Tag – wann würde sie das erste Mal vor der Tür stehen?

Sascha riss den Umschlag auf und zog die Karte heraus. Darauf stand:

Ich würde mich so darüber freuen, wenn Du Dich bei mir meldest! Und darunter eine E-Mail-Adresse.

Sieh einer an, die Dame war bereit, ihre Identität preiszugeben! Oder wusste sie etwa nicht, dass Sascha auf diese Weise herausfinden konnte, wer sie war? Sascha klappte seinen Laptop auf, schickte eine Mail an die Experten im Polizeipräsidium, gab die E-Mail-Adresse aus dem Brief weiter und bat darum, Namen, Adresse und sonstiges über die dazugehörige Person ausfindig zu machen.

Anschließend dachte er lange darüber nach, ob er der Frau antworten oder sie doch lieber komplett ignorieren sollte. Er hatte sich fast selbst davon überzeugt, dass man schwer gestörte Leute wie diese Frau besser ignorierte und dem Fachmann überließ, als er sich dabei ertappte, die ersten Sätze einer Antwort zu formulieren.

Also gut, er würde sie höflich, aber bestimmt darauf hinweisen, dass er kein Interesse an ihr hatte. Vielleicht reichte das. Wenn nicht, würde er sich den nächsten Schritt überlegen.

Und Sascha tippte nach langem Sich-den-Kopf-Zerbrechen folgende Antwort in seinen Computer:

Sehr geehrte Unbekannte, ich freue mich, dass Sie mich so schätzen, aber ich möchte Sie bitten, mir keine Liebesbriefe mehr zu schicken oder mich sonstwie zu belästigen! Ich liebe meine Familie und bin sehr glücklich mit ihr. Sollten Sie damit nicht zurechtkommen, empfehle ich Ihnen, ärztliche Hilfe in Anspruch zu nehmen.

Mit freundlichen Grüßen
Sascha Piel

Kapitel 4

Bonn, Weberstraße
Donnerstag, 9. September

Konstanze wachte auf, hörte die Vögel zwitschern, sah das schwache Licht der Morgendämmerung durch die Vorhänge sickern und dachte nur: Verflixt, schon wieder so früh! Und das trotz der Schlaftabletten!

Sie drehte den Kopf zur Seite und sah auf die Uhr: 4.49 Uhr. Toll! Und es war völlig klar, dass sie jetzt nicht mehr einschlafen würde! Hervorragend! Wie sie das hasste!

Konstanze rollte sich auf den Rücken, kreuzte die Füße, verschränkte die Finger auf dem Bauch und gab sich die größte Mühe, an nichts zu denken. Oder wenigstens an nichts Unangenehmes.

Prompt dachte sie an ihren Ex-Mann Felix, den sie vor fast 33 Jahren geheiratet hatte. Kurz nach der Hochzeit waren unerwartet seine Eltern gestorben, Felix war herumgelaufen wie ein krankes Tier, obwohl man ihm eine Maschinenbaufirma hinterlassen hatte. Felix war ein lieber, sanfter Mensch, der sich für alles Mögliche interessierte. Außer für Maschinenbau. Mit Entsetzen hatte Konstanze registriert, dass es mit der Firma langsam, aber sicher bergab ging. Kurzerhand beschloss sie nach der Geburt ihres Sohnes, die Leitung der Firma selbst zu übernehmen. Zunächst war Felix einverstanden, überschrieb ihr den Betrieb bereitwillig und widmete sich wieder ausgiebig seinen Hobbys: Reiten, Schachspielen, Gedichte schreiben.

Anscheinend füllten ihn diese Tätigkeiten im Laufe der Jahre aber nicht mehr aus, denn er griff immer öfter zur Flasche. Mehr als 14 Jahre lang sah Konstanze sich das an, dann stellte sie ihn vor die Wahl – entweder Entzug oder Scheidung. Felix wählte den leichteren Weg und ließ sich scheiden.

Von da an lebte Konstanze allein, zog ihren Sohn groß, der sich auch nicht so entwickelte, wie sie gedacht hatte, und sie kümmerte sich auch noch um die Firma, zumindest am Rande, denn irgendwann hatte sie die Leitung in kompetentere Hände gelegt. Wenigstens um die Firma brauchte sie sich im Moment keine Sorgen zu machen.

Dafür aber um Ansgar. Der Junge war im Juli 31 geworden und hatte immer noch keine Freundin. Obwohl das vielleicht gar nicht so schlimm war, nein, schlimmer war, dass auch er sich nicht für Maschinenbau interessierte!

Anfangs hatte er sogar Kunstgeschichte und Philosophie studiert – Konstanze war ja fast vom Glauben abgefallen! Jahrelang hatte sie auf ihn eingeredet, bis er endlich einsah, dass ihm diese Fächer nichts brachten. Dann hatte er sich eine eigene (natürlich von ihr finanzierte) Wohnung gesucht und studierte jetzt an irgendeiner Fachhochschule irgendwas mit IT. Das ging ja wenigstens schon in Richtung Technik. Wenn der Junge das durchhielt und dann noch eine kaufmännische Ausbildung absolvierte, konnte er vielleicht später die Firma leiten, dann war er zumindest finanziell abgesichert. Man machte sich doch immer Sorgen um die Kinder, wie alt sie auch waren. Vor allem, wenn sie nicht auf die Mutter hören wollten!

Konstanze warf das Betttuch zurück. Langsam merkte sie, wie warm es in ihrem Schlafzimmer war! Und dabei schlief sie schon nur in der Unterhose! Wie sie diese Hitze hasste!

Sie streckte Arme und Beine so weit von sich, wie es ging, und hatte auf einmal eine Idee: Sie wollte sowieso diese Woche zum HUMA einkaufen fahren, da konnte sie doch gleich bei Ansgar vorbeischauen. Am besten heute noch!

Sie würde ihren Sohn einmal mehr darauf hinweisen, dass die Welt ungerecht war, und dass man sich seinen Platz erkämpfen musste, wenn man etwas erreichen wollte in seinem Leben!

Aber manchmal wirkte er so weich... Und richtig apathisch, wenn nicht gar an allem uninteressiert. Hatte sie ihn doch zu sehr verwöhnt?

Ein Blick auf die Uhr: 5.36 Uhr! Vielleicht sollte sie einfach aufstehen und den frühen Morgen genießen. Konstanze schwang die Beine aus dem Bett, streifte ein T-Shirt über, machte einen Rundgang durchs ganze Haus, riss alle Fenster auf und ließ die frische, kühle Morgenluft herein.

Noch vor dem Frühstück schleppte sie ihren Mini-Stepper auf die Terrasse und trainierte ein halbes Stündchen. Das Ding quietschte zwar erbärmlich, aber die Nachbarn schliefen anscheinend alle noch, niemand beschwerte sich.

Nach dem Frühstück duschte sie und machte sich fertig für einen kurzen Besuch in der Firma, um wie jeden Tag nach dem Rechten zu sehen. Während sie ihre Kettchen, Armreifen und Ringe anlegte, rauchte sie noch schnell eine Zigarette, dann machte sie sich auf in Richtung Vorgebirgsstraße.

Gegen 8 Uhr traf sie vor der Firma ein. Jetzt im Hochsommer wirkte sogar dieses kleine Gewerbegebiet nicht ganz so trist: hohe Bäume, dichte Büsche, am Eingang zu den Geschäftsräumen gut wachsender Rasen, der dringend gemäht werden musste. Das Gebäude war innen natürlich klimatisiert, wobei auch diese Maßnahme nicht bei jedem Mitarbeiter auf Zustimmung stieß.

Messner kam ihr durch den Flur entgegen und begrüßte sie überschwänglich, wie es seine Art war. Ein schlanker, gut aussehender Mann mit kantigem Kiefer, mit Anfang 50 etwas jünger als sie, der sich möglicherweise für sie interessierte oder aber sehr bemüht war, seiner Chefin in den Hintern zu kriechen. So ganz wurde sie nicht schlau aus ihm, und das ließ sie sehr vorsichtig sein.

„Einen wunderschönen guten Morgen, Frau Hammerschmidt!" Seine fast schwarzen Augen funkelten, die strahlend weißen Zähne auch. „Das wird ein schöner Tag heute, was?" Seine Hand drückte die ihre mit genau der richtigen Kraft und Dauer.

„Ja. Ich vertrag nur die Hitze nicht so gut."

„Ja, die kann einem ganz schön auf den Kreislauf gehen", beeilte sich Messner zuzustimmen. „Wie wär's mit einem Tässchen Kaffee für den Kreislauf?"

„Gute Idee", säuselte Konstanze. „Und dann würde ich gerne mal wissen, wieso die Produktion in Halle A nicht reibungslos läuft."

*

Bonn, Polizeipräsidium
8.00 Uhr

Als Andreas das Büro betrat, saß Sascha bereits schwer beschäftigt am PC. „Morgen", sagte er nur und las weiter.

Andreas holte sich einen Kaffee, der auch schon fertig war, ließ sich auf seinem Stuhl nieder und schlug seine Aufzeichnungen auf. Er wollte sich gerade darin vertiefen, als sein Telefon klingelte. Es war der Kollege aus Köln, der den Ex-Freund von Rubina Thiele vernommen hatte.

Robert (Robby) Hoffmann, Physikstudent im 129. Semester (sagte der Kollege) war angeblich über Mittag im Freibad gewesen, allein. Eine Durchsuchung seiner Wohnung hatte nichts ergeben.

„Den müssen wir morgen wieder laufen lassen, wenn ihr am Tatort keine Spuren von ihm findet", meinte der Kölner.

„Keine Bange, Wenn Spuren von ihm da sind, finden wir sie. Wir haben hier nämlich die weltbesten Kriminaltechniker."

„Sorry, da muss ich widersprechen – die haben nämlich wir. Wir knöpfen uns übrigens heute noch ein paar von Patrick Jakobs Freunden und Kommilitonen vor, vielleicht weiß einer von denen was. Und was habt ihr vor?"

„Wir haben noch den Mord an einer älteren Frau zu klären, Angelika Müschberg. Den Namen schon mal gehört?", fragte Andreas.

„Nee. Hängen die Morde irgendwie zusammen?"

„Sieht im Moment nicht danach aus."

Sie unterhielten sich noch ein paar Minuten über politische Sparmaßnahmen, was die Polizei anging, über die Hitze und den niedrigen Wasserstand des Rheins, dann legte Andreas auf und fragte Sascha: „Weißt du, ob wir neue Spuren im Fall Müschberg oder Jakob haben?"

Sascha sah ihn an, als sei er mit den Gedanken überall gewesen, nur nicht bei Müschberg und Jakob.

„Was? Äh... nein, ich hab noch nichts gehört."

„Kannst du mal eben Renate anrufen und – "

„Sorry, aber das kannst du doch wohl selbst! Ich muss eben was erledigen." Und schon sprang er auf und eilte zum Büro hinaus.

Was war das? Immer noch Durchfall? Andreas verschob den Anruf bei Renate auf später, schaltete seinen eigenen PC ein und begann im Internet Informationen zu Peter Müschberg zu sammeln, dem angeblich schwer an Rheuma erkrankten Rheumatologen. Viel kam dabei nicht heraus.

Als Sascha eine Viertelstunde nach seinem Verschwinden wieder auftauchte, wollte er über seine Abwesenheit nichts weiter verraten.

Pünktlich um 9 Uhr erschien dann Richter Gideon Jakob, der einfach nur furchtbar aussah: müde, rote Augen, Tränensäcke, Knitterfalten, wüst abstehendes, graues Haar. Er berichtete, wie schlecht es seiner Frau Elke ging, die immer noch im Krankenhaus lag und starke Medikamente bekam. Er selbst habe kein Auge zugetan in der Nacht, dafür aber sei ihm der Name eines Mannes eingefallen, den er eines Mordes für fähig hielt. Es handelte sich um ein Mitglied des Düsseldorfer Landtags, den Politiker Wolff-Kirchhoff, den Jakob kürzlich zu einer Haftstrafe ohne Bewährung verurteilt hatte, und der heftigste Drohungen gegen ihn ausgestoßen haben sollte.

„Sitzt der Mann denn nicht im Gefängnis?“, wunderte sich Andreas.

„Noch nicht, er tritt seine Haftstrafe erst nächste Woche an.“

„Was hat er verbrochen?“

„Steuerhinterziehung, Verbreitung von Kinderpornos, Vorteilsannahme, so was eben.“

„Aber wieso dann Mord?“, hakte Andreas nach.

Jakob fuhr sich mit den Fingern durch die dicke, lockige Mähne und schaute abwesend in die Ferne. „Der Kerl wurde vor drei oder vier Jahren verdächtigt, was mit dem Tod seines Sohnes zu tun gehabt zu haben. Aber man konnte es ihm nicht nachweisen.“

„Er ist also als gewalttätig bekannt?“

„Seine Frau könnte Ihnen sicher mehr dazu erzählen. Wenn sie bereit wäre, auszusagen.“

„Gut, ich sehe mir gleich mal die Akte von Wolff-Kirchhoff an.“ Andreas schenkte dem Richter ein mitfühlendes Lächeln. „Fällt Ihnen sonst noch jemand ein?“

Jakob, der auch an diesem warmen Morgen Hemd und Krawatte trug, fingerte an seinem grauen, heute Morgen struppig aussehenden Schnurrbart herum.

„Im Laufe meiner Amtszeit haben mich viele Leute bedroht. Aber das war meistens nur wütendes Geschwätz. Dachte ich. Aber vielleicht war doch einer dabei, der es ernst meinte.“

„Herr Jakob, Sie gehen dauernd davon aus, dass Ihr Sohn getötet wurde, um Sie zu treffen.“ Andreas machte eine Pause und wartete darauf, dass ihn der Mann mit seinen rotgeränderten, taubenblauen Augen ansah. „Aber was, wenn es nicht so war? Wenn jemand sehr wütend auf Ihren Sohn war?“

„Das kann ich mir einfach nicht vorstellen“, murmelte Gideon Jakob und schaute zur Seite.

Und an der Art, wie er es tat, war etwas, das Andreas aufmerksam werden ließ. Denn dieser Seitenblick war nicht nur voller Trauer – war da nicht ein Funken Zorn aufgelodert? Wusste der Mann, wer der Mörder war? Oder galt der heimliche Zorn seinem Sohn, der etwas getan hatte, von dem Andreas noch nichts ahnte? Spielte Gideon Jakob ein Spiel mit der Polizei?

Andreas beschloss, erst einmal mitzuspielen, ließ sich die Adresse des Politikers Wolff-Kirchhoff geben, schickte Jakob nach Hause und fing an, möglichst weitreichende Informationen über ihn und seinen Sohn einzuholen.

*

Sascha hatte, an einen Schrank gelehnt, zugehört, was der alte Richter so von sich gegeben hatte, aber manchmal drifteten seine Gedanken einfach ab: Er hatte sich vorhin bei den IT-Experten den Namen seiner Verehrerin abgeholt. Aber wer, zum Teufel, war Rosamaria de Santos? Woher kannte ihn die Frau? Er konnte diesem Namen kein Gesicht zuordnen. War es eine Freundin von Ramona, die deren Computer benutzt hatte?

Gerade fummelte Gideon Jakob wieder an seinem Schnauzbart herum. Nicht zum ersten Mal. Das nervte. Wie im Reflex griff sich Sascha an sein eigenes Bärtchen. Verflixt, vielleicht sollte er es abrasieren. Am Ende erkannte ihn Rosamaria dann nicht mehr.

Andreas schrieb sich die Adresse des korrupten Politikers auf, der nicht in Düsseldorf, sondern in Bonn am Venusberg wohnte. Schöne Gegend. Sascha wusste inzwischen auch, wo Rosamaria de Santos wohnte. Also würde er nun ihr nachstellen statt umgekehrt! Auf seine E-Mail hatte sie bisher nicht geantwortet. Vielleicht hatte sie ja aufgegeben.

Andreas verabschiedete sich von Jakob und begann sofort, Erkundigungen über ihn einzuziehen. Wieso eigentlich? Was hatte Sascha nicht mitbekommen?

„Ich dachte, wir befragen erst mal Wolff-Kirchhoff zu der Sache“, meinte er.

„Ja, gleich“, nickte Andreas. „Ich muss erst noch ein paar Akten durchsehen.“

„Schön. Was hältst du davon, wenn ich nach Pützchen fahre und die Nachbarn von Angelika Müschberg noch ein bisschen ausquetsche?“

„Ja, tu das, anscheinend kannst du ja wieder nicht stillsitzen. Und denk dran, nach dem alten Mercedes zu fragen.“

„Klar." Sascha schnappte sich die Wagenschlüssel, trabte die Treppe hinunter und eilte nach draußen. Im Auto drehte er die Klimaanlage auf volle Leistung, um den Wagen so weit wie möglich abzukühlen, denn er hatte vor, nach Pützchen einen kleinen Umweg durch Oberkassel zu machen.

Also vom Polizeipräsidium nicht nach links, sondern nach rechts, über die Königswinterer Straße, dann nach links und in die Adrianstraße abbiegen und dann weiter geradeaus. Fünf Minuten später ergatterte er einen schattigen Parkplatz schräg gegenüber einem beige verputzten Mehrfamilienhaus, in dem Rosamaria de Santos wohnte, die Frau, die ihn nach eigenen Angaben mehr liebte als jede andere Frau auf diesem Planeten.

Sascha stellte die Rücklehne des Sitzes nach hinten, bis er gerade noch die Eingangstür im Auge behalten konnte, und machte es sich gemütlich, entschlossen, genau eine halbe Stunde in die Überwachung dieses Gebäudes zu investieren. Vielleicht hatte er Glück und bekam Rosamaria zu Gesicht.

Eine ganze Weile tat sich nichts, außer dass es im Auto langsam, aber sicher wärmer wurde. Diese Tatsache und Saschas halb liegende Position trugen dazu bei, dass ihm immer wieder die Augen zufielen. Sobald er das merkte, riss er sie wieder auf, so wie jetzt – und genau im gleichen Augenblick ging die Tür des Wohnhauses auf, und zwei Frauen um die Dreißig in kurzen Röcken und engen Tops traten auf den Bürgersteig.

Eine Sekunde schien Saschas Gehirn wie gelähmt, dann funktionierte es wieder. Ja, war er denn blöd! Die Kamera! Wo war die Kamera? Im Handschuhfach! Raus damit, Fotos gemacht!

Ob eine von den beiden Rosamaria war? Noch bevor die zwei Frauen Sonnenbrillen aufsetzten und dann plaudernd und lachend von dannen spazierten, schoss Sascha ein paar Fotos und sah sich das beste an. Beide Damen kamen ihm komplett unbekannt vor, beide erinnerten ihn vom Typ her an Annika: nicht zu dünn, lange, dunkle Haare, dunkle Augen. Hübsch, die beiden, aber –

Sascha sah auf.

Noch eine Frau mit schwarzen Haaren kam auf der anderen Seite näher, und obwohl Sascha nicht wusste, ob sie ins ‚Santos-Haus' wollte, machte er ein Foto von ihr, solange sie ihm noch nicht den Rücken zuwandte. Denn das tat sie, als sie die Haustür aufschloss.

Sascha betrachtete auch dieses Foto eingehend. Die Frau war Ende Dreißig, nicht ganz so schlank, trug eine dunkel gefasste Brille, lange Hose, kurzärmelige, rosa Bluse, die schulterlangen Haare mit einem Band nach hinten gefasst. Das Gesicht war im Dreiviertel-Profil getroffen. Und irgendetwas daran kam Sascha bekannt vor. Wo hatte er dieses Gesicht gesehen? Es musste schon länger her sein, und er war ihr höchstens zweimal begegnet, doch, er war sich immer sicherer, je länger er das Foto betrachtete. Er legte es beiseite und ließ sein Unterbewusstsein alleine weiterarbeiten.

Ein Blick auf die Uhr – die halbe Stunde war sowieso vorbei. Er fuhr zurück auf die Königswinterer Straße, und kam 15 Minuten später in Pützchen an. Auf dem Kirmesplatz war immer noch einiges los: Es wurde abgebaut und eingepackt und auf Laster verladen, und die städtische Müllabfuhr räumte auf und machte sauber.

Im Haus der Müschberg wurde immer noch nach Spuren gesucht. Sascha fand erst nach langem Herumkurven einen Parkplatz, und natürlich waren auch die Nachbarn bereits befragt worden, sofern sie überhaupt da gewesen waren. Aber Sascha klapperte jedes Haus, das in der Nähe lag, noch einmal ab.

Niemandem war etwas aufgefallen – bis er zu Frau Kleefeld kam, die im Haus genau neben dem von Müschberg wohnte. Er klingelte an der Haustür und wartete. Und wartete. Klingelte erneut und wartete.

Vermutlich nicht da, dachte er, als sich doch noch die Haustür öffnete und eine Frau (mittelgroß, schlank, zweifellos in den Achtzigern) zurückschreckte. „Huch, du lieber Gott! Ich wollte gerade was einkaufen gehen! Wer sind Sie denn?"

Sie sprach recht laut, und Sascha schlussfolgerte, dass sie schlecht hörte. Also informierte er sie mit lauter Stimme: „Ich bin Kommissar Piel von der Bonner Kripo. Sie wissen doch sicher, dass Frau Müschberg von nebenan am Montag ermordet wurde?"

„Ja, klar, das ist so furchtbar." Kleefeld trug eine Frisur aus kleinen, weißen Löckchen und fragte neugierig: „Wissen Sie schon, wer's war?"

„Nein, leider nicht. Sind Sie schon von meinen Kollegen befragt worden?"

„Nee, bei mir war noch niemand, was wollen Sie denn von mir?"

„Mich ein bisschen mit Ihnen über den Montagabend unterhalten. Sollen wir nicht in den Flur gehen? Es ist ziemlich heiß hier."

Frau Kleefeld musterte ihn ein paar Sekunden mit ihren blassblauen Augen, dann bat sie ihn herein, bat ihn sogar ins Wohnzimmer, holte ein Glas Wasser für ihn und führte dann extra ausführlich aus, was sie am Montag so alles gemacht hatte.

Zunächst übte sich Sascha in Geduld, trank sein Wasser und hörte zu. Aber irgendwann fiel er der Frau ins Wort und fragte sie, ob ihr am Montag oder vielleicht auch in den Tagen vorher irgendetwas Verdächtiges aufgefallen war. Eigentlich rechnete Sascha nicht mit neuen Erkenntnissen, aber Frau Kleefeld überraschte ihn.

„Nein, bestimmt nicht! Erst am Abend", stellte Frau Kleefeld mit Bestimmtheit und massiv nach unten zeigenden Mundwinkeln fest. „Als ich kurz vor halb neun nach oben gegangen bin, um die Fenster aufzumachen, zum Lüften, wissen Sie, da hab ich auch mal rausgeguckt, und da sah ich, wie ein junger Mann auf Angelikas Haus zukam, und ich dachte noch, was will der so spät bei ihr? Aber auf einmal hörte man aus der anderen Richtung die Stimmen der beiden Frauen, mit denen Angelika jeden Abend auf Pützchen gegangen ist." Kleefeld trank ein paar Schlucke Wasser und fuhr mit ihrer Schilderung in wichtigem Ton fort: „Ja, der Mann hat das auch gehört und hat sich sofort zur Seite in die Büsche geschlagen. Und dann war er weg. Das wollte ich Angelika am nächsten Tag natürlich erzählen, aber dafür war's ja dann zu spät."

„Das ist eine überaus interessante Beobachtung, die Sie da gemacht haben", betonte Sascha und unterließ es, ihr einen Vorwurf deswegen zu machen, dass sie sich noch nicht bei der Polizei gemeldet hatte. „Können Sie mir den Mann beschreiben?"

„Er hatte eine blaue Hose an und ein weißes T-Shirt (sie sprach es ‚Teeschert' aus), er war, glaub ich, nicht sehr groß, aber kräftig. Und er hatte eine dunkle Kappe auf dem Kopf. Und das bei der Hitze!"

„Würden Sie ihn auf einem Foto wiedererkennen?"

Frau Kleefeld schüttelte entrüstet den Kopf. „Sind Sie noch ganz gescheit? Ich hab ihn doch nur von schräg oben gesehen, verstehen Sie?" Ihre faltige Hand mit den hervorstehenden Adern wies senkrecht in die Luft.

„Ja, verstehe." Sascha lächelte freundlich. „Können Sie mir vielleicht irgendwas zu Frau Müschbergs Auto sagen? Dem beigefarbenen Mercedes?"

Sie schaute genervt an die Decke. „Was soll ich dazu sagen? Den hab

ich schon wer weiß wie lange nicht mehr gesehen!"
„Wie lange ungefähr?"
„Seit Weihnachten? Oder vorher. Keine Ahnung."
„Vielen Dank für Ihre Aussage, Frau Kleefeld. Wenn Ihnen noch was einfällt, melden Sie sich." Er drückte ihr seine Karte in die Hand, und sie fragte: „Warum kommen Sie eigentlich erst jetzt?"
„Am Montag war schon mal jemand da, aber Sie haben nicht aufgemacht. Wissen Sie, es gibt Lichtsignal-Klingeln für Menschen, die nicht gut hören."
Frau Kleefeld schenkte Sascha einen ungnädigen Blick. „Ich höre ausgezeichnet! Gehen Sie jetzt bitte, ich muss noch was einkaufen!"
„Kann ich Sie vielleicht im Auto mitnehmen? Sie sollten in der Mittagshitze nicht draußen rumlaufen, " riet Sascha und war damit endgültig bei ihr unten durch.
„Junger Mann, ich bin 84 Jahre alt und bisher auch ohne Ihre Ratschläge zurechtgekommen!", stellte sie resolut klar und drängte Sascha förmlich zur Tür hinaus.

*

Konstanze versuchte, unter allen Umständen einen Parkplatz im Schatten zu finden. Dummerweise schienen all die anderen HUMA-Kunden die gleiche Idee zu haben. Also fuhr sie unter die Marktplatte, wartete eine Viertelstunde und ergatterte tatsächlich einen kühlen, wenn auch extrem engen Parkplatz.
Anschließend schlenderte sie durch die Geschäfte, kaufte in einem Buchladen einen Bildband über Bonn, den sie einer Bekannten zum Geburtstag schenken wollte, und genehmigte sich (dazu kam es immer einmal im Jahr) eine Currywurst mit Pommes. Gut gesättigt rief sie Ansgar an und fragte ihn, ob sie eben mal vorbeikommen dürfe.
Der antwortete mit einem unwilligen: „Muss das sein? Du willst mich doch nur kontrollieren!"
„Richtig, mein Sohn, und genau das brauchst du auch!"
Dem hatte Ansgar natürlich nichts entgegenzusetzen. Er bat um zehn Minuten Zeit, um ein bisschen aufzuräumen, und Konstanze malte sich lieber nicht aus, wie es in der teuren Zweizimmerwohnung aussehen mochte.

Also machte sie einen Verdauungsspaziergang zur nur wenige hundert Meter entfernten FH, an der Ansgar studierte, sah sich die Gebäude von außen an, rauchte zwei Zigaretten und spazierte zurück zu den „Südarkaden", einem weißen, sehr langgestreckten Gebäudekomplex mit Geschäften im Erdgeschoss, mehreren Arztpraxen und einer Menge Wohnungen. Sie drückte den Finger auf Ansgars Klingelschild und stieg, als sie hereingelassen wurde, zu Fuß in den obersten Stock, denn in Fahrstühlen bekam sie Beklemmungen.

Ansgar öffnete die Wohnungstür mit angestrengtem Lächeln. Wie er wieder aussah! Billige Shorts, verwaschenes T-Shirt, Plastikschlappen an den Füßen. Hatte er etwa noch mehr zugenommen? Sein Gesicht wirkte teigig und blass, die rotblonden Haare ungewaschen.

„Hallo", begrüßte ihn Konstanze und zwängte sich an ihm vorbei ins Zimmer. „Wann bist du heute Morgen aufgestanden?"

„Um neun, wieso? Zwei Vorlesungen sind ausgefallen. Da darf ich doch wohl mal länger schlafen!"

„Sicher. Du hättest stattdessen aber auch was anderes machen können."

Er sah sie mit seinen hellblauen Augen an, als habe er nicht im Mindesten verstanden, was sie meinte. Also half sie ihm auf die Sprünge: „Na, hast du gelernt? Oder wenigstens in deinen Büchern gelesen? Du hättest natürlich auch mal die Wohnung aufräumen können. Oder spülen oder Fenster putzen oder so was, oder du könntest mal was für deine Figur tun und zum Sport gehen!"

Ansgar wandte sich ab und ließ sich auf das teure, blaue Ledersofa fallen, das sie ihm spendiert hatte. Er legte Kopf und Arme auf die Rücklehne, starrte an die Decke und maulte: „Kannst du nicht mal was Nettes sagen?"

„Nein, denn da ist nichts Nettes an dir und deiner Lebensweise!", giftete Konstanze, verschränkte die Arme und merkte, wie ihr immer heißer wurde. „Du bist im Juli 31 geworden, Ansgar! 31! Und du benimmst dich wie ein dummes Kind von 12! Was willst du? Was ist dein Ziel? Du musst doch wissen, wo du hin willst!"

„Ich weiß es aber nicht!" Er hob den Kopf und schaute sie trotzig an. „Du hast mir nie die Ruhe und die Zeit gelassen, herauszufinden, was ich wirklich will! Du hast mich ständig vor dir hergetrieben, Mama!"

„Was für ein Quatsch! Von wem hast du den Mist? Von deinem Vater?

Du hast alle Ruhe und Zeit der Welt gehabt!"

Allmählich wurde Konstanze richtig wütend. Sie hatte einen verwöhnten Faulpelz großgezogen, der nur auf Kosten anderer Leute lebte! Anscheinend schlug jetzt voll der Vater durch! War Ansgar vielleicht schon Alkoholiker?

„Ich seh mir mal die Küche an", verkündete sie plötzlich und marschierte zurück in den Flur.

„Ja, tu das, Mama", rief er hinter ihr her. „Ich weiß auch schon, was du gleich sagen wirst."

In der Küche stapelte sich gebrauchtes Geschirr, der Mülleimer quoll über, und direkt hinter der Tür standen zwei Kästen mit Bier und ein paar Flaschen Hochprozentiges. Hatte sie es doch geahnt! Sie fühlte sich, als hätte ihr jemand ins Gesicht geschlagen – womit hatte sie das verdient!

Zurück im Wohnzimmer traf sie auf einen Ansgar, der ein komisches Grinsen im Gesicht hatte. Und für einen Moment dachte sie: Er ist tatsächlich richtig hässlich! Kein Wunder, dass er keine Freundin abkriegt!

„Hast du vor, so zu werden wie dein Vater?", fuhr sie ihn an.

„Du redest sicher vom Alkohol in der Küche." Ein beinah mitleidiges Lächeln. „Keine Bange, ich geb morgen 'ne Party, ich feiere meinen Geburtstag nach, und ich hab ein paar Freude eingeladen."

Ansgar und Freunde? Sie seufzte einmal tief auf. Es wäre schön, wenn er endlich Freunde gefunden hätte, es wäre beruhigend. Falls es die richtigen waren. Ausnahmsweise würde sie ihm glauben, aber sie würde die Sache im Auge behalten!

Ansgar stand auf (schwerfällig wie ein alter, fetter Mann!), nahm einen Teller und ein Glas vom Tisch, und machte sich auf den Weg in die Küche. Und im Vorbeigehen fragte er: „Sag mal, Mama, hast du zufällig ein bisschen Zeit, um mir beim Aufräumen und Saubermachen zu helfen?"

„Aber sonst geht's dir gut oder was?", fauchte Konstanze. „Dann noch viel Spaß!", fügte sie unfreundlich hinzu, verließ die Wohnung, das Haus und rauchte auf dem Weg zum Auto noch schnell eine Zigarette. Was hatte sie bloß falsch gemacht? Aber viel wichtiger war die Frage, ob sie ihren Sohn jetzt – in dem Alter – noch in die richtige Richtung lenken konnte!

Nachdem sie sich auf den Fahrersitz des Autos hatte fallen lassen, genehmigte sie sich noch eine Zigarette. Beim zweiten Zug gab ihr Handy ein paar Töne von sich. Eine SMS, aber nicht von Ansgar, die Telefonnummer war ihr nicht auf Anhieb bekannt. Sie öffnete die Mitteilung, und was sie da las, versetzte sie erst einmal in einen regelrechten Schockzustand.

*

Sascha und Andreas saßen im Bistro des Präsidiums an einem Tisch in der Nähe des Ausgangs und ließen sich ein Sandwich schmecken. Nicht einmal Sascha schien Appetit auf warmes Essen zu haben.

Er erzählte im Plauderton, was die Nachbarn rund um Pützchens Markt ihm so alles anvertraut hatten, was eigentlich, vom Fall her gesehen, so gut wie nichts war, und dass Frau Kleefeld von nebenan meinte, sie hätte zur fraglichen Zeit einen jungen Mann vor Müschbergs Haus gesehen.

„Wie alt ist diese Frau Kleefeld?“, fragte Andreas.

„84. Das musste sie mir unbedingt sagen.“

„Dann ist ‚junger Mann‘ relativ. Ich weiß aus eigener Erfahrung, dass über 80-Jährige gern auch 50-Jährige als ‚jung‘ bezeichnen. Da müssen wir noch mal nachhaken.“

Sascha trank seine Cola leer und schien wieder vor Tatendrang nicht still sitzen zu können. „Jetzt fahren wir aber endlich zu diesem Politiker, ok?“

„Ich wusste gar nicht, dass du so scharf bist auf Politiker-Ausfragen! Von denen kriegt man doch sowieso keine klaren Antworten.“

„Wart’s ab, ich bin gut in Form.“

„Kein Durchfall mehr?“

Sascha hob den Finger Richtung Bärtchen, aber auf einmal nahm er ihn wieder herunter. „Es rumort noch ein bisschen.“ Das Thema schien ihm nicht ganz angenehm, denn mit dezent aggressivem Unterton fragte er zurück: „Und wie geht’s deinem Darm so?“

„Danke, gut“, antwortete Andreas und entschied, dass es Zeit war, zu Martin Wolff-Kirchhoff (dem Politiker) aufzubrechen. Eine Viertelstunde später überquerten sie die Südbrücke, um zum Venusberg hinaufzufahren.

Plötzlich fragte Sascha: „Was macht deine Mutter?“

„Danke der Nachfrage. Zurzeit ist sie schwer damit beschäftigt, die Blumen zu gießen und den Rasen zu wässern.“

„Und deine Oma?“

„Das hab ich doch schon erzählt: Sie lebt jetzt in einem Altenheim in Hennef und terrorisiert bereits wieder ihr ‚Personal‘."

„Darunter gibt's doch sicher auch sehr nette Damen."

„Auf jeden Fall. Aber im Moment hab ich andere Interessen."

„Stimmt ja, was machen die Sterne?"

„Die stehen noch am Himmel."

Sascha schwieg zwei Sekunden, dann legte er los: „Da irrst du dich aber; ich hab mich informiert. Die Sterne sind schon längst nicht mehr da, wo sie vor einer Minute noch waren! Weil sich nämlich das Universum mit irrsinniger Geschwindigkeit ausdehnt."

„Ich weiß."

„Außerdem bewegen wir uns mit sagenhaften 108.000 km/h um die Sonne! Und mit immerhin noch fast 1700 km/h an der Oberfläche um uns selbst!"

„Ich weiß."

„Da könnte sich manches Fahrgeschäft auf Pützchen eine Scheibe von abschneiden! Und wenn man jetzt noch die – " Sascha blickte vermutlich auf den Tacho, „die 95 km/h vom Auto dazurechnet, Wahnsinn!"

„Es ist schön, wie du dich noch begeistern kannst."

Daraufhin schwieg Sascha ein Weilchen, doch plötzlich meldete er sich wieder zu Wort: „Also, mir macht die Abgebrühtheit des Alters doch ziemliche Sorgen."

„Sie hat auch ihre Vorteile."

„Ach ja, welche denn?"

„Man regt sich nicht mehr so über alles auf."

„Mann, Andreas, du redest einen Blödsinn! Es gibt ja wohl kaum jemanden in ganz Bonn, der nicht mitgekriegt hat, wie du dich über Sabine aufgeregt hast!"

Andreas blieb ruhig. „Da siehst du mal, dass ich doch noch nicht so alt bin. Kannst du übrigens die Klimaanlage ein bisschen runterdrehen, ich krieg schon kalte Füße."

„Mein Gott, bist du eine Mimose! Was hat Sabine dir eigentlich getan? Hat sie mal Durchzug in ihrer Wohnung gemacht?"

„Wir müssen da vorne links ab."

„Ich weiß."

Andreas schwieg und dachte an die vielen schönen Stunden in Sabines Bett. Aber sein Gehirn neigte anscheinend dazu, sich an unschöne Szenen viel deutlicher zu erinnern: an Sabines mürrisches Gesicht, an ihr beleidigtes Sich-Zurückziehen, an ihre unbegründete Nörgelei, ihre für ihn nicht nachvollziehbaren Forderungen. Schluss jetzt!, sagte er sich. Konzentrier dich auf deine Arbeit!

Sascha bog gerade in eine Straße mit altem Baumbestand ein, an der zu beiden Seiten ansehnliche, nicht unbedingt neue Einfamilienhäuser in großen Gärten standen, und parkte vor dem Haus Nummer 11 hinter einem dicken Audi.

Innerlich wappnete sich Andreas gegen die Hitze, stieg aus und begab sich unverzüglich zur Eingangstür, die von einem dunkelgrünen, säulenartigen Busch beschattet wurde. Sascha war zwei Sekunden später neben ihm und klingelte.

Ein mittelgroßer, untersetzter Mittfünfziger in dunkler Hose und weißem Hemd mit Krawatte riss die Tür auf und guckte ungehalten.

„Ja?", blaffte er.

„Montenar und Piel, Kripo Bonn", informierte ihn Andreas und hielt ihm seinen Ausweis unter die Nase. „Können wir kurz reinkommen, Herr Wolff-Kirchhoff? Wir haben ein paar Fragen an Sie."

Der Mann musterte ihn feindselig durch eine Brille mit dickem, schwarzem Rahmen, schien kurz über irgendetwas nachzudenken, trat beiseite und blieb im Flur stehen. Dann nahm er sich sichtlich zusammen.

„Geht es um meine Haftstrafe? Die muss ich doch erst am Montag antreten, oder hab ich mich da im Datum vertan?"

„Nein, darum geht es nicht. Sie haben vielleicht gehört, dass gestern der Sohn von Richter Jakob ermordet wurde. Wo waren Sie gestern zwischen 14.00 und 14.30 Uhr, Herr Wolff-Kirchhoff?"

Kirchhoff sah Andreas an, als wolle er ihm am liebsten jetzt gleich an die Gurgel gehen. „Was wollen Sie mir jetzt wieder für einen Scheiß anhängen?! Ich glaub, ich spinne! Ich hab noch nie jemandem was getan! Ich bin überhaupt völlig unschuldig! Das war ein Fehlurteil! Und sobald mein Anwalt neues Beweismaterial hat, wird er dagegen vorgehen!"

„Das kann er gerne tun." Andreas blieb vorerst höflich. „Wie schon gesagt, ich möchte wissen, wo Sie sich gestern Mittag aufgehalten haben."

„Hier, ich war zu Hause! Ich kann mich ja draußen nirgends mehr sehen lassen! Da hat man ja direkt die Pressemeute am Hals!", zeterte der Mann, während Sascha ungeniert durch den Flur wanderte und interessierte Blicke durch offenstehende Türen warf.

Das bekam plötzlich auch Kirchhoff mit und eilte Sascha erbost hinterher. „Was machen Sie da? Haben Sie einen Durchsuchungsbeschluss?“

Sascha blieb stehen. „Aber nein, ich durchsuche doch gar nichts.“ Er verrenkte den Hals und wies mit dem Kopf ins Zimmer am Ende des Flurs. „Wem gehören denn die Koffer da im Wohnzimmer?“

Nun wurde auch Andreas neugierig und ging auf die beiden zu. Wolff-Kirchhoff eilte an Sascha vorbei und stellte sich vor die Koffer neben dem Couchtisch, während Sascha und Andreas ihm ins Zimmer folgten.

„Sie wollen verreisen?“, fragte Sascha freundlich.

„Nein, natürlich nicht.“ Kirchhoff strich mit einer Hand über seine dunklen, garantiert gefärbten Haare. „Meine Frau besucht für ein paar Tage ihre Schwester.“

„Mit fünf Koffern?“, wunderte sich Sascha. „Dürfen wir mal einen Blick da reinwerfen?“

„Nein!“, stellte Kirchhoff klar.

„Ich glaube doch!“ Andreas Stimme wurde schärfer. „Das sieht mir ganz nach Fluchtgefahr aus! Öffnen Sie die Koffer!“

Kirchhoff kniff die Lippen zusammen, sagte nichts, wandte sich zur Seite, griff sich einen der Koffer und schien ihn auf den Couchtisch hieven zu wollen. Andreas hatte auf einmal ein ganz übles Gefühl, aber bevor er reagieren konnte, flog ihm auch schon der Koffer entgegen und traf mit der Ecke seine Brust wie ein Vorschlaghammer.

Andreas stolperte rückwärts gegen mehrere Stühle und einen Esstisch, knickte mit dem Fuß zur Seite, landete zwischen den Stühlen und bekam plötzlich keine Luft mehr.

*

Als der Koffer Andreas traf, wollte sich Sascha auf Kirchhoff stürzen, aber der Kerl hielt den Koffer fest und war noch nicht fertig mit seinem Rundumschlag.

Mitten in der Vorwärtsbewegung versuchte Sascha rückwärts auszuweichen und gleichzeitig einen Arm hochzureißen, um sich zu schützen, aber er war nicht schnell genug, und so traf ihn die verdammte Kofferkante am Kinn. Für einen Moment sah er Sterne. Er griff nach hinten zum Tisch, um sich festzuhalten.

Leicht benebelt bekam er mit, wie Kirchhoff den Koffer fallen ließ, ein paar Sachen vom Couchtisch in seine Hosentaschen stopfte und auf die Terrassentür zulief.

Sascha holte einmal tief Luft und schaute zur Seite, wo sich Andreas zwischen den Stühlen hustend aufrappelte. „Bist du ok?"

„Ja, ja, geht schon", ächzte und hustete Andreas. „Lass den Schweinehund nicht abhauen!"

Sascha wandte sich um und sah Kirchhoff schon nach rechts über den Rasen rennen. Jetzt aber los! Sascha eilte durchs Wohnzimmer hinaus in den Garten, der unter anderem eine mächtige Kastanie beherbergte, und der rechts an einen anderen Garten grenzte. Auf dieser Grenze stand ein niedriger Jägerzaun, den Kirchhoff gerade einigermaßen mühelos überstieg.

Sascha fragte sich, warum der Kerl durch die Gärten floh, statt zur Vordertür hinaus und dann mit dem Wagen davonfuhr. Egal, hinterher!

Vor und hinter dem Jägerzaun gab es ein paar Büsche, aber die waren nicht wirklich ein Hindernis. Im Garten nebenan lief Kirchhoff bereits auf den nächsten Zaun zum nächsten Garten zu. Unterwegs schaute er sich um, und Sascha winkte ihm grimmig zu.

Mehr nebenbei bemerkte er die Sonnenliege nah am Haus, auf der es sich eine Dame unbekannten Alters gemütlich gemacht hatte. Oben ohne. Wie konnte man sich bei der Hitze mittags in die Sonne legen?!

Jedenfalls bekam die Frau gar nicht mit, dass zwei Männer durch ihren Garten rannten, und Sascha konzentrierte sich wieder auf Flüchtling Kirchhoff, der schon mit dem nächsten Zaun kämpfte. Dabei handelte es sich nämlich um einen brusthohen Maschendrahtzaun, zu flexibel, um richtig darüber klettern zu können. Und so wälzte sich Kirchhoff dann auch mehr in den dahinterliegenden Garten, aus dem gerade zweifelsfrei Kindergekreische zu hören war. Hoffentlich machte Kirchhoff nicht noch mehr Dummheiten!

Sascha krabbelte über den Zaun, zwängte sich durch eine dichte, hohe, dunkelgrüne Hecke und blickte in einen sehr naturbelassenen Garten: eine 20 cm hohe Wiese mit Blumen, Unkraut an den Rändern, üppig wachsende Büsche und Bäume und mittendrin ein Planschbecken und mehrere Kleinkinder, die nackt herumliefen oder jauchzend durchs Becken tollten.

Unter einem blauen Sonnenschirm saß eine Frau mit einem Buch in der Hand, die allerdings nicht las, sondern mit offenem Mund zuschaute, wie Kirchhoff zügig die Wiese überquerte und fast schon die gegenüberliegende Seite des Gartens erreicht hatte.

Jetzt gib mal Gas!, befahl sich Sascha und sprintete los. Aber auch Kirchhoff beeilte sich, quetschte sich durch die Hecke und war erst einmal nicht mehr zu sehen. Doch die Hecke wogte, weil sich der Kerl anscheinend über einen weiteren Maschendrahtzaun quälte.

Sascha tat es ihm nach, überwand den Zaun, nutzte in der nächsten Hecke die Bresche, die Kirchhoff schon geschlagen hatte, und stand in einem Garten, der fast schon ein Park war und leicht nach links abfiel. Weite Rasenflächen, alte Bäume, ein Pavillon, Blumenbeete. Und ein Hund, der überraschend von rechts laut kläffend und mit fliegenden Ohren angeschossen kam, eine kniehohe, schwarz-weiße Promenadenmischung, die sich zunächst auf den flüchtenden Kirchhoff konzentrierte.

Automatisch lief Sascha ein bisschen langsamer. Verflucht, jetzt war keine Zeit für Hundephobien! Oder dachte er etwa, der Hund würde Kirchhoff für ihn erledigen?

Zumindest machte der Köter Anstalten dazu: Er hatte den Mann erreicht, sprang an seinen Beinen hoch, versuchte, ihn in die Füße zu beißen, schnappte nach seinen Hosenbeinen.

Kirchhoff ließ sich davon nicht stören, schüttelte aber, als er die andere Gartenseite erreichte, das Tier so heftig mit dem Fuß ab, dass es einen Meter durch die Luft flog, auf den Rasen plumpste, zwei Sekunden später wieder auf den Beinen stand und nach einem neuen Gegner Ausschau hielt – Sascha natürlich.

In dem Moment, als der Hund bellend auf ihn zuraste, hörte man vom Haus her eine energische Frauenstimme: „Susi, was ist los?! Bist du wohl still!“ Ein Moment Schweigen. Dann: „Was machen Sie denn in meinem Garten?!“

Sascha schaute nach rechts, von wo eine ältere Frau im geblümten Kleid und mit empörtem Gesicht auf ihn zu marschierte. Das konnte er jetzt nicht auch noch gebrauchen! Kurz entschlossen riss er sich am Riemen, stellte sich vor, der Hund sei eine Katze, was half, überwand seine Abneigung, bückte sich, packte das Tier, das gerade seine Zähnchen in Saschas schöne, neue Schuhe schlagen wollte, hob es hoch und trabte auf die Frau zu, die zehn Meter von ihm entfernt stehen geblieben war.

Er drückte ihr den Hund in die Hände. „Polizei! Bringen Sie sich und Susi in Sicherheit! Ich bin hinter dem Verbrecher da vorne her!“ Er wies auf Kirchhoff, der sich eben abmühte, eine mit Efeu bewachsene Mauer aus Natursteinen hochzuklettern.

Mehrmals rutschte er ab, aber plötzlich hatte er den Dreh raus, schwang ein Bein über die Mauer, schaute kurz zu Sascha hinüber, der losrannte wie vom Affen gebissen, und sprang hinüber in den nächsten Garten.

Jetzt war der Kerl völlig aus Saschas Blickfeld verschwunden. Also Vorsicht, nicht, dass er hinter der Mauer auf Sascha lauerte, um ihn auszuschalten!

Daher begann Sascha ein paar Meter weiter rechts mit der Überquerung der Mauer. Was gar nicht so einfach war. Mit den Füßen suchte er nach Spalten zwischen den Steinen, mit den schweißnassen Händen zog er sich am Efeu hoch, das aber die Tendenz hatte, von der Mauer abzureißen. Er schwitzte, als stünde er neben einem Hochofen.

Es dauerte, aber dann saß er oben und verschaffte sich einen Überblick: Kirchhoff stand keine fünf Meter von ihm entfernt auf einem Rasen, mit hochrotem, verschwitzten Gesicht und keuchte, schnaufte und zerrte sich gerade ungeduldig die Krawatte vom Hals.

Hinter dem Garten war eine Straße, auf der nicht viel Verkehr zu herrschen schien, vielleicht eine Sackgasse. Jedenfalls würde Kirchhoff dort schneller vorankommen... zumindest wenn er das letzte Hindernis überwunden hatte: vor einem taillenhohen Metallzaun stand blühend und dornig eine ganze Batterie von Rosenbüschen. Vielleicht gab der Kerl ja jetzt auf.

Als er sich umdrehte, rief Sascha ihm zu: „Kommen Sie doch einfach freiwillig mit, Sie haben keine Chance!“

Das sah Kirchhoff wohl anders, denn er schleuderte die Krawatte von sich und lief weiter, fast über seine eigenen Füße stolpernd. Sascha sprang von der Mauer und folgte ihm. Er fühlte sich nicht fit, aber er wusste, dass er noch Reserven hatte. Kirchhoff hingegen war am Ende, so wie er sich bewegte. Zu viel gutes Essen und Alkohol, zu wenig Sport.

Wahrscheinlich trieb ihn nur noch die Angst vor dem Gefängnis vorwärts.

Vor den Rosen blieb er einen Moment stehen, aber dann zwängte er sich zwischen sie. Sofort verhakten sich die ersten Dornen in Hemd und Hose. Kirchhoff zerrte und zog und wand sich und kam kaum weiter. Also riss er plötzlich sein Hemd auf, streifte es ab und erreichte mit nacktem Oberkörper den Zaun.

Sascha war jetzt an den Rosen angelangt und streckte den Arm aus - Zentimeter fehlten, und er hätte den Kerl gehabt!

Aber der kletterte über den Zaun, während sich Sascha ohne Rücksicht auf Schmerz oder zerfetzte Kleidung an Kirchhoffs Hemd vorbei durch die Rosen kämpfte. Er fluchte ein paar Mal, dann war er am Zaun. Eine Flanke, dann war er auf der Straße, auf der Kirchhoff nach rechts und bergauf schon gute 20-30 Meter weit gekommen war. Wusste der Mann überhaupt, wo er hinwollte? Etwa zurück zu seinem Haus?

Auf einmal bog oben von der Hauptstraße her ein dunkles Auto in die Straße ein, kam langsam näher und hielt an. Es war Saschas Dienstwagen, und heraus stieg Andreas und stellte sich Kirchhoff in den Weg.

„Es reicht jetzt!", schnauzte er den Mann an. „Bleiben Sie stehen und legen Sie die Hände auf den Rücken!"

Kirchhoff sah sich kurz um, nach rechts, nach links und nach hinten – dann fing dieser kräftige, schwitzende Mann an zu weinen, ließ sich widerstandslos Handschellen anlegen und ins Auto bugsieren. Während der Fahrt schluchzte er noch eine Weile vor sich hin, sagte aber nichts mehr.

Eine halbe Stunde später saß Kirchhoff im geborgten Oberhemd mit immer noch hochrotem Kopf und ohne Handschellen an Andreas' Schreibtisch und spuckte schon wieder große Töne: Sascha und Andreas seien völlig unbefugt in sein Haus eingedrungen und hätten die Zimmer durchsucht!

Andreas ließ sich nicht provozieren und fragte den Mann zum dritten Mal nach seinem Alibi für den Mittwochmittag, an dem Gideon Jakobs Sohn ermordet wurde.

„Ich war zu Hause, meine Frau kann das bezeugen." Er nahm ein Taschentuch aus der Hose und wischte sich über die feuchte Stirn.

„Ach ja, Ihre Frau. Die ist übrigens auch hier und wird von unseren Kollegen befragt. Und sie haben in den Koffern nicht nur Damen-, sondern auch Herrenbekleidung gefunden. Sie wollten also das Land verlassen, Herr Kirchhoff."

„Nein, wollte ich nicht! Meine Frau kommt ursprünglich aus Kasachstan, und da wollte sie Verwandte besuchen, und die hätten sich über ein paar neue Anzüge und Schuhe sicher gefreut!"

Sascha staunte. Respekt. Diese Politiker aber auch – um keine Ausrede verlegen.

Andreas hatte anscheinend keinen Respekt, sondern bohrte weiter. „Ihre Frau hatte vor, mit dem Auto und fünf Koffern von hier aus nach Kasachstan zu fahren? Mal sehen, was sie dazu sagt."

Andreas ließ Kirchhoff wegbringen und rief Manfred an, der Frau Kirchhoff befragte bzw. befragt hatte, denn die Frau war schon wieder gegangen. Sie hatte jede Aussage verweigert und einen Anwalt verlangt. Anschließend rief Andreas im Kölner Polizeipräsidium an und musste zugeben, dass am Tatort von Patrick Jakobs Ermordung noch keine weiteren Spuren gefunden worden waren. Also musste man Rubinas Exfreund Robby vorerst wieder auf freien Fuß setzen. Auch Freunde und Bekannte von Patrick hatten keine wesentlichen Hinweise geben können.

Andreas war frustriert. Seine Miene verfinsterte sich noch ein wenig mehr, als plötzlich Renate ins Zimmer platzte.

„Hallo, ihr zwei! Ich hab was gefunden!", verkündete sie frohgemut.

„Ich hoffe im Fall ‚Patrick Jakob'", brummte Andreas.

„Nein, auf Angelika Müschbergs Sofa. Ein Haar, ein braunes, kurzes, um nicht zu sagen, ein sehr kurzes, männliches Haar."

„Fein." Andreas machte sich eine Notiz. „Aber es könnte natürlich auch einem x-beliebigen Besucher im Haus vom Kopf gefallen sein."

„Natürlich. Oder dem Mörder, den die Müschberg kannte." Renate guckte vorwurfsvoll.

Gott noch mal - er hatte die Nase so voll von vorwurfsvollen Frauenblicken!

Renate musterte ihn immer noch und sagte auf einmal: „Sascha, musst du nicht mal kurz für dynamische Hauptkommissare?"

Sascha hob die Augenbrauen, öffnete den Mund, schloss ihn wieder, dachte nach und erklärte: „Nein, aber ich wollte sowieso gerade Feierabend machen." Er nahm seine Jacke und die Autoschlüssel und verließ das Büro.

In Andreas kochte es. Was sollte das hier werden?! Wollte die Frau ihre Chance nutzen, jetzt, wo er wieder ‚frei' war?!

Renate ließ sich auf dem Stuhl nieder, auf dem gerade noch Kirchhoff gesessen hatte, warf ihren hellblonden Zopf nach hinten über die Schulter, betrachtete Andreas ein paar Sekunden lang mit ihren himmelblauen Augen – und senkte den Blick.

„Als ich vor ein paar Jahren hier anfing, hab ich mich tatsächlich ein bisschen in dich verliebt."

Sie schob die halblangen Ärmel ihres ebenfalls himmelblauen Shirts ein Stückchen nach oben. „Und ja, anfangs hab ich nur für dich abgenommen. Du warst für mich der charmante Gentleman, immer freundlich, immer an allem interessiert, irgendwie so positiv eingestellt, so verständnisvoll, lässig, witzig." Sie kratzte sich am Hals und blickte an Andreas vorbei. „In den letzten Jahren hab ich dich dann ein bisschen besser kennengelernt, und ich denke, es ist... ähm... völlig ok, wenn wir... also, wenn wir nur gute Kollegen sind und sonst nichts."

Andreas glaubte zuerst, sich verhört zu haben, dann fühlte er sich schwer auf den Schlips getreten, aber er ließ sich nichts anmerken, schwieg, machte ein unbewegtes, neutrales Gesicht und hoffte inständig, dass sie bald ging.

Und da stand sie auch schon auf, musste aber anscheinend noch etwas loswerden. „Um eins möchte ich dich deshalb bitten, Andreas. Wenn wir uns das nächste Mal begegnen, behandle mich nicht wieder so, als würde ich dir nachlaufen und dich belästigen und am liebsten ins nächste Bett zerren! Schönen Tag noch!"

Andreas hatte erwartet, dass sie energisch die Tür hinter sich zuschlug, aber sie zog sie behutsam ins Schloss. Seltsam, er wusste in jenem Moment gar nicht, was er fühlen sollte. Wut? Oder hatte sie am Ende Recht? Oder sollte er darüber lachen? Über die Worte einer verletzten, zurückgewiesenen Frau?

Wie er sich kannte, würde er die halbe Nacht über diese Fragen nachgrübeln.

Verdammte Scheiße aber auch!

Kapitel 5

Sankt Augustin, Gewerbegebiet
Freitag, 10. September, 9.45 Uhr

Colin setzte sich draußen hinter der Halle auf eine Bank, die neben der Tür zum Personalraum in der Sonne stand. Selbst um die Uhrzeit war es schon richtig heiß.

Mit seinen schmutzigen Fingern holte er einen Schokoriegel und eine Flasche Cola aus seinem Rucksack. Und sein Handy. Erst was essen und trinken, dann Jenny anrufen, dann eine rauchen. Genau, Jennifer anrufen, die Frau, die er schon immer haben wollte.

In letzter Zeit waren sie sich näher gekommen als je zuvor. Aber das hatte einen tragischen Hintergrund... und irgendwie hatte er sowieso kein wirklich gutes Gefühl bei der Sache. In seinem Hinterkopf quengelte ständig eine Stimme: Sie ist deine Cousine! Sie ist deine Cousine!

Und? War das etwa verboten?! Nein. Aber die Leute würden sich trotzdem das Maul zerreißen. Was kümmerten ihn die Leute! Die Frage war eher, wie würde Jennifer damit klarkommen? Wobei Colin noch nicht einmal sicher war, dass sie das Gleiche für ihn empfand, wie er für sie. Warum musste immer alles so verdammt kompliziert sein?!

Er wählte ihre Handynummer. Hoffentlich war sie nicht gerade in einer Vorlesung, er konnte sich die Zeiten nie merken. Aber sie nahm ab.

„Ja?"

„Hi, ich bin's, wollte nur mal hören, wie's dir geht."

„Herrgott, wie soll's mir schon gehen?!"

„Man wird doch wohl mal fragen dürfen. Kann ich denn irgendwas für dich tun?"

„Ja, ruf mich bitte erst morgen wieder an!"

Ihr Ton gefiel ihm nicht. So redet man nicht mit dem „lieben Cousin", der einem geholfen hatte! Er war nicht für die Katastrophe verantwortlich!

Colin riss sich zusammen, sagte nur knapp „Ok!" und legte auf. Immerhin kannte er Jenny seit fast 30 Jahren: Sie war eine temperamentvolle Person mit starken Gefühlen, die sie überhaupt nicht versteckte. Das mochte er an ihr. Und natürlich ihr Weltklasse-Aussehen! Colin grinste und zündete sich seine erste Zigarette an diesem Morgen an.

Womit er hingegen lange nicht klargekommen war, war Jennys Wesensveränderung vor ungefähr 9 Jahren, als ihr Vater an dieser schrecklichen Krankheit verreckt war (ja, verdammt, so musste man das nennen: qualvoll verreckt!).

Colin zog den Rauch bis in die letzte Lungenspitze. Mann, war das schlimm gewesen! Vor allem, weil Jennys Vater so ein toller Kerl war, immer gut drauf, immer unternehmungslustig, gutmütig. Colin lehnte sich auf der Bank zurück und schaute in den blauen Himmel. Wie oft hatte sein Onkel ihn und Jenny zu Ausflügen mitgenommen: zum Kanufahren, zum Sportklettern, zu Radtouren… Ja, Jenny war eindeutig Papas Liebling gewesen, und als er dahinsiechte, war auch in Jenny etwas aus den Fugen geraten – sie wurde immer aggressiver und gleichzeitig richtig vergnügungssüchtig.

Ein letzter, kräftiger Zug an der Zigarette. Leider vergnügte sich Jenny meist nicht mit ihm, sondern mit anderen Typen. Aber dann geschah letztes Jahr die nächste Katstrophe und unfassbarerweise genau am 10. Todestag von Jennys Vater. Jenny war komplett zusammengebrochen. Colin hatte ihr wieder aufgeholfen, und das hatte sie näher zusammengebracht.

Colin warf den Zigarettenstummel auf den Betonboden, trat ihn sorgfältig aus, hob ihn auf und steckte die Kippe zurück in die Schachtel. Er hatte hier zwar ein paar Sonderrechte, weil die Werkstatt seinem verstorbenen Onkel gehört hatte und jetzt an Colins Chef vermietet war, aber die Anlage mit Zigarettenkippen zu verschandeln, durfte er sich dann doch nicht erlauben.

Sein Blick fiel auf sein Handy. Vor dem Telefonieren hatte er sich nur notdürftig die Hände abgewischt, jetzt prangten ein paar schmierige schwarze Flecken auf dem silbernen Gerät. Teufel noch mal!

Er war gerade dabei, sein Telefon mit einem Tuch abzuwischen, als er den Chef rufen hörte: „Colin, kommst du mal eben?"

„Ja, eine Minute", rief er zurück, beeilte sich, packte seine Sachen zusammen und trabte nach vorne zur Werkstatt. Sehr kühl war es da auch nicht. Ein paar Wagen standen auf den Hebebühnen und warteten auf Reparaturen.

Der Chef hielt ein Klemmbrett und einen Stift in der Hand und las etwas nach. „Wann bist du mit der Karre da hinten fertig?"

„Montag. Ich muss nur noch die Bremsen überprüfen", erklärte Colin. „Und die Lenkung, da hat sich was verzogen."

„Gut, aber mach jetzt mit dem BMW weiter, ich kenn die Frau, die macht einen Mordsterror, wenn der Wagen nicht bis vier Uhr fertig ist!"

*

Bonn-Beuel
9.27 Uhr

Gegen halb zehn hielt Sascha vor der Apartmentanlage, in der Peter Müschberg wohnte, Schwager von Angelika und rheumakranker Rheumatologe. Sascha hatte ihn immer noch schwer im Verdacht zu simulieren, egal, was Andreas dazu meinte. Der beklagte sich gerade wieder routinemäßig über die Hitze und behauptete, fast schon am Sitz festzukleben.

„Ich bin gestern Abend an ganz was anderem festgeklebt, und das war gar nicht so unangenehm", informierte er Andreas, der daraufhin mit griesgrämigem Gesicht aus dem Auto stieg.

Was mochte Renate am Vortag mit ihm besprochen haben? Um was ging es diesmal? Wieder Eifersucht? Oder war es eine Liebeserklärung gewesen? Ein Heiratsantrag? Andreas war nicht einmal eine Andeutung zu entlocken gewesen… aber seiner Laune nach zu urteilen, hatte sie ihn eher tödlich beleidigt!

Andreas betrat gerade den kühlen Flur des Gebäudes, seine Jacke über dem Arm, die er immer dabei hatte, wegen dem ganzen Zeug, dass er in den Jackentaschen mit sich schleppte. Kurz darauf standen sie vor Müschbergs Tür und klingelten. Das mussten sie zweimal wiederholen, bevor ihnen aufgemacht wurde, und zwar von einer Frau um die Vierzig im kurzen, bunten Kleidchen, die sich als Haushaltshilfe vorstellte.

Herrn Müschberg gehe es heute nicht gut, stellte sie klar und ging mit nackten Füßen voraus ins Schlafzimmer und wies auf das Bett, auf dem der Mann lag: in weißer Unterwäsche, den Oberkörper leicht erhöht, damit er den Fernseher auf der Kommode sehen konnte. Die nackten

Beine waren im Vergleich zum Rest des Körpers unheimlich dünn und sichelartig zu O-Beinen gebogen.

„Machen Sie bitte die Tür hinter sich zu“, wies Müschberg die Frau an, die auch sofort aus dem halbdunklen Raum verschwand. Dann wandte sich Müschberg an Andreas und Sascha.

„Guten Morgen, die Herren. Es gibt definitiv einen Wetterumschwung, mir tun sämtliche Knochen weh“, klagte er zur Begrüßung und setzte sich nicht einmal auf. „Gibt's was Neues?“

„Nicht wirklich“, antwortete Andreas und hielt dem Mann nun schon zum zweiten Mal die Hand hin – aber auch diesmal griff er nicht zu. „Wir hätten gerne eine DNA-Probe von Ihnen, auf freiwilliger Basis natürlich.“

Müschberg guckte, als habe Andreas ihn um eine Organspende gebeten. Seine Stirn furchte sich und zwar senkrecht, und er richtete sich sogar ein wenig auf. „Sie verdächtigen mich tatsächlich!“ Er sank zurück und fing plötzlich an zu lachen. „Sie glauben ja gar nicht, wie lustig das ist!“

Er lachte noch eine Weile, hob mit einer Hand die Silberbrille an und wischte mit dem Finger ein paar Tränen aus den Augenwinkeln. Dann wies er auf das Teströhrchen, das Andreas aus einer Jackentasche geholt hatte. „Na los, geben Sie her, Sie Witzbold. Ich mach das schon selbst.“

Damit war er offensichtlich zu weit gegangen. Entweder war Andreas von irgendetwas massiv genervt oder er fürchtete einen Manipulationsversuch. Jedenfalls fuhrwerkte er höchstpersönlich mit dem Wattestäbchen in Müschbergs Mundhöhle herum.

„Vielen Dank“, bemerkte er höflich nach getaner Arbeit. „Eine Frage noch, kennen Sie zufällig Richter Gideon Jakob?“

„Sicher, von früher, vom Tennisclub. Der ist ein ziemlich linker Hund.“

„Wie meinen Sie das?“

Schnell hob Müschberg beide Hände. „Nein, nein, ich hab nichts gesagt! Das sind sowieso alles nur Gerüchte. Wie kommen Sie jetzt auf den?“

„Haben Sie nicht mitbekommen, dass sein Sohn ermordet wurde?“

„Das war garantiert ein Racheakt!“, spekulierte Müschberg, anscheinend mit großer Begeisterung. „Finden Sie raus, was Gideon gemacht hat, dann finden Sie auch den Mörder seines Sohnes.“

„Danke, wenn wir nicht weiterkommen, rufen wir Sie an", giftete Andreas und steckte das Röhrchen zurück in die Jacke.

„Gern, ich hab doch sonst nichts zu tun."

Sascha warf, bevor er Andreas nach draußen folgte, noch einen Blick auf Müschbergs krumme, weiße, sehr dünne Beine, und auf einmal tat ihm der Mann leid. Aus einem sicher abwechslungsreichen Berufsleben gerissen und in schmerzgepeinigtes Nichtstun geschleudert. Nein, mit dieser armen Kreatur würde er nicht tauschen wollen.

Wieder im Auto, wandte er sich an Andreas: „Glaubst du, dass unser Richter Dreck am Stecken hat?"

Andreas schnallte sich an. „Wahrscheinlich. Eins weiß ich: Männer, die hier in der Stadt Geld und Einfluss haben, kennen sich natürlich alle untereinander, das heißt der eine tut dem anderen einen Gefallen und umgekehrt, einer deckt den anderen und umgekehrt. Und das geht dann immer so weiter. Glaubst du, diese Leute hätten es nötig, sich an die Regeln des ‚Normalbürgers' zu halten?"

Sascha startete den Wagen. „Das finde ich unschön."

„Frag mich mal, wie ich das finde!"

„Reg dich nicht auf, sonst wird's dir noch wärmer. Können wir denn nicht was dagegen tun?"

„Wir können versuchen, den einen oder anderen Fall von Klüngelei aufzuklären. Nehmen wir also Gideon Jakob noch genauer unter die Lupe."

*

Sankt Augustin
10.30 Uhr

Ansgar fühlte sich ziemlich durchgeschwitzt, aber irgendwie auch guter Dinge. Er verließ das Bett und ging unter die Dusche.

Er hatte nachgedacht. Über das, was seine Mutter gesagt hatte. Über das Bild, dass sie von ihm hatte. Und hatte sie nicht ein bisschen Recht? Er war armselig. Er wollte nicht mehr armselig sein. Er wollte ab jetzt etwas aus seinem Leben machen! Vor allem wollte er ab jetzt selbst bestimmen, was er mit seinem Leben anfing. Das ging aber nur, wenn er finanziell unabhängig war.

Er ließ lauwarmes Wasser über seinen Körper laufen. Über seinen schwabbeligen Körper. Scheiße sah er aus! Er würde von jetzt an Sport treiben. Und sein eigenes Geld verdienen – und wenn er sich im Supermarkt an die Kasse setzte.

Auf keinen Fall wollte er die Firma seines Vaters übernehmen. Das war nichts für ihn. Er hatte eine kreative Ader, und die sollte nicht verkümmern. Am besten studierte er irgendwas mit Design und ging in die Werbung.

Er gab Shampoo auf seine dünnen Haare, die er auch nicht leiden konnte, und massierte sich ordentlich die Kopfhaut. Er hatte Ideen, er hatte Sinn für Farben und Formen, er konnte gut mit dem Computer umgehen, damit musste man doch was anfangen können!

Ansgar spülte das Shampoo aus den Haaren. Gleich am Montag würde er sein neues Leben in Angriff nehmen. Heute noch mal richtig feiern, und ab Montag ging's los. Samstag und Sonntag würde er sich schon langsam darauf vorbereiten... ja, er könnte der Putzfrau helfen und sich zeigen lassen, wie man Fenster putzte.

Überhaupt – Putzfrau, wie bescheuert war das denn?! Auch so eine Bevormundung seiner Mutter, ihm alle zwei Wochen eine Putzfrau auf den Hals zu schicken! „Damit du nicht völlig im Dreck verkommst", sagte sie immer. Als ob er zu blöd zum Staubwischen war. Aber ab Montag würde er auch das Putzen selbst erledigen.

Ansgar stieg aus der Dusche, trocknete sich ab, schnitt und feilte die zu langen Fußnägel zurecht (wobei ihn sein Bauch doch ziemlich störte), zog frische Unterwäsche, Shorts und ein kurzärmeliges Hemd an (natürlich auch alles von Mama gewaschen) und sah im Wohnzimmer auf die Uhr.

Was musste er noch machen? Ein bisschen aufräumen, lüften und ein paar leckere Sachen zum Essen und Trinken einkaufen, damit seine Geburtstagsparty am Abend richtig gut bei den Leuten ankam.

*

Bonn, Polizeipräsidium
16.30 Uhr

Seit Stunden wühlte Andreas in Polizeiakten, im Internet und anderen Quellen, die ihm zur Verfügung standen, um etwas über Gideon Jakob zu erfahren, das er noch nicht wusste. Vergebens.

Das alles brachte nichts, er musste Leute befragen. Aber Jakobs Freunde und Kollegen würden sich kaum dazu verleiten lassen, an der ehrbaren Fassade des Richters zu kratzen. Nein, er musste mit Leuten reden, die Jakob nicht ausstehen konnten. So wie der Politiker Wolff-Kirchhoff. Der hatte vielleicht interessante Informationen, vielleicht redete er sogar darüber, wenn man ihm einen Deal anbot.

Aber Andreas ließ Wolff-Kirchhoff noch ein bisschen schmoren, und machte sich in der Zwischenzeit Gedanken, wie er die Sache am geschicktesten anging.

Gegen 17 Uhr beschloss er, nach Hause zu fahren. Er hatte um 20 Uhr eine Verabredung mit Udo Philipp auf dessen Dachbalkon mit Blick über die nördliche Bonner Altstadt – darauf freute er sich. Im Übrigen hatte er den Eindruck, dass Sascha ihm in den letzten Stunden keine Hilfe gewesen war. Es schien fast, als sei er mit einem eigenen Fall beschäftigt, was er natürlich empört abstritt.

„Was immer du da recherchierst, ich hoffe, du kommst bald zu einem Ergebnis und erzählst mir was drüber“, mahnte Andreas, stand auf und nahm seine Jacke. „Ich bin jetzt weg. Morgen knöpf ich mir noch mal den Kirchhoff vor.“

Sascha nickte erst abwesend, dann schaute er auf und schüttelte den Kopf. „Also wenn morgen niemand ermordet wird, komm ich ganz sicher nicht ins Büro! Ich wollte mit Annika und Gabriel mal ins Freibad. Hab ich versprochen.“

„Ok, aber holt euch keinen Sonnenbrand. Bis dann.“

*

Ansgar hatte sich ein paar Sampler mit den größten Hits des Jahres gekauft, die er auf seiner neuen Anlage mit den besten Boxen weit und breit aufzulegen gedachte.

Anschließend hatte er seine Dachterrasse, natürlich die Größte im ganzen Gebäudekomplex, mit Kerzen und Lampions geschmückt, die noch nicht brannten, weil es frühestens um 22 Uhr dunkel wurde. Hoffentlich gab's kein Gewitter, vorhin waren ein paar dicke, dunkelgraue Wolken über den Himmel gesegelt.

Im Moment stand Ansgar vor dem Spiegel und vor der Frage, was er anziehen sollte, um möglichst gut, schlank und männlich-schick auszusehen. Er hatte sich extra ein längs gestreiftes Hemd in blau-weiß gekauft, aber das bekam er über dem Bauch kaum zugeknöpft. Die neue Jeans hingegen brachte seine kurzen Beine gut zur Geltung. So ein Mist!

Also doch wieder das gute, alte, dehnbare, schwarze T-Shirt mit dem silbernen Hawaii-Motiv vorne drauf! Egal, sollten die Leute ihn heute ruhig ein letztes Mal in alter Statur sehen, in ein paar Wochen würden sie dann umso mehr über seine neue, athletische Figur staunen!

Ansgar zog auch die Jeans wieder aus. Das war einfach zu heiß! Die hellen Shorts taten es genauso gut. Die anderen kamen schließlich auch nicht in Hemd und Anzug!

Am späten Nachmittag wurde das kalte Buffet geliefert, von einem der besten Restaurants in Bonn. Ansgar kostete natürlich alles vor, um sicherzustellen, dass nichts verdorben war.

*

Bonn
20.00 Uhr

Auf Udos Dachbalkon war gerade Platz genug für zwei Korbsesseln und einen Tisch. Auf der gemauerten Balkonbrüstung standen zwei Blumenkästen mit bunten Petunien.

Die Luft war immer noch um die 30°C warm. Vor die allmählich sinkende Sonne hatten sich dicke Wolken geschoben, aber nach Gewitter sah es nicht wirklich aus. Aus der Wohnung war in unaufdringlicher Lautstärke Frank Sinatra zu hören, im Duett mit anderen Sangesgrößen. Udo schnaufte gerade herbei und brachte etwas Kaltes zu trinken mit.

„Was ist das?“, fragte Andreas.

„Eisgekühlter Früchtetee. Sehr erfrischend, kaum gesüßt.“

„Wie viel hast du jetzt abgenommen?“

„20 Kilo.“

„Glückwunsch. Aber geht das wirklich nur, wenn du rauchst?"

„Scheint so." Udo stellte zwei Gläser und eine Thermoskanne auf dem Tisch ab und setzte sich in seinen Sessel. Ja, er ließ sich nicht hineinplumpsen, er setzte sich. Er hatte sogar wieder so etwas wie einen Hals.

„Und was sagt Lydia dazu?"

Seine dunklen Augen blitzten. „Du glaubst doch nicht ernsthaft, dass ich mir von irgendwem was vorschreiben lasse!"

„Natürlich nicht. Aber du hast doch ihretwegen abgenommen ... also ich finde, die Frau tut dir gut."

Udo wirkte ein wenig verlegen und griff zur Kanne, um Tee einzugießen. Da er nichts sagte, fiel Andreas zum Stichwort „abgenommen" auf einmal seine blonde Kollegin Renate ein. Er überlegte nicht lange, sondern berichtete Udo ausführlich, was Renate zu ihm gesagt hatte. Anschließend fragte er Udo, was er davon halte.

Der lachte. „Zuerst hielt sie dich also für charmant, verständnisvoll und witzig. Klingt doch gut… allerdings hält sie dich im Umkehrschluss jetzt für griesgrämig, egozentrisch und humorlos. Ja, das könnte man als Beleidigung auffassen. Aber ich kann natürlich nicht beurteilen, wie du sie in letzter Zeit behandelt hast – hat sie Recht?"

„Ja, vielleicht", räumte Andreas ein. „Aber ich wollte sie mir doch nur vom Hals halten."

„Warum eigentlich?"

„Das hab ich dir doch schon mal erklärt! Weil Verhältnisse am Arbeitsplatz übel enden können, und wie man sieht, trifft das sogar auf Nicht-Verhältnisse zu!"

„Aber vielleicht ist die Frau ganz interessant", warf Udo ein.

„Bestimmt ist sie das. Aber das reicht mir nicht!"

„Ach, anspruchsvoll sind wir auch noch! Was für ein Superweib suchst du denn?"

Andreas hatte genaue Vorstellungen, zumindest seit der Sache mit Sabine. „Sie muss meine Eigenheiten bedingungslos akzeptieren. So wie du das bei mir doch auch machst."

„Ja, aber sorry, ich bin im Moment vergeben", bedauerte Udo.

„Tut mir auch leid. Außerdem brauche ich eine Frau, die mir einen Riesenfreiraum lässt, sonst geht das gar nicht. Und ich hab keine Lust auf dumme Beziehungsspielchen!"

„Und du würdest niemals mit jemandem zusammenziehen."

„Richtig."

Amseln schickten ihren Gesang über die Stadt, Mauersegler schossen durch den Himmel.

„Du willst also eigentlich ein unabhängiges Leben führen und ab und zu mal eine Frau fürs Bett."

Andreas zögerte, dem einfach zuzustimmen. Das stimmte so nicht ganz. „Muss ich drüber nachdenken", meinte er knapp und wollte schon ein anderes Thema anschneiden, als Udo sein Glas Früchtetee hob und ihm zuprostete.

„Alle Achtung, bei solchen Ansprüchen musst du den Frauen ja ordentlich was zu bieten haben!"

„Natürlich, ich bin charmant, verständnisvoll und witzig."

„Jedenfalls am Anfang", lachte Udo. „Schreib dieser Renate doch mal einen Brief mit deinen genauen Vorstellungen von einer Beziehung. Würde mich sehr interessieren, wie sie darauf reagiert."

„Kann ich mir denken." Jetzt wurde es aber Zeit für einen Themenwechsel. „Neulich lief übrigens im Fernsehen ein Bericht über den Untergang des Universums, der wird so in ca. 10 Milliarden Jahren erwartet."

Udo grinste. „Oh verdammt, da muss man ja allmählich anfangen, sich Sorgen zu machen."

„Allerdings. Nämlich darüber, ob den Doku-Sendern die Untergänge ausgehen."

„Möglich. Was ist denn sonst so aktuell? Also außer dem Untergang des Universums? Immer noch der Untergang des Abendlandes?"

Andreas probierte den eisigen Früchtetee. Na ja, ging so. „Wieso das? Wegen der Islamisten?"

„Die werden wir uns noch zurückwünschen, wenn wir erst vom Chinesen überrollt worden sind."

„Ja und? Dann werden wenigstens unsere Kinder in der Schule besser."

„Stimmt auch wieder. Prost."

Sie stießen mit ihren Teegläsern an und sahen eine Weile schweigend zu, wie sich im Nordwesten die langsam dahinsegelnden Wolken rosa färbten, wie die Sonne, groß, oval und rotglühend dem Horizont entgegensank, wie die Häuser und Dächer der Stadt zu pechschwarzen Silhouetten wurden.

*

Ansgar stand auf seinem Balkon ein wenig abseits und betrachtete abwechselnd den spektakulären Sonnenuntergang und seine Gäste, die sich gut zu amüsieren schienen. Die Lampions und Kerzen waren angezündet, das Essen schmeckte super, die Musik kam gut an und Alkohol war ausreichend vorhanden.

Nur für ihn interessierte sich mal wieder kaum jemand so richtig. Einige hatten zwar Geschenke mitgebracht (obwohl sich Ansgar das ausdrücklich verbeten hatte), aber das war sicher sowieso nur allgemeiner Kram, mit dem man nichts anfangen konnte, jedenfalls hatte er noch nichts davon ausgepackt.

Warum nur war er so... so unsichtbar? Sollte er mehr Profil zeigen? Mehr Ecken und Kanten? Wie wär's zum Beispiel, wenn er die Party jetzt für beendet erklärte? Man würde sich bestimmt für lange Zeit an ihn erinnern. Ja klar, und niemand würde mehr zu seiner nächsten Party kommen.

Natürlich hatte er auch ein paar nette Mädchen eingeladen, aber die unterhielten sich alle mit den „netten" Jungs. Was war los? War er zu alt? Zu dick? Zu hässlich? Konnte man denn heutzutage keine Frau mehr mit Geld beeindrucken?!

Er wollte sich eben wieder unter die Gäste mischen, um sie daran zu erinnern, dass es ihn noch gab, als sein Telefon klingelte. Wollte sich jetzt schon jemand über den Lärm beschweren? Als er am Apparat ankam, sah er, wer die Anruferin war, und überlegte drei Sekunden lang, ob er überhaupt abnehmen sollte. Aber erstens wusste sie, dass er zu Hause war, und zweitens wollte er sich ändern. Warum nicht jetzt damit anfangen?

„Hallo Mama", meinte er freundlich. „Was gibt's?"

„Ich wollte fragen, wie's dir geht."

„Gut, danke. Wir feiern gerade."

„Ja, ich hör's... äh… hast du viele Leute da?"

„Zwölf sind gekommen."

„Und die kennst du alle?"

„Ja, klar, von der FH. Wieso?"

Seine Mutter schwieg einen Moment und schien nach den passenden Worten zu suchen, was nicht oft vorkam. „Ja weißt du... äh, hast du das denn nicht mitgekriegt? Patrick Jakob wurde gestern ermordet... und da dachte ich... äh... also du solltest vielleicht vorsichtig sein."

Nein, Ansgar hatte davon nichts mitbekommen, und es interessierte ihn auch nicht wirklich. „Das ist ja furchtbar", heuchelte er. „Aber was hat das mit mir zu tun?"

„Äh, ja... ich dachte, nur für den Fall, dass da ein Irrer in der Gegend rumläuft und junge Männer umbringt."

„Seit wann bist du so ängstlich? Ich passe schon auf mich auf!"

„Ja, tu das."

Sie legte auf, als sei es ihr peinlich, überhaupt angerufen zu haben. Was sollte das gewesen sein? Etwa doch ein Kontrollanruf? Egal, noch ein Bierchen zum Lockerwerden, und dann ran an die Frauen!

*

„Wie geht's eigentlich Sascha und seiner Familie?", fragte Udo, der eine auf alt getrimmte Petroleumlampe auf die Balkonbrüstung gestellt hatte.

„Gesundheitlich gut. Aber der Haussegen scheint schief zu hängen."

„Das wird schon wieder. Ich glaube ja, die zwei sind extra füreinander gebaut worden. Und so ein Kleinkind verbindet ja auch", schmunzelte Udo.

Andreas nickte und schenkte sich noch einen Tee ein. Er wartete auf eine bestimmte Bemerkung von Udo... und siehe da, da kam sie auch schon.

Udo schaute in den verdämmernden Sonnenuntergang und seufzte leise. „Ich finde es mutig, angesichts der Umweltzerstörung und der Klimakatastrophe ein Kind in die Welt zu setzen."

Es war schon ziemlich dunkel, und die Vögel stellten allmählich das Singen und das Fliegen ein. Auch der Straßenlärm hatte deutlich abgenommen, es herrschte eine hallende Akustik über Bonn.

Andreas senkte unwillkürlich die Stimme. „Ich sehe das ja ein bisschen anders", begann er. „Nur zwei Fragen: Besteht der Mensch rein aus natürlichen Stoffen und ist er zu hundert Prozent abbaubar, wenn man mal von künstlichen Ersatzteilen absieht?"

„Ja, klar."

„Und ist es nicht so, dass uns die Evolution als Spezies nicht nur zugelassen, sondern bevorzugt hat?"

„Ja. Worauf willst du hinaus?"

„Auf die angebliche Umweltzerstörung. Die Natur hat uns hervorgebracht, jetzt soll sie doch zusehen, wie sie mit uns klarkommt!"

„Na, das ist ja mal `ne Theorie", befand Udo. Sie schien ihm nicht zu schmecken. „Das Problem ist aber doch, dass wir unsere Lebensgrundlagen kaputtmachen und für unser eigenes Aussterben sorgen!"

„Sehe ich nicht so - ich glaube nämlich an die Durchwurschtel-Kraft des Menschen!"

„Du meinst, wir wurschteln uns schon irgendwie an der Katastrophe vorbei?"

„Ja, hat doch bis jetzt immer geklappt."

Udo schüttelte den Kopf. „Eine sehr rheinische Sicht der Dinge. Du eignest dich wirklich nicht als Umweltaktivist! Aber es reicht ja, wenn du Mörder fängst, die sind auch schlecht für die Umwelt."

Mit dieser Aussage wollte sich Andreas allerdings nicht abspeisen lassen und begann, seine Behauptung mit Beispielen zu untermauern. Udo stieg darauf ein und suchte nach Gegenbeispielen. Die Diskussion verlief ziemlich heftig.

*

Ansgar lästerte gerade mit zwei Kommilitonen über einen Dozenten, als es an der Wohnungstür klingelte. Es war fast 22:30 Uhr und schon recht dunkel. Ansgar war sicher, dass es sich um einen Mieter handelte, der sich beschweren wollte. Mach ein freundliches Gesicht! befahl er sich, während er den kleinen Flur durchquerte und die Tür aufzog.

Eine Frau stand davor, in etwa seinem Alter, in den knappsten Shorts, die er seit langem gesehen hatte, in einem engen, weißen, tief ausgeschnittenen Top, eine Frau mit langem, blondem Haar, mit dunklen, sehr stark geschminkten Augen, eine Frau, die ihn mit überschwänglichem Strahlen im Gesicht fragte: „Hi! Bist du Ansgar Hammerschmidt?"

„Ja."

„Oh toll! Ich bin ein Geburtstagsgeschenk für dich!"

Für mehrere Sekunden war Ansgar sprachlos. Dann fiel ihm doch noch eine Frage ein. „Von wem denn?"

Kurz schlug sie die langen, unechten Wimpern nieder, dann zwinkerte sie ihm vertraulich zu: „Das darf ich dir erst später verraten." Ihre

Stimme war dunkel und passte zu dem schweren, orientalischen Parfüm, das ihm jetzt in die Nase stieg. „Kann ich reinkommen?“

Ein vielleicht ganz tief in ihm sitzender Instinkt sagte nein. Aber seine Hormone sahen das anders. Er trat zur Seite und ließ die Frau herein. Als sie ihm daraufhin mit ihren tiefrot bemalten Lippen einen Kuss auf die Wange drückte, schien ihm klar zu werden, was ihn störte.

„Sag mal, du bist doch nicht etwa ein Geschenk von meiner Mutter?“

Die Frau maß ihn mit erstauntem Blick und hauchte mit nicht ganz echt wirkender Laszivität: „Was hast du denn für perverse Gedanken.“

„Heißt das nein?“

„Genau. Deine Mutter hat damit nichts zu tun.“

„Wenn sich rausstellt, dass du mich angelogen hast, kriegst du mächtig Ärger!“, zischte Ansgar, während ihm das Blut zuerst in den Kopf schoss und dann in einen Körperteil deutlich weiter unten.

„He, du bist ja richtig temperamentvoll! Nein, ich schwöre dir, deine Mutter hat mich nicht geschickt! Und dein Vater auch nicht, wo wir schon dabei sind!“

„Ok. Wie heißt du?“

„Erinnya. Das ist mein Künstlername.“

„Du bist Künstlerin?“

Sie hakte sich bei ihm unter und flüsterte ihm ins Ohr: „Ja, Liebeskünstlerin.“

Schön – jemand hatte ihm eine Professionelle ins Haus geschickt. So ein Geschenk würde er sicher nicht verfallen lassen. Jetzt blieb noch eine andere Frage zu klären. „Wie viel Zeit hast du mitgebracht?“

Wieder strahlte sie ihn an. „Für dich, Schätzchen, die ganze Nacht.“

Dieser Jemand hatte aber tief in die Tasche gegriffen... wer mochte das nur sein? Egal, jetzt würde er die „Dame“ erst einmal den anderen vorstellen. Auf *die* Gesichter war er gespannt!

*

Das Themengebiet Umwelt und Klima hatten sie gerade schleunigst verlassen (bevor es zu Handgreiflichkeiten kam), als Andreas etwas ganz anderes einfiel.

„Weißt du, was ich unverschämt finde?“, fragte er. „Dass sie uns den Planeten Pluto geklaut haben.“

Udo bediente sich aus dem Schälchen mit den Bananenchips. „Also vom astrologischen Standpunkt aus ignoriere ich das einfach."

„Muss man wohl auch, sonst bricht ja das ganze System zusammen. Was für ein Sternzeichen ist eigentlich deine Lydia?"

„Waage. Sie redet gern, ist ein bisschen eitel, aber ansonsten pflegeleicht."

„Waage und Zwilling. Passt doch." Andreas hielt sich an die Salzstangen. „Unternehmt ihr denn viel?"

„Nein, wir quatschen viel. Sie meinte kürzlich, sie hätte noch nie einen Mann kennengelernt, mit dem sie sich so gut über alles unterhalten kann wie mit mir." Udos Augen leuchteten.

Das freute Andreas. Oder war er doch ein wenig neidisch? Nein. Frauen verursachten nur Ärger. Das würde Udo auch noch merken.

„Macht ihr denn noch was anderes als quatschen?" Gut, das war indiskret, aber Udo musste ja nicht antworten.

Das tat er auch erst einmal nicht. Er griff sich seine Tasse, hielt sich daran fest und überlegte. „Ok", hob er schließlich an. „Ich kann im Moment nicht so, wie ich will. Mein Arzt meint, das könnte an den Tabletten liegen. Aber Lydia behauptet, sie brauche das auch nicht so."

Andreas nickte verständnisvoll. Also doch kein Grund, neidisch zu sein. „Das passt ja dann wieder."

„Nett gesagt. Was macht denn deine Gesundheit?"

„Könnte schlimmer sein."

„Entschuldige mal, du bist jetzt über Fünfzig! Da muss es doch irgendwas geben, das nicht mehr richtig funktioniert!", entrüstete sich Udo. „Blutdruck, Gelenke, Herz, Prostata, irgendwas!"

„Ja, stimmt, mein rechtes Knie tut manchmal weh."

„Und? Warst du damit schon beim Arzt?"

„Nein, wieso?"

Udo verdrehte die Augen. „Ja weißt du denn nicht, dass sich bei den über Fünfzigjährigen 80% der Gespräche um Ärzte und Krankheiten drehen? Du kannst ja gar nicht mitreden!"

„Wie ärgerlich. Dann sollte ich mir bald eine ordentliche Krankheit zulegen."

„Ja, tu das. Noch einen Tee?"

Andreas sah auf die Uhr. „Einen noch. Aber dann fahre ich."

*

Seit einer Stunde schon beschäftigte sich die aufregende Erinnya nur mit Ansgar. Eng umschlungen tanzte sie mit ihm, der ja eigentlich gar nicht tanzen konnte, flüsterte ihm nette Sachen ins Ohr („Du bist richtig süß, weißt du das?"), küsste ihn zwar nicht auf den Mund, tat aber mit ihren Händen und ihrem ganzen Körper so einiges, das ihn scharf machte. Scharf wie eine Bombe, die jeden Moment zu explodieren drohte.

Und so versuchte er mehrmals, sie vom Balkon ins Wohnzimmer und von dort in sein Schlafzimmer zu dirigieren. Aber immer, wenn sie es merkte, steuerte sie dagegen, und sie landeten wieder da, wo die anderen waren.

„Mensch, ich muss mal `ne Pause machen!", verkündete sie plötzlich. „Das ist ja immer noch derart heiß!"

Erinnya hörte auf zu tanzen, ließ Ansgar los und wandte sich dem Tisch mit den Getränken zu. Sofort zog sie alle Blicke auf sich. Ansgar verschränkte die Arme und beobachtete: Die Männer guckten gierig, die Frauen guckten verächtlich.

Schließlich wandte sich Erinnya um und kam mit zwei Gläsern in den Händen auf ihn zu. Sie war ein Stück kleiner als er, hatte mit den hochhackigen Schuhen einen geschmeidigen Gang wie eine Raubkatze und lächelte ihn wieder an, als sei er der Mann ihrer Träume.

Nachdem sie ihm das Glas gereicht hatte, ließen sie sich auf zwei Klappstühlen nieder und Erinnya schaute ihn mit ihren dunklen Augen unverwandt an. Das machte ihn noch nervöser, also lenkte er seinen Blick in ihren Ausschnitt, in dem auf schimmernder, brauner Haut ein goldenes Fischchen an einer Kette hing.

„Bist du Sternzeichen Fisch?", fragte er, ohne aufzublicken.

„Genau, und du?"

„Ich bin Krebs. Das soll ja prima passen." Ansgar räusperte sich. „Wieso trinkst du eigentlich die ganze Zeit nur Cola?"

Erinnya fing an zu kichern. „Ich muss doch nachher noch arbeiten."

Ansgar fand das gar nicht lustig. „Warum fängst du nicht langsam mal mit deiner Arbeit an?"

Erstaunen auf ihrem Gesicht. „Wie meinst du das? Jetzt? Wo die ganzen Leute noch da sind?" Ein kurzer Blick zu den „Leuten" hinüber, dann beugte sie sich vor und flüsterte mit ihren vollen, roten, feuchtglänzenden Lippen: „Nee du, ich mache echt alles mit, was du willst, aber nicht, wenn da praktisch andere Leute mit im Schlafzimmer stehen, das ist echt nicht mein Ding."

Eine zimperliche Nutte. Ansgar fand das niedlich, und er hing an ihren Lippen und stellte sich vor, wie es sich anfühlte, überall von ihnen berührt zu werden, und er fasste einen heldenhaften Entschluss – er stand auf, ging zu seinen Gästen hinüber, die teilweise schon ordentlich abgefüllt waren, und erklärte jedem von ihnen einzeln (indem er immer wieder auf seine teure Armbanduhr tippte), dass die Party in einer halben Stunde vorbei sei.

„In meinem Mietvertrag steht ausdrücklich, dass um spätestens 24 Uhr Ende sein muss! Außerdem habe ich meiner Mutter versprochen, dass ich sie morgen früh um sieben zum Flughafen fahre."

Dafür erntete er diverse verärgerte bis beleidigende Antworten, und er schwor sich, diese sogenannten „Kumpel" nie wieder einzuladen.

Immerhin verzogen sich alle bis Viertel nach zwölf, und dann war Ansgar mit Erinnya allein. Er ließ sich im Wohnzimmer auf die Couch fallen und meinte: „Ok, dann leg mal los! Wie wär's mit einem Strip?"

„Ganz wie der Herr wünschen." Erinnya lächelte verführerisch, trippelte auf den hochhackigen Schuhen zur Balkontür und schob sie zu. Danach zog sie auch noch die bodenlangen Vorhänge vor die Fenster.

„Was hast du vor, Mädchen?"

„Ich ziehe mich kurz um, und dann gibt's eine Überraschung. Dauert nur eine Minute." Sie holte eine große Tasche, über die Ansgar sich schon gewundert hatte, aus der Diele und schleppte sie mit sich ins Bad.

„Was hast du denn da drin?", rief er ihr hinterher.

„Jetzt warte doch mal ab! Ich hab tolles Spielzeug dabei! Bin gleich fertig!"

Ansgar trank noch schnell ein paar Schlucke Bier, nicht zu viel, damit der kleine Ansgar, der inzwischen recht groß war, nicht noch die Arbeit verweigerte! Er fühlte sich sehr männlich, besonders, als er sich jetzt Dinge auszumalen begann, die er schon längst hatte ausprobieren wollen. Er würde –

„Ansgar?", rief sie aus dem Bad.

„Ja?"

„Machst du mal kurz die Augen zu? Bitte ... bis ich dir Bescheid sage?"

„Ok."

Eins musste man ihr lassen – sie konnte es spannend machen! Ansgar schloss die Augen. „Kannst rauskommen. Ich gucke nicht."

Das tat sie dann auch, obwohl er sie eher näherkommen spürte als hörte. Hatte sie die Schuhe ausgezogen? Als was mochte sie sich verkleidet haben? Vielleicht als Bauchtänzerin? Sie hatte ihn noch nicht ganz erreicht, als Ansgar es nicht mehr aushielt. Vor Neugier, aber auch vor Anspannung: er fühlte sich plötzlich so ausgeliefert. Das gefiel ihm nicht, das sollte andersherum laufen!

Er riss die Augen auf. Was er sah, verstand er im ersten Moment nicht: sie stand vor ihm, in einem fast wadenlangen, roten Etwas aus Plastik, das ein Regenmantel hätte sein können, mit nackten Füßen, mit einem Ausdruck von Abscheu im Gesicht, den er sich nicht erklären konnte, und mit einem länglichen, schweren Metallgegenstand in beiden Händen - den sie gerade emporschwang.

Was hab ich dir getan?! wollte er schreien, stattdessen riss er beide Arme hoch. Das schwere Ding traf mit Wucht seinen rechten Unterarm. Ein lautes Knacken, ein grässlicher Schmerz, der Arm fiel herab wie tot. Ansgar sah den nächsten Schlag kommen, linker Arm hoch, das Ding traf den Ellbogen, Ansgar konnte nicht einmal schreien vor lauter Schmerz.

Und dann holte sie aus zum nächsten Schlag.

Kapitel 6

Bonn, Weberstraße
Samstag, 11. September, 9.00 Uhr

Erst um drei Uhr in der Nacht, nachdem sie zwei Schlaftabletten geschluckt hatte, war Konstanze eingeschlafen.

Vorher hatte sie sich ruhelos im Bett herumgewälzt, weil ihr zu warm war, und weil sie sich den Kopf darüber zerbrach, ob es reiner Zufall gewesen sein konnte, dass gerade Angelika und Patrick ermordet worden waren.

Ja, sagte sie sich immer wieder, und auch jetzt, als sie die Füße aus dem Bett schwang, ein Shirt überstreifte und sich gähnend und mit dumpfem Druck im Hirn auf den Weg ins Bad machte, sagte sie sich selbst immer wieder: Es war Zufall. Was hatten schließlich eine ältere Dame aus Bonn und ein junger Mann aus Oelinghoven gemeinsam? Es mussten auch zwei verschiedene Täter gewesen sein: einer aus Bonn, einer aus Oelinghoven. Ja, reiner Zufall!

Die Badezimmerfliesen fühlten sich angenehm kühl unter ihren Füßen an. Sie ließ sich auf der Toilette nieder, und schon war sie wieder beim Thema: wenn es nämlich kein Zufall gewesen war, dass gerade diese beiden Menschen hatten sterben müssen, dann hätte das unerhörte Konsequenzen. Nein – es war Zufall!

Konstanze wusch sich die Hände und sah vorsichtshalber noch nicht in den Spiegel. An diesem Morgen verzichtete sie auch auf jede sportliche Aktivität. Irgendwie fühlte sie sich erbärmlich. Müde, neben der Spur. Aber auch bedrückt, nervös.

Jetzt iss erst mal was und trink deinen Kaffee, du bist einfach völlig unterzuckert, wies Konstanze sich selbst an. Das tat sie dann auch, und hinterher fühlte sie sich wacher, aber immer noch beunruhigt. Was war das nur?

Es ist etwas passiert, flüsterte es in ihr. Es ist etwas ganz Furchtbares passiert.

Das kannte sie nicht von sich, sie neigte nicht zu Vorahnungen. Weil das Unsinn war. Weil Vorahnungen in 1% der Fälle eintrafen und in 99% der Fälle nicht. Sie verbot sich diesen Quatsch, rauchte zwei Zigaretten und beschloss, zum Friseur zu gehen, da tat man sich etwas Gutes und war auch noch abgelenkt. Aber zuerst würde sie neue Sandalen kaufen, die möglichst viel vom Fuß freiließen. Konstanze schwitzte auch an den Füßen.

Eine halbe Stunde später spazierte sie im engen, kurzen Kleid durch die Kaiserpassage, über den Münsterplatz und bog nach rechts Richtung Sternstraße ab. Es war fast elf Uhr, die Stadt füllte sich, es herrschte eine schwere, schwüle Wärme, eine graue Wolkendecke hatte sich über den Himmel gelegt.

Konstanze kaufte sich ein Eis, zwei Kugeln Malaga, stellte sich damit vor einen exklusiven Schuhladen und studierte durch ihre teure Sonnenbrille hindurch die Auslage im Schaufenster. Die Sandalen sollten einen nicht zu hohen Absatz haben, damit konnte sie besser laufen, und sie sollten –

Ihr Handy klingelte. Sie kramte es aus der Handtasche und hielt es ans Ohr. „Ja?"

Eine weibliche Stimme, die Konstanze erst gar nicht erkannte, rief geradezu außer sich ins Telefon: „Frau Hammerschmidt, sind Sie das? Hier ist Frau Wagner – Sie müssen sofort in die Wohnung von Ihrem Sohn kommen! Es ist was Schreckliches passiert! Oh Gott, es ist so furchtbar! Bitte, kommen Sie sofort her!"

Konstanze hatte das Gefühl, dass ihr erst alles Blut nach unten sackte und ihr dann wieder in den Kopf schoss. Frau Wagner, die Putzfrau?

„Frau Wagner, was ist los?! Ist was mit Ansgar?!"

„Ja, es ist ganz furchtbar! Kommen Sie her! Schnell!" Und dann legte die Frau einfach auf.

Konstanze ließ das Eis fallen, um sich mit der Hand am Schaufenster abzustützen. Ihr war schwindlig, die Straße drehte sich. Nein! Nicht Ansgar! Das durfte nicht sein!

Jetzt reiß dich zusammen! Das ist doch nur ein Irrtum!

Der Schwindel ließ nach. Sie zwang ihre Gedanken auf das, was jetzt zu tun war: ein Taxi finden. Wo gab es Taxen? Am Hauptbahnhof, also los. Ihre Beine fühlten sich gummiartig an, aber sie ignorierte das und begab sich zum Bahnhof. Unterwegs steckte sie sich eine Zigarette an und versuchte, nicht panisch zu werden.

Es war garantiert alles ein Irrtum. Alles war gut. Ansgar lebte. Vielleicht war er schwer verletzt, weil er vom Balkon gestürzt war, oder er lag im Alkoholkoma oder hatte Tabletten geschluckt, aber er lebte. Zweimal versuchte sie, Frau Wagner zu erreichen, aber die ging einfach nicht ans Telefon.

Sie fand ein Taxi, zündete sich beim Einsteigen eine Zigarette an bot dem Fahrer 20.- Euro extra, wenn sie auch im Wagen rauchen durfte. Der Taxifahrer, der sehr braungebrannt war und ein knallgelbes Poloshirt anhatte, ließ sich drauf ein, brummte aber: „Nur bei offenem Fenster, sonst stinke ja der ganze Wagen!“

Wortreich verwickelte er Konstanze in ein Gespräch über die schon wieder gestiegenen Benzinpreise, die das Taxifahren natürlich auch nicht gerade billiger machten. Konstanze war dankbar für die Ablenkung, schwitzte, rauchte und versuchte, nicht an das Schlimmste zu denken. Wieder rief sie mehrmals Frau Wagner an – vergeblich.

Eine Viertelstunde später sprang Konstanze, nachdem sie dem Fahrer einen Fünfziger in die Finger gedrückt hatte, vor dem langgestreckten, weißen Gebäudekomplex in den Südarkaden von Sankt Augustin aus dem Taxi und eilte mit dem Zweitschlüssel in der Hand zum Haus.

Wieso war hier kein Krankenwagen, keine Polizei, kein Menschenauflauf zu sehen? Hatte die Wagner also doch wieder maßlos übertrieben? Gab es Hoffnung?

Sie betrat das Haus und rannte, die Sonnenbrille nach oben in die Haare geschoben, zwei Stufen auf einmal nehmend, die Treppen hinauf. Die Tür zu Ansgars Wohnung war nur angelehnt. Konstanze stieß sie auf und schlug sie hinter sich zu.

Die Tür rechts zur Küche stand offen. Dort saß die Wagner am Tisch, vor sich eine Flasche von Ansgars bestem Cognac, ein Glas und einen Aschenbecher, den sie schon fleißig benutzt hatte.

„Wo ist er?!“, blaffte Konstanze die Frau an.

Ihre Stimme war genauso müde wie ihr Blick. „Im Wohnzimmer.“

Konstanze hängte ihre Handtasche an einen Garderobehaken im Flur und ging auf die geschlossene Wohnzimmertür zu. Selbst, als sie ihre Hand auf die Klinke legte, glaubte sie noch an ein Wunder.

Langsam schob sie die Tür auf. Die Deckenlampe brannte, die Vorhänge der Fensterfront waren zugezogen. Ansgar lag zwischen Couch und Tisch auf dem Boden, auf dem Bauch, mit unnatürlich verrenkten Gliedmaßen. Unter seinem Kopf schimmerte dunkel eine riesige Blutlache. Blut war durchs ganze Zimmer gespritzt.

Nach zwei Sekunden der Erstarrung lief Konstanze hin zu ihrem Sohn, rückte rabiat den Tisch zur Seite und fiel neben Ansgar auf die Knie – vielleicht lebte er ja doch noch! Sie fasste ihn an der Schulter und rüttelte ihn. „Ansgar? Hörst du mich? Komm, sag was!"

Keine Reaktion... und er fühlte sich so steif an und so kalt.

Konstanzes Herzschlag schien auszusetzen. Alles kam ihr auf einmal unwirklich vor. Das hier war gar nicht Ansgar, das war irgendwer oder irgendwas, vielleicht sogar eine Puppe. Um sie zu erschrecken.

Sie streckte ihre Hand aus (Gott, wie sie zitterte!), berührte das dünne, rotblonde Haar und versuchte den Kopf, der merkwürdig flach auf dem Gesicht lag, zur Seite zu drehen. Er klebte am Teppich fest, klebte im geronnenen Blut, sie musste stärker ziehen, musste beide Hände benutzen, dann ein Ruck, und der Kopf löste sich mit schmatzenden Laut vom Teppich. Jetzt war ihr übel, und als sie nun versuchte, den Kopf zur Seite zu drehen, musste sie Gewalt anwenden, und es knackte furchtbar, und dann sah sie in Ansgars Gesicht oder in das, was davon übrig war, und beinah hätte sie sich übergeben.

Vor Entsetzen brachte sie keinen Ton heraus. Nein, das war keine Puppe.

Schnell verließ ihr Blick das „Gesicht", wanderte über Ansgars rechten Arm, der ebenfalls blutverschmiert war und aus dem ein schräg stehender, weißlicher Knochen herausragte... und seine Hände... Konstanze hatte gedacht, sie lägen da zu Fäusten geballt – aber da waren gar keine Finger mehr. An der anderen Hand auch nicht. Man hatte ihm die Finger abgeschnitten.

Das war zu viel für ihren Magen. Konstanze kämpfte sich, von Schwindel und Übelkeit fast überwältigt, auf die Füße, taumelte ins Bad und übergab sich in die Toilette. Ihr Verstand war wie betäubt, als sie anschließend auf den Fliesen saß, innerlich und äußerlich zitternd. Ihr war kalt und heiß zugleich. In ihrem Innern wimmerte ein Stimmchen: Das ist nicht Ansgar, das ist ein Bekannter von ihm, vielleicht ein Drogenhändler oder ein Zuhälter, mit dem er sich eingelassen hatte. Das ist nicht Ansgar!

Konstanze hielt eine Hand vor den Mund. Ansgars Gesicht war nicht mehr zu identifizieren, aber sie kannte doch seine Haarfarbe, seine Figur, die Sachen, die er trug… hast du nach den beiden Leberflecken geschaut, hast du im Schlafzimmer nachgesehen? Vielleicht liegt er im

Bett und schläft. Vielleicht ist er sogar entführt worden.

Dieser Gedanke brachte sie überraschend schnell auf die Füße. Trotzdem musste sie sich beim Gehen überall festhalten, so schwindlig war ihr. Zuerst schaute sie ins Schlafzimmer, aber da war niemand. Das Bett war auch nicht gemacht.

Dann schleppte sie sich zurück ins Wohnzimmer und kniete ein zweites Mal neben der Leiche nieder, wobei sie sich ständig vorsagte: „Das ist nicht Ansgar! Das ist nicht Ansgar! Das ist…"

Mit zwei Fingern zog sie das schwarze T-Shirt vom Hals weg – und dort, ganz oben am Rücken prangten die Leberflecke, genau da, wo sie schon immer gewesen waren. Keine zehn Sekunden später hing sie, ohne genau zu wissen, wie sie dorthin gekommen war, wieder über der Kloschüssel. Als nichts mehr herauskam, ließ sie sich auf dem Boden nieder.

Das Ganze war so monströs, dass sie es einfach nicht an sich heranlassen durfte. Sie brauchte dringend einen Schnaps und eine Zigarette.

Mit weichen Knien drehte sie sich um, stützte sich schwer auf der Klobrille ab, um aufzustehen... als sie etwas Kleines, Schwarzes sah, dass direkt unter dem Abflussrohr hinter der Toilette lag. Sie beugte sich herab. Das waren künstliche Wimpern, mit Blut daran!

Und auf einmal schaltete sich ihr Verstand doch wieder ein: Wenn Blut an dem Ding war, musste es vom Mörder stammen. Und sicher gab es an der Klebestelle Hautschuppen und damit DNA-Material der Person, die –

Konstanze riss zwei Blätter Toilettenpapier von der Rolle, klaubte damit die falschen Wimpern vom Boden, warf einen kurzen, angeekelten Blick darauf, wickelte noch mehr Toilettenpapier herum, stand ächzend und mit zitternden Beinen auf und verstaute das Päckchen im Flur in ihrer Handtasche.

Dann setzte sie sich zu Putzfrau Wagner in die Küche, kippte zwei Cognac herunter, rauchte eine Zigarette, holte ihr Handy aus der Tasche und meinte: „Wir sollten jetzt die Polizei anrufen."

*

Bonn, Ennert-Bad
11.25 Uhr

Sascha lag auf einer Decke unter einem Baum und schaute sich auf seinem Laptop „Ein seltsames Paar“ mit Matthau und Lemmon an. Wenigstens einmal am Tag wollte er herzlich lachen können.

Natürlich hatte Annika genörgelt, als er seinen Laptop zu den Badesachen packte – aber *sie* durfte selbstverständlich eine Freundin mit Kleinkind mitnehmen, die sie in irgendeiner Spielgruppe kennengelernt hatte. Das passte ihm auch nicht.

Sascha trank Cola und hoffte, dass die zwei Frauen mit den zwei Kindern noch möglichst viel Zeit im Planschbecken verbrachten.

Im Übrigen traf es sich gut, dass sie so früh hier gewesen waren. Das Freibad wurde mit jeder Viertelstunde voller und die Schattenplätze wurden rar. Andererseits hatte sich der Himmel immer mehr zugezogen. Jetzt schien gar keine Sonne mehr. Stattdessen stand die Luft in drückender Schwüle zwischen den Bäumen, kein Lüftchen wehte, es fühlte sich nach Gewitter an. Na klar – da ging er alle zehn Jahre mal mit Annika ins Freibad, und dann gab's ein Gewitter.

Das einzig Positive an diesem Morgen war der bewundernde Blick gewesen, mit dem Annikas Freundin seinen wohlgeformten Körper in der Badehose betrachtet hatte. Annika hatte es hoffentlich bemerkt. Sascha wollte sich eben wieder auf seinen Film konzentrieren, als sich sein Handy meldete. Andreas.

„Wo bist du?“, fragte er.

„Im Schwimmbad, hab ich doch gesagt!“

„Ja, ja. Wir haben noch einen Mord. Kommst du mit?“

Das *Ja, klar* lag Sascha schon auf der Zunge, als er innehielt und kurz nachdachte: Wenn er die beiden Frauen jetzt hier allein ließ, ohne zu wissen, wann er sie abholen würde, konnte er sich auf ein ungemütliches Wochenende einrichten.

Also maulte er: „Wieso müssen wir das wieder übernehmen? Hat Manfred nicht Dienst?“

„Müssen wir nicht.“ Andreas klang unerwartet sanft. „Aber ich hatte auf einmal so ein Gefühl im Bauch, dass die drei Morde von dieser Woche irgendwie zusammenhängen könnten.“ Kurze Pause. „Ich will mir das mal ansehen. Mach du dir ein schönes Wochenende mit Frau und Kind, ich nehme Manfred mit."

Schade. Aber man musste eben Opfer bringen, wenn man Familie hatte. Sascha legte auf und widmete sich wieder seinem Film.

Etwa eine halbe Stunde später kamen die beiden Damen mit den Kindern zurück: Annika, schön braun und schön kurvig im korallenroten Einteiler, die langen, schwarzen Haare zum Zopf geflochten, und ihre neue Freundin, eher blass, dafür kurvig an den falschen Stellen, im schwarzen Bikini.

Vor den beiden lief Gabriel auf Sascha zu, stämmig, ein bisschen unbeholfen, hellblonde, kurze Löckchen, dunkelblaue, große, immer staunende Augen. Sascha setzte sich auf, breitete die Arme aus, ließ den jauchzenden Gabriel hineinlaufen und drückte ihn fest an sich. Was für ein schönes Gefühl!

Das andere Kind, ein pummeliges Mädchen mit kurzen, dunklen Haaren, ließ sich auf ein Handtuch plumpsen und wollte unbedingt Limo trinken. Annika schlug vor, jetzt das Mittagessen auszupacken, sie sei gerade dabei zu verhungern.

Sascha brachte seinen Laptop in Sicherheit und holte die belegten Brote, die hartgekochten Eier, die Äpfel und Bananen aus der Kühltasche. Und beneidete Andreas doch ein wenig darum, in diesen Minuten einen Tatort besichtigen zu können.

*

Bonn, vor dem Polizeipräsidium 11.15 Uhr

Als Manfred auf die Fahrerseite des Wagens zusteuerte, wurde Andreas energisch.

„Stopp, andere Seite! Ich fahre!"

Manfred runzelte die Stirn, trollte sich dann aber auf den Beifahrersitz und plauderte während der Fahrt über Freundin Ulrike, die in ihrem hohen Alter von 46 Jahren noch eine Ausbildung zur Altenpflegerin angefangen hatte.

„Wegen dir?", fragte Andreas nach.

„Noch bin ich nicht pflegebedürftig!", empörte sich Manfred und fummelte an den Knöpfen der Klimaanlage herum.

„Das kommt schon noch“, murmelte Andreas, dachte an Sabine, ärgerte sich und fuhr über die Autobahn nach Sankt Augustin, deutlich schneller, als sonst bei ihm üblich.

20 Minuten später parkte er vor dem länglichen, weißen Bau mit den Dutzenden von Wohnungen, stieg mit Manfred aus und schaute in den bedeckten Himmel. Die Wagen der Spurensicherung waren auch schon da.

Die Wohnung von Ansgar Hammerschmidt war schnell gefunden, man musste nur den Stimmen im Hausflur folgen. Manfred und Andreas bahnten sich einen Weg durch die zahlreichen Neugierigen oben im Hausflur und betraten durch die offenstehende Wohnungstür Hammerschmidts Appartement. Hing nicht andeutungsweise ein Geruch nach Verwesung und Blut in der warmen Luft?

Von der kleinen Diele gingen vier weitere Türen ab, links ins Bad, in dem Wilfried im weißen Overall die teuren Fliesen unter die Lupe nahm, rechts war die Küche, in der jemand hinter halbgeschlossener Tür rauchte, und geradeaus lag das Wohnzimmer, in dem eine ganze Menge Leute beschäftigt zu sein schienen.

Sie gesellten sich zu ihnen: Peer kniete neben einer auf dem Bauch liegenden Leiche auf dem Boden, ein Fotograf machte Aufnahmen, und der Notarzt und zwei Sanitäter standen mitten im Raum herum und unterhielten sich leise.

Die bodenlangen blauen Vorhänge vor den Fenstern waren zugezogen, eine Deckenlampe brannte, der Couchtisch war beiseite geschoben. Die Wand hinter dem Sofa, das Sofa selbst, der Tisch und der helle Teppichboden waren übersät von großen und kleinen Blutspritzern. Auf dem niedrigen Couchtisch standen ein paar Gläser und Flaschen, Knabberzeug war verstreut, auch auf dem Teppichboden. Sah ein bisschen nach Feier aus.

Peer, im zitronengelben Shirt, schaute auf und grinste. „Hallo, ihr beiden. Hattet ihr auch mal wieder nichts Besseres vor, als am Wochenende zu arbeiten?“

Falls das eine Anspielung auf Sabine sein sollte, überhörte Andreas sie großzügig. „Wer hat den Mann gefunden?“

„Die Putzfrau, eine Frau Wagner.“

„Hast du schon mit ihr gesprochen?“

„Nur kurz. Sie hat uns reingelassen, dann hat sie beschrieben, wie entsetzt sie beim Anblick der Leiche war, und dann hat sie ungefähr 200 Eide geschworen, dass sie und Frau Hammerschmidt ganz bestimmt nichts angefasst hätten."

„Frau Hammerschmidt? Die Ehefrau?"

„Nein." Behutsam drehte Peer die Leiche um, die teilweise im Blut auf dem Boden festklebte, und begann, auch die Vorderseite gründlich abzusuchen. Der Mann hatte kein erkennbares Gesicht mehr. „Die Mutter."

„Scheiße." Andreas rückte seine Brille zurecht. „Kannst du schon was zur Todeszeit sagen?"

„Grob geschätzt: zwischen 23.00 und 1.00 Uhr letzte Nacht."

„Todesursache?"

„Vermutlich wurde der Mann mit einem schweren Metallgegenstand erschlagen, vielleicht finden wir Metallspuren in seinem... äh... ehemaligen Gesicht. Fast alle Finger wurden ihm nach dem Tod abgeschnitten, Geflügelschere, Rosenschere oder so was."

Finger? Andreas sah genauer hin, und auch Manfred beugte sich mit angewiderter Miene vor. Tatsächlich, bis auf die Daumen fehlten alle Finger.

„Was hat das zu bedeuten?", fragte sich Andreas laut, aber niemand hatte eine Theorie anzubieten. „Hast du sonst noch Hinweise gefunden?"

„Entschuldige bitte, wir sind auch erst seit fünf Minuten hier, aber du erfährst es als Erster, wenn wir was finden."

„Hoffentlich. Komm Manfred, reden wir mal mit den beiden Damen in der Küche."

Im Flur wäre Manfred beinah über Renate gefallen, die am Boden kniend nach Spuren suchte. Sie erhob sich und ermahnte Manfred, besser aufzupassen, während ihre Blicke ein paar Mal bei Andreas landeten, der so harmlos zu lächeln versuchte, dass es wahrscheinlich debil aussah. Aber außer „Hallo" sagte sie nichts zu ihm.

In der Küche saßen zwei Frauen am Tisch, tranken Cognac und rauchten Zigaretten.

Die eine, Mitte Dreißig, stämmig mit vielen Pickeln im Gesicht, trug eine dunkle Hose bis kurz unters Knie und ein rosa Shirt, die andere Frau war eher zierlich, vielleicht Mitte Fünfzig, brauner Teint, rotblonde Locken, elegant hochgesteckt. Im Ausschnitt ihres blauen Tops waren mehrere goldene Kettchen zu sehen, an den schmalen Fingern mehrere goldene Ringe. Die blauen Augen starrten groß und abwesend ins Nichts, während die Frau an der Zigarette zog.

Andreas raunte Manfred zu: „Machst du bitte mal das Fenster auf." Dann wandte er sich der Frau im rosa Shirt zu. „Wir sind Biskow und Montenar von der Kripo Bonn. Und Sie sind Frau – ?"

„Ich bin Frau Wagner, und ich habe garantiert nichts angefasst." Ihre Stimme klang dünn und gebrochen.

Andreas holte seinen Notizblock heraus. War es nicht verdächtig, dass sie bei jeder Gelegenheit betonte, nichts angefasst zu haben? Am Ende hatte sie die Leiche verlegt, um schmutzige Fußabdrücke vom Teppich zu saugen!

„Geben Sie mir bitte mal Ihren Personalausweis und erzählen Sie uns, wie Sie Herrn Hammerschmidt gefunden haben", forderte Andreas sie auf. Da es in der Küche nur zwei Stühle gab, mussten er und Manfred stehen bleiben.

Frau Wagner fing an zu erzählen: dass sie mehrmals geklingelt habe, dass sie aufgeschlossen und mit einem sehr unguten Gefühl den Flur betreten und diesen merkwürdigen Geruch wahrgenommen habe, und dass sie schließlich einen sehr vorsichtigen Blick ins Wohnzimmer geworfen habe, das nur von der Deckenlampe beleuchtet gewesen sei.

„Und als ich begriff, was da auf dem Boden lag... also ich wundere mich jetzt noch, dass ich nicht einfach umgekippt bin."

„Und Sie haben zuerst die Mutter, Frau Hammerschmidt, angerufen?"

„Ja, das war das Erste, was mir einfiel. Ich konnte gar nicht denken."

Andreas nickte verständnisvoll. „Das Türschloss war in Ordnung?"

„Ja, aber die Tür war nicht abgeschlossen, nur zugezogen."

„Gut, dass Sie das erwähnen. Ist Ihnen sonst noch was aufgefallen?"

Die blasse Frau überlegte eine Weile. Ihr Blick wirkte unkonzentriert, was aber vermutlich mehr auf den Cognac als auf den Schreck zurückzuführen war. „Nein", murmelte sie schließlich und schwieg.

Jetzt kam der heikle Teil: Sollte Andreas die Mutter zu diesem Zeitpunkt überhaupt befragen? Sie wirkte nicht sehr ansprechbar.

„Frau Hammerschmidt", begann er, „fühlen Sie sich in der Lage, mir ein paar Fragen zu beantworten?"

Die Frau, die eine Sonnenbrille in den Haaren trug, schaute in seine Richtung, aber irgendwie durch ihn hindurch. „Was wollen Sie wissen?" Sie artikulierte die Wörter ähnlich vernuschelt wie die Wagner.

„Können Sie mir sagen, mit wem Ihr Sohn gestern Abend zusammen war?"

„Klar. Party. Alles Leute von der FH. Fragen Sie die."

„Gut. Haben Sie vielleicht den einen oder anderen Namen?"

„Ich?!" Ihr Blick war glasig und empört. „Bin ich sein Kindermädchen?! Ich hab ihn sogar noch gewarnt!" Ein Rülpser stieg aus ihrem Magen empor. Sie legt eine Hand auf den Mund und machte ein überraschtes Gesicht, wobei sich die sehr schmal gezupften Augenbrauen fast völlig unter die langen Ponyfransen schoben.

„Wovor haben Sie ihn gewarnt?"

„Was?"

Andreas seufzte. „Sie haben gerade gesagt, Sie hätten Ihren Sohn gewarnt. Wovor?"

„Häh? Was wollen Sie? Ich versteh nicht – wer sind Sie überhaupt?"

Sie stierte an ihm vorbei, aber Andreas beschlichen Zweifel, ob sie wirklich so betrunken war, wie sie tat.

„Ich bin Kommissar Montenar von der Kripo Bonn", wiederholte er. „Ich denke, wir unterhalten uns morgen weiter. Komm Manfred, lass uns was anderes überprüfen." Im Flur raunte er ihm zu: „Schick mal den Arzt in die Küche, der soll irgendwas machen, damit uns die beiden nicht an einer Überdosis Alkohol oder Nikotin eingehen. Und dann suchst du Telefonnummern vom Hammerschmidt raus, Festnetz, Handy, E-Mail-Adressen. Ich befrage inzwischen die Nachbarn."

Manfred nickte und ging zurück ins Wohnzimmer, während Andreas gerade die Wohnung verlassen wollte, als Renate aus dem Bad rief: „Oh nee, ich hab sie gefunden!"

Drei Sekunden später rief Peer aus dem Wohnzimmer zurück: „Alle? Zähl mal nach!"

Kurz darauf wieder Renate: „Ja, alle acht!"

„Ok, komme gleich!"

Andreas steckte den Kopf durch die Badezimmertür. Vor einem kleinen, blauen Abfalleimer hockten in ihren weißen Overalls Renate und Wilfried und begutachteten einen der abgetrennten Finger, den Renate mit einer Pinzette aus dem Eimer gefischt hatte.

Wilfried, dem der Schweiß ebenso übers Gesicht rann wie Renate, sah auf und nörgelte sofort: „Bleib draußen und fass nur ja nichts an! Auch nicht den Türrahmen! Der Täter war hier drin!"

„Ja, Mann, ist ja gut!“, maulte Andreas zurück. Was war nur los mit den Leuten? Gewitterstimmung oder was?

Er trat hinaus auf den Hausflur, wo immer noch die Neugierigen standen und wo inzwischen auch ein Radio- und ein Fernsehteam eingetroffen waren. Die Luft im Treppenhaus war stickig und heiß. Andreas verspürte plötzlich das Bedürfnis, von der Menge wegzukommen.

Mit den Worten: „Darf ich mal? Bin gleich wieder da“, zwängte er sich durch die Leute zur Treppe hin und trabte nach unten, immer weiter, bis in den Keller. Dort setzte er sich auf eine Stufe und machte eine Verschnaufpause.

Ja, einmal durchschnaufen, durchatmen, die Kühle hier unten genießen... und auf etwas warten. Denn irgendetwas, eine Idee, ein Wort, eine Erinnerung, drängte in ihm nach oben. Etwas, das er vorhin gehört hatte, etwas Wichtiges, etwas vielleicht Entscheidendes. Acht! Es war die Zahl 8! 8 Finger bei Ansgar Hammerschmidt, 8 Stiche in den Rücken von Patrick Jakob!

Andreas holte sein Handy heraus und versuchte, in der Rechtsmedizin anzurufen. Dort ging niemand an den Apparat. Also rief er im Präsidium an und bat darum, in seinen Unterlagen nach dem Obduktionsbericht von Angelika Müschberg zu suchen und ihn dann zurückzurufen.

Gute fünf Minuten brauchte Klaus, der Chaot, um in Andreas' vorbildlich geordneten Unterlagen das Gewünschte zu finden, dann las er vor: „Fünf Brandwunden am rechten Unterarm.“

Mist! Das passte nicht! Nein, nicht aufgeben. „Ok, lies weiter, es geht um die Anzahl der zugefügten Brandverletzungen.“

„Hab ich kapiert“, stellte Klaus klar und las leise für sich weiter, und anscheinend las er sehr gründlich, vielleicht las er zwischendurch noch Tolstois „Krieg und Frieden“, jedenfalls hörte Andreas ihn irgendwann später sagen: „Am linken Handgelenk hat Peer noch drei Brandlöcher entdeckt, vermutlich erst nach dem Tod zugefügt. Mehr finde ich hier nicht.“

„Acht Löcher! Phantastisch!“ Andreas war begeistert.

„Wieso ist das so wichtig?“

„Erklär ich dir, wenn ich wieder im Büro bin!“

Andreas stand auf, weil ihm allmählich der Hintern kalt wurde auf der steinernen Kellertreppenstufe. Er freute sich: die drei Morde hingen zusammen, und der Täter hatte ihnen dies freundlicherweise auch noch mitgeteilt. Jetzt konnte man doch ganz anders an die Sache herangehen, gezielter, mit neuen Blickwinkeln. Jetzt wusste man auch, wonach man die Familien der Opfer befragen musste.

Guter Dinge steckte Andreas sein Handy ein und stieg wieder ganz nach oben und begann die Leute, die sich dort versammelt hatten, auszufragen. Mehrere Hausbewohner beschwerten sich auch gleich nachträglich über die laute Musik, die von Hammerschmidts Dachterrasse aus das halbe Haus durchdröhnt hatte, die aber kurz nach Mitternacht unerwartet verstummt war.

Andreas schrieb sich alles auf und wollte schon wieder in Hammerschmidts Wohnung verschwinden, als eine junge Frau in Jeans und pinkfarbenem T-Shirt ganz dicht neben ihn trat und ihm ins Ohr flüsterte: „Ich war gestern auf der Party, kann ich mit Ihnen allein reden?"

„Auf jeden Fall." Andreas packte sie am Arm, zog sie mit sich in den Wohnungsflur, schloss die Tür und ließ sich erst einmal Namen und Adresse der Frau geben. Sie wohnte zwei Stockwerke unter Hammerschmidt mit ihrem Freund zusammen und war mit ihm auf der Party gewesen.

Andreas notierte sich auch das. „Ok, dann erzählen Sie mal."

„Anfangs war das ganz in Ordnung." Sie wischte ihren dunklen Pony zur Seite, der ihr immer wieder vor ein Auge fiel. „Das Essen war super, und die Musik ging auch so. Nach zehn tauchte dann plötzlich so eine aufgestylte Tussi auf, die sah echt aus wie 'ne N– …, also wie eine Prostituierte. Von da an hatte Ansgar nur noch Augen für die. Wir waren komplett abgemeldet, und so um zwölf hat er uns doch glatt alle rausgeschmissen!" Sie schüttelte missbilligend den Kopf, und schon war der Pony wieder da, wo er nicht hinsollte.

„Nach Mitternacht war er also allein mit der Frau – oder musste die auch gehen?"

„Nein, nein, die ist dageblieben."

„Beschreiben Sie sie doch bitte mal."

„Na ja, die war so mittelgroß… lange, blonde Haare, aber das war `ne Perücke, garantiert. Ganz gute Figur, ich glaube, dunkle Augen… aber ihr Gesicht war zugekleistert mit Make-up und Schminke, das war die reinste Maske." Die junge Frau strich den Pony aus dem Auge. „Also die würde ich garantiert nicht wiedererkennen, wenn die mir ungeschminkt über den Weg läuft."

Das war mager. Mittelgroß, schlank und dunkle Augen, Andreas notierte sich das. Sehr dürftig. „Wie alt ungefähr?“

„Oh Gott, fragen Sie mich doch nicht so was! Die kann von 15 bis 35 alles gewesen sein.“

„Ihren Namen wissen Sie sicher auch nicht.“ Sie schüttelte den Kopf. „Können Sie mir denn wenigstens ein paar Namen von den Leuten nennen, die auf der Party waren?“

Immerhin das konnte sie. Sie holte auch ihren Freund nach oben, der Andreas in etwa das Gleiche erzählte. Außer dass sich der Freund eher an die tollen Beine und an die gekonnt zur Schau gestellte Oberweite erinnerte.

„Das war `ne Professionelle“, erklärte der Freund, als sei er im entsprechenden Milieu zu Hause.

Andreas entließ die beiden und gesellte sich wieder zu Manfred und Peer, die in Hammerschmidts Wohnzimmer ein Fachgespräch über Männerkrankheiten zu führen schienen.

„Störe ich?“

„Nein, nein, wir haben nur... gibt's was Neues? Du siehst so zufrieden aus.“ Peer grinste Andreas mit seinen dicken, roten Lippen an.

„Ja, erstens hängen unsere drei Morde von dieser Woche irgendwie zusammen, und zweitens soll die letzte Person, die Ansgar Hammerschmidt lebend gesehen hat, eine Prostituierte gewesen sein.“

Diese Auskünfte lösten eine Diskussion darüber aus, ob es sich um einen Racheakt aus dem Zuhälter-Milieu handeln könne, was aber nicht recht zum Mord an Angelika Müschberg passen wollte.

Doch der phantasiebegabte Manfred spekulierte sofort, dass die Müschberg vielleicht ins horizontale Gewerbe von Bonn einsteigen und ein Bordell eröffnen wollte, und zwar in Zusammenarbeit mit den nicht unvermögenden, nicht ganz ausgelasteten Jung-Investoren Patrick Jakob und Ansgar Hammerschmidt.

In diesem Zusammenhang erinnerte sich Andreas prompt an etwas, das Schwager Müschberg über Angelika hatte verlauten lassen: dass er nicht genau wisse, aus welchem Umfeld seine Schwägerin stamme. Da sollte man doch nachhaken.

„Überhaupt müssen wir uns mal ernsthaft mit den Eltern der jungen Männer unterhalten. Da fällt mir ein: wo ist eigentlich Vater Hammerschmidt?“

Manfred zuckte die Achseln. „Ich kümmere mich drum."

„Gut. Außerdem teilen wir die Studenten, die auf der Party waren, unter uns auf. Und Ulli kann sich mal mit der Nutten-Sache beschäftigen, der hat doch einen heißen Draht zur Halbwelt."

„Prima", meinte Manfred säuerlich und fingerte an seinem Schnurrbart herum, den er (vielleicht auf Geheiß seiner Freundin) an den kürzlich noch ausladenden Enden ordentlich gestutzt hatte. „Das nenne ich doch mal ein sinnvoll ausgefülltes Wochenende."

*

Ennert-Bad
14.00 Uhr

Sascha packte die Badesachen zusammen, lud Frau und Kind samt Freundin und deren Kind ins Auto und setzte letztere zu Hause ab. Es war die Flucht vor dem großen Gewitter, das dann doch nicht stattfand.

Im Gegenteil, kaum waren Sascha und seine Familie in der Wohnung angekommen, da dünnten sich die dunkelgrauen Wolken immer mehr aus, und eine verhangene Sonne schien blass vom Himmel. Die Außentemperatur kletterte auf 36° im Schatten.

Gabriel wurde zu einem Mittagsschläfchen hingelegt, Sascha zog sich in sein Zimmer zurück, um sich die irrsinnigen Wortgefechte zwischen Matthau und Lemmon zu Ende anzugucken, und Annika ging unter die Dusche, um sich anschließend im Wohnzimmer mit Buch oder Zeitschrift zu entspannen.

Alles lief ruhig und friedlich, bis er Annika rufen hörte: „Wo hast du den Kugelschreiber hingetan?"

Sascha drückte die Pausentaste. „Welchen Kugelschreiber?"

„Na, den aus der Küche." Sie kam näher und stand plötzlich in der geöffneten Tür. Im roten Unterhöschen und passendem BH, dazwischen eine Taille, die noch nie superschlank gewesen war. Die unschöne Narbe am Bauch war nur zur Hälfte zu sehen.

„Ich glaube, mir ist zu warm für Sex", seufzte Sascha.

Annika runzelte die Stirn. „Ich suche nach einem Kugelschreiber – seit wann ist das zweideutig?" Sie hielt eine Zeitschrift hoch. „Ich will das

Kreuzworträtsel machen, da kann man 500,- € gewinnen."
„Gut, das ist ja auch besser als Sex. Da drüben, in der ersten oder zweiten Schublade, da müssten ein paar Kugelschreiber drin sein." Er zeigte auf den kleinen Schreibtisch, auf dem er immer den Laptop abstellte.
Annika begab sich auf nackten Füßen mit pinkfarben lackierten Fußnägeln dorthin, zog die oberste Schublade auf... und Sascha blieb fast das Herz stehen. Ja war er denn vollkommen verblödet?! Da lagen die anonymen Liebesbriefe! Wenn Annika die fand, dann...
Die ersten paar Sekunden kramte sie (ihm den Rücken zugewandt) ein wenig herum, entdeckte auch einen Kugelschreiber, nahm ihn heraus, und Sascha dachte schon, alles würde gutgehen, als Annika mitten in der Bewegung erstarrte, sich sekundenlang nicht rührte und schließlich wie in Zeitlupe den Kugelschreiber weglegte, die andere Hand ausstreckte, etwas aus der Schublade holte und sich damit zu ihm umdrehte.
„Was ist das hier?", fragte sie mit leiser, nach Beherrschung klingender Stimme.
Sascha spielte den Entspannten und lehnte sich auf dem Sofa zurück. „Die sind von einer Frau, die ich nicht kenne. Sie verfolgt mich."
„Seit wann?"
„Seit ein paar Monaten."
„Warum sagst du mir nichts davon?"
Jetzt kamen also die „Warum"-Fragen. Verdiente er nicht ein bisschen Vertrauen? „Ich wollte dich mit so was nicht belasten. Die Frau hat sich eben in mich verguckt, und wenn ich nicht reagiere, gibt sich das alles wieder."
„Du weißt also nicht, wer sie ist, und du hast keinen Kontakt mit ihr aufgenommen?"
Er überlegte wohl einen Moment zu lange, bevor er „Nein!" sagte.
Denn sofort wurden Annikas dunkle Augen noch schwärzer. „Du lügst doch! Warum lügst du mich jetzt auch noch an?"
Sascha fehlten erst einmal die Worte. Wo war der friedliche Nachmittag geblieben? Wo kam auf einmal diese Wut her?
Annika hielt die Briefe immer noch fest, als sie weitertobte. „Jetzt guck nicht so, als würdest du nichts verstehen! Ich hab das alles schon mal erlebt! Jawohl - Lügen, Betrug, treuherzige Blicke und diese miesen Ausreden: ‚Ich kann doch nichts dafür, wenn sich die Frau in mich verliebt.' Sie holte einmal tief Luft, versuchte ihren Zorn zu zügeln und

nachzudenken und fragte ein klein wenig ruhiger: „Ihr ermittelt also gegen die Frau?“

„Ja“, antwortete Sascha mit Nachdruck.

„Gut, dann rufe ich mal Andreas an und frage nach, wie weit die Ermittlungen gekommen sind.“

„Kannst du dir sparen, er weiß nichts davon.“

Ihr Blick wurde herausfordernd. „Ok, wen kann ich anrufen? Manfred? Ulli? Klaus?“

Allmählich wurde auch Sascha wütend. „Ich ermittle allein, klar? Ich will mir nicht die blöden Sprüche von den Kollegen anhören, verstehst du das nicht?“

„Komm mir nicht mit diesem *Verstehst du das nicht?* Das sagen nämlich alle Lügner und Betrüger! Erst hintergehen sie dich, und dann geben sie dir auch noch die Schuld, weil du ja *nichts verstehst*!“

„Hallo Annika? Hörst du mich? Ich habe dich nicht betrogen. Ich gehe nicht fremd!“

Sie schleuderte ihren Zopf über die Schulter nach hinten. „Aber du lügst mich dauernd an! Warum? Sag mir, wer die Frau ist, ich will mit ihr reden!“

„Spinnst du? Die ist vielleicht gefährlich! Die Irre hat nämlich was gegen dich – wer weiß, was die mit dir anstellt!“

Annika stand immer noch am Schreibtisch, die Briefe in einer Hand. Sie nahm sie hoch, ihr Blick heftete sich auf die pastellfarbenen Karten, sie las, ihre Hände holten die nächste Karte nach oben, sie las, ihr Hals und ihr Gesicht liefen rot an, sie las alles, während Sascha schon gar nicht mehr wusste, auf wen er wütender sein sollte: auf diese Rosamaria oder auf Annika.

Zu guter Letzt sagte sie entrüstet und mit einem gekränkten Blick: „Du glaubst also, ich würde mich mit anderen Männern vergnügen, wenn du nicht da bist? Die Frau gehört eingesperrt! Wenn du mir bis Montag nicht gesagt hast, wer sie ist, dann ziehe ich aus. Mit Gabriel! Und die hier –“, sie tippte mit einem Zeigefinger auf die Briefe, „die nehme ich an mich. Das sind Beweisstücke.“

„Eben!“ Sascha sprang auf. Nun ging sie aber zu weit. „Die gehören mir! Gib her!“

Er wollte danach greifen, sie zog sie weg. Sascha schaute ihr überrascht ins Gesicht: sie meinte es todernst! Und da entglitt ihm ganz kurz die

Kontrolle – er packte ihren Arm, als sei sie eine Schwerverbrecherin, und riss ihr die Briefe aus der Hand.

Dann ließ er Annikas Arm wieder los und erwartete Geschimpfe und Gezeter, aber sie sah ihn nur stumm und mit verletztem Blick an, rieb sich den Arm, wandte sich um und ging aus dem Zimmer.

Nein, er war nicht schuld an dieser hässlichen Szene. Er hatte nichts Schlimmes getan. Nur ein bisschen geflunkert, zu ihrem eigenen Besten. Er musste hier raus.

Sascha schnappte sich eine Tasche und warf alles hinein, was man für eine Nacht brauchte: frische Unterhose, Badehose, Laptop, Jeans, drei Filme; im Bad dann noch: Zahnbürste, Zahnpasta, zwei Handtücher, Rasierapparat.

Annika war wohl untergetaucht, denn er begegnete ihr nicht, als er die Wohnung verließ und lautstark die Tür hinter sich zuschlug … damit sie wusste, dass er weg war.

*

Bonn, Polizeipräsidium
17.45 Uhr

Andreas ging mit Manfred zum zweiten Mal die Aussagen durch, die sie am Nachmittag gesammelt hatten.

Alle Partygäste hatten sie zwar nicht erwischt, aber die, die sie befragen konnten, beteuerten, die Frau vom späten Freitagabend sei eine Prostituierte gewesen. Bis auf zwei Gäste, die eine andere Meinung hatten: Eine junge Frau fand, dass das alles zu dick aufgetragen gewesen sei, zu viel Make-up, zu blond, zu hohe Absätze, zu billig angezogen. Und obwohl sie sich nun wirklich nicht in dem Gewerbe auskenne, sei sie der Ansicht, da habe sich jemand als Nutte verkleidet.

Der andere Gast, ein schlampig wirkender Student um die 25, war ganz sicher, dass es sich bei dem Spätankömmling nur um einen als Nutte verkleideten Mann gehandelt haben konnte.

Genauso interessant war die Tatsache, dass die Partygäste (obwohl sie die Frau fast zwei Stunden lang vor der Nase hatten) ihre Größe von 1,60 m bis 1,75 m angaben, und dass ungefähr zwei Drittel ihre Augenfarbe als schwarzbraun beschrieben, ein Drittel aber auf der Augenfarbe blau bestand. Aber letztlich war die Beschreibung der Dame vom Gewerbe sowieso zu vage, als dass man sie ernsthaft hätte gebrauchen können. Ihr Vorname, war ebenfalls im Gespräch: Er reichte von Erika über Jelena bis Enya.

Manfred beschwerte sich gerade über die Zeugen, als die Tür aufgestoßen wurde, und jemand hereinschneite, mit dem man eher nicht gerechnet hatte: Sascha.

„Na, ist dir langweilig geworden?“, begrüßte ihn Manfred.

Sascha reagierte gereizt. „Nein!“

Andreas hielt sich mit neugierigen Fragen zurück und schilderte Sascha stattdessen den neuesten Fall und die Erkenntnisse, die sie bisher darüber gewonnen hatten.

„Du schließt also“, fasste Sascha zusammen und wirkte auf einmal deutlich besser gelaunt, „aus dem dreimaligen Auftreten der Zahl 8, dass die drei Morde zusammenhängen?“

„Gegenfrage: Was würdest du daraus schließen? Dass in Bonn drei Mörder herumlaufen, die zufällig eine Vorliebe für die Acht haben?“

„Den Zufall kann man nie ganz ausschließen“, behauptete Sascha bockig. „Wenn dem nächsten Mordopfer 8 Zehen fehlen, stimme ich deiner Theorie zu.“

„Du wirst es kaum glauben, aber ich würde einen vierten Mord gern verhindern! Und deshalb müssen wir unbedingt mehr Informationen aus den Eltern von Jakob und Hammerschmidt rausholen.“

Sascha begann die Kaffeemaschine zu befüllen. Es schien fast so als habe er vor, den Abend hier zu verbringen. „Habt ihr noch nicht mit ihnen geredet?“

Manfred stand auf und erklärte: „Elke Jakob und Konstanze Hammerschmidt sind noch nicht vernehmungsfähig. Unser guter Richter Gideon Jakob hat uns erzählt, er kenne weder Angelika Müschberg noch Ansgar Hammerschmidt näher, und mehr könne und wolle er dazu nicht sagen. Außerdem habe ich rausgefunden, dass sich Vater Hammerschmidt nach seiner Scheidung irgendwo in Spanien niedergelassen hat. Momentan ist er nicht erreichbar.“

„Klingt super.“

Andreas meldete sich wieder zu Wort. „Ich finde, das klingt schon fast verdächtig. Wenn wir die Eltern knacken, haben wir den Fall gelöst.“

„Optimist.“ Manfred nahm seine Jacke von der Stuhllehne. „Ich fahre jetzt zu meiner Freundin, ihr zwei könnt euch ohne mich sicher besser amüsieren."

„Da kannst du Gift drauf nehmen!", knurrte Sascha. Seine Haare sahen am Hinterkopf nass aus.

„Hast du so geschwitzt oder warst du gerade schwimmen?", wollte Andreas wissen.

„Ich musste mich ein bisschen abreagieren. Ich hab mal das Lemmerz-Bad ausprobiert. Da ist es wirklich nett, musst du auch mal hinfahren."

„Klar, wenn ich gar nichts anderes zu tun hab. Was machen wir jetzt?"

„Kaffee trinken und nachdenken."

„Auch gut." Andreas schaute auf seine Armbanduhr. „Allzu lange bleibe ich aber nicht mehr."

„Ok, und dann lade ich dich zu einem Glas Wein ein. Hier gibt's doch ein paar gemütliche Weinlokale. Da kann man sicher auch draußen sitzen."

„Kann man. Aber musst du nicht langsam mal nach Hause zu Frau und Kind?"

Sascha ließ unter seinem dünnen, hellblonden Bärtchen ein bitteres Lächeln sehen. „Nö, ich hab heute frei."

Annika hatte ihn doch nicht etwa aus der Wohnung geworfen? Mit allergrößter Anstrengung verkniff sich Andreas jede diesbezügliche Frage. Möglicherweise redete Sascha ganz von allein, wenn er drei Gläser Wein intus hatte.

Aber zunächst stellten sie Theorien über die Mordzusammenhänge auf, spielten sie durch, verwarfen sie und stellten neue auf. Besonders interessant fand Sascha die Aussage jenes Partygastes, der die unbekannte Frau in Hammerschmidts Wohnung für einen als Prostituierte verkleideten Mann gehalten hatte.

„Du wirst lachen", holte er aus, „aber ich habe kürzlich im Fernsehen einen Mann gesehen, der sich als Frau ausgab, und dem hätte ich das sofort abgekauft! Langes, blondes Haar, geschminkt… Vollkommen glaubwürdig! Und dann diese extreme Gewalttätigkeit! Meinst du wirklich, eine Frau hätte Angelika Müschberg mit einer brennenden Zigarette traktiert? Oder Patrick Jakob acht Mal mit solcher Wucht in den Rücken gestochen? Und diese Schläge in Hammerschmidts Gesicht - das sieht ja schon auf den Fotos grässlich aus. Und erst die abgeschnittenen Finger!"

„Ok, wäre ungewöhnlich, aber es gibt solche Frauen", behauptete Andreas. „Ich frage am Montag mal bei Cedric nach, ob er aus den Stichwinkeln in Jakobs Rücken was über die Größe des Täters sagen kann."

„Das bringt doch nichts. Es gibt kleine Männer und große Frauen." Darüber diskutierten sie noch eine Weile, bis sie schließlich gegen 20 Uhr durch den Ort spazierten und ein leicht windschiefes Fachwerkhaus ansteuerten, in dem ein Restaurant mit Weinkeller untergebracht war, das nach hinten heraus auch eine Terrasse besaß.

Trotz des großen Andrangs ergatterten sie zwei freie Plätze und bestellten sich Wein. Aber Sascha dachte gar nicht daran, über sein Privatleben zu berichten, sondern fing wieder mit den Mordfällen und der Mann-oder-Frau-Theorie an.

Um halb zehn (nach nur zwei Gläsern Wein) trennten sie sich, und Andreas hatte keine Ahnung, wohin Sascha zu fahren gedachte.

*

Königswinter
21.55 Uhr

Sascha hatte sich am Nachmittag, bevor er zum Schwimmen fuhr, ein Zimmer im Hotel auf dem Petersberg genommen, eins von den „preiswerteren" mit Park- statt mit Rheinblick. Das Frühstücksbuffet mitzubuchen hatte er sich aus Kostengründen allerdings verkniffen – in Königswinter gab es sicher irgendwo einen Bäcker.

Es war schon lange dunkel, als er mit seinem Wagen zum zweiten Mal an diesem Tag die steilen Serpentinen des Petersbergs hinaufkroch. Ja, er kroch, denn mit seinen Gedanken war er nur teilweise auf der Straße. Er hatte ernsthafte Zweifel, ob das, was er da tat, richtig war. Wusste er doch nicht, welche Konsequenzen es hatte, wenn er die Nacht nicht zu Hause verbrachte. Annika vermutete womöglich, dass er bei der Briefeschreiberin übernachtete. Würde er jemals ihr Vertrauen zurückgewinnen? Hatte das alles überhaupt noch einen Sinn? War es nicht furchtbar, dass er sich über diese eine Nacht in Freiheit gar nicht richtig freuen konnte?

Von solchen Fragen gequält, erreichte er die Parkplätze, die nicht übermäßig belegt waren, holte die Tasche vom Rücksitz, verbannte Annika (so gut es ging) aus seinem Hirn, marschierte auf den Hoteleingang zu und bemühte sich, großes Selbstbewusstsein auszustrahlen.

Als er nämlich am Nachmittag zum ersten Mal hier gewesen war, hatte er sich in seinem Jeansjäckchen gefühlt wie im falschen Film oder am falschen Ort, jedenfalls nicht so, als gehöre er in diese exklusive, edle, extrem gepflegte und vornehme Welt der Reichen und Berühmten.

Das verletzte seinen Stolz, und er befahl sich selbst, sich hier oben nur noch reich und berühmt zu benehmen. Also begrüßte er das Personal nicht zu freundlich, gab selbstverständlich keine Trinkgelder (das konnte er sich ohnehin nicht auch noch leisten!) und flüchtete sich auf sein Zimmer, dessen Ausblick er wegen Dunkelheit auch nicht wirklich genießen konnte.

Daher begnügte er sich mit der Betrachtung der Inneneinrichtung, die nicht von schlechten Eltern war, schaltete den Fernseher ein, fragte sich kurz, ob er sich mit seiner wahrlich nicht sterilen Jeans aufs Bett setzen sollte, (was er schließlich aber einfach tat), schaute fern und hatte auf einmal das Bedürfnis, sowohl sein Handy als auch den Laptop einzuschalten, um mögliche Nachrichteneingänge zu prüfen.

Schnell stellte sich heraus, dass Annika ihn weder angerufen noch eine SMS oder eine E-Mail geschickt hatte. Aber Rosamaria hatte ihm eine E-Mail geschickt.

Sascha fluchte – sollte er sie lesen und sich den Abend damit total versauen? Ja, wieso nicht? Versaut oder total versaut, wo war da der Unterschied?

Sascha klickte die E-Mail mit dem Betreff „Dringend“ an, und sofort sprang ihm die Anrede ins Auge: *Liebster Sascha!* Ihm schwante Böses. Er las weiter.

Danke, danke, danke! Es macht mich so glücklich, dass du dich gemeldet hast! Natürlich weiß ich, warum du so abweisende Sachen schreibst – deine sogenannte Freundin stand neben dir und hat dir den Text diktiert!

Ich verstehe auch, wenn du vorerst so tust, als wolltest du nichts von mir wissen. Es ist schwer, sich aus einer langjährigen Beziehung zu lösen, aus den Gewohnheiten und aus den Bequemlichkeiten.

Aber deine ersten Worte haben mir gezeigt, dass du längst weißt, wohin es dich zieht.

Verdammt, was waren seine ersten Worte gewesen?! Er sah nach: *Ich freue mich, dass Sie mich so schätzen.* Sascha schüttelte den Kopf. Die

Frau riss das einfach aus dem Zusammenhang. Sie nahm nur das wahr, was sie wahrnehmen wollte! Er ging zurück in ihre Antwort-Mail.

Ich wusste, dass wir zusammengehören, seit wir uns das erste Mal begegnet sind. Wie du mir damals in die Augen geschaut hast – ich wäre fast in Ohnmacht gefallen! Dieses Feuer, diese Leidenschaft, dieses Verlangen! Und all das galt mir, ich habe es gespürt!

Sascha war überrascht, zu welchen Blicken er fähig war. Aber wo, verdammt noch mal, war er der Frau begegnet?

Er begab sich ins Bad (ein prächtig funkelndes Bad mit eleganten, cremefarbenen Handtüchern), trank ein Glas Wasser und kühlte sich das Gesicht und die Unterarme. Vermutlich hatte das Zimmer eine Klimaanlage. Aber erstens mochte er die künstliche Kälte nicht, und zweitens musste er am Ende bestimmt noch eine Extra-Zulage dafür zahlen. Zuzutrauen wäre es diesem Nobelschuppen. Schließlich setzte er sich wieder aufs Bett und las weiter in Rosamarias ausufernder E-Mail.

Sie schwärmte von ihm, als sei er Paul Newman oder Brad Pitt oder beide in einer Person, was ihm natürlich schmeichelte. Aber je länger er diese verliebten Lobeshymen las, desto stärker wurde das Gefühl, dass Rosamarias Beschreibungen gar nichts mit ihm zu tun hatten: Es ging nicht um ihn als Person, sondern um das Bild eines in jeder Hinsicht vollkommenen Mannes, ein Bild in ihrem Kopf, jenseits der banalen Wirklichkeit, ein Wunschbild, dem er höchstens aus sehr großer Distanz entsprach.

Mit der konkreten Wirklichkeit stand sie garantiert auf Kriegsfuß. Was hielte sie wohl von ihm, wenn sie wüsste, dass er (laut Annika) seine Socken zu selten wechselte, lieber blutige Action- und Horrorfilme guckte, statt mit Frau und Kind herumzuknutschen, dass er eine Hundephobie hatte und öfter mal Durchfall? Annika wusste das alles und liebte ihn trotzdem.

Aber da war etwas, das seit Stunden an seinem Herzen nagte – hatte er Annikas Liebe vielleicht heute verspielt? Der Gedanke, sie könne, ausgelöst durch seinen Ausbruch, die Koffer gepackt haben und mit Gabriel ausgezogen sein, ließ ihn feuchte Hände bekommen. Er musste etwas unternehmen.

Sascha stand auf und wanderte durchs Zimmer. Er wollte Annika nicht verlieren, aber er wollte auch nicht klein beigeben. Plötzlich kam ihm das alles so kindisch vor; besonders Annikas Verhalten. Immer wieder machte sie das: Warf ihm Dinge vor, die gar nicht stimmten, und er sprang darauf an, regte sich auf, und schon war der große Krach da. Warum tat sie das?

Weil sie vielleicht unglücklich ist? hörte er ein Stimmchen, das immer nur sehr leise zu ihm sprach. *Oder weil sie unzufrieden ist?*

Und? War nicht jeder erwachsene Mensch in erster Linie selbst für seine Zufriedenheit verantwortlich? Stimmt. Und eines Tages (wahrscheinlich morgen) wird Annika erkennen, dass sie ohne dich zufriedener und glücklicher ist, weil du sie nicht ausreichend respektierst und weil du ihr mit deinen blöden Trotzreaktionen ständig Steine in den Weg legst.

Ja klar, jetzt war er wieder schuld. Nein! Jetzt stell mal kurz deinen Stolz in die Ecke und benimm dich erwachsen. Schick ihr wenigstens eine Nachricht!

Sascha ließ sich wieder auf dem Bett nieder und schnappte sich das Handy vom Nachttisch. Fünf Minuten dauerte es mindestens, bis er sich dazu durchgerungen hatte, Annika eine SMS zu schicken: *Übernachte heute im Hotel. Allein! Muss nachdenken. Wenn du mir nicht vertraust, solltest du auch mal nachdenken. Liebe NUR dich!! Bis morgen.*

Kapitel 7

Königswinter
Sonntag, 12. September, 7.10 Uhr

Als Sascha aufwachte, wusste er im ersten Moment nicht, wo er war. Er gähnte und sah die schweren, beigefarbenen Vorhänge, die neben dem weit offen stehenden Fenster bis auf den Boden herabfielen. Ach ja, Grandhotel.

Als Nächstes erinnerte er sich, warum er hier war. Der hirnrissige Streit mit Annika. Der Gedanke daran ließ es sofort in seinem Gedärm rumoren. Als ihm dann auch noch die SMS vom Vorabend einfiel, war an gemütliches Im-Bett-Herumliegen nicht mehr zu denken.

Sascha wälzte sich auf die Seite, griff nach seinem Handy und schaltete es ein. Keine Antwort. Aber vielleicht hatte sie die Sache erst überschlafen wollen. Oder sie hatte ihr Handy nicht mehr angemacht, seit er aus dem Haus gepoltert war. Also abwarten. Er hasste das!

*

Bonn-Mehlem
9.05 Uhr

Der Himmel war stark bewölkt, die Luft feuchtwarm. Lorna hatte erst vor einer Stunde geduscht, aber ihre Haut fühlte sich bereits wieder klebrig an.

Sie saß im Wintergarten bei weit geöffneten Türen und ließ die Morgenluft herein. Auch die anderen Fenster des Hauses standen offen. In den Räumen unter dem Dach herrschten Temperaturen um die 27°C. Im Herbst musste unbedingt das Dach neu isoliert werden.

Auf dem Tisch vor Lorna lagen ein Schreibblock, ein Kugelschreiber und ein Zettel mit Notizen. Daneben ausnahmsweise eine Tasse Kaffee. Ihr war klar geworden, dass sie ihren Roman nicht einfach so ins Blaue schreiben, sondern erst einen gut durchdachten Plan aufstellen sollte. Das allerdings war ihr schon gestern nicht gelungen.

Aber diesmal würde Lorna nicht aufgeben! Nicht zuletzt deshalb, weil sie dringend von ihren unangenehmen Gedanken Ablenkung brauchte, von eben diesen unangenehmen Gedanken, die sie seit dem Mord an Angelika quälten. Was hatte sie sich in der Nacht hin und her gewälzt.

Lorna gähnte hinter vorgehaltener Hand, trank Kaffee und versuchte, sich auf den Plan für den Roman zu konzentrieren. Sollte man nicht, wie im Film, erst einmal die Hauptrollen besetzen?

Ihre Hauptfigur war eine Malerin Mitte Vierzig: Als Jugendliche bricht sie aus ihrem engstirnigen Elternhaus aus und trampt nach Paris, wo sie von Männern ausgenutzt wird. Dann aber taucht ihre große Liebe in Gestalt eines jungen, vermögenden Arztes auf, der sie mit auf die Bahamas nimmt, wo sie die glücklichste Zeit ihres Lebens verbringt. Natürlich zerbricht die Beziehung zu dem Mann, aber sie bekommt ein Kind von ihm.

Lorna stand auf und fischte aus einer Schachtel im Wohnzimmerschrank drei Pralinen. Das war zwar nicht gut für ihre Figur, aber gut fürs Denken.

Also weiter: Erst ein Jahr nach der Geburt stellt sich allmählich heraus, dass das Kind schwerbehindert ist. An diesem Punkt war Lorna stecken geblieben. Sie konnte sich nicht entscheiden, ob die Malerin die Kraft hat, mit diesem Schicksalsschlag fertig zu werden oder ob sie ihr Kind in einem Anflug von Wahnsinn umbringt.

Lorna erhob sich erneut und schloss im ganzen Haus die Fenster wieder. Heute musste es unbedingt ein Gewitter geben. Diese feuchte Hitze war nicht auszuhalten.

Zurück an ihrem Arbeitsplatz grübelte sie darüber nach, wie es im Fall der positiven und im Fall der negativen Wendung weiterging. Wenn sich die Malerin nicht moralisch einwandfrei verhielt, war das mit irgendetwas wieder gutzumachen?

Lorna schwitzte. Sie brauchte unbedingt noch einen Kaffee, und eine Zigarette. Und so stand sie zum dritten Mal auf, lief herum, räumte noch schnell dieses und jenes beiseite, goss die Blumen, ging zur Toilette, schmierte sich ein Butterbrot und wollte sich eben wieder an den Tisch setzen, als das Telefon klingelte.

Lorna sah sich die Nummer an: Das war Konstanze! Das passte ihr aber gar nicht! Sie zögerte kurz, dann nahm sie ab und gab sich möglichst distanziert. „Hallo Konstanze, was gibt's denn?"

Längeres Schweigen in der Leitung. Lorna fragte nach: „Hallo? Bist du noch dran?"

Die Stimme, die ihr antwortete, klang so rau und tief und nasal, dass Lorna sie kaum erkannte. „Du weißt anscheinend noch nicht, was passiert ist."

Das erste, was ihr mit schrecklicher, gnadenloser Wucht durch Kopf und Herz schoss, war: Allegra! Allegra ist tot! Beinahe wäre sie zusammengebrochen, doch in letzter Sekunde brüllte ihr Verstand: Jetzt reiß dich zusammen! Warum sollte dich gerade Konstanze anrufen, wenn Allegra etwas passiert ist?

Sie gab ein nervöses Räuspern von sich und fragte: „Nein, keine Ahnung. Was denn?"

Wieder sekundenlanges Schweigen. „Ansgar ist am Freitag ermordet worden."

„Ansgar?! Mein Gott, das ist ja furchtbar!"

„Ja, du kannst dir gar nicht vorstellen, *wie* furchtbar das ist..." Plötzlich ein Aufschluchzen, und Konstanze legte auf.

Lorna ließ sich in den Sessel fallen, das Telefon immer noch in der Hand. Ihr war schwindlig, ihre Gedanken überschlugen sich. Sonntag: Angelika. Mittwoch: Patrick. Freitag: Ansgar. Allegra...

Nein, das ist doch Blödsinn! beschwerte sich ein Teil von ihr, aber ein anderer Teil wusste Bescheid: Das hier war die Strafe, die Vergeltung, die Rache! Und heute war *sie* an der Reihe!

Dieser Gedanke lähmte sie minutenlang. Dann begann etwas in ihr Alarm zu schlagen: Du kannst das doch nicht einfach so hinnehmen! Tu was!

Gut, jetzt musste sie erst einmal ihre Nerven beruhigen. Also ein Schnäpschen und eine Zigarette, und dann sofort Allegra anrufen. Sie kippte ein Korn hinunter, zündete sich mit bebenden Fingern die Zigarette an und suchte in ihrem Telefon nach Allegras abgespeicherter Nummer. Sie ließ es so lange klingeln, bis sie von einer höflichen, weiblichen Stimme informiert wurde, dass der gewählte Teilnehmer zurzeit nicht erreichbar sei, dass sie aber eine Nachricht hinterlassen könne.

Lorna legte auf. Mein Gott, Allegra ging nicht ans Handy! Was hatte das zu bedeuten? Lebte sie nicht mehr? Oder schlief sie noch? Lorna sah auf die Uhr: 10.25. Ja, vielleicht schlief sie noch.

Lorna schickte ihrer Tochter eine SMS: *Muss dich unbedingt sprechen! Es geht um Leben und Tod! Bitte ruf sofort an! HDGDL Mama*

*

Königswinter
9.55 Uhr

Sascha hatte sich doch unten im Restaurant ein kleines Frühstück servieren lassen und packte jetzt seine Sachen zusammen, um auszuchecken. Als er eben die Shorts, in denen er geschlafen hatte, in seine Tasche stopfte, bekam er eine SMS. Er griff nach seinem Handy, hielt inne, hatte auf einmal Schreckensvorstellungen, versuchte, ruhig zu bleiben und brauchte doch noch eine Minute, bevor er sich die Nachricht ansehen konnte: *Ich glaube dir. Kommst du zum Mittagessen?*

Sascha fiel eine Wagenladung Steine vom Herzen. Annika hatte eingesehen, dass sie falsch lag. Er zog ein weißes T-Shirt über und dachte plötzlich: Moment mal – war es nicht fast verdächtig, wie harmlos ihre Nachricht klang? Und so richtig liebevoll kam sie ihm auch nicht vor. Wollte sie ihn nur nach Hause locken, um ihn dann endgültig fertig zu machen? Genau! Deshalb hatte sie auch nicht angerufen, ihre Stimme hätte sie verraten.

Sascha setzte sich aufs Bett. Glaubte er das wirklich? Ruf sie an, dann weißt du's! Diesmal überlegte er nicht lange, sondern wählte ihre Nummer.

„Hallo", sagte sie sanft. Konnte sie diese Sanftheit vortäuschen, wenn sie in Wirklichkeit stinksauer war?

„Hallo", antwortete er ebenso friedlich. „Ist es in Ordnung, wenn ich um eins zum Mittagessen da bin? Ich wollte vorher noch kurz ins Büro."

„Ja klar. Worauf hast du Hunger?" Ein paar Minuten lang unterhielten sie sich übers Essen, dann fragte sie: „Wo bist du gerade?"

Beinah hätte er die Wahrheit gesagt, aber das hielt er dann doch für keine gute Idee. „In Oberkassel. Dann mal bis gleich."

Er warf noch einen letzten Blick aus dem Fenster auf die traumhafte Umgebung, dann nahm er rasant die Kurven den Petersberg hinunter und traf eine Viertelstunde später vor dem Polizeipräsidium ein.

Wie er sich gedacht hatte, war Andreas an diesem Sonntagmorgen im Büro und machte sich Gedanken über die Zeugenaussagen. „Hast du heute Nachmittag ein bisschen Zeit?"

„Ja, ein bisschen. Was haben wir vor?", wollte Sascha wissen.

„Wir besuchen Elke Jakob. Die ist ins LKH verlegt worden, und dann unterhalten wir uns auch mal mit Konstanze Hammerschmidt."

„Ok, bin dabei. Um wie viel Uhr?"

„Ich leg jetzt erst mal `ne Mittagspause ein. Du kannst mich um halb drei abholen."

„Mache ich." Sascha wartete auf neugierige Fragen, aber die kamen nicht. Andreas hatte sich offensichtlich im Griff. Sie besprachen noch ein paar Details zur Befragung am Nachmittag, dann fuhr auch Sascha nach Hause.

*

Bonn-Mehlem
12.05 Uhr

Lorna hatte bereits den zweiten Schnaps konsumiert, die fünfte Zigarette geraucht und Allegra vier weitere SMS geschickt. Doch die meldete sich nicht.

Lorna hatte auch schon daran gedacht, die Polizei einzuschalten. Aber sie hatte nicht mehr vorzuweisen als eine aus außenstehender Sicht hysterische Schlussfolgerung.

Stattdessen rief sie zwei Schulfreundinnen von Allegra an, die sie noch aus der Grundschule kannte, und fragte nach, ob sie wüssten, was Allegra heute vorhatte. Die erste wusste gar nichts. Die zweite hatte am Vortag mit Allegra gesprochen und erfahren, dass sie seit etwa einer Woche einen neuen Freund habe.

„Einen neuen Freund?" Lorna war alarmiert. „Davon weiß ich ja gar nichts! Kennst du den?"

„Nee, hat sie mir noch nicht vorgestellt. Jedenfalls klang sie ganz begeistert."

„Und du weißt nicht, wo sie gerade ist oder was sie macht?"

„Also Frau Dreesbach! Was würden Sie denn am Sonntagvormittag machen, wenn Sie `nen tollen Mann kennengelernt hätten?"

Lorna war so mit ihren Mordphantasien beschäftigt gewesen, dass sie auf diese Idee noch gar nicht gekommen war. „Ach so. Danke. Rufst du mich an, wenn dir noch was einfällt?"

Die Schulfreundin versprach es. Klüger war Lorna jetzt allerdings immer noch nicht. Dafür aber hochgradig beunruhigt – was, wenn sich der Unbekannte vor einer Woche in Allegras Leben geschlichen hatte, nur um sie heute umzubringen?

Die nächste Zigarette. Lorna schritt ein paarmal im Wohnzimmer auf und ab. Eigentlich gab es nur noch eins, das sie jetzt tun konnte: zu Allegras Wohnung fahren und nachsehen, ob sie noch lebte. Kurz erinnerte sie sich an die inzwischen drei Schnäpse, die sie zur Beruhigung getrunken hatte, aber sie fühlte sich völlig nüchtern. Und wenn die Polizei sie anhielt, dann sollte es eben so sein.

Mit der Handtasche, einer Flasche Wasser und dem Autoschlüssel ausgerüstet, verließ sie das Haus und lenkte ihren geliebten, nagelneuen, meergrünen Kleinwagen aus der Garage. Ein hässliches, schabendes Kratzen riss sie plötzlich aus ihren Gedanken. Was tat sie denn da? Sie fuhr ja viel zu weit rechts! Der Kotflügel war garantiert hinüber.

Egal. Sie stieg nicht einmal aus. Das Auto war nicht wirklich wichtig. Auch ihr schönes Haus nicht, genauso wenig wie die anderen Häuser, die sie besaß, nicht ihr teurer Schmuck und das Geld auf der Bank, nicht einmal ihre eigene Gesundheit! All das würde sie hergeben für das Leben ihrer Tochter.

Lorna sauste mit überhöhter Geschwindigkeit durch ein für einen Sonntagnachmittag überraschend leeres Bonn. Schuld daran war vermutlich die drückende Hitze. In den Eisdielen der Innenstadt war sicher die Hölle los.

Warum denkst du jetzt an Eisdielen! Konzentrier dich aufs Fahren! Du musst heil in Dransdorf ankommen!

Als sie die Reuterstraße erreicht hatte, passierten plötzlich zwei Dinge auf einmal: Sie wusste nicht mehr, wo sie herfahren sollte, und sie hatte das Gefühl, dass ihre Beine und Füße ihr nicht mehr gehorchten. Oh Gott – so ging das nicht!

Lorna bog rechts ab und hielt, den Tränen nahe, einfach am Straßenrand an, ließ das Fenster herunter und zündete sich eine Zigarette an. Dann versuchte sie erneut, Allegra auf dem Handy zu erreichen, aber es ging immer noch niemand dran. Schließlich lehnte sie für eine Minute den Kopf zurück, atmete tief durch, gab Allegras Adresse ins Navigationsgerät ein und fuhr wieder los. Die sachliche Frauenstimme nahm ihr ein wenig die Panik und ließ sie mehr auf den Verkehr achten.

Als sie aber in die Straße am äußersten Rand von Bonn einbog, in der ihre Tochter wohnte, kam die Angst zurück. Immerhin stand noch keine Polizei vor dem alten, mehrstöckigen Haus, dessen Dachgeschoss Lorna mit Einwilligung des Vermieters hatte ausbauen lassen.

Sie parkte direkt vor der Haustür, für die sie einen Schlüssel hatte, klingelte aber zuerst dreimal im Abstand einer halben Minute. Nichts passierte. Also schloss sie die Tür auf und eilte durch den langen, dunklen Flur zur Treppe, die aus Holz und reichlich abgenutzt war, stieg hinauf, wobei ihr immer mehr die Puste ausging, und benutzte oben den Messingtürklopfer, den Allegra angebracht hatte.

Sie klopfte mehrmals, wartete kurz ab, klopfte wieder. Nichts.

Eine Minute zögerte sie noch, sie wollte wirklich nicht in irgendwelche Liebesspiele hineinplatzen, aber plötzlich hielt sie die Anspannung nicht mehr aus. Sie schloss die Tür auf, betrat die Wohnung ihrer Tochter und rief mehrmals laut: „Hallo? Allegra? Bist du zu Hause? Ich bin's, Mama!"

Es war sehr dunkel in der Wohnung, wahrscheinlich hatte Allegra alle Rollläden und Jalousien geschlossen, um die Hitze nicht hereinzulassen. Aber dieses Halbdunkel schürte Lornas Panik noch mehr. Ihr kam sogar der Gedanke, sie habe womöglich alles falsch gemacht und wäre besser lautlos in die Wohnung eingedrungen, um den Mörder nicht vorzuwarnen.

Ab sofort gab sie keinen Ton mehr von sich und schlich mit heftig klopfendem Herzen von einem Raum zum anderen: Im großen Wohnzimmer, das Allegra auch als Atelier diente, hielt sich niemand auf. In der Küche standen noch Überreste vom Frühstück zweier Personen auf dem Tisch. Die Türen zum Schlafzimmer und zum Bad waren nicht ganz geschlossen.

Kein Laut war zu hören. Mit angehaltenem Atem legte Lorna eine Hand auf die weiß lackierte Schlafzimmertür und schob sie sachte ein wenig weiter auf. Auf dem breiten Bett lagen nur zwei zerdrückte Kissen, zwei Laken hingen halb auf der Matratze, halb auf dem Boden, ein paar Kleidungsstücke ebenso. Keine Leiche, kein Blut.

Trotzdem fühlte sich Lorna plötzlich gezwungen, ins Zimmer zu gehen, den Kleiderschrank aufzumachen, unters Bett und hinter die Tür zu gucken – aber auch dort keine Leiche.

Nun noch das Bad. Ein grässliches Bild blitzte in Lornas Verstand auf: Allegra nackt, blutüberströmt, tot in der Badewanne, das lange Haar träge auf dem Wasser treibend… nein! Lorna rannte in den Flur und stieß die Badezimmertür auf: wieder nichts.

Jetzt wollte Lorna es wissen. Überall schaltete sie die Lampen ein und schaute gründlich nach, in jedem Schrank, in jeder Ecke, in der Abstellkammer. Zum Schluss eilte sie sogar hinab in den Keller, der zu Allegras Wohnung gehörte. Sie fand weder eine Leiche noch irgendwelche Spuren, die auf ein Verbrechen hindeuteten.

Aber das alles brachte ihr keineswegs Erleichterung, denn ihre Fantasie war bereits auf dem nächsten Level – der Unbekannte hatte Allegra verschleppt, um sie an einem anderen Ort umzubringen! Aber wo, um Himmels willen? Seine Wohnung, ein Auto, ein Hotel, ein Waldstück?

Lorna stand hilflos im Flur des Erdgeschosses, hielt sich mit einer Hand den Kopf, versuchte, die Tränen zurückzudrängen, und hatte keine Ahnung, was sie als nächstes tun sollte. Da tauchte der Zufall in Gestalt einer jungen Familie auf, die gerade ihre Wohnung verließ. Lorna sprach die Frau sofort an.

„Guten Tag, ich bin Frau Dreesbach, Allegras Mutter. Wissen Sie vielleicht, wo meine Tochter ist?"

„Ach ja, Frau Dreesbach, wir haben uns doch damals beim Einzug kennengelernt, erinnern Sie sich nicht?", plauderte die Frau drauflos. „Ich habe Allegra heute Morgen in der Waschküche getroffen, und sie hat gesagt, sie will heute mit ihrem neuen Freund schwimmen gehen. Wir fahren jetzt auch los, das sieht ja ganz schön nach Gewitter aus, aber gestern war ja dann auch keines, vielleicht haben wir Glück und –"

„Ja, das hoffe ich auch", fiel Lorna ihr ins Wort. „Wissen Sie, in welches Schwimmbad die beiden fahren wollten?"

„Nö, wir fahren ins Melbbad. Aber ob –"

„Ich muss ganz dringend mit Allegra sprechen, kann ich hinter Ihnen herfahren? Ich weiß den Weg nicht so genau." Außerdem brauchte sich Lorna dann nicht mit ihrem Navigationsgerät auseinanderzusetzen.

Fünf Minuten später waren sie auf dem Weg ins Melbbad. Eine Weile fühlte sich Lorna ruhiger, denn was sollte der Mann ihrer Tochter in aller Öffentlichkeit schon antun? Aber nach und nach wurde ihr klar, dass so ein Schwimmbad ein lebensgefährlicher Ort sein konnte: Man konnte ausrutschen und sich das Genick brechen, ganz abgesehen davon, dass man ertränkt werden konnte, ohne dass es vielleicht jemand mitbekam.

Als sie das Bad erreichten, kaufte sich Lorna eine Eintrittskarte und suchte eine halbe Stunde lang die Wiesenflächen ab, aber Allegra war nicht zu finden. Auch im Wasser konnte Lorna sie nicht entdecken.

Schweißgebadet, kurz vorm Verdursten und jetzt schon fast am Ende ihrer Kräfte, schleppte sie sich zurück zum Eingang und fragte nach weiteren Freibädern. Eine sehr nette Angestellte schrieb ihr die Adressen weiterer neun Freibäder in Bonn und Umgebung auf, und Lorna wurde schwindlig allein beim Gedanken daran, welche scheinbar unlösbare Aufgabe da vor ihr lag.

*

Bonn-Oberkassel
12.45 Uhr

Als Andreas die Haustür aufschloss, tauchte prompt seine Mutter in der Wohnungstür auf.

„Hallo", begrüßte sie ihn. „Kriegt man dich auch noch mal zu Gesicht?"

„Ich meine, wir hätten uns gestern gesehen. Ich hoffe, du kannst dich erinnern."

Mutter Margret überhörte die Bemerkung. „Ich wollte dich zum Mittagessen einladen."

„Bei der Hitze hab ich wenig Hunger", brummte Andreas und wandte sich der Treppe zu. Der Schweiß lief ihm den Rücken hinunter. Vielleicht hätte er doch besser das Auto genommen.

„Es gibt aber dein Lieblingseis mit Sahne, Eierlikör und Krokantstreuseln."

„Als Mittagessen?" Andreas blieb stehen. Das klang gut, das klang *kalt*.

Mutter nickte. Kurz darauf saßen sie am Küchentisch, und Andreas schaufelte sich eine ordentliche Portion Vanille-Kirsch-Eis in eine Glasschale.

„Den Eierlikör lasse ich aber weg. Ich muss gleich noch ein paar Leute befragen, da kann ich nicht nach Alkohol riechen. Hast du keine Schoko-Sauce mehr?"

Seine Mutter holte die Sauce und versuchte dann, ihn über den Fall auszuquetschen. Aber Andreas hielt sich so bedeckt, dass sie zu ihrem anderen Lieblingsthema wechselte.

„Hat sich Sabine noch mal gemeldet?“

„Nein. Und ich will das auch nicht. Kannst du das bitte akzeptieren?“

Sie drückte an ihrem blondgefärbten Haar herum und musterte Andreas mit besorgten Blicken. „Willst du etwa für den Rest deines Lebens allein bleiben?“

„Was ist denn so schlimm daran?“

„Das wirst du spätestens merken, wenn du pensioniert bist.“

Andreas nahm sich noch eine Portion Eis. „Ich verspreche dir, wenn ich in Rente gehe, suche ich mir eine Freundin.“

Unwillig schüttelte sie den Kopf. „Dann lebe ich nicht mehr!“ Sie schob sich einen Löffel Eis mit Sahne, Eierlikör, Schokoladensauce und Streuseln in den Mund ... und plötzlich leuchteten ihre Augen auf. Um Himmels willen, wer war ihr diesmal eingefallen?

„Du kennst doch Ruth“, begann sie wie nebenbei. „Die hat eine sehr nette Tochter, geschieden, erwachsene Kinder, ich glaube drei oder vier Jahre jünger als du. Irene heißt sie, und weißt du, was sie macht? Die ist Mathe-Lehrerin. Und sie sucht einen Mann. Ruth hat mir übrigens Fotos gezeigt: Irene hat blonde Haare und braune Augen.“

Andreas hätte sich beinah verschluckt. Seine eigene Mutter kannte seine Vorlieben? Gott, war das peinlich. Übertrieben ironisch fragte er: „Kennst du zufällig ihr Sternzeichen und ihre BH-Größe?“

„Klar, sie ist Jungfrau mit 80 C.“

Jetzt konnte man sich doch nur noch verkriechen - oder in die Offensive gehen. „Klingt nicht übel, hast du noch ein Foto von ihr hier?“

Die Mutter blickte ihren Sohn skeptisch an, stand auf, ging aus der Küche und kam mit einem Foto zurück.

Andreas betrachtete es ausgiebig. Die Frau darauf trug einen dunkelbraunen, engsitzenden Rollkragenpullover, ihre Haare hingen glatt und hellblond bis über die Schultern, ein zerfranster Pony hing ihr bis in die hellbraunen Augen, sie hatte ein schmales, spitzes Näschen, und ihr ungeschminkter Mund lächelte vornehm, wobei sich auf einer Wange ein Grübchen gebildet hatte. Nur auf einer Wange.

„Nette Frau.“ Andreas nickte mit Kennermiene. „Kannst sie ja mal zum Kaffee einladen. Wenn ich Zeit hab, komm ich auch.“

„Sag mal, nimmst du mich hier auf den Arm?"

„Nein, auf keinen Fall", beteuerte Andreas und stand auf. „Du kennst doch meine Arbeitszeiten. Ich muss auch gleich wieder weg. Danke für das Eis, war sehr lecker."

Andreas erwartete noch irgendeine Bemerkung, aber es kam keine.

Oben in seiner Wohnung stellte er fest, dass er das Foto mitgenommen hatte. Verärgert warf er es auf seinen Schreibtisch. Hatte er nicht erst kürzlich die reife Erkenntnis gehabt, dass für ihn kein Deckel existierte? Dass er sich selbst genug war? Und jetzt regte er sich schon wegen einer Frau auf, die er gar nicht kannte Schluss damit!

Er würde jetzt Mittagspause machen und sich das aggressive 1. Klavierkonzert von Bartok anhören, vielleicht brachte ihn das zurück auf die Bahn.

*

Vinxel
12.55 Uhr

Sascha stieg die Treppe zu seiner Wohnung hinauf, grimmig entschlossen, die ganze Wahrheit zu sagen und alle Karten auf den Tisch zu legen. Zumindest, was die Sache mit Rosamaria de Santos betraf.

Er schloss die Tür auf, betrat die Diele und lauschte – es war ungewöhnlich still in der Wohnung. War das etwa Annikas kleine Rache? Ihn zum Essen einzuladen und dann schnell mit Gabriel auszuziehen?

Doch plötzlich hatte er den köstlichen Duft nach gebratenem Fleisch in der Nase. „Hallo?", rief er zaghaft.

„Hier in der Küche!", antwortete Annika durch die geschlossene Tür.

Sascha sammelte sich und ging in die Küche, als sei nichts weiter vorgefallen. Annika stand in einem feuerroten Sommerkleidchen am Herd, die schwarzen Haare zum Zopf geflochten und hochgesteckt, und schenkte ihm ein gütiges Lächeln und einen nicht ganz einzuordnenden Blick.

„Na, gut geschlafen?", begrüßte sie ihn und wendete die Steaks.

„Ging so." Sascha hatte den Eindruck, es sei besser, Annika vorerst nicht anzufassen.

Während des Kochens und auch während des Essens hielten sie wie auf Absprache einen gewissen körperlichen Abstand voneinander ein und plauderten über die Hitze, über die Notwendigkeit eines Gewitters und über den Kauf neuer Sandalen für Gabriel. Bei dieser Gelegenheit erfuhr Sascha auch, dass sein Sohn gar nicht da, sondern bei der Oma war, was er prinzipiell für keine schlechte Idee hielt. Und so verlief das Mittagessen denn auch ungestört und oberflächlich friedvoll.

Aber kaum hatte Annika den letzten Bissen hinuntergeschluckt, als sie den Teller von sich schob, sich mit den Unterarmen auf den Tisch stützte und nicht ohne eine Prise Giftigkeit in der Stimme fragte: „Und, hast du mir was zu erzählen?"

Dieser Ton kam natürlich nicht gut bei Sascha an, aber noch hatte er sich im Griff.

„Die Frau, die mich belästigt, heißt Rosamaria de Santos, und ich weiß inzwischen auch, wo sie wohnt. Ich hab sie mir sogar von Weitem angeguckt, und ich bin mir sicher, dass ich sie schon mal gesehen hab, ich weiß nur nicht wo." Sascha stand auf und begann den Tisch abzuräumen. „Ich zeig dir jetzt mal was."

Als er fertig mit Abräumen war, holte er seinen Laptop, stellte ihn vor Annika hin, zog sich einen Stuhl heran und setzte sich neben sie.

„Du hast ihre Briefe ja gelesen, im letzten stand eine E-Mail-Adresse, also hab ich ihr eine Mail geschickt."

„Warum?"

„Warum?", wunderte sich Sascha. „Ich dachte, man könnte vernünftig mit der Frau reden. Da, lies, was ich geschrieben hab."

Annika tat es, und ein Lächeln glitt über ihr Gesicht. „Ach, wie süß", befand sie und gab Sascha einen Kuss, der durchaus mehr erwarten ließ. „Hat sie darauf geantwortet?"

„Ja, aber das wird dir nicht gefallen." Sascha wechselte in den Posteingang und sah sofort, dass Rosamaria ihm eine zweite E-Mail geschickt hatte. „Ok, ich zeig dir erst mal die von gestern. Als ich die las, war mir klar, dass die Frau verrückt ist."

Annika schaute auf den Bildschirm, und ihre neugierige Miene verwandelte sich in Sekundenschnelle in eine verärgerte, als sie las, dass sie angeblich Sascha den Text eingegeben hatte.

„Ach, ich bin hier die Böse!", rief sie aus und bekam unter ihrer Sonnenbräune ganz rote Backen. „Ich hab dir also diktiert, was du schreiben sollst! Ach ja, ich gehe ja auch fremd, sobald du aus dem Haus bist!

Für wie blöd hält die dich eigentlich?"

„Jetzt reg dich nicht auf, die Frau ist ernsthaft krank."

Annika schnaubte zweimal laut und erbost durch die Nase und fauchte: „Ja, das ist mir klar! Und jetzt will ich die neue E-Mail sehen."

Beinah hätte Sascha gesagt, sie solle sich doch nicht wie die Furie benehmen, als die Rosamaria sie beschrieben hatte, aber er konnte sich eben noch auf die Zunge beißen und öffnete stattdessen die Mail, die ihm die Irre an diesem Sonntagvormittag um 11.35 Uhr zugesandt hatte:

Liebster Sascha, du glaubst nicht, was deine „Freundin" gemacht hat! Wahrscheinlich hat sie heimlich unsere E-Mails gelesen, und dann hat sie mir geschrieben, aber so was Unverschämtes, das glaubst du nicht! Sie hat mich beschimpft, ich wär entweder eine arme Geisteskranke oder eine hinterfotzige Schlampe, und ich soll mich von dir fernhalten, sonst würde sie mich umbringen! Was soll ich jetzt tun? Bitte Sascha, sag mir, was ich tun soll!

Sascha seufzte. Natürlich waren diese Anschuldigungen frei erfunden. Annika hatte die E-Mails bisher gar nicht lesen können, weil er den Laptop ja immer bei sich gehabt hatte. Allerdings, so fiel ihm gerade ein, stand Rosamarias E-Mailadresse in ihrem letzten Brief, den Annika gelesen hatte … konnte sie sich nicht die E-Mail-Adresse gemerkt haben?

„Sascha!", zischte ihm eine Stimme ins Ohr. „Du guckst gerade, als könntest du dir vorstellen, dass dieses Weib die Wahrheit sagt!"

Sascha wandte den Kopf und blickte Annika an. In ihren schwarzen Augen glühte es. Er ermahnte sich: Denk jetzt bloß in Ruhe nach, bevor du antwortest!

Also ließ er sich Zeit und meinte schließlich ruhig und sachlich: „Ich kenne dein Temperament, Annika, und ich weiß, wie du ausrasten kannst, wenn es beispielsweise um die Ungerechtigkeit in der Welt geht… oder darum, deinen Willen durchzusetzen. Aber das Wort ‚hinterfotzig' ist nun gar nicht dein Stil."

„Soll heißen?"

„Ich könnte mir schon vorstellen, dass du die Frau gern umbringen würdest."

Erst schaute Annika einen Moment böse aus der Wäsche, aber dann verzog sich ihr schöner Mund zu einem schrägen Lächeln. „Da hast du wohl Recht. Und was machen wir nun?"

„Vielleicht sollten wir sie tatsächlich verschwinden lassen“, murmelte Sascha. „Wir beide wären ein Dream-Team.“

„Genau. Du lockst sie irgendwohin und dann versenken wir sie im Rhein. Da ist noch genug Platz.“

*

Bonn-Friesdorf
14.00 Uhr

Als Lorna im Freibad Friesdorf ankam, machte sie erst einmal eine kleine Pause und kaufte sich ein Eis und eine große Flasche Cola. Dann noch eine Zigarette und weiter ging die Suche nach ihrer Tochter.

Die heiße, schwüle Luft stand über dem Freibad – kein Lüftchen regte sich. Lorna hatte längst ihre hochhackigen Schuhe ausgezogen und tigerte barfuß durchs feuchte Gras. Zwischen herumtobenden und kreischenden Kindern und zwischen Verrückten hindurch, die Volleyball oder Federball spielten, zwischen Menschen hindurch, die essend, lesend, rauchend, oder schlafend auf Badetüchern lagen, marschierte sie zu den Schwimmbecken hinüber, in denen man vor lauter Badegästen kaum das Wasser sah.

Lorna hielt sich sogar gute zehn Minuten in der Nähe der Umkleidekabinen auf, für den Fall, dass Allegra und ihr Begleiter gerade im Aufbruch waren, aber wo sie auch schaute und suchte: keine Spur von ihr.

Lorna verließ das Bad, setzte sich in ihr Auto und rief zum tausendsten Mal Allegras Handy an. Das Ding war immer noch ausgeschaltet! Das konnte nur zweierlei bedeuten – entweder wollte ihre Tochter einen ungestörten Tag mit diesem unbekannten Mann verbringen oder sie war tot.

Nein! War sie nicht! Das hätte Lorna gespürt. Es gab noch Hoffnung, sie musste nur weitersuchen und sich beeilen.

Sie trank noch mehr Cola, rauchte noch eine Zigarette und machte sich auf zum Rüngsdorfer Freibad. Den Weg dorthin kannte sie, denn da war sie früher ab und zu mit Allegra schwimmen gegangen. Sie drehte die Klimaanlage im Wagen voll auf; als sie auf dem Parkplatz vor dem Bad ankam, war ihr richtig kalt.

Eine halbe Stunde später allerdings, nach einem Marsch über die Wiese des Schwimmbads, lief ihr wieder der Schweiß den Rücken hinunter. Allegra hatte sie nicht gefunden. Zurück im Auto vergoss sie ein paar Tränen und fragte sich, ob das, was sie tat, überhaupt einen Sinn hatte. Aber hätte sie die ganze Zeit zu Hause gesessen und darauf gewartet, dass die Polizei mit einer schrecklichen Nachricht vor ihrer Tür auftauchte… nein, sie wäre verrückt geworden! Dann doch lieber planlos durch die Freibäder rennen.

Nach einem weiteren vergeblichen Anruf bei Allegra, startete sie den Wagen und fuhr zurück Richtung Südbrücke. Das nächste Schwimmbad auf ihrer Liste war das in Sankt Augustin hinter dem Steyler Kloster.

Sie nahm die Autobahn und erreichte gut 25 Minuten später den völlig überfüllten Parkplatz. Rücksichtslos quetschte sie ihren Kleinwagen in eine viel zu enge Lücke und kam kaum aus dem Auto. Egal, auf ein paar Schrammen mehr oder weniger kam es nun auch nicht mehr an.

Nachdem sie bezahlt und das Bad betreten hatte, blieb sie einen Moment stehen und sah sich um: Ihr schien, dass die Wiesen von Bad zu Bad immer größer und immer voller wurden. Und der Himmel wurde immer dunkler und die Hitze immer unerträglicher. Ein Thermometer neben den Umkleidekabinen zeigte 34°C im Schatten an.

Sie blieb noch ein paar Minuten regungslos stehen und hoffte, dass Allegra vielleicht aus einer der Kabinen kam. Sie kam nicht und Lorna setzte sich, allmählich am Ende mit den Nerven, in Bewegung. Wieder wanderten ihre Blicke umher und hielten schon von Weitem Ausschau nach jungen Frauen mit der passenden Figur und Haarfarbe.

Sie war gerade am vom Eingang entferntesten Punkt der Anlage angekommen, wollte eben auf der anderen Seite der Wiese zurückgehen, als ihr Blick an einer Frau Mitte 20 hängenblieb, die sie zu kennen glaubte. Sie war ein wenig pummelig und hatte die dunklen Haare zu frechen Zöpfen geflochten. War das nicht eine von Allegras Studienkolleginnen, die sie ihr erst kürzlich vorgestellt hatte? Wie hieß sie noch? Das war so ein südländischer Name gewesen … Chiara oder Lucia oder so ähnlich. Sie saß in einer Gruppe von zehn oder zwölf Leuten, die miteinander redeten und lachten.

Lorna verspürte nicht die geringsten Hemmungen, zu der Gruppe hinüberzueilen und die junge Frau anzusprechen.

„Entschuldigung“, begann sie und ging in die Hocke. „Darf ich Sie was fragen? Kennen Sie Allegra Dreesbach?“

„Klar, Sie sind doch die Mutter, stimmt's?", antwortete die Frau, wobei sich ihre Miene aufhellte.

„Genau, und ich versuche schon den ganzen Tag, meine Tochter zu erreichen. Wissen Sie zufällig, wo sie ist?"

Ein junger Mann von tiefschwarzer Hautfarbe, der neben der Frau saß, hatte zugehört und tauschte einen amüsierten Blick mit ihr. Er übernahm auch die Antwort: „Die hat sich mit Ricardo zur Dornhecke verkrümelt. Die meinten, da wären sie ungestört."

Die Frau lachte: „Die werden sich wundern."

„Was ist ‚Dornhecke'?", fragte Lorna.

„Das ist ein alter Steinbruchsee. Sehr romantisch. Da hinten, bei Oberkassel." Sie zeigte auf das Siebengebirge, das man von hier aus sehen konnte.

„Und wie komme ich dahin?"

Verständnislose Blicke.

„Wieso?", wollte der junge Schwarze wissen.

„Wieso? Ja, weil… äh…" Wie sollte sie denn das erklären? Plötzlich hatte sie eine Idee. Keine sehr nette Idee, aber das war jetzt auch egal. „Kennt ihr diesen Ricardo näher?"

„Nee, nur vom Sehen, sieht toll aus, ist aber sonst ein echt komischer Typ", urteilte die junge Frau.

Na, das passte doch. Lorna reimte sich eine möglichst schlimme Geschichte zusammen. „Es ist so: Meine Tochter hat mir ein paar Sachen über den Kerl erzählt, die mich misstrauisch gemacht haben. Also hab ich jemanden engagiert, der diesen Ricardo unter die Lupe nimmt. Und was soll ich Ihnen sagen? Er heißt gar nicht Ricardo, sondern Karsten Henkel und ist ein polizeibekannter Heiratsschwindler. Er hat sogar schon Frauen umgebracht, weil sie ihm ihr Geld nicht geben wollten."

Lorna schaute sich die Gesichter der jungen Leute an: Manche waren beunruhigt, andere skeptisch. Deswegen legte sie noch einmal an Dramatik zu. „Das alles hab ich erst heute früh erfahren, und seitdem versuche ich, Allegra zu erreichen, aber sie hat ihr Handy ausgeschaltet! Ich hab solche Angst, dass ihr was passiert ist!" Das klang nicht nur echt, das war echt, und jetzt machten alle, die ihr zugehört hatten, ein entsetztes Gesicht.

„Heilige Scheiße!", rief der Schwarze neben Chiara oder Lucia. „Der See liegt mitten im Wald!"

Auch das noch. „Sagen Sie mir, wo ich hin muss, ich –"

„Sie glauben doch wohl nicht, dass ich Sie alleine fahren lasse!" Der Mann hielt ihr die Hand hin. „Ich bin Edwin. Wo steht ihr Auto?"

Eine Viertelstunde später waren insgesamt drei Autos unterwegs zum Dornheckensee, drei Autos mit sieben Leuten, davon fünf hochmotivierte junge Männer, die anscheinend Lust auf ein Abenteuer hatten, das durchaus tödlich enden konnte. Falls nicht sowieso alles längst zu spät war.

Unterwegs wurde noch getankt, Zigaretten, Cola und Eis gekauft. Edwin saß am Steuer ihres Wagens, und zuerst war Lorna dankbar dafür, aber irgendwann merkte sie, dass sie nun nicht mehr abgelenkt war und sich voll und ganz auf ihre Katastrophenvorstellungen konzentrieren konnte. Sie hatte das Gefühl, die Spannung nicht mehr ertragen zu können. Das Gefühl, gleich losschreien zu müssen und verrückt zu werden nahm immer mehr zu!

Das Gefühl ließ nicht nach, als sie an der Ausfahrt Oberkassel von der Autobahn fuhren und dann über verschlungene Wege auf einem Parkplatz im Wald landeten. Dort war es irgendwie dunkel, aber das mochte am aufziehenden Gewitter liegen. Konnte man nicht schon in der Ferne den grollenden Donner hören?

Auf jeden Fall entdeckte Lorna schnell zwischen ein paar anderen auch den kleinen, grauen Wagen ihrer Tochter.

*

Bonn

Gegen 15.30 verließen Sascha und Andreas das LKH, das immer noch am Kaiser-Karl-Ring beheimatet war, inzwischen aber LVR-Klinik hieß, und machten sich auf den Weg zu Konstanze Hammerschmidt, die in der Weberstraße wohnte.

Die Befragung von Elke Jakob, die von Medikamenten zugedröhnt war, hatte sich äußerst unergiebig gestaltet. Sie verstand kaum, was Andreas von ihr wollte. Also hatte er sich an Ehemann Gideon Jakob gehalten, der auch zu Besuch war.

Gideon bejahte, dass er Konstanze Hammerschmidt kannte, aber nur vom Namen her, und angeblich konnte er sich nicht vorstellen, dass sein Sohn Patrick und Hammerschmidts Sohn Ansgar etwas mit einander zu tun gehabt hatten, geschweige denn Geschäftspartner gewesen sein sollten. Und dann auch noch im Zuhältermilieu? Das verbitte er sich aber!

„Ich weiß nicht warum, aber ich hatte den Eindruck, der Mann lügt", offenbarte Sascha, der wie immer am Steuer saß und gerade an den Knöpfen der Klimaanlage herumdrehte.

„Wahrscheinlich", stimmte Andreas zu. „Jetzt bleibt uns nur noch die Hammerschmidt. Ich hoffe, sie ist nüchtern genug, um mit uns zu reden."

Sascha nickte und schien sich dann vorläufig mehr mit seinen eigenen Gedanken beschäftigen zu wollen.

Andreas schlug erst einmal den Kragen seiner Jacke hoch, weil ihm kühle Luft in den Nacken zog. Wie er das hasste! Er verschränkte die Arme, legte den Kopf zurück und schloss für eine Weile die Augen.

Auf einmal hatte er eine seltsame Szene im Kopf: Es war die Schlussszene eines Films, den er vor 20 oder auch 30 Jahren gesehen hatte. Es war ein Film über ein misslungenes wissenschaftliches Experiment, das (bis auf eine Frau und zwei Männer) die ganze Menschheit von der Erde hatte verschwinden lassen, wohin auch immer. Am Ende wacht einer der drei Protagonisten an einem Meeresstrand auf, über dem abnorm geformte Wolkengebilde dahinsegeln, und am Horizont geht nicht die Sonne auf, sondern ein gewaltiger Saturn. Verflixt, wie hieß der Film noch gleich?!

Beinah hätte er Sascha gefragt, doch wer wusste schon, wie viele Filme ihm dann einfielen? Vor allem solche, die mit dem Thema gar nichts zu tun hatten. Nein, lieber nicht. Andreas' Gedanken beschäftigten sich noch ein Weilchen mit dem Ende des Films, bevor sie zu den phantastischen Bildern vom VLT in Chile, zur Sombrero-Galaxie und der Spiralgalaxie NGC 1232 wanderten… und beinahe hätte er laut aufgelacht.

VLT war die Abkürzung von „Very Large Telescope", aber inzwischen wurde bereits am E-ELT gebaut („European Extremly Large Telescope"), und für die Zukunft plante man das OLT, das „Overwhelmingly Large Telescope". Was für kreative Namensgebungen!

Andreas grinste vor sich hin und schaute sich die in der Hitze brütenden Straßen an. Und wieder einmal kam ihm der Gedanke, dass nicht diese Stadt, in der er geboren war, nicht dieses Land, nicht einmal die Erde seine Heimat war, sondern das Universum. Er war aus den Elementen gemacht, aus dem die Sterne sind.

Ärgerlicherweise waren Mörder das auch.

*

Sascha war kurz davor, Andreas von der Sache mit Rosamaria de Santos zu erzählen. Aber dann sah er, dass der ältere Herr anscheinend ein bisschen döste und hielt den Mund.

Natürlich war er vorhin mit Annika im Bett gelandet, und er war froh, dass er ihr die ganze Wahrheit über diese komische Frau gesagt hatte. Ihm war immer noch nicht eingefallen, woher er sie kannte. Und er hatte auch nicht wirklich einen Plan, wie das alles weitergehen sollte. Hoppla, er war ja schon auf dem Bonner Talweg!

„Hallo, großer Meister!" Er stupste Andreas mit dem Ellbogen an. „Wir sind gleich da. Die Weberstraße geht sowohl rechts als auch links ab. Wohin soll ich fahren?"

„Keine Ahnung. Versuch's mal rechts."

Selbstredend war rechts falsch, und es dauerte weitere drei Minuten, bis sie Konstanze Hammerschmidts Haus gefunden hatten. Und selbstredend gab es weit und breit keinen freien Parkplatz. Aber einen Straßenabschnitt mit absolutem Halteverbot: Der tat es zur Not auch.

Andreas und Sascha stiegen aus in die unerträgliche Hitze eines Bonner Septembersonntagnachmittags und gingen die paar Meter zurück zum Haus, einem beeindruckenden Gebäude, sicher an die hundert Jahre alt. Es besaß einen Erker, der sich bis in den zweiten Stock hinaufzog. Sie gingen durch einen mit Farnen, Efeu und Flieder bewachsenen Vorgarten, dann die kurze, steinerne Treppe hinauf und klingelten an der Haustür. Und warteten. Sascha klingelte ein zweites und ein drittes Mal, bis sich endlich die Tür auftat, und eine Frau mit hochgesteckten, rotblonden Haaren sichtbar wurde, mit einer brennenden Zigarette zwischen den Fingern.

„Guten Tag. Wir sind Piel und Montenar von der Mordkommission", begann Andreas in höflichem Ton. „Wir haben gestern kurz miteinander gesprochen. Erinnern Sie sich?"

Sie zog einmal kräftig an ihrer Zigarette und pustete den Rauch nach oben. „Sicher. Kommen Sie rein." Ihre Stimme klang müde und kratzig.

Sascha schlüpfte an Andreas vorbei und folgte ihr als erster. Die Frau war mittelgroß und schlank und trug ein schwarzes, kurzes Kleidchen und keine Schuhe. Sie führte Sascha und Andreas in ein Wohnzimmer, das mit roten Ledermöbeln, schwarzlackierten Regalen und Vitrinen, vielen großgewachsenen Pflanzen und geschmackvollen, rot und schwarz gerahmten Bildern eingerichtet war. Es roch entsetzlich nach Zigarettenqualm.

Auf Hammerschmidts Aufforderung hin setzten sie sich auf ein rotes Ledersofa, während sie die Zigarette ausdrückte, ein paar Mal kurz und trocken hustete und sich die nächste Zigarette anzündete. Sie inhalierte tief bis ins letzte Lungenbläschen und fragte: „Und – haben Sie den Mörder schon?"

Dabei sah sie niemanden an, sondern schaute auf ihre gebräunten Hände, die mit dem Feuerzeug spielten. An mehreren Fingern prangten goldene Ringe, die Fingernägel waren genauso blutrot lackiert wie die Fußnägel.

„Nein", antwortete Andreas. „Aber wir verfolgen bereits mehrere Spuren. Frau Hammerschmidt, ich muss Ihnen ein paar Fragen stellen. Wenn es Ihnen zu viel wird, sagen Sie's ruhig." Er machte eine Pause und erwartete wohl, dass sie ihn ansah. Das tat sie aber nicht. „Kennen Sie Angelika Müschberg?"

„Ja, flüchtig. Wieso?"

„Woher kennen Sie sie?"

Konstanze Hammerschmidt schaute immer noch nicht auf, sondern spitzte die ungeschminkten Lippen (wobei sich ein paar kleine, vertikale Fältchen über der Oberlippe blicken ließen) und zog an ihrer Zigarette. „Ich hab sie ab und zu mal auf Veranstaltungen getroffen", meinte sie schließlich.

Was für Veranstaltungen? fragte sich Sascha. Solche für die Schönen und Reichen von Bonn? Oder was?

Andreas schien es zu wissen, denn er hakte nicht nach, sondern fuhr fort: „Kennen Sie auch Elke und Gideon Jakob und deren Sohn Patrick?"

Und da schaute sie auf. Mit ebenfalls ungeschminkten, leicht verquollenen Augen schaute sie Andreas mitten ins Gesicht und antwortete fast unwirsch: „Ja, genauso flüchtig! Warum wollen Sie das wissen? Was hat das mit meinem Sohn zu tun?"

Andreas blieb sachlich: „Wir haben herausgefunden, dass es gewisse Verbindungen zwischen den drei Morden gibt. Wir hatten schon vermutet, dass Patrick Jakob und Ihr Sohn Geschäfte miteinander gemacht haben, die –"

„Geschäfte?“, fiel sie ihm ins Wort, und echtes Unverständnis stand ihr ins Gesicht geschrieben. „Die beiden? Geschäfte?! Die waren wie Feuer und Wasser!“

Das machte Andreas wohl stutzig. „Woher wissen Sie das, wo Sie Patrick Jakob doch nur flüchtig kannten?“

Hammerschmidt senkte wieder den Blick, zog an der Zigarette, dass die Asche nur so glühte, und ließ die Frage einfach unbeantwortet im Raum stehen.

„Nun gut, haben Sie denn einen Verdacht, wer Ihrem Sohn das angetan haben könnte?“

Das „Nein!“ kam so schnell und heftig, dass ihr vermutlich nicht einmal die prachtvollen Zimmerpflanzen am Fenster glaubten.

Es folgte eine Schweigeminute, bis sich Andreas von der offensichtlichen Torpedierung seiner Ermittlungen erholt hatte, dann versicherte er: „Wir finden schon noch raus, was hier läuft, darauf können Sie sich verlassen. Außerdem möchten wir gerne mal mit Ihrem Mann sprechen. Haben Sie seine Handynummer?“

„Ha!“, lachte sie unlustig auf. „Das ist ja wieder typisch! Was erwarten Sie von dem? Dass er das Frauchen mal ordentlich zurechtweist?!“

„Reden Sie keinen Unsinn!“, entfuhr es einem allmählich genervten Andreas.

„Mein Ex-Mann macht sich seit über 10 Jahren ein schönes Leben in Spanien! Der kann Ihnen überhaupt nichts sagen!“ Hammerschmidt klang verbittert.

Andreas verschränkte die Arme. „Haben Sie ihn nicht informiert?“

„Wozu? Das interessiert den sowieso nicht!“

„Aber der Mann muss doch wissen, was mit seinem Sohn –“

„Ich kann ihn nicht erreichen. Würden Sie jetzt bitte gehen!“ Konstanze Hammerschmidt stand auf und guckte niemanden an. „Mir geht’s nicht gut, ich möchte mich hinlegen.“

Kurz darauf fuhr Sascha den Wagen aus dem Halteverbot und gab seinen Kommentar ab. „Wir sind auf der richtigen Spur - die Jakobs und die Hammerschmidt wissen irgendwas!“

*

Bonn-Oberkassel
16.45 Uhr

Allegra stapfte schwitzend den Waldweg hinauf, neben sich Ricardo, der ihr ab und zu ein liebes Lächeln schenkte. Reden war nicht gerade seine Stärke, aber dafür hatte er andere Qualitäten.

Sie war ja so verliebt! So verliebt wie vielleicht noch nie. Sie konnte sich gar nicht sattsehen an dem Mann, an seinem athletischen Körper, an den dunklen, manchmal melancholischen Augen, die sie mit so viel Wärme anschauen konnten, an seinen schwarzen, lockigen Haaren, die auf seine Schultern fielen, und an seinen feinen Gesichtszügen, die, je nach Blickwinkel, beinah feminin wirkten.

Ricardo nahm sie an der Hand, als sie jetzt den Weg verließen und schräg nach links durchs Unterholz streiften. Sie wollten zur höchsten Stelle über dem See, von wo man eine grandiose Aussicht haben musste. Allegra liebte Aussichten, sie liebte den freien, weiten Blick über die Landschaft bis zum Horizont.

Vielleicht war es gerade das, was sie an Ricardo so reizte: Sie wollte die weite Landschaft in ihm sehen, die er bisher vor ihr verborgen hielt. Weder war sie bisher in seiner Wohnung gewesen, noch durfte sie ihn auf seine Familie ansprechen. Dann blockte er sofort ab. Auch seine Vorlieben und Abneigungen hielt er noch unter Verschluss, als seien sie geheime CIA-Daten.

Das Einzige, das sie genau wusste, war sein Alter (34), dass er Jura studierte und dass er in Siegburg wohnte. Dort hatten sie sich vor einer Woche in einem Café am Markt kennengelernt. Ihr lief jetzt noch und trotz der Hitze eine Gänsehaut über die Arme, als sie an den Moment dachte, als sich ihre Blicke zum ersten Mal trafen und –

Autsch, was war das gewesen?! Allegra blieb stehen und suchte den Boden ab: Irgendetwas hatte sie in den nackten Fuß gestochen.

„Gibt's hier Skorpione?“, fragte sie, was natürlich ein Witz sein sollte, aber Ricardo schien es im ersten Moment ernst zu nehmen, erschrak furchtbar und musste sich die Sache sofort persönlich ansehen.

Etwas hatte sie tatsächlich erwischt, an einer Stelle knapp über der dünnen Sandalensohle an der Fußaußenseite. Dort quoll ein Tröpfchen Blut aus einem winzigen Löchlein.

„Ich bin sicher nur in einen Dorn getreten oder so was“, meinte sie zu

Ricardo, denn sie hatte den Eindruck, sie müsse ihn beruhigen.

„Und wenn das eine Giftschlange war?" sagte er mit hoher Stimme.

„Quatsch – sind wir hier am Amazonas? Und außerdem hätte ich dann zwei Löcher im Fuß!"

„Und wenn es eine entlaufene, alte Schlange mit nur noch einem Zahn war?"

Sie sahen sich an und prusteten los. Allegra hob drohend eine Hand, Ricardo lief davon, sie eilte japsend und lachend hinter ihm her, und ein paar Minuten später hatten sie den höchsten Punkt der Umgebung erreicht. Es handelte sich um eine kleine Lichtung, von der der Fels senkrecht in den See abfiel, vor dem Abhang gab es einen niedrigen Zaun aus unbehandelten Holzlatten.

Ricardo nahm den Rucksack ab, ließ ihn auf das vertrocknete Gras fallen und machte ein paar Schritte nach vorn, um hinunter auf den See zu schauen. Das tat Allegra nicht, denn sie war nicht schwindelfrei und begnügte sich mit dem Ausblick auf die andere Rheinseite.

Während sie sich am Fuß kratzte, wunderte sie sich, dass sie diesen Ort so ganz für sich allein hatten – unten am See war es richtig voll gewesen. Vielleicht hatten die Leute keine Lust auf den schweißtreibenden Aufstieg.

Gerade kam Ricardo zurück zu ihr, und er sah ziemlich scharf aus mit der wilden Mähne und dem vorne offen stehenden Hemd, dem dunklen Funkeln in den Augen und dem eigenartigen Lächeln auf den Lippen.

Sie fielen sich in die Arme und küssten sich, und Allegra hätte beinah ihren juckenden Fuß vergessen, bis sie es doch nicht mehr aushielt, Ricardo losließ und sich kratzte. Verflixt noch mal! Wollte ihr der blöde Stich den restlichen Nachmittag versauen?

„Was ist los?", wollte Ricardo wissen.

„Komm, setzen wir uns mal da drüben unter die Bäume." Allegra schleifte den schwarzen Rucksack über den Boden hinter sich her, öffnete ihn und holte ein Badetuch und Proviant heraus. „Ich muss erst was trinken."

Sie tranken beide einen Becher Wasser, dann begutachtete Ricardo Allegras Fuß, der um die Einstichstelle herum rot und ziemlich angeschwollen war.

„Das juckt höllisch!", verkündete Allegra. „Warum hab ich bloß meine Tasche im Auto gelassen – da ist ein Gel gegen Insektenstiche drin."

Einen Augenblick zögerte Ricardo, dann sagte er genau das, was Allegra hören wollte: „Weißt du was? Ich laufe schnell runter und hol dir die Tasche!“

„Aber das ist doch viel zu –“

„Nein, mein Schatz, für dich tue ich alles! Bin in 10 Minuten wieder da.“ Ein absichtlich exaltiertes Lächeln, und schon trabte er ohne seinen Rucksack davon und war hinter Bäumen und Büschen verschwunden.

Allegra ließ sich auf dem Badetuch zurücksinken, schloss die Augen, hörte, wie sich Ricardo immer weiter entfernte, hörte hin und wieder ein leises Kreischen und Johlen vom See zu ihren Füßen und begann sich auszumalen, was sie und Ricardo alles miteinander machen würden, falls... falls dieser elende Fuß aufhören würde zu jucken.

Trotzdem, was hatte sie es gut: ein Studium, das ihr Spaß machte, genug Geld für den Rest ihres Lebens (falls ihre Mutter nicht alles verspekulierte) und jetzt auch noch dieser Traummann! War das alles nicht zu schön, um wahr zu sein? Wie zur Antwort erhob sich von Westen her ein übles Donnergrollen. Den ganzen Tag über war es trocken gewesen, und jetzt, wo sie ein bisschen Spaß mit Ricardo haben wollte, gab es ein Gewitter!

Auf einmal fuhr ein kühler Windstoß über ihren Körper. Sie öffnete die Augen und schaute in einen Himmel, der sich mit jeder Minute mehr verdunkelte. Bis auf das Rauschen der Baumwipfel war es sehr still: kein Kreischen, kein Rufen, gar nichts, sie schien plötzlich völlig allein zu sein in diesem Wald, was irgendwie auch unheimlich war, irgendwie gefährlich... Ja, auf einmal hatte sie das vage und ungute Gefühl, dass sie beobachtet wurde.

*

Bonn, Polizeipräsidium

Sascha hatte Andreas am Präsidium abgesetzt und war nach Hause gefahren: Er wollte gern noch ein bisschen Zeit mit Annika verbringen, es herrschte Redebedarf.

Andreas verstand das, begab sich allein in sein halbwegs kühles Büro und beschäftigte sich noch einmal mit den Zeugenaussagen der Partygäste von Ansgar Hammerschmidt. Zwei von ihnen, ein Pärchen, waren übers Wochenende nach Hause gefahren, nach Waldbröl oder Gummersbach – da war man sich in Kommilitonenkreisen nicht ganz einig gewesen.

Jedenfalls wollten die beiden angeblich am frühen Sonntagabend zurück im Wohnheim der FH in Sankt Augustin sein. Andreas schaute auf die Uhr: Gut, es war erst später Nachmittag, aber vielleicht... Moment mal, hatte er nicht eine Handynummer? Dann konnte er sich die Fahrerei auch sparen.

Er suchte ein bisschen zwischen seinen Zetteln, dann hatte er die Nummer und rief an.

Eine männliche Stimme meldete sich: „Ja?"

„Hier ist Kommissar Montenar von der Kripo Bonn. Sind Sie Herr Blumentau?"

„Ja."

„Sie wissen sicher schon, was am Freitagabend mit Herrn Hammerschmidt passiert ist. Ich muss Ihnen dazu noch ein paar Fragen stellen und –

„Woher soll ich wissen, dass Sie nicht schon wieder so ein Typ von der Zeitung sind? Ich gebe keine unbezahlten Interviews!"

„Kann ich verstehen." Andreas schüttelte den Kopf. „Mein Vorschlag: Rufen Sie im Polizeipräsidium Bonn an, ich gebe Ihnen meine Dienstnummer."

Ein paar Minuten später hatte er Blumentau erneut an der Strippe. Der junge Mann entschuldigte sich sogar und erzählte anschließend in detailfreudiger Ausführlichkeit den genauen Ablauf von Hammerschmidts Geburtstagsfeier. Er schien mit einem übernatürlichen Gedächtnis gesegnet zu sein, denn er erinnerte sich an Einzelheiten, die Andreas bisher noch von keinem der Zeugen erfahren hatte, die aber auf den ersten Blick auch nicht besonders relevant zu sein schienen. Und deshalb hoffentlich nicht frei erfunden waren.

Im Hinblick auf die Frage, ob die Prostituierte eine Frau oder doch eher ein Mann gewesen sei, erklärte sich auch das Gedächtnisgenie als nicht ganz sicher.

„Können Sie sich vielleicht noch an den Namen der Person erinnern?", fragte Andreas.

Ein leicht gequältes Auflachen am anderen Ende der Leitung. „Klar, als ich den sogenannten Künstlernamen der Dame hörte, dachte ich noch: Was für eine dumme Tusse, die hat doch keine Ahnung, was der Name bedeutet." Kurzes Schweigen, dann fuhr Blumentau, der sich sehr gern reden hörte, mit leichter Melodramatik in der Stimme fort: „Aber jetzt im Nachhinein würde ich sagen, die Frau wusste ganz genau, warum sie sich gerade diesen Namen gegeben hat."

„Würden Sie *mir* den Namen auch verraten?"

„Ach Entschuldigung. Sie nannte sich Erinnya."

„Und?"

„Jetzt kramen Sie doch mal ein bisschen in Ihrem mythologischen Fachwissen, Herr Kommissar!"

Sein lehrerhafter Ton machte ihn schlagartig unsympathisch. Andreas war gereizt wie lange nicht mehr. Als es draußen in der Ferne donnerte, wusste er wenigstens, warum. „Erstens habe ich kein mythologisches Fachwissen, und zweitens ist es mir zu heiß zum Kramen! Nun sagen Sie's schon!"

„Vielleicht erinnern Sie sich: In der griechischen Mythologie gibt es die Erinnyen, die Rachegöttinnen. Es handelt sich um drei fürchterlich anzusehende Gestalten, die ungesühnte Morde rächen sollten und..."

Während Blumentau zu einem gebildeten Monolog anhob, gingen Andreas bereits ganz andere Gedanken durch den Kopf. Rache. Jemand war auf einem Rachefeldzug. Wer hatte was getan, um diesen Feldzug heraufzubeschwören?

Verdammt und zugenäht! Die Angehörigen der Opfer mussten doch irgendetwas wissen!

*

Allegra lag noch auf dem unebenen Boden, die Hände unter dem Kopf verschränkt, als sie plötzlich ein leises Rascheln schräg hinter sich hörte. Sie wandte den Kopf so weit es ging, und sah, wie sich rechts von ihr das Gebüsch bewegte, auf eine Weise, die nicht vom aufkommenden Wind stammen konnte.

Erschrocken wollte sie sich aufsetzen, als eine große Gestalt aus dem Gebüsch sprang, die ein langes, dunkelgrünes Kleid trug oder eine Kutte, vor dem Gesicht eine dunkelgrüne Maske, beide Arme erhoben. Die Hände hielten ein langes, schweres, am oberen Ende dickes Metallwerkzeug fest, das genau auf Allegra zielte und in der nächsten Sekunde auf sie herab sauste.

Sie dachte nicht nach, sie reagierte. Blitzschnell rollte sie sich zur Seite, und das Ding traf mit Wucht das Badetuch. Die Gestalt, die irgendwie weiblich wirkte und auch wieder nicht, holte erneut aus.

„Ricardo?“, keuchte Allegra, während sie, so schnell sie konnte, zur Seite auswich. Das Ding fuhr haarscharf an ihrer Schulter vorbei. Es war eine massive, altertümlich aussehende, riesige Zange.

Die Gestalt sagte nichts, sondern schwang das schwere Werkzeug jetzt nicht mehr von oben nach unten, sondern seitwärts. Allegra war immer noch am Boden, und bevor sie auf die Füße kommen konnte, wurde sie, obwohl sie sich kniend zur Seite geworfen hatte, am Schienbein getroffen. Es fühlte sich an, als zerspringe der Knochen in tausend Stücke.

Allegra schrie auf, sie wusste, sie hatte keine Chance mehr, sie konnte sich nicht wehren, sie konnte nicht einmal mehr davonlaufen. *Das ist so unfair!* brüllte es in ihr... und plötzlich brüllte es von woanders her: „Allegra?“

„Hier! Hilfe!“, schrie sie zurück, während sie das Riesenwerkzeug wieder auf sich zukommen sah, diesmal zielte es genau auf ihren Kopf. *Nein, du wirst jetzt nicht sterben!* schrie es in ihrem Inneren. Allegra ließ sich auf den Rücken fallen und der Schlag ging ins Leere.

Von links hörte sie mehrere keuchende, nach Luft schnappende Leute heranstürmen, während rechts eine grüne Gestalt davonlief. Und auf einmal tauchten Ricardo und drei andere junge Männer auf der Lichtung auf, völlig außer Atem.

„Um Himmels willen, was ist passiert?! Wir haben dich schreien hören!“, rief Ricardo aus und warf sich neben ihr auf die Knie.

„Jemand wollte mich umbringen“, flüsterte Allegra und guckte wie hypnotisiert auf ihr rechtes Schienbein, das nur noch aus zerschlagenen Knochen und Blut zu bestehen schien. Allmählich wurde ihr klar, wie knapp sie gerade dem Tod entronnen war, und jetzt erst fühlte sie, wie ihr Herz hämmerte, wie schwindlig ihr war, wie ein schrecklicher Schmerz in ihr Bewusstsein kroch.

„Er ist da rüber gelaufen.“ Sie zeigte mit der Hand in die Büsche, was ihr sehr schwer fiel. „Was sind das für Leute?“ Sie schaute die drei Männer an, die laut schnaufend auf der Lichtung hinter Ricardo herumstanden.

Er half Allegra in eine sitzende Position und erklärte: „Ich hab unten an deinem Auto deine Mutter getroffen, und sie hat mich erst mal wild beschimpft! Ich wusste gar nicht, was sie von mir wollte, dann rückte sie endlich raus damit, dass du in Lebensgefahr wärst. Dann hat sie uns hier raufgejagt." Er drehte sich um. „Wollt ihr den Kerl nicht verfolgen?!"

Einer der drei schüttelte den Kopf. „Der ist doch längst über alle Berge! Und ehrlich gesagt... ich kann nicht mehr."

„Ok, ruft mal jemand die Mutter an und sagt ihr Bescheid? Sie soll Krankenwagen und Polizei benachrichtigen. Hilft mir mal jemand, Allegra auf die Füße zu stellen? Wir müssen hier weg, es gibt gleich ein schweres Gewitter!"

Gekonnt, wie Ricardo die Leute herumkommandierte. Tatsächlich hatte der kühle Wind zugenommen, der Donner krachte schon ganz in der Nähe, und es war dunkel wie am Abend.

Einer der Jungs packte die Sachen in Ricardos Rucksack, einer telefonierte, Ricardo und ein anderer Mann stützten Allegra auf beiden Seiten ab, sodass sie sich humpelnd und stöhnend und immer wieder vor Schmerz aufschreiend den steilen Weg hinab bewegen konnte. Wenigstens bemerkte sie das Jucken am Fuß nicht mehr.

*

Lorna hatte gar nicht mehr weggewollt aus dem Krankenhaus, aus Angst, dass der Täter zurückkommen könnte, um sein „Werk" zu vollenden. Aber nachdem man ihr hundert Mal versichert hatte, dass die Polizei Allegras Krankenzimmer bewachen und Ricardo nicht von ihrer Seite weichen würde, war Lorna nach Hause gefahren. Sie war todmüde und fix und fertig.

Kurz nach Mitternacht lag sie in ihrem Bett im ersten Stock, die Balkontür zum Garten sperrangelweit offen, damit die kühlere Luft nach dem Gewitter hereinströmen konnte. Sie trug nur Slip und Unterhemd, zog das rosa Bettlaken hoch bis über die Taille und schloss die Augen. Und war plötzlich gar nicht mehr müde, das merkte sie sofort.

Die Ängste des Tages kamen alle noch einmal hoch, verursachten ihr nachträglich Magenschmerzen, und das Nikotin aus fast zwei Schachteln Zigaretten erledigte den Rest. Nein, müde war sie nicht. Stattdessen sprach ihr Gewissen immer lauter, zum Beispiel über das, was letzten

Herbst passiert war. So, wie es jetzt aussah, war der Vorfall von damals verantwortlich für den Tod von Angelika, Patrick und Ansgar und für den Mordversuch an Allegra.

Und daher trug Lorna eine Mitschuld am Tod dieser drei Menschen, denn wenn sie rechtzeitig den Mund aufgemacht hätte, wäre es wahrscheinlich nie so weit gekommen. Und warum hatte sie geschwiegen? Weil Konstanze es so gewollt hatte. Moment, jetzt nicht die Schuld einfach weiterschieben. Sie hatte schließlich ein eigenes Gehirn und konnte selbst entscheiden, was sie tat.

Aber damals, als Konstanze entschieden hatte, hatte alles so vernünftig, so einfach und so harmlos geklungen. Und jetzt war ihr eigenes Kind tot.

Auch Elke hatte sich an Konstanzes Anweisungen gehalten. Und der Sohn, der Elke noch geblieben war, war tot. Und dass Angelika (statt ihrer Töchter), selbst zum Opfer geworden war, lag vermutlich daran, dass der Mörder sie gebraucht hatte, um an die Namen der anderen zu kommen.

Lorna setzte sich im Bett auf. Und was, wenn der Verbrecher, weil er Allegra nicht erwischt hatte, es nun auf die Mutter abgesehen hatte?

Mit heftig klopfendem Herzen sprang Lorna aus dem Bett, eilte zur Balkontür und schloss sie hastig ab. Aber vielleicht war der Mörder längst ins Haus eingedrungen und wartete mit seinem Überfall, bis sie eingeschlafen war.

Lorna handelte – barfuß, in der einen Hand ihr Telefon, in der anderen eine schwere Taschenlampe, schlich sie, ohne Licht zu machen, durch sämtliche Zimmer, schaute hinter Türen und Möbeln nach, leuchtete kurz in Schränke, aber außer ihr war niemand im Haus.

Dann reichte es ihr. Sie machte noch einen Abstecher zur Toilette, nahm eine Schlaftablette, schloss die Zimmertür ab, machte die Balkontür zu, legte sich wieder ins Bett und schlief gegen halb zwei mit dem festen Vorsatz ein, am nächsten Morgen zur Polizei zu gehen und rückhaltlos alles zu sagen, was sie wusste. Also zumindest fast alles.

Kapitel 8

Bonn-Oberkassel
Montag, 13. September, 7.00 Uhr

Andreas hatte gut geschlafen. Über Nacht hatte er alle Fenster seiner Dachwohnung offen gelassen, und so war es bis auf 23°C abgekühlt. Wenn man das kühl nennen wollte.

Als er gegen acht Uhr zu Fuß ins Präsidium ging, schien schon wieder die Sonne. Sascha hingegen tauchte erst nach halb neun im Büro auf, entspannt und gut gelaunt.

„Morgen. Was gibt's Neues?", fragte er und goss sich erst einmal einen Kaffee ein.

„Ich finde, das Alte reicht", brummte Andreas und erzählte ihm dann doch von der „Rachegöttin" und seinen Vermutungen.

Sascha saß daraufhin grübelnd an seinem Schreibtisch, bis er plötzlich loslegte: „Warum könnte sich jemand an diesen drei völlig verschiedenen Personen rächen wollen? Was zum Teufel haben eine 64-jährige Witwe, ein 28-jähriger, gutaussehender Psychologiestudent und ein 31-jähriger Versagertyp gemeinsam? Ok, sie alle hatten Geld… vielleicht wurden sie erpresst und wollten nicht zahlen."

„Nein, nicht sie, sondern die Eltern."

„Angelika Müschbergs Eltern auch? Wie alt sind die denn? 118?", meckerte Sascha.

„Keine Ahnung. Aber ich glaube sowieso nicht an Erpressung."

Kaffeetrinkend und durchs Büro spazierend diskutierten sie verschiedene Szenarien, bis um kurz nach halb zehn Ulli ins Büro stürmte. Die längeren Haare nach hinten gegelt, im ärmellosen, hellgelben T-Shirt, was seine Hagerkeit betonte, krummer Rücken, aber ein Leuchten in den Augen. Und einen Papphefter in der Hand.

„Hi! Ich hab da was von gestern auf meinem Schreibtisch gefunden, das zu eurem Fall gehören könnte. Ihr habt doch eine Lorna Dreesbach wegen der Müschberg befragt?"

„Ja, wieso?"

Ulli warf den grünen Hefter auf Andreas Tisch. „Gestern Nachmittag hat angeblich jemand versucht, Allegra Dreesbach umzubringen.

Das ist die Tochter."

Andreas setzte sich wieder hin und las sich den Bericht durch. „Das ist ja `n Ding! Sascha – wir liegen völlig richtig! Ruf die Dreesbach an, die Mutter, die muss sofort herkommen!"

Während sich Sascha ans Telefonieren gab, setzte sich Ulli zu Andreas und ließ sich die ganze Geschichte erzählen.

Sascha hatte anscheinend keinen Erfolg: Dreesbach ging nicht ans Telefon. Also besprachen sie zu dritt das, was Allegra oberhalb der Dornhecke passiert war, und welche Konsequenzen sich womöglich daraus ergaben.

Alles Spekulieren erübrigte sich, als plötzlich die Tür aufging und Manfred Lorna Dreesbach ins Zimmer treten ließ. Die Frau sah deutlich schlechter aus als zu Beginn der Woche: die Haare zurückgebunden, das Gesicht blass und die Augen irgendwie verquollen. Im rosa Kleid mit Blumenmuster eilte sie mit großen Schritten zu Andreas' Schreibtisch hin, nahm die rosa Tasche von der Schulter und setzte sich, noch bevor jemand sie dazu aufgefordert hatte.

„Guten Morgen", begann sie und schaute Sascha, Ulli, Manfred und Andreas der Reihe nach an. „Sie wissen, was meiner Tochter gestern Nachmittag zugestoßen ist? Gut. Ich hätte jetzt gerne einen Kaffee – oder haben Sie grünen Tee? Nein? Schön, dann Kaffee, und dann werde ich Ihnen einiges erzählen."

Lorna Dreesbach bekam ihren Kaffee mit extra viel Milch sowie die ungeteilte Aufmerksamkeit von vier Männern mittleren Alters. Letzteres schien ihr ein wenig peinlich zu sein, denn sie schaute jetzt eher zum Fenster hinaus, während sie den dünnen Riemen ihrer Handtasche drehte und zu Schlaufen bog.

„Also, es ist so: Ich weiß nicht, wer meiner Tochter das angetan hat, und auch nicht, wer Angelika und die anderen umgebracht hat, aber ich weiß möglicherweise, warum… und wo Sie den Mörder suchen müssen." Sie kippte drei Löffel Zucker in den Kaffee, rührte um, trank ein Schlückchen und verzog das Gesicht.

Andreas hatte sich auf dem Stuhl zurückgelehnt und die Arme verschränkt. Was kam jetzt? Noch ein paar mehr Lügen?

Lorna nahm die Hand zum Mund und räusperte sich vornehm. „Also, wo soll ich anfangen?", fragte sie sich eher selbst.

Andreas half ein bisschen nach. „Vielleicht verraten Sie uns erst mal, ob Sie die Familien Jakob und Hammerschmidt kennen."

„Ja, natürlich." Lorna tat erstaunt. „Angelika, Elke, Konstanze und ich sind seit Jahren die besten Freundinnen."

„Komisch, das hat bisher keine von Ihnen erwähnt!"

„Vielleicht haben Sie nicht gefragt!", gab Lorna patzig zurück, griff nach der Kaffeetasse und hielt sich daran fest. Auf einmal wurde ihr Gesichtsausdruck abwesend. „Vor etwa einem dreiviertel Jahr, Ende November, feierten wir Angelikas Geburtstag nach, in einem Landgasthof in der Eifel. Dort draußen gibt es nur Felder, Wälder und Wiesen und zwei Landstraßen, die sich kreuzen. An der Kreuzung gibt es eine Ampel. Abends fuhren wir dann zurück nach Bonn, alle vier in Angelikas Auto. Elke saß am Steuer, sie war die Einzige, die keinen Alkohol getrunken hatte, wegen der vielen Tabletten, die sie nehmen muss."

Lorna machte eine kleine Pause und schüttelte den Kopf. „Mein Gott, wie oft hab ich mir gewünscht, wir hätten in einem anderen Restaurant gefeiert!" Sie seufzte und fuhr fort: „Um kurz vor zehn – ich hatte gerade auf die Uhr geguckt – kommen wir also zu der Kreuzung, die Ampel ist grün, und wir sind fast in der Mitte der Kreuzung, als von rechts ein Wagen angeschossen kommt. Der muss bei Rot drübergefahren sein. Jedenfalls donnern wir voll in die Fahrerseite. Das andere Auto wird quasi ein paar Meter weitergeschleudert, kippt auf die Seite und knallt mit dem Dach auch noch gegen einen Baum."

Lorna stellte die Tasse wieder auf den Schreibtisch und senkte den Blick auf ihre Hände. „Natürlich waren wir alle erst mal starr vor Schreck, und ich glaube, wir waren auch alle schlagartig wieder nüchtern. Jedenfalls habe *ich* irgendwann gesagt, wir müssten unbedingt die Polizei und den Notarzt rufen."

Lorna schwieg erneut. Jetzt kam wohl die heikle Stelle. „Aber plötzlich steigt Konstanze aus, geht zu dem verunglückten Wagen, sieht durch ein Seitenfenster, fasst sogar hinein – anscheinend war das Glas kaputtgegangen –, kommt mit finsterem Gesicht zurück und sagt: ‚Der Mann ist tot. Was ist mit euch – seid ihr in Ordnung?' Ja, wir waren alle ok, ich weiß nur noch, dass Angelika rumjammerte, ihr schönes Auto sei im Eimer, und wie dann Konstanze vorschlug, wir sollten sofort abhauen, sie hätte keine Lust mehr auf noch mehr Stress, das wär ihr im Moment alles zu viel, und der Mann wär selbst schuld und jetzt tot, da könne man sowieso nichts mehr machen. Immerhin fuhr Angelikas Mercedes noch, wenn auch mit sehr komischen Geräuschen. Keine von uns hat Konstanze widersprochen, wir standen alle unter Schock, und ich glaube, auch ich wollte nur nichts wie weg da."

Lorna schaute auf, schloss aber sofort die Augen und schien sich eine Erinnerung ins Gedächtnis zu rufen, die ihr Sorgenfalten auf die Stirn malte. „Bevor wir losgefahren sind, ist Konstanze noch mal zu dem Unfallwagen gelaufen. Da war es dunkel, es gab keine Lampen, nur die Scheinwerfer von Angelikas Auto, die wie durch ein Wunder noch funktionierten, aber ihr Licht ging in eine andere Richtung. Es fing leicht an zu schneien, und es war unwirklich still, kein Fahrzeug, kein Mensch weit und breit. Ich seh es heute noch vor mir, wie sich Konstanze in ihren dunkelgrauen, teuren Stiefeln auf die Zehenspitzen stellt und mit der winzigen Leuchte, die sie am Schlüsselring hat, die Fahrertür des Wagens absucht, die ja nun oben ist. Anscheinend fand sie Spuren des Zusammenstoßes, denn auf einmal fing sie wie wild an, über die Tür zu kratzen, mit ihrem Schlüssel, nehme ich an … um eventuelle Lackspuren zu beseitigen. Vermute ich zumindest. Und dann hat sie auch noch die Splitter von Angelikas Autoscheinwerfern aufgesammelt."

Lorna öffnete die Augen und schaute Andreas an, im Blick trauriges Entsetzen.

„Frau Dreesbach, Sie haben uns doch jetzt nicht was aus Ihrem neuen Roman erzählt, oder?"

„Nein! Es hat sich wirklich so abgespielt. Fragen Sie doch… äh… fragen Sie Elke Jakob!"

„Machen wir – falls sie je wieder ansprechbar ist." Andreas ging eine ganz andere Frage durch den Kopf. „Und Sie glauben tatsächlich, dass dieser Unfall der Grund dafür ist, dass drei Leute ermordet wurden?"

„Ja, weil…" Lorna nippte am Kaffee und guckte wieder nach unten, als schäme sie sich. „Einen Tag später haben wir im Internet was über den Unfall gefunden… das hat uns alle ganz schön fertig gemacht. Außer vielleicht Konstanze. Jedenfalls war noch jemand im verunglückten Auto gewesen, eine Beifahrerin. Aber ich schwöre, keine von uns hatte sie bemerkt!" Lorna hob sogar eine Hand wie zum Schwur. „Sie war eine junge Frau, die Ehefrau von dem toten Mann im Wagen, und sie war im achten Monat schwanger und sie… also sie lebte noch, als wir weggefahren sind. Und wir haben dann ja auch weder Notarzt noch Polizei gerufen. Wir dachten ja, das sei… äh… nicht nötig."

Andreas begann zu verstehen. „Sie glauben, die Angehörigen üben Rache? Aber wieso erst jetzt?"

„Weil sie erst jetzt rausgefunden haben, wer wir sind", mutmaßte Lorna in düsterem Ton. „Ich habe lange darüber nachgedacht, und ich stelle mir das so vor: Der Mörder ist durch Zufall auf Angelika gestoßen und hat sie dazu gebracht, ihm alles über uns zu erzählen."

„Durch Zufall?", zweifelte Andreas. „Sie verschweigen uns nicht vielleicht noch was?"

Die Art, wie Lorna den Kopf schüttelte und dabei wieder niemanden ansah, überzeugte Andreas in keiner Weise. Er trank noch einen Schluck Kaffee und fragte: „Können Sie uns denn jetzt verraten, wo Angelika Müschbergs Auto ist?"

Ihre Hände fummelten am Verschluss der Tasche. „Nicht genau, ich weiß nur, dass Konstanze sie dazu angehalten hat, irgendwo außerhalb Bonns eine Garage zu mieten und das Auto dort zu verstecken, bis Gras über die Sache gewachsen ist. Danach könne sie es ja verkaufen, meinte Konstanze. Oder wie auch immer... das ist mir im Moment so was von egal."

Das wiederum glaubte ihr Andreas sofort. Im Moment drehte sich alles nur um ihre Tochter. Und schon sprach sie es aus: „Ich habe Angst, dass der Mörder zurückkommt und es noch mal bei Allegra versucht... oder bei mir."

„Wenn Sie wollen, können wir sie beide unter Polizeischutz –"

„Nicht nötig, ich habe heute Morgen zwei Bodyguards engagiert, nicht zuletzt", sie schaute ihm endlich in die Augen, „damit Sie Ihre ganze Energie darauf konzentrieren können, den Mörder zu fangen."

„Sehr umsichtig. Wie geht es eigentlich Ihrer Tochter? Ist sie vernehmungsfähig?"

„Ich denke schon. Sie hat wirklich Glück gehabt. Wenn ich mir vorstelle, dass sie beinah durch meine Schuld..." Lorna brach ab, holte ein Taschentuch hervor und tupfte sich damit an den Augen herum. „Ich fahre jetzt in die Klinik zu Allegra und sage ihr Bescheid, dass Sie nachher vorbeikommen." Sie stand auf. „Ich würde mein Kind am liebsten gar nicht mehr allein lassen! Mein Gott, wenn wir das damals alles gewusst hätten."

Kopfschüttelnd verließ sie das Büro. Vor der Tür wartete ein vielleicht 30-jähriger, kräftig wirkender Mann im dunklen Anzug auf sie.

Als die Tür geschlossen war, gab Andreas sofort Anweisungen. „Manfred, such mir bitte alles raus, was du über den Unfall vom November finden kannst, und du", wandte er sich an Sascha, „rufst bitte die Hammerschmidt an, die soll umgehend hier erscheinen!"

*

Sascha machte einen kleinen Ausflug nach unten ins Bistro, holte sich eine Cola und rief unterwegs Konstanze Hammerschmidt an. Es war später Vormittag, aber die Frau klang, als wäre sie gerade aus dem Bett gestiegen.

„Ja, was ist denn?!", brummte sie ungehalten.

„Guten Morgen, hier ist Piel von der Kripo Bonn, würden Sie –"

„Könnt ihr mich nicht einfach in Ruhe lassen!", verlangte sie in einem Ton, als sei sie die Polizeipräsidentin persönlich.

„Nein, Frau Hammerschmidt – können wir nicht! Würden Sie bitte sofort hierher ins Präsidium kommen!"

„Warum?"

„Jemand hat eine Aussage gemacht, zu der wir Sie befragen müssen."

Längeres Schweigen. Dann fragte sie missmutig: „Wo ist das Präsidium?"

Sascha gab ihr die Adresse durch und ging wieder hinauf ins Büro. Andreas las noch in den Unfallakten, und Sascha dachte darüber nach, welche Konsequenzen es haben könnte, wenn er Rosamaria de Santos von nun an ignorierte.

Eine halbe Stunde später öffnete sich die Tür, und herein kam Konstanze Hammerschmidt, zierlich, im schwarzen Rock, der für ihr Alter ein bisschen kurz war, in ärmelloser, schwarzer Bluse, die rotblonden Haare hochgesteckt, im stark geschminkten Gesicht ein abweisender Ausdruck. Eine Duftwolke aus Rauch, Schweiß, Parfüm und möglicherweise Alkohol wehte vor ihr her.

„Morgen! Kann ich hier rauchen?", fragte sie, als würde sie ein Nein auf keinen Fall akzeptieren.

Sascha sah zu Andreas hinüber, der für einen Moment sprachlos schien, dann aber aufstand, einen Aschenbecher aus dem Schrank holte, ein Fenster aufriss, den Aschenbecher auf die Fensterbank und einen Stuhl davor stellte. Mit einer Handbewegung bot er Konstanze den Platz an und setzte sich wieder.

Auch Konstanze ließ sich nieder, holte sofort die Zigaretten aus der schwarzen Handtasche, zündete sich eine mit ihren goldberingten Fingern an und fragte geradezu giftig: „Und, haben Sie den Mörder meines Sohnes schon gefasst?"

Andreas guckte sie ein paar Sekunden lang sehr feindselig an, was sie aber nicht mitbekam, da sie gerade Rauch aus dem Fenster pustete, dann schaltete er um in den Modus „extra liebenswürdig" und meinte: „Natürlich nicht, Frau Hammerschmidt, wir sind ja hier alle keine Geistesgrößen, das kann schon noch dauern."

Daraufhin zog sie heftig an der Zigarette und schaute dem Qualm hinterher, sagte aber nichts.

Andreas lächelte. „Wir haben Sie hierher bestellt, weil wir von dem Autounfall im November gehört haben."

Ihr Kopf fuhr herum. „Wer hat Ihnen das erzählt?"

„Frau Lorna Dreesbach. Ihre Tochter ist nämlich gestern nur knapp einem Mordanschlag entgangen."

Konstanze starrte ihn mit versteinerter Miene an, schien eine ganze Weile nachzudenken und murmelte schließlich: „Das muss aufhören."

„Da sind wir einer Meinung, Frau Hammerschmidt", erklärte Andreas und forderte sie auf: „Schildern Sie den Autounfall doch mal aus Ihrer Sicht."

Konstanze verzog den Mund, rieb sich mit einer Hand über ihre Stirn, doch dann legte sie los. „Es war ein kalter Novemberabend, und wir kamen von einem Restaurant in der Eifel, da tauchte diese Kreuzung auf, mitten im Wald, aber mit einer Ampel… egal, wir hatten grün."

Sascha fiel auf, dass Konstanze für ihre Verhältnisse ungewöhnlich zögerlich erzählte, fast so, als rede sie überhaupt zum ersten Mal über die Sache.

„Wir sind also im gleichen Tempo weitergefahren, da rast von rechts ein… ein roter Kleinwagen auf die Kreuzung und da konnte Angelika einfach nicht mehr bremsen. Der Wagen wurde weggeschleudert, kippte auf die Seite und knallte gegen einen Baum. Wir standen natürlich alle unter Schock und –"

Andreas unterbrach sie. „Entschuldigung, Sie sagten, Angelika Müschberg saß am Steuer?"

„Ja, wieso?" Jetzt bemühte sie sich, harmlos zu klingen.

„Weil Frau Dreesbach ausgesagt hat, Elke Jakob wäre gefahren, da sie als einzige nichts getrunken hätte."

Konstanze schlug die Augen nieder, zog an der Zigarette und behauptete: „Ich sag Ihnen mal was – Lorna ist unser Sensibelchen, die war an dem Abend komplett neben sich, die ist hysterisch geworden, und die bringt jetzt alles durcheinander. Nein, Angelika ist gefahren, mit ihrem eigenen Wagen, und Angelika ist ja dann auch völlig durchgedreht: Sie hat rumgeschrien, dass sie das nicht aushält, erst das mit ihrem Mann, und jetzt das, sie würde wahnsinnig, sie wolle damit nichts zu tun haben, sie wolle nach Hause! Ich konnte das verstehen... sie hat so viel durchgemacht damals."

„Schön, und dann haben Sie nachgesehen, ob der Fahrer tot ist, haben eventuelle Lackspuren vom Unfallauto gekratzt, Glas von den Scheinwerfen aufgesammelt und beschlossen, dass sie alle nach Hause fahren, weil dem Fahrer sowieso nicht mehr zu helfen ist."

Konstanze schaute Andreas mit großen Augen an. „Das hat Lorna erzählt?"

Andreas nickte.

Konstanze drückte die Zigarette im Aschenbecher aus und zündete sich gleich die nächste an. „Die arme Frau. Die hat's schlimmer erwischt, als ich dachte." Plötzlich straffte sie die Schultern und sah Andreas direkt in die Augen. „Nein, ich habe gar nichts abgekratzt, das war Angelika. Und ja, ich habe dem Mann an den Hals gefasst, und er war tot. Und ich schwöre bei meinem... bei meinem ermordeten Sohn, dass ich die schwangere Frau nicht gesehen habe. Weil es dunkel war, und weil sie irgendwie unter dem Mann gelegen haben muss, weil der Wagen doch umgekippt ist. Und ich war auch fertig mit den Nerven... und –" Sie presste eine Hand auf Mund und Nase und drehte sich weg.

Saschas Mitgefühl hielt sich in Grenzen – er glaubte der Frau nicht. Irgendetwas war faul. Diese Meinung stand auch Andreas ins Gesicht geschrieben.

Trotzdem äußerte er beinahe sanft: „Das klingt plausibel, Frau Hammerschmidt. Ich würde gern noch wissen, wie schnell Frau Müschberg gefahren ist."

Konstanze seufzte einmal schwer auf, wandte sich ihm wieder zu und strich eine rotblonde, gelockte Haarsträhne hinters Ohr.

„Nicht sehr schnell, vielleicht 70 oder 80", sagte sie, jetzt wieder gefasst.

Andreas deutete auf die Unfallakte, die noch vor ihm auf dem Schreibtisch lag. „Ja, auf diesem Teil der Landstraße sind nur 70 km/h erlaubt, aber nach den Berechnungen unserer Unfallexperten muss Frau Müschberg mindestens 120 drauf gehabt haben, um so viel Unheil anzurichten."

Konstanze hob ein wenig das Kinn und guckte, als wolle sie Andreas eine gepfefferte Antwort geben, dann überlegte sie es sich wohl anders. „Mir kam es nicht so schnell vor. Aber jetzt mal ehrlich, glauben Sie wirklich, man könnte sich nach so einem Schock irgendwelche Einzelheiten merken? Da bringt man Sachen durcheinander, da wird die Wahrnehmung verzerrt, und man trifft Entscheidungen, die man normalerweise nicht getroffen hätte."

„Möglich." Andreas beugte sich vor und faltete die Hände auf der Schreibtischplatte. „Haben auch Sie schon darüber nachgedacht, dass Ihr Sohn aus Rache ermordet worden sein könnte? Im Zusammenhang mit dem Autounfall?"

Konstanze nahm einen Zug aus der Zigarette, blies den Rauch nach draußen, von wo die Hitze langsam ins Zimmer sickerte, und schaute niemanden an.

„Sagen wir so… ich hatte es mal im Hinterkopf, aber als konkrete, reelle Möglichkeit? Nein, vielleicht in einem Hollywood-Streifen, aber doch nicht hier in Bonn."

„Sie glauben also nicht, dass die Familien der Unfallopfer was mit den Morden zu tun haben?"

„Nein."

Andreas nickte mehrmals mit dem Kopf, als habe er die Antwort erwartet, und schrieb etwas auf. „Wissen Sie zufällig, was aus Frau Müschbergs Auto geworden ist?"

„Nein."

„Aber Sie haben ihr doch geraten, es vorläufig zu verstecken, in einer Garage außerhalb von Bonn."

„Hat das wieder Lorna behauptet?!", entrüstete sich Konstanze. „Die sollte echt aufpassen, was sie sagt! Sie war es nämlich selbst."

„Was?"

„Sie hat Angelika eingebläut, dass niemand ihren kaputten Mercedes sehen darf, bis Gras über die Sache gewachsen ist!"

Andreas musterte Konstanze mit zweifelnd gerunzelter Stirn. „Die Frau Dreesbach, die komplett neben sich war?"

Konstanze nickte und Andreas notierte sich wieder etwas. „Haben Sie denn mitbekommen, ob Frau Müschberg vielleicht Kontakt mit den Angehörigen aufgenommen hat?"

„Nein, das glaube ich nicht."

„Danke, Frau Hammerschmidt, das war's erst mal. Wir werden Sie aber sicher noch des Öfteren belästigen müssen."

Konstanze zerquetschte die Zigarette im Aschenbecher, stellte ihn auf der äußeren Fensterbank ab, erhob sich, beklagte sich: „Davon bin ich ausgegangen", und verließ das Zimmer sehr zügig.

*

Kaum saß Konstanze auf dem Parkplatz am Präsidium im Auto, als sie ihr Handy herausholte und Lorna anrief. Vor lauter Verärgerung vergaß sie sogar zu rauchen.

„Ja?", meldete sich Lorna mit ihrer sanften, dunklen Stimme.

„Ich bin's! Was denkst du dir eigentlich dabei, der Polizei von dem Unfall zu erzählen?", polterte Konstanze los.

Lorna schwieg überrascht, schien nachzudenken und erwiderte ungewohnt energisch: „Es geht um das Leben meiner Tochter! Da lasse ich mir von dir nichts mehr vorschreiben!"

Konstanze war so überrascht von ihrem Ton, dass beinahe auch sie ihren Zorn vergaß. „Du hättest wenigstens vorher mit mir reden können!"

„Nein, eben nicht! Verstehst du das nicht?!" Lorna klang jetzt sogar ein bisschen wütend.

„Nein! Und warum erzählst du der Polizei, Elke hätte am Steuer gesessen?!"

„Aber das hatten wir doch so abgemacht und –"

„Ja, aber ich habe denen erzählt, Angelika wäre gefahren und hätte auch die Lackspuren vom Unfallauto gekratzt! Ich konnte mich gerade noch damit rausreden, du hättest das alles durcheinandergebracht, weil du unter Schock gestanden hast!"

Daraufhin schwieg Lorna eine Weile, bis sie antwortete: „Du willst also die ganze Sache der toten Angelika in die Schuhe schieben?“

„Ja, genau! Ihr schadet es nicht mehr! Verstehst *du* das nicht?!“

„Ach, Konstanze, du bist so…“ Lorna brach ab. Nach ein paar Sekunden meinte sie: „Und was, wenn Elke der Polizei wieder was anderes erzählt?“

„Elke kann erzählen, was sie will, die ist doch komplett unzurechnungsfähig!“ Jetzt nahm Konstanze doch eine Zigarette. „Nach dem Mittagessen fahre ich ins LKH, um mit ihr zu reden!“

„Vielleicht solltest du gleich da bleiben!“, erdreistete sich Lorna zu sagen. „Du bist doch verrückt!“

Und dann legte sie einfach auf, was Konstanze noch wütender machte. Was bildete die verwöhnte Kuh sich ein! Das war überhaupt typisch für das ganze Freundinnen-Quartett. Angelika ließ sich vor lauter Dummheit ermorden und verriet vorher noch alles, was sie wusste, Elke verlor vor Trauer ihren Verstand, Lorna heuchelte absolute Moral, nur sie selbst, Konstanze Hammerschmidt, tat etwas, um für Gerechtigkeit zu sorgen.

Sie jammerte nicht, sie handelte. Sie nahm die Ermordung von Ansgar und den anderen nicht einfach so hin. Sie würde sich rächen. Sie hatte nicht nur einen Verdacht, sondern vor allem auch die besten Privatermittler Deutschlands engagiert, um herauszufinden, wer ihr das Liebste auf dieser Welt genommen hatte!

*

„Die Frau erzählt uns was vom Pferd“, knurrte Sascha, nachdem die Hammerschmidt die Tür hinter sich geschlossen hatte.

„Sehe ich auch so. Der bislang verschwiegene Verkehrsunfall ist definitiv der Schlüssel zu den Morden.“ Andreas hatte Hunger. Konnte man nicht auf dem Venusberg irgendwo gut essen? „Wir fahren jetzt erst mal zu Allegra Dreesbach in die Klinik und nehmen ihre Aussage auf. Dann essen wir was und knöpfen uns anschließend diese Leute hier vor.“ Andreas tippte auf die Aktenmappe, öffnete sie und las vor: „Die Unfallopfer heißen Lars und Laura Klein. Laut Gerichtsmedizin hatte der Mann 2,5 Promille Alkohol im Blut und einen Genickbruch, die Frau war im achten Monat schwanger und verblutete infolge eines Plazenta-Abrisses.“

„Das ist nicht schön", murmelte Sascha. Seit Neuestem reagierte er ungewohnt empfindsam, wenn es um Schwangere und Kleinkinder ging.

„Nein. Obwohl ich irgendwo gelesen habe, Verbluten gehöre zu den eher ‚angenehmen' Todesarten", versuchte Andreas ihn zu trösten. „Komm, lass uns fahren, ich hab Hunger."

Auf dem Weg zum Venusberg genehmigten sie sich an einer Imbissbude eine Currywurst. Und eine halbe Stunde später standen sie bereits in Allegra Dreesbachs Einbett-Krankenzimmer, in dem sich auch ihre Mutter und ein gewisser Ricardo Lopez aufhielten. Andreas bat die beiden, sie kurz mit Allegra allein zu lassen. Die junge Frau sah ihrer Mutter nicht sehr ähnlich: zart, feingliedrig, mittelgroß. Sie hatte blaugrüne Augen, und ihre langen Haare, die sie im Nacken zum Knoten gebunden hatte, waren heller als die ihrer Mutter.

Sie saß in einem kurzen, fliederfarbenen Nachthemdchen mit spitzenbesetztem Ausschnitt aufrecht im Bett, das frisch operierte, eingegipste Bein über der Decke von sich gestreckt. Mit dem blassen, ungeschminkten Gesicht sah sie eher wie 17 aus und nicht wie 28.

Andreas erkundigte sich nach ihrem körperlichen und seelischen Befinden und ließ sich dann den Überfall am Dornheckensee noch einmal ausführlich schildern. Sascha schrieb mit.

„Der Täter trug also ein langes, dunkelgrünes Gewand… und was für eine Maske?", fragte Andreas, der sich auf einen Stuhl neben dem Bett gesetzt hatte.

Allegra Dreesbach seufzte und überlegte. „Es ging ja alles so schnell, und ich hab mich so erschrocken… das sah aus wie ein Stück Stoff mit zwei Löchern drin, aber ich hab ja praktisch alles nur von unten gesehen, deswegen kam mir der Angreifer auch sicher so groß vor."

„Sie meinen, er war vielleicht gar nicht so groß? Könnte es eine Frau gewesen sein?"

„Wenn Sie mich so fragen … ich hatte selbst den Eindruck, dass die Person irgendwie was Weibliches hatte. Die nackten Arme vielleicht, die waren nicht sehr muskulös, und die Hände … ja, die hätten auch von einer Frau sein können." Allegra war tatsächlich noch blasser geworden. „Außerdem fällt mir gerade was ein, das Ricardo mir erzählt hat. Reden Sie doch mal mit ihm."

Sascha bat den jungen Mann ins Zimmer. Ein südländischer Frauentyp, vermutete Andreas, zwar gute 10 Zentimeter kleiner als er, aber mit sportlichem Körper, schwarzen Locken und sehr dunklen, leicht melancholischen Augen.

„Herr Lopez, Ihre Freundin meint, Sie hätten uns was zu erzählen." Andreas schaute ihn fragend an.

„Meinst du die Sache mit dem komischen Kerl?", fragte er seinerseits Allegra, die mit dem Kopf nickte. „Ja, also, letzte Woche hab ich mich an der Uni mit ein paar Freunden unterhalten, wo man bei dem Wetter am besten zum Schwimmen hingeht, also jetzt abgesehen von den normalen Schwimmbädern." Lopez schenkte Dreesbach ein liebevolles Lächeln. „Da setzt sich plötzlich so ein langer, irgendwie verknittert aussehender Typ ganz in Schwarz zu uns, der hatte wohl mitgehört, und der hat uns einen vom Dornheckensee vorgeschwärmt, als wollte er uns da ein Grundstück verkaufen oder so was! Im Nachhinein denke ich, der hat uns da hingelockt."

Andreas guckte wohl skeptisch, denn Lopez fügte rasch hinzu, wobei er sich mit schmalen Fingerchen eine Locke aus der gebräunten Stirn strich: „Das war nur so `ne Idee von mir. Vielleicht war der Kerl auch ganz harmlos."

„Nein, nein, ist schon ok. Würden Sie den Mann wiedererkennen?"

„Klar."

„Gut, dann fahren Sie doch gleich mit ins Präsidium, da fertigen wir ein Phantombild an und durchforsten unsere Klientenkartei. Noch eine Frage, Frau Dreesbach – konnten Sie erkennen, womit der Täter auf Sie eingeschlagen hat?"

Dreesbachs Gesicht verzog sich, als hätte sie Schmerzen, sie schloss kurz die Augen. „Das Ding war 50 oder 60 Zentimeter lang und aus dunklem Metall, am oberen Ende hatte es etwas, das aussah wie eine große, gezackte Zange. Das muss ein vorsintflutliches Werkzeug gewesen sein!"

„Interessant, ein Werkzeug", murmelte Andreas. „Danke erst mal, wenn wir noch Fragen haben, kommen wir wieder." Andreas gab ihr die Hand. „Ich wünsche Ihnen gute Besserung."

Als er draußen vor der Tür auf Lorna Dreesbach traf, fiel ihm noch etwas ein. Freundlich lächelnd verkündete er: „Ihre Freundin Konstanze hat übrigens behauptet, Sie hätten da einiges in Ihrer Schilderung durcheinandergebracht. Bestellen Sie ihr doch bitte schöne Grüße und richten Sie ihr Folgendes aus: Ich glaube weder ihr noch Ihnen, und ich werde die Wahrheit schon noch herausfinden!"

Ein paar Minuten später saßen er und Sascha in einem heißen Auto, das mit der linken Hälfte in der Sonne gestanden hatte.

„Mach's mal ein bisschen kühler hier und dann fahren wir nach Hangelar. Wohnen dort beide Familien der Unfallopfer?"

Sascha nickte. Skeptisch fügte er hinzu: „Ich weiß nicht... dieser Ricardo ist mir irgendwie unsympathisch."

„Ach was, das ist nur Neid."

„Bitte? Auf was denn?"

Andreas wies auf Saschas Kopf. „Auf die volle Lockenpracht."

„Quatsch!", widersprach Sascha. „Auf Locken kommt's im Leben nun wirklich nicht an!"

„Sondern?"

„Na zum Beispiel auf Gesundheit, Klugheit und... Mitgefühl."

„Stimmt", räumte Andreas ein. „Der Mann wirkte auch sehr dumm und gefühlskalt."

„Sag mal, willst du mich ärgern?" Sascha hatte die Ausfahrt vom Klinikgelände erreicht, steckte das Ticket in den Schlitz, die Schranke öffnete sich und schon waren sie auf der Straße, die durch den Wald und allmählich abwärts führte.

„Was sonst? Aber jetzt halte ich den Mund, ich muss mir überlegen, wie ich mit den trauernden Eltern umgehe."

„Na, ganz so frisch ist die Sache ja auch nicht mehr!"

„Sascha, stell dir vor, es handelte sich um *deinen* Sohn."

„Nein!", wehrte er sofort ab und ließ Andreas tatsächlich eine Weile in Ruhe. Er schien eigene Probleme zu wälzen.

Kurz nach 15.00 Uhr trafen sie in Hangelar ein, einem Stadtteil von Sankt Augustin, durch den sich eine ewig lange Haupt- und Geschäftsstraße zog. Viele kleine Einzelhandelsläden, ein Supermarkt, Restaurants. Dann eine Straße rechts, danach links.

Hier standen hauptsächlich Einfamilienhäuser, so auch das Haus der Familie Klein: ein sehr schlichtes, sicher nicht neues Haus, weiß gestrichen, altmodische Eingangstür, aber anscheinend ein neu gedecktes Dach. Der Weg zur Haustür war mit bejahrten Betonplatten ausgelegt, zwischen deren Ritzen Moos und Unkraut wucherte.

Sascha drückte auf die Türklingel der Kleins. Eine dünne Frau Mitte

50 öffnete die Tür, wadenlanges, schwarzes Kleid, Schwermut im Blick.

„Ja, bitte?"

Sie wiesen sich aus, die Frau wurde blass und murmelte: „Um Gottes willen, ist einem meiner Kinder was passiert?"

Andreas beruhigte sie. „Nein, nein, es ist nichts passiert. Wir haben nur ein paar Fragen wegen des Unfalls im November."

Frau Klein kniff die Lippen zusammen, ließ sie herein und führte sie ins Wohnzimmer, das perfekt aufgeräumt war, fast schon steril. Andreas setzte sich aufs Sofa, Sascha ließ sich neben ihm nieder, die Frau ließ sich in einem wuchtigen Sessel nieder.

„Ihr Sohn Lars kam bei einem Verkehrsunfall mit Unfallflucht ums Leben?"

Frau Klein nickte stumm.

„Es ist so, dass uns die Leute inzwischen bekannt sind, die mit in den Unfall verwickelt waren." Andreas beobachtete ihre Reaktion ganz genau.

Klein stand auf, trat an ein breites Fenster und schaute hinaus in den Garten. Mit verschränkten Armen, Sascha und Andreas den Rücken zukehrend.

„So... das ist ja schön", behauptete sie so emotionslos, als rede man übers Wetter. „Und was passiert jetzt?"

„Das ist etwas kompliziert." Andreas ärgerte sich, dass er ihr Gesicht nicht sehen konnte. Warum stellte er sich nicht einfach neben sie? Er tat es, und es schien ihr unangenehm zu sein, denn sie machte ein kleines Schrittchen weg von ihm. „Es handelt sich um vier ältere Damen, die im zweiten Unfallfahrzeug gesessen haben. Inzwischen wurden eine von ihnen sowie die Söhne zweier anderer Damen ermordet. Wir gehen davon aus, dass der Autounfall und die Mordfälle zusammenhängen."

Mist, jetzt drehte sie schon wieder das Gesicht von ihm weg! Und er hörte sie in sachlichem Ton äußern: „Das ist ja schrecklich."

„Ja, Frau Klein. Würden Sie mich bitte mal ansehen?"

Fast hatte er befürchtet, sie würde ihn aus dem Haus werfen, aber plötzlich wandte sie sich ihm ganz zu, und er bemerkte infolge des viereckigen Kleidausschnitts, wie erschreckend stark ihre Schlüsselbeinknochen hervorstanden, und er sah, wie viel Trauer jetzt in ihrem Blick lag.

„Wissen Sie, ich möchte eigentlich nicht darüber reden, es ist alles noch so frisch, es tut immer noch so weh..." Tränen traten in ihre Augen. „Ich versuche den ganzen Tag nichts anderes, als mich von diesen Gedanken abzulenken. Und dann kommen Sie daher und stochern in dieser schmerzenden Wunde herum." Sie verdeckte ihren Mund mit einer Hand, während ein paar Tränen über ihre Wange kullerten.

„Das tut mir alles furchtbar leid, aber ich muss Sie das jetzt fragen." Andreas schob sein Mitleid beiseite. „Im Unfallbericht hieß es, Ihr Sohn habe mit 2,5 Promille am Steuer gesessen, wo kam er überhaupt her und wo wollte er hin?"

Klein stützte sich mit einer Hand auf der Fensterbank ab und schaute wieder in den kleinen Garten, in dem nichts wucherte, sondern alles auf ordentliche Größe zurechtgestutzt war: Rasen, Hecken, Büsche, ein langsam wachsender Ahorn.

„An dem Tag", begann Frau Klein, und ihre Worte kamen irgendwie schleppend, „hatten Lars' Bruder und ein Freund von ihm beide Geburtstag. Sein Bruder Niklas wohnt in Ippendorf, da ist er so um zwanzig vor zehn weggefahren. Anschließend wollte er unbedingt noch zu seinem Freund nach Düren. Ich hab Laura gefragt, ob ihr das nicht zu viel würde, aber sie… sie sagte, es ginge ihr super." Klein schwieg und fingerte an ihrer Bubikopf-Frisur herum, blondes Haar mit grauen Strähnen. „Was ich nicht verstehe, und worüber sich auch sein Bruder Niklas schrecklich aufgeregt hat, ist die Behauptung, dass Lars betrunken gewesen sein soll." Jetzt schaute sie Andreas an. „Niklas schwört hoch und heilig, dass Lars an dem Abend bei ihm keinen Tropfen Alkohol angerührt hat! Erstens, weil Laura ja auch nichts trinken durfte, und zweitens, weil er ja noch so weit fahren wollte. Ich verstehe das nicht, er war so ein verantwortungsbewusster Mensch. Und er wäre auch niemals über eine rote Ampel gefahren! Entschuldigung", murmelte Klein plötzlich und eilte aus dem Zimmer. Man hörte sie irgendwo kräftig die Nase putzen. Nach ein paar Minuten kam sie zurück.

„Wissen Sie, wer mir am meisten leid tut? Mein Sohn Niklas. Es war sein Geburtstag, und den wird er nie mehr so feiern können wie früher. Aber das Schlimmste sind diese Hätte-ich-doch-nur-Vorwürfe! Immer wieder kommt er damit an: Mama, hätte ich Lars doch nur überredet, eine halbe Stunde länger zu bleiben, oder nur zehn Minuten oder nur eine Minute, vielleicht hätte es gereicht, wenn ich ihn zum Abschied länger umarmt hätte – dann wären die beiden Autos nie zusammengestoßen. Können Sie sich vorstellen, wie furchtbar es ist, sich mit solchen

Vorwürfen zu quälen?" Ihr Blick war voller Schmerz.

„Ja, Frau Klein, das kann ich mir vorstellen. Ist Ihr Mann zu Hause?"

Sie schaute auf eine runde, holzgefasste Wanduhr. „Nein, der ist noch bis etwa halb fünf auf der Arbeit."

Andreas ließ sich die Adresse ihres Sohnes Niklas geben. „Haben Sie noch mehr Kinder?"

„Ja, eine Tochter." Sascha schrieb auch die Adresse der Tochter auf.

„Danke. Wir würden gerne mit den Eltern Ihrer Schwiegertochter Laura reden, die wohnen doch nicht weit von hier, oder?"

Frau Klein beschrieb ihnen den Weg. Sascha und Andreas verabschiedeten sich, fuhren 200 Meter weiter und standen schließlich auf dem Bürgersteig vor dem Haus von Frau Schwarz. Der Vorgarten war eine wuchernde Wiese mit weißen, gelben und blauen Blumen. Der Weg rechts der Wiese war aus dunkelgrauem Kies, mit reichlich Löwenzahn und Moos bewachsen. Rechts und links neben der Eingangstür aus hellem Holz, von der der Lack abblätterte, zwei große Tonkübel, in denen total vertrocknete Geranien steckten.

Sascha klingelte an der Haustür. Auch hier öffnete ihnen eine Frau in Trauerkleidung, Mitte 50, mit sehr kurz geschnittenem, dunklem Haar. Frau Schwarz wirkte deutlich runder als Frau Klein. Aus ihrer schwarzen, ärmellosen Bluse ragten gewaltige Oberarme.

Wieder wiesen sie sich aus, wieder wurden sie ins Wohnzimmer gebeten. Die Frau wirkte in ihrer ganzen Art irgendwie verlangsamt. Es hatte gedauert, bis sie verstand, was Sascha und Andreas von ihr wollten, ihre Stimme klang müde, sie ging so mühsam vor ihnen her, als trage sie einen 50-Kilo-Sack Kartoffeln mit sich. Im Wohnzimmer angekommen, ließ sie sich in einen Sessel plumpsen, während Andreas und Sascha wieder die Couch nahmen.

„Wie ich schon sagte, es geht um den Autounfall im November", wiederholte Andreas geduldig. „Wir wissen jetzt, wer den anderen Wagen gefahren hat."

Frau Schwarz schaute ihn groß an, als habe sie nichts begriffen, doch nach einer Weile kam die Frage: „Sie haben die Leute gefunden?"

„Ja", bestätigte Andreas mit Nachdruck. „Die Unfallflüchtigen haben sich bei uns gemeldet. Und zwar, weil mehrere ihrer Angehörigen ermordet wurden."

„Was?"

Andreas wiederholte seine Information. Die Frau schaute schweigend ins Nichts – bis sie sich schließlich doch zu einer Bemerkung hinreißen ließ: „Das finde ich gut. Das ist die Strafe."

Na, das ging doch schon mal in die richtige Richtung. Vielleicht konnte Andreas die vermutlich durch Tabletten denkeingeschränkte Frau aus der Reserve locken. Und so fragte er geradeheraus: „Haben Sie oder ein Mitglied Ihrer Familie etwas mit den Morden zu tun?"

Die versteinerte Miene der Dame ließ sich kaum deuten. Aber immerhin hatte sie die Frage beim ersten Mal verstanden.

„Wie kommen sie denn auf so einen Unsinn?", meinte sie mit angedeuteter Entrüstung in der Stimme.

„Routinefrage. Frau Schwarz, könnten wir mit Ihrem Mann sprechen?"

Die Frau starrte ihn an, als sei er eine tentakelgespickte Monstrosität aus dem All, und schwieg eine Weile. Dann kam ein mattes: „Haben Sie die Akte nicht gelesen? Mein Mann ist vor 11 Jahren an Krebs gestorben."

Das war jetzt blöd. Andreas räusperte sich. „Das tut mir sehr leid, muss ich wohl übersehen haben. Frau Schwarz, sind Sie berufstätig oder wovon leben Sie?"

Schwarz schaute durch alles hindurch und hauchte: „Die Witwenrente können Sie vergessen, aber mein Mann hat mir natürlich das Haus und das Geschäft hinterlassen, das hab ich verpachtet."

Sascha schrieb sich alles auf und wollte in einem Ton, der wohl mitfühlend klingen sollte, wissen: „Haben Sie noch mehr Kinder?"

Zum ersten Mal in diesem Gespräch blickte sie zu Boden. „Ja, ich hab noch eine Tochter, die mir sehr geholfen hat, nachdem Laura … sie heißt Jenny."

„Wohnt sie hier?"

„Nein, in Siegburg."

Sascha notierte sich die Adresse, und Andreas entschied sich für ein bisschen Provokation. „Machen Sie Ihrem verstorbenen Schwiegersohn eigentlich Vorwürfe? Weil er im betrunkenen Zustand eine rote Ampel überfahren und damit den Unfall verursacht hat?"

Die Frau öffnete den Mund, und jetzt sah Andreas so etwas wie ein wütendes Funkeln in ihren Augen. Doch plötzlich schloss sie den Mund wieder und dachte eine halbe Minute nach, bevor sie tonlos von sich gab: „Ich kann mir nicht vorstellen, dass es sich so abgespielt hat. Lars war so ein lieber, verantwortungsvoller Mensch."

„Aber er hatte eindeutig 2,5 Promille Alkohol im Blut."

Dazu zuckte sie nach längerem Nachdenken nur die Achseln und schaute auf die Fernbedienung des Fernsehers, die auf dem gläsernen Couchtisch lag.

„Gut, danke, Frau Schwarz, wir wollen Sie dann nicht länger stören."

Zurück im heißen Auto wollte Sascha von Andreas wissen, was er als nächstes zu tun gedenke.

„Ich hab so ein Gefühl, dass wir uns intensiv mit den Geschwistern der Unfallopfer beschäftigen sollten, also mit – zeig mir mal deine Liste – mit Jennifer Schwarz und Niklas und Cora Klein." Andreas sah sich die Adressen an. „Fahren wir zuerst zu Jenny Schwarz nach Siegburg, ist ja fast um die Ecke."

*

Siegburg
15.45 Uhr

Jenny saß auf ihrem winzigen Balkon und hatte die Füße auf einen genauso winzigen Klapptisch gelegt, damit ihre, wie sie selbst immer wieder feststellen musste, wunderschön geformten Beine ein wenig nachbräunen konnten.

Sie las in einem Biologielehrbuch, aber ab und zu schaute sie auf, und ihr Blick fiel auf die Abtei auf dem Michelsberg. Dieser Anblick schenkte ihr Kraft und die Hoffnung, dass sie vielleicht eines Tages über den Tod ihrer Schwester hinwegkam.

So, wie sie auch irgendwann über den elenden Tod ihres Vaters hinweggekommen war. Oder wie sie ihn vermutlich nur verdrängt hatte... denn wenn ihr neugieriger Verstand sich auch nur in die Nähe einer dieser schrecklichen Erinnerungen herantastete, schlug etwas in ihr Alarm, brüllte „Stopp!", und Jenny klatschte sich mit beiden Händen ins Gesicht, um sich bewusst davon abzuhalten weiter zu bohren.

Ihrer Mutter hatte sie die gleiche Strategie empfohlen, denn manchmal hatte sie große Angst, dass diese an der doppelten Tragödie im Hause Schwarz zerbrach.

Verflixt – denkst du jetzt mal an was anderes! Ja, zum Beispiel an den süßen Samuel aus Trinidad, der immer beste Laune und immer ein Lied auf den Lippen hatte und immer mit breitem Lächeln seine strahlendweißen Zähne zeigte. Vielleicht ging sie am Abend ein Stündchen mit ihm tanzen. Und vielleicht passierte sogar ein bisschen mehr, sie war keineswegs abgeneigt, allerdings nur –

Es klingelte an der Wohnungstür. Hoffentlich nichts Schreckliches! Seit Lauras Unfall war das stets der erste Gedanke. Egal, ob Türklingel oder Telefon, erst einmal: Hoffentlich ist nichts Schreckliches passiert!

Jenny stand von ihrem alten, knirschenden Korbstuhl auf und lief barfuß durchs Wohnzimmer in den Flur. Dort warf sie einen schnellen Blick in den Spiegel: Haare ok, Wimperntusche nicht verschmiert, Zähne sauber. Und lächeln.

Vor der Tür standen zwei Männer: ein älterer, schlanker, großer Typ mit grau werdenden Haaren in Jeans und blauem Hemd, und ein mittelgroßer, athletisch wirkender Mittdreißiger mit beeindruckenden Augen und wenig Haaren auf dem Kopf. Bei ihrem Anblick setzte er gleich ein angenehm überraschtes Gesicht auf.

Der Ältere tat das nicht, sondern fragte, ihr einen Ausweis entgegenhaltend: „Frau Jennifer Schwarz? Wir sind die Kommissare Piel und Montenar von der Bonner Kripo. Könnten wir kurz mit Ihnen sprechen?“

Ein schmerzhafter Druck im Magen. Was war denn jetzt los?

„Ja, kommen Sie rein.“ Sie lotste die beiden Männer in ihr Wohnzimmer, das sie auch als Schlafzimmer nutzen musste, und besonders aufgeräumt war es nicht. Aber in der Küche sah es noch schlimmer aus. Sie rieb ihre Hände aneinander. Irgendwie war ihr plötzlich kalt, Angst kroch durch ihre Eingeweide.

Die beiden Kommissare standen mitten im Raum vor ihr, guckten ernst, und Jenny platzte heraus: „Nun sagen Sie schon, ist meiner Mutter was passiert?“

„Nein, wir kommen gerade von dort, und da ging es ihr noch... na ja, sie war in guter körperlicher Verfassung“, erklärte der ältere Kommissar mit dem komischen Namen. Irgendwas mit M. „Nein, wir sind wegen des Unfalls im November hier, bei dem Ihre Schwester verstarb. Die Unfallflüchtigen haben sich bei uns gemeldet, weil es in ihren Reihen diverse Mordfälle gab.“

Jenny entging nicht, wie interessiert die beiden sie musterten, aber sie war es gewohnt, von Männern gemustert zu werden, und auf einmal wurde sie ganz ruhig.

„Es waren mehrere? Das sind doch mal gute Neuigkeiten, ich meine, dass die Leute sich gemeldet haben. Waren es angetrunkene Jugendliche?“ Sie runzelte die Stirn.

Kommissar M. schaute sie ohne jede Regung im Gesicht an, doch plötzlich ließ er verlauten: „Nein, es waren ein paar ältere Damen. Frau Schwarz, wissen Sie noch, was Sie letzten Freitagabend gemacht haben?“

Sicher wusste sie das. „Freitag? Da war ich bei meinem Schwager Niklas. Warum wollen Sie das wissen?“

Piel mit den großen, rauchblauen Augen schaute sie eher freundlich an, und auch Kommissar M. ließ ein schwaches Lächeln sehen. „Am Freitagabend wurde ein junger Mann ermordet, er ist der Sohn einer der Damen, die vom Unfallort geflohen sind.“

„Ja, und?“

„Sie haben ein Motiv, Frau Schwarz. Sie müssen doch ungeheuer wütend darüber sein, dass man Ihre schwangere Schwester verletzt im Auto hat liegen lassen, obwohl sie und das Kind vielleicht noch zu retten gewesen wären.“

„Natürlich bin ich wütend, aber ich kenne die Leute doch gar nicht.“ Ein Bild war in Jennys Kopf aufgetaucht: wie Laura unter Lars im Auto eingeklemmt ist, wie sie sich nicht befreien kann, wie sie fast wahnsinnig wird vor Schmerz und Angst, wie sie um Hilfe schreit, und keine Hilfe kommt, wie sie die ganze Nacht lang leidet, wie sie und ihre ungeborene Tochter hätten gerettet werden können, und ja, das machte sie wütend, das machte sie fertig, und beinahe hätte sie sich mit beiden Händen ins Gesicht geschlagen, um das Bild aus ihrem Kopf zu vertreiben.

Natürlich tat sie das nicht, was hätten die Männer denken sollen? Jenny merkte, wie sie anfing, ihre Unterlippe mit den Zähnen zu bearbeiten. Hör auf, das sieht hässlich aus.

„Gut“, nickte der Kommissar. „Sie waren also bei Ihrem Schwager. Von wann bis wann ungefähr?“

Jenny konzentrierte sich. „Wir hatten uns zum Spieleabend getroffen, das machen wir jeden ersten Freitag im Monat. Lars' Schwester war auch da, ja, manchmal denke ich, das ist so 'ne Art Trauerbewältigung, was wir da veranstalten … jedenfalls, ich war um kurz vor acht Uhr da." Sie verschränkte die Arme vor der Brust. „Und gegangen bin ich, warten Sie mal … auf jeden Fall nach zwölf."

Kommissar Piel schien alles mitzuschreiben. War sie tatsächlich eine Mordverdächtige? Das konnte –

„Und was haben Sie gestern Nachmittag gemacht?", bohrte Kommissar M. mit dem längeren Haar weiter.

„Gestern? Meine Mutter hatte am Donnerstag Geburtstag, und den haben wir gestern gefeiert." Sie fuhr sich kurz mit der Hand über die Stirn und strich ein paar Haare aus dem Gesicht. „Na ja, was heißt schon gefeiert, es war der erste Geburtstag ohne Laura, das war schon…", irgendwie blieb ihr die Luft weg, „das war schon sehr, sehr schrecklich."

„Ja, das glaube ich", behauptete M. mit den blaugrauen Augen und taxierte sie lange mit einem Blick, als wolle er ihr bis tief in die Seele gucken.

Das passte ihr nicht, und sie schaute schnell zur Balkontür hinaus. „Ich bin noch bis zum Abendessen geblieben, aber dann musste ich da weg! Das war nicht auszuhalten!"

Und das war noch untertrieben. Der Schmerz ihrer Mutter, der anscheinend nicht weniger werden wollte, tat ihr fast noch mehr weh als ihr eigener.

„Frau Schwarz, was machen Sie beruflich?"

„Ich studiere. Biologie."

„Aha… dann also vielen Dank fürs Erste, Frau Schwarz. Wir sehen uns sicher wieder." Kommissar M. schüttelte ihr sogar die Hand, und Piel schenkte ihr ein charmantes Lächeln.

Jenny lächelte auch, aber ein bisschen von oben herab, damit sich der junge Kommissar nur ja nichts einbildete. So toll sah er nun auch wieder nicht aus.

*

„Attraktives Ding", urteilte Sascha, als sie wieder im saunaheißen Wagen saßen und sich auf den Weg nach Ippendorf machten, auf den Weg zu Niklas Klein, Bruder des Unfallopfers und Jennifer Schwarz' Schwager.

„Auf jeden Fall", meinte Andreas und ächzte überflüssigerweise: „Mann, ist das heiß hier!" Kurze Pause. „Weißt du, was mich schwer irritiert hat? Dass die Schwarz so wenig nachgefragt hat: Sie wollte weder wissen, wie die Damen heißen, noch warum sie einfach weitergefahren sind."

Die Klimaanlage lief bereits auf Hochtouren. „Und, glaubst du, sie hat was mit den Morden zu tun?"

„Ich guck mir erst mal alle Familienmitglieder an, bevor ich anfange, wüst zu spekulieren."

Eine Dreiviertelstunde und zwei Staus später saßen sie bei Niklas Klein im Wohnzimmer, das ein wenig verkommen aussah: Flecken auf dem hellen Teppichboden, ein voller Aschenbecker und jede Menge Krümel auf dem zerkratzten Couchtisch, ungeputzte Fenster und bräunliche Gardinen. Klein war ein gedrungener Mann Anfang 30, mit blonder, welliger Haarmähne, blauen Augen und schwarzgefasster Brille. Lehrer für Mathe und Biologie. Verheiratet, aber getrennt lebend, keine Kinder.

Andreas klärte ihn in groben Zügen über die Sachlage auf, insbesondere über die Morde an den Kindern der Unfallbeteiligten. Daraufhin gab Klein das gleiche Freitagabend-Alibi an wie Jennifer Schwarz: einen Spieleabend, bei dem auch seine Schwester Cora anwesend war. Und den Sonntagnachmittag hatten er und seine Schwester mit Freunden, die das auch sofort bestätigen würden, im Schwimmbad verbracht.

Andreas war nicht begeistert. „Wissen Sie zufällig noch, was Sie letzten Mittwoch gegen 14 Uhr gemacht haben?"

Klein legte die Fingerspitzen beider Hände gegeneinander und dachte nach.

„Da war ich noch in der Schule. Wir hatten eine Besprechung." Seine Stimme näselte leicht.

„Und wo waren Sie vorletzten Sonntagabend? Zufällig auf Pützchens Markt?"

„Ist da nicht die ältere Frau ermordet worden? Gehörte die etwa auch zu den Leuten, die im anderen Wagen saßen?" Da Andreas nicht antwortete, fuhr Klein fort: „Nein, ich war am Samstagabend auf Pützchen. Sonntagabend war ich zu Hause, was meine Schwester bestätigen kann, ich habe eine gute Stunde mit ihr telefoniert, vom Festnetz aus. Aber jetzt mal ehrlich, Sie glauben doch nicht wirklich, dass jemand aus unserer Familie reihenweise Leute umbringt!"

„Warum nicht?"

„Weil wir eine anständige Familie sind. Wir haben uns nie etwas zu Schulden kommen lassen. Wir ermorden nicht aus Rachsucht andere Menschen."

Andreas lehnte sich gemütlich auf dem Sofa zurück und klärte den Mann mit traurigem Lächeln auf: „Sie glauben nicht, wie viele ‚anständige' Leute ich schon verhaftet habe. Auch die vier älteren Damen, die an dem Unfall beteiligt waren, sind auf den ersten Blick gutsituierte Mitbürger – und doch haben sie eine schwer verletzte Schwangere in einem Autowrack zurückgelassen."

Auf diese Provokation ging Klein nicht ein. „Stimmt. Aber wie's aussieht, müssen sie jetzt dafür bezahlen."

„Ja, sieht so aus – aber wer, außer den Familien Klein und Schwarz, sollte ein Interesse daran haben, die Damen für ihre Tat bezahlen zu lassen?"

Klein schwieg ein paar Sekunden und versuchte sich dann an einer originellen Ausrede: „Vielleicht haben die Damen ja noch mehr tödliche Unfälle verursacht, von denen Sie nichts wissen."

„Das bezweifle ich. Außerdem deutet alles darauf hin, dass Ihr Bruder den Unfall verursacht hat – er war stark alkoholisiert und überfuhr eine rote Ampel."

Niklas Klein schlug mit der flachen Hand auf die gepolsterte Lehne des Sessels. „Nein, verdammt noch mal! Er hat hier bei mir keinen Tropfen getrunken!" Sein Gesicht rötete sich. „Und er würde niemals über eine rote Ampel fahren!"

Sascha beugte sich vor und meinte in vertraulichem Ton: „Aber Herr Klein, haben wir das nicht alle schon gemacht?"

Klein griff zur Zigarette. Sein Feuerzeug klickte. „Ja, vielleicht, aber nicht, wenn ich meine eigene, hochschwangere Frau neben mir sitzen habe! Lars wär nicht das kleinste Risiko eingegangen. Und ich sag's gerne noch mal: Er war vollkommen nüchtern, als er hier wegfuhr."

„Hat er vielleicht unterwegs –"

„Sie meinen, er wäre mit Schnapsflasche unterm Sitz durch die Gegend gerast?" Klein nahm einen tiefen Zug aus der Zigarette. „Wie oft hab ich mir schon vorgestellt, ich hätte mich an dem Abend ein bisschen länger mit ihm unterhalten, oder Laura wäre noch mal zum Klo gegangen, zum 20. Mal an dem Abend, dann wär das alles nicht passiert."

Diese Thematik schien Andreas nicht zu behagen, denn plötzlich stand er auf und verabschiedete sich.

„Ok", meinte er im Auto, „also dann auf zu Cora Klein. Mal sehen, ob wir da was Neues erfahren."

Sascha kurvte den Berg wieder hinunter, geriet nun vollends in den Berufsverkehr und brauchte für die paar Kilometer gefühlte Stunden.

Während sie im Schritttempo durch die Clemens-August-Straße schlichen, meinte Sascha: „Dieses Was-wäre-wenn-Zeug scheint dich zu nerven."

„Ich frage mich manchmal, ob da nicht irgendwer grausame Spielchen mit uns treibt." Andreas verschränkte die Arme. „Da fahren zwei Autos durch eine völlig verlassene Gegend auf eine Kreuzung zu, und zwar mit genau der richtigen Geschwindigkeit, um exakt zur gleichen Zeit die Kreuzung zu erreichen und ineinander zu krachen… ist das noch Zufall?" Andreas hüstelte. „Oder nimm dieses Zugunglück von Eschede als Beispiel, das mit dem gebrochenen Radreifen. Auf freier Strecke wäre der Zug entgleist, und es hätte vielleicht ein paar Schwerverletzte gegeben. Aber möglicherweise war das dem Schicksal (oder wem auch immer) zu banal – also passierte das Ganze unter dieser Brücke, an der sich der Zug dann so schön zusammengefaltet hat. Mir ist auf einer Landstraße mal ein Hund vors Auto gelaufen. Wär ich nur eine Winzigkeit schneller oder langsamer gefahren, wär das nicht passiert." Er klang erbost über so viel Zufall. „Der Mensch hat doch schon weiß Gott genug Mist durchzumachen, an dem er selbst schuld ist! Muss ihn dann auch noch das Schicksal oder wer auch immer fertigmachen?!"

„Ja, gemein. Und was ist aus dem Hund geworden?"

„Ich hab ihn eingeladen und zum nächsten Tierarzt gebracht. Wahrscheinlich ist er wieder putzmunter und wird älter als ich."

„Was heißt das denn? Du bist doch kerngesund und wirst 120. Besonders jetzt, wo du dich über keine Frau mehr ärgern musst."

Andreas ließ ein bitteres Lachen hören. „Du wirst es nicht glauben, aber meine Mutter will mich verkuppeln."

„Erzähl mal."

Andreas erzählte und so verging die Zeit deutlich schneller.

Immerhin fanden sie gegen halb sieben einen Parkplatz in der Paulstraße, stiegen aus und fanden schnell das alte, mehrstöckige Haus, in dem Cora Klein wohnte. Hoffentlich war sie da.

Sie war da und ließ sie herein, eine etwas pummelige, grünäugige Blondine, die, wie sie auf Nachfragen erklärte, mit 25 angefangen hatte, an der Pädagogischen Hochschule Deutsch und Englisch auf Lehramt zu studieren. Klein war sehr redselig und freute sich ausgiebig darüber, dass die „Mörder" ihres Bruders Lars und ihrer Schwägerin Laura endlich gefunden waren. Auf Andreas' Frage nach ihren Alibis antwortete sie ausschweifend das Gleiche wie Bruder Niklas; am Freitagabend war sie mit Jenny und anderen bei ihm zum Spieleabend und gestern Nachmittag mit Bruder und Freunden im Rheinbacher Schwimmbad gewesen. Letzten Sonntag habe sie abends mit Niklas fast eine Stunde telefoniert, das mache sie öfters so.

Andreas befragte sie auch nach dem Mittwochnachmittag, als Patrick Jakob erstochen worden war. Sie sei an der Uni gewesen, behauptete sie, und zwirbelte ab und zu mit zwei Fingern die Spitzen ihres langen, blonden Pferdeschwanzes, und ab und zu hob sie eine ihrer schwarzen, dünnen, nachgemalten Augenbrauen, die einen unnatürlich halbrunden Schwung hatten. Jetzt sah sie auf die Uhr.

„Sie können auch gerne meinen Freund fragen, der müsste jeden Moment vom Einkaufen zurück sein.

„Danke, das genügt uns erst mal", verabschiedete sich Andreas und verließ verdrießlich mit Sascha Wohnung und Haus.

„Der ganze Nachmittag war so was von unergiebig!", beschwerte er sich. „Die beiden Familien haben haufenweise Alibis, und richtig verdächtig hat sich auch keiner benommen!"

Sascha manövrierte den Wagen rasant aus der Parklücke. Ein entgegenkommender Autofahrer fühlte sich bedroht und hupte. Sascha ignorierte das.

„Ich finde so viele Alibis sehr wohl verdächtig", meinte er. „Jeder konnte sich genau erinnern, was er oder sie an den Mordtagen gemacht hat. Und die Klein hat unsere vier Damen Mörder genannt, und vom Bruder kam: Die Leute müssen bezahlen! Da ist doch was faul."

„Sehe ich auch so… und dann die Sache mit Bruder Lars, der angeblich nie Alkohol trinkt, das ist schon komisch."

Sascha bog in die Kölnstraße ab. „Wieso hast du eigentlich Jennifer Schwarz nicht nach ihrem Sonntagalibi von letzter Woche gefragt?"

„Ich kann mich natürlich täuschen, aber ich glaube einfach nicht, dass die Schwarz die Müschberg mit Zigaretten traktiert hat… und Cora Klein war das auch nicht. Aber lass uns erst mal über alles schlafen, vielleicht bringt uns das die Erleuchtung."

*

Als Andreas in der Kalkuhlstraße von Sascha abgesetzt wurde, lief er geradewegs seiner Mutter in die Arme, die die Pflanzen im Vorgarten goss.

„Hallo, Andreas! Hast du Hunger? Ich wollte gerade ein paar Würstchen zu dem Kartoffelsalat von gestern warm machen", begrüßte sie ihn und rupfte ein Unkraut zu ihren Füßen aus.

Andreas stellte sich vor die Treppe zum Haus und atmete tief die noch gut 30°C warme Luft ein. Er musste unbedingt gleich die Dachfenster öffnen, damit er Nachts nicht im eigenen Saft gekocht wurde. „Kartoffelsalat von gestern? Ist das nicht gefährlich bei der Hitze?"

Seine Mutter leerte die Gießkanne aus und wandte sich zu ihm um. „Der Herr Kommissar hat Angst vor dem Kartoffelsalat? Du kannst ihm ja mit Verhaftung drohen, falls er vorhat, dir was anzutun."

„Dann bist du aber wegen Komplizenschaft dran, liebe Mutter."

„Ich werde doch nicht mein eigenes Kind vergiften. Von dir könnte ich ja nicht mal was erben."

„Das ist ein schlechtes Argument, ich habe ein gut gefülltes Sparkonto. Lass uns reingehen, ich hab wirklich Hunger."

Bevor er ihr folgte, eilte er nach oben in seine aufgeheizte Wohnung und öffnete die beiden Fenster. Zurück in Mutters Küche musste er wieder einmal schmunzeln: über den Hang seiner Mutter zur originellen Einrichtung. Rechts die moderne Küchenzeile in Weiß und Aluminium, links ein alter, klobiger Eichentisch mit Fußkreuz und passenden Eichenstühlen mit lederbezogenen Sitzen. Die Wand neben dem Tisch war leuchtend orangerot gestrichen und beherbergte ein paar selbst gemalte Bilder seiner Mutter sowie eine gewaltige, antike, massiv verzierte Pendeluhr aus Eiche.

Andreas setzte sich an den gedeckten Tisch, während seine Mutter noch am Herd stand und die Würstchen auf einer Platte drapierte. Beim Essen fragte sie dann Andreas über den aktuellen Fall aus. Ohne Namen zu nennen, erzählte er seiner Mutter ein paar Einzelheiten und Hypothesen, und er hatte seit Langem den dringenden Verdacht, dass sie gern selbst zur Kriminalpolizei gegangen wäre.

Der Kartoffelsalat schmeckte einwandfrei, obwohl Andreas kurz die Frage durch den Kopf ging, wie Salmonellen eigentlich schmeckten.

Nach dem Essen stieg er hoch in seine gut gelüftete, aber immer noch 32°C warme Wohnung. Wie lange würde diese verdammte Hitze noch anhalten?

Kapitel 9

Bonn, Weberstraße
Dienstag, 14. September, 9.45 Uhr

Konstanze hatte in der Nacht geschlafen wie ein Stein. Dank drei Schlaftabletten. Dafür litt sie jetzt auch unter den dreifachen Nebenwirkungen: Nebel im Hirn, leichter Kopfschmerz, Kreislauf allgemein.

Wie sie es hasste, nicht klar denken zu können. Vielleicht lag es ja auch an der Beruhigungspille, die sie vorhin geschluckt hatte, damit Wut und Trauer über Ansgars Tod nicht ganz so weh taten, jedenfalls vermischte sich irgendwie alles zu einem schwer erträglichen Dumpfheitsgefühl im Kopf.

Konstanze saß im kurzen Nachthemdchen im Wohnzimmer und zündete sich die erste Zigarette an diesem Morgen an. Hoffentlich ging das gut. Nicht, dass sie umkippte und –

Es klingelte an der Wohnungstür, Konstanzes Hand mit dem Feuerzeug zuckte heftig. Wer wagte es, sie um diese Uhrzeit unangemeldet zu stören? Jetzt erst recht eine Zigarette! Die Flamme schoss empor, entzündete den Tabak, sie nahm einen Zug, ihr wurde schwindlig. Sie riss sich zusammen, bewegte sich vorsichtig und weiterrauchend auf die Wohnzimmertür zu, hielt sich am Türrahmen fest und spähte um die Ecke in den Flur.

Ein schlanker, großer Mann im Anzug stand vor der Haustür und drehte ihr gerade den Rücken zu. War das etwa Messner? Was wollte der denn hier? Probleme in der Firma? Oder war er neugierig? Oder besorgt um sie?

Sollte sie ihn hereinlassen? Wo war ihr Morgenmantel? Oben im Bad. Gut, dann eben ohne. Dann musste er eben den Anblick seiner Chefin im kurzen Nachthemd ertragen! Und, fiel ihr gerade ein, geschminkt war sie auch nicht. Nun, dann würde er eben in zehn Sekunden wissen, wie sie in Natura aussah. Und sie würde wissen, wie er darauf reagierte.

Schon war sie im Flur, zog die Haustür auf, Messner drehte sich zu ihr um, öffnete den Mund, ließ seinen Blick einmal von oben nach unten über ihren Körper und wieder zurück wandern, schenkte Konstanze ein nachsichtiges Lächeln und meinte: „Frau Hammerschmidt, geht es

Ihnen gut? Ich musste einfach mal vorbeikommen, ich hab mir Sorgen um Sie gemacht."

Komischerweise löste dieses Bekenntnis eine ganz zarte Traurigkeit in ihr aus, Traurigkeit darüber, dass ihr das alles so herzlich egal war.

„Danke. Ich dachte schon, es ist was mit der Firma. Trinken Sie einen Kaffee mit mir?"

„Aber nur, wenn ich nicht störe, ich will nicht –"

„Kommen Sie rein." Konstanze ging voraus in die Küche. „Setzen Sie sich, ich bin gleich fertig."

Während sie die Kaffeemaschine befüllte, erzählte Messner, was in der Firma passiert war, und Konstanze hatte das Gefühl, dass er die ganze Zeit ihre Beine und ihren Hintern anstarrte. Ja und? Sie hatte sich gut gehalten für ihr Alter, hatte mit der ihr eigenen Willenskraft viel Sport getrieben und auch sonst immer gut für sich gesorgt.

Ja, und wofür das alles? Sie hatte keinen Mann mehr, kein Kind mehr, gar nichts mehr. Sie wandte sich um, und wieder wurde ihr schwindlig, schnell setzte sie sich an den Tisch und drückte die Zigarette im Aschenbecher aus.

„Frau Hammerschmidt, Sie sehen nicht gut aus", stellte Messner fest. Dabei hatte er einen Ausdruck in den schwarzen Augen, von dem Konstanze auf einmal glauben wollte, dass es sich um echtes Mitgefühl handelte.

Trotzdem fauchte sie: „Ach was! Das liegt daran, dass ich nicht geschminkt bin!"

Der Ausdruck in seinen Augen blieb, und er tat etwas, das er noch nie getan hatte: Er widersprach ihr. „Blödsinn! Ich kenne Sie seit Jahren, und ich weiß, wann es Ihnen gut geht und wann nicht. Und im Moment geht es Ihnen richtig dreckig… und ich würde Ihnen so gern helfen."

Darauf folgte eine Aktion, für die Konstanze ihn unter normalen Umständen sofort aus dem Haus geworfen hätte: Er griff nach ihrer Hand und hielt sie fest. Und Konstanze fühlte etwas, fühlte es durch den ganzen Nebel und die Betäubung hindurch, fühlte eine große Schwäche, ein kaum zu unterdrückendes Bedürfnis, in den Arm genommen zu werden und sich trösten zu lassen.

Das kannte sie nicht von sich, sie wusste nicht, was sie tun sollte, dem Gefühl nachgeben oder sich dagegen stemmen?

Als sie ihren Blick von Messner abwandte, stand er auf, ohne sie loszulassen, kam zu ihr hin, zog sie hoch und legte seine Arme um sie. Konstanze ließ es zu, schloss die Augen und nahm einen höchst angenehmen Duft nach Aftershave oder Parfüm wahr, den er vielleicht gerade erst vor ihrer Haustür aufgefrischt hatte.

Sie legte den Kopf gegen seine Brust, spürte das aufgeregte Schlagen seines Herzens, und die Vorstellung, dass diese Umarmung schon viel früher hätte geschehen können und dass sie vielleicht ihr ganzes Schicksal bis hin zu Ansgars Ermordung hätte verhindern können. Dieser Gedanke machte sie noch trauriger… und nun ließ sie auch die Trauer zu und fing an zu weinen. Sie ließ alles heraus, was sich in den letzten 30 Jahren angestaut hatte.

Messner sagte nichts, sondern drückte sie an sich, streichelte über ihr Haar und über ihren Rücken, küsste sie zart auf die Stirn, gab ihr schließlich Taschentücher und alle Zeit, die sie brauchte, um sich zu beruhigen. Konstanze weinte und schluchzte und weinte, bis die Tränen allmählich von selbst versiegten.

Eine Weile genoss sie das Gefühl, einfach alles abzugeben, sich stützen und beschützen zu lassen, einfach am Ende und schwach sein zu dürfen – doch je länger sie aus dieser Umarmung Kraft schöpfte, desto unangenehmer wurde ihr die Schwäche, desto stärker wurde das Bedürfnis, die Dinge wieder selbst in die Hand zu nehmen. Eigentlich hasste sie es, sich schwach zu fühlen, aber noch mehr hasste sie es, wenn andere Menschen es mitbekamen.

Sie putzte sich noch einmal die Nase, warf das Taschentuch auf den Küchentisch, schlang ihre Arme um Messners Hals, schaute ihm in die jetzt besonders schwarz glühenden Augen und hauchte: „Danke, das hat mir gut getan. Wie heißen Sie noch mal mit Vornamen?"

„Christian."

„Ach ja, ich heiße Konstanze. Ich schlage vor, wir duzen uns, trinken endlich unseren Kaffee und überlegen dann, was du sonst noch für mich tun kannst, Christian."

Daraufhin ließ der Mann ein Strahlen sehen, als habe er schon ewig auf diese Gelegenheit gewartet. Nun, warum nicht. Konstanze brauchte jetzt auf nichts und niemanden mehr Rücksicht zu nehmen! Nicht, dass sie das jemals getan hätte, aber –

Ihr Telefon klingelte. Das könnte wichtig sein. „Einen Moment bitte." Sie eilte ins Wohnzimmer, wo das Gerät auf dem Sofa lag. Auf dem

Display stand: Tiefenthal. Gut, der Privatdetektiv.

„Hammerschmidt."

„Wir haben die DNA. Von einem Kaffeebecher."

„Prima. Wie lange wird es ungefähr dauern?"

„Zwei, drei Tage."

„Sie melden sich?"

„Klar."

Zurück in der Küche erzählte sie Christian, das Möbelhaus hätte angerufen, weil sie sich einen neuen Fernsehsessel bestellt habe. Sie plauderten noch ein bisschen über Möbel, und dann meinte Konstanze: „Ich hab mir auch ein neues Bett gekauft. Willst du dir das mal ansehen?"

Christian nickte, aber er guckte, als sei ihm die Sache nicht ganz geheuer. Das wunderte Konstanze nicht. Sie wusste, dass sie vielen Männern mit ihrer Art Angst einjagte.

*

Bonn, Polizeipräsidium
10.00 Uhr

Sascha surfte durch diverse Schüler-, Lehrer- und Studentenportale, um etwas Bedeutsames über die Geschwister der verunglückten Lars und Laura Klein herauszufinden. Bisher vergebens.

Dass mit den Familien Schwarz und Klein etwas nicht stimmte, davon gingen Andreas und Sascha aus: keins der Familienmitglieder hatte tatsächlich überrascht gewirkt, dass es sich bei den Unfallflüchtigen um vier ältere Frauen handelte; keiner hatte Fragen gestellt; niemand hatte mehr über die Umstände wissen wollen. Beinahe so, als wüssten sie schon längst Bescheid.

Andreas hatte denn auch am frühen Morgen ein hübsches Diagramm auf seinem Block angefertigt: auf der einen Seite Müschberg, die Jakobs, Hammerschmidts und Dreesbachs, auf der anderen Seite die beiden Familien Schwarz und Klein. Bereits seit über einer Stunde brütete er über seinem Werk, schien aber auch nicht weiterzukommen.

„Noch mal von vorn!", ließ er so plötzlich verlauten, dass Sascha vor Schreck auf die falsche Taste tippte.

„Klar ist, der Täter hat die Namen der drei anderen aus der Müschberg rausgequetscht. Aber wie zum Henker ist er auf Angelika Müschberg gekommen?“

„Da hast du Recht, das ist die entscheidende Frage“, antwortete Sascha, denn mehr fiel ihm dazu auch nicht ein.

Wieder versank Andreas in großes, minutenlanges Grübeln, wieder platzte er plötzlich heraus: „Es kann nur das verdammte Auto sein!“

„Das finde ich ungünstig, denn das haben wir grad nicht da“, merkte Sascha sarkastisch an.

Davon ließ sich Andreas nicht beirren. „Ich stelle mir das so vor: Die Müschberg hat bis vor ein paar Wochen ihren zerbeulten Mercedes vor der Öffentlichkeit versteckt. Dann denkt sie, es sei genug Zeit vergangen, dass keiner mehr den Wagen mit dem Unfall im November in Verbindung bringt. Sie will den Wagen reparieren lassen und fährt ihn in eine Werkstatt.“

Andreas machte eine Pause und schaute konzentriert auf sein Blatt Papier. „So, nun kommt der Zufall ins Spiel, meinetwegen auch göttliche Fügung oder so was, jedenfalls erwischt Müschberg ausgerechnet die Werkstatt, in der zum Beispiel ein Freund der Familien arbeitet. Dem kommt es komisch vor, dass sie den Schaden nicht über die Versicherung laufen lassen will (sie hat den Unfall natürlich nicht gemeldet), der Mann zählt eins und eins zusammen, findet vielleicht sogar rote Lackspuren am Wagen, und sagt den Schwarzens oder den Kleins Bescheid. Einer von denen holt mit Hilfe einer brennenden Zigarette alles aus der Müschberg raus und schon gehen die Vergeltungsaktionen los.“

Andreas sah zu Sascha hinüber, der einen Schluck Kaffee trank und lobte: „Klingt gar nicht mal so dumm.“

„Ich gebe nie dummes Zeug von mir!“, empörte sich Andreas. „Wir müssen als nächstes herausfinden, ob jemand aus dem Umfeld der beiden Familien Autos repariert… da fällt mir ein, Mutter Schwarz, die Witwe, hat doch gesagt, sie hätte das Geschäft ihres verstorbenen Mannes verpachtet … was, wenn das Geschäft eine Autowerkstatt ist?“

„Das wär dreist. Hat die Frau wirklich gedacht, wir kriegen das nicht raus?“

„Prüf erst mal nach, ob wir mit unserer Idee richtig liegen.“

„Das sollte kein Problem sein“, meinte Sascha und machte sich ans Werk.

Eine Viertelstunde später hatte Sascha eine Werkstatt und einen Namen: Horst Baumann. Er hatte von Ursula Schwarz eine Autowerkstatt gepachtet.

„Na also, passt doch wunderbar“, kommentierte Sascha und legte gleich noch eine eigene Idee vor. „Ich habe mir Folgendes überlegt: was, wenn die Geschwister wirklich nichts mit den Morden zu tun haben, sondern einen Profikiller bzw. -killerin engagiert haben? Wir sollten die Leute ein paar Tage überwachen, vielleicht nehmen sie noch mal Kontakt zu dem Profi auf.“

Andreas runzelte fragend die Stirn. „Profikillerin?“

„Du denkst, das gibt's nicht? Hast du eine Ahnung, wie oft Angelina Jolie äußerst professionell Leute umgebracht hat?“

„Ich bitte dich!“

„Trotzdem, wär doch möglich.“

„Ich weiß nicht, ob wir eine Observation durchkriegen… obwohl es mich ja schon interessieren würde, ob die Schwarzens oder Kleins eine Angelina Jolie angeheuert haben.“

*

Sankt Augustin, Gewerbegebiet
12.00 Uhr

Colin saß mit zwei Kollegen im Pausenraum, der halbwegs klimatisiert war, aß seine Brote, trank Cola und rang mit sich, ob er Cousine Jenny anrufen sollte oder nicht. Das ganze Wochenende hatte er nichts von ihr gehört, hoffentlich war alles in Ordnung mit ihr.

Eine Viertelstunde später hatte er sich entschieden und verzog sich mit dem Handy aufs Klo. Er musste unbedingt Jennys Stimme hören. Er klappte den Deckel herunter, setzte sich und wählte ihre Nummer.

Sie meldete sich mit einem ungehaltenen: „Ja, was willst du?! Ich muss in fünf Minuten zur Vorlesung!“

Traumhaft. Wirklich. „Entschuldige bitte vielmals. Ich wollte nur wissen, ob du noch lebst!“

Kurzes Schweigen. Und auf einmal hatte er eine andere Jenny am Apparat. Die nette. „Sorry, mir geht's nicht so gut, und außerdem waren gestern zwei Polizeibeamte bei mir.“

„Was wollten die?"
„Wissen, wo ich am Mittwoch, Freitag und Sonntag war."
„Die Verbrecher haben sich also endlich bei der Polizei gemeldet?"
„Scheint so."
„Sag mal, Jenny, hast du heute Abend Zeit?"
„Du… ähm… ich… also, ich hab schon was anderes vor."
„Ach ja? Wer ist es diesmal?"
„Nein, das verstehst du falsch!" Jetzt klang sie streng. „Ich treffe mich mit ein paar Freundinnen – wir wollen für die Klausur nächste Woche lernen."

Tolle Ausrede. Colin merkte, wie sein Puls anstieg und sich eine leise Wut in ihm regte. „Ich dachte eigentlich, dass wir in letzter Zeit eine ganz besondere Beziehung hatten!"

Jenny ließ ihr dunkles, sexy Lachen hören, und Colin hatte den Verdacht, dass es nur Ablenkung dafür war, dass sie nicht wusste, was sie darauf sagen sollte. Aber Jenny konnte dann doch noch eine Antwort geben, eine sehr ärmliche allerdings: „Natürlich ist unsere Beziehung was ganz besonderes, aber ich muss jetzt unbedingt los. Ich ruf dich morgen an. Versprochen."

Sie legte einfach auf, und Colin kratzte so lange und so heftig an seinem plötzlich juckenden Unterarm herum, dass die Haut fast anfing zu bluten. Er musste etwas unternehmen!

*

„Ok, das wär geschafft." Andreas war Spezialist im Durchsetzen von Observationen. „Die drei Geschwister der verstorbenen Autoinsassen werden ab sofort überwacht."

„Und was machen wir?", fragte Sascha, der ein Polo-Shirt mit weißen und olivgrünen Blockstreifen trug.

„Wir fahren zur Autowerkstatt."

„Gut, tun wir das."

Kurz darauf waren sie im angewärmten Wagen unterwegs nach Sankt Augustin. Nach einer Weile meldete sich Sascha unerwartet zu Wort.

„Ich zerbreche mir den Kopf, wer die acht Leute sind!"

„Bitte?"

„Erinnerst du dich dunkel an die acht Verbrennungen, die acht Messerstiche, die acht abgetrennten Finger?"

„Nein, ich erinnere mich sehr gut!"

„Gott sei Dank. Vielleicht bedeutet die Zahl, dass sich die acht nächsten Angehörigen der Unfallopfer an den sogenannten Mördern gerächt haben. Aber mir fehlen die siebte und die achte Person."

„Wen hast du denn dazugerechnet?"

Die Ampel, an der sie standen, sprang auf Grün, und Sascha bog nach rechts auf die Bonner Straße ab.

„Na, die drei Elternteile, die zwei Geschwister von Lars, die Schwester von Laura. Macht sechs."

„Wie wär's mit zwei Omas, die fröhlich mit gemordet haben?"

„Ja, mach dich nur lustig. Dann erklär du mir doch mal, was die Acht zu bedeuten hat."

Sascha wollte sich seine schöne Theorie wohl nicht kaputtreden lassen. Andreas hob gerade an, ihm das Thema „Flexibles Denken" zu erläutern, als sein Handy klingelte. Seine Mutter.

„Ja?", meldete er sich mit dezent gereiztem Unterton.

„Entschuldige die Störung. Ich wollte nur Bescheid sagen, dass Ruth und Tochter Irene mich heute Nachmittag besuchen. Kannst du nicht mal ‚rein zufällig' zwischen vier und fünf Uhr reinplatzen und dir die Frau angucken? Du brauchst nicht mal mit ihr zu reden."

„Also weißt du…", fing er beinah empört an, aber auf einmal (er wusste selbst nicht, warum) hörte er sich sagen: „Gut, wenn ich Zeit hab, komm ich mal kurz vorbei."

Er legte auf. Um Himmels willen, das hatte er doch wohl nicht wirklich vor! Nein, vermutlich nicht.

„Deine Mutter?", fragte Sascha.

Andreas nickte. „Ich soll mal nach dem Rasenmäher sehen, da funktioniert was nicht."

„Warum denken Mütter immer, als Mann hätte man ein Gerätereparatur-Gen von der Natur mitbekommen?"

„Weil wir billiger sind als Handwerker."

„Da sagst du was. Weißt du, was mein Vermieter für die letzte Rollladenreparatur hinblättern durfte?"

Sascha beschrieb es in aller Ausführlichkeit, schimpfte auch über Heizungsmonteure und Elektriker und kam übergangslos auf die „Heilige Dreifaltigkeit der Geldscheffler" zu sprechen: Banken, Energieriesen und Pharmakonzerne. Klang fast wie ein Gespräch zwischen Andreas und Udo.

Zwanzig Minuten später kamen sie in Sankt Augustin an der Kreuzung an, in die die Einsteinstraße mündete. Sascha fuhr ausnahmsweise langsam und hielt eifrig Ausschau nach der richtigen KFZ-Werkstatt zwischen all den Betrieben.

Dann hatte er das Schild der Firma gefunden, das in eine kurze, auf einer Seite mit alten Bäumen bestandenen Straße wies, in die er abbog und nach kaum 30 Metern vor der Werkstatt anhielt: ein langgestreckter Flachbau in Grau und Weiß, großer Parkplatz ringsum, mit vielen Autos und Motorrädern. Zwei Männer in dunkelgrünen Overalls eilten durch die Gegend.

Sascha stellte den Wagen auf einem Kundenparkplatz direkt vor dem Gebäude ab. Links gab es ein Büro, rechts konnte man in die Werkstatt sehen, die großen Tore standen weit offen, innen wurde geschraubt und repariert.

Andreas stieg aus und ging auf das Büro zu. Sascha folgte ihm. Im Büro war es kühl. Es gab dort eine Theke, hinter der ein Mann Mitte 50 im dunkelgrünen Kittel saß und telefonierte. Der Mann, graues, kurzes Haar, grauer Schnäuzer, nickte Andreas freundlich lächelnd zu und telefonierte weiter. Aus dem, was er sagte, schloss Andreas, dass es sich um Baumann, den Chef, handelte.

Als er endlich auflegte, stellte Andreas erst Sascha und dann sich selbst vor und teilte Baumann mit, es ginge um eine Zeugenaussage.

„Sie haben die Werkstatt von Frau Schwarz gepachtet?"

„Ja, die arme Frau, die hat echt was mitgemacht."

Mitfühlend war Baumann also auch – hatte er sich vielleicht mit Schwarz zusammengetan?

„Sind Sie mit Frau Schwarz liiert?"

Erst guckte der Mann verblüfft, dann lachte er. „Um Himmels willen, da hätte aber meine Frau was dagegen!"

„Also nicht… arbeitet vielleicht ein Verwandter von Frau Schwarz hier in der Werkstatt?"

Der Chef überlegte nicht lange. „Klar, der Colin, der ist ihr Neffe. Colin Körber."

Na, das war ja wohl ein Treffer ins Schwarze gewesen! Sascha ließ ein zufriedenes Lächeln sehen, aber Andreas zügelte seine Begeisterung.

„Können wir mal kurz mit ihm reden?"

Baumann sah auf die Wanduhr. „Colin hat grad Pause. Ist sicher hinter der Halle und bastelt an seiner alten Karre rum."

„Ist das zufällig ein Mercedes?"

„Ja, warum?"

„Nur so", wich Andreas aus. War der Chef wirklich so ahnungslos, wie er tat?

Andreas verließ zusammen mit Sascha das herrlich klimatisierte Büro, trat hinaus in die feuchte Hitze und beeilte sich, an der Halle vorbei nach hinten in den Schatten zu kommen. Ein Blick in die Werkstatt zeigte mindestens zwei Mechaniker, die an ihren Overalls nicht nur die Ärmel bis nach oben hin umgekrempelt hatten, sondern auch die Hosenbeine bis über die Knie.

Hinter der Halle gab es einen eingezäunten Bereich, in dem zwei Autos und drei Motorräder standen. Das Gittertor war offen. Vor einem feuerroten Alt-Mercedes hockte, mit dem Rücken zu ihnen, ein junger Mann mit stoppelkurzen, braunen Haaren, und polierte mit einem Lappen die Stoßstange.

„Herr Körber?", sprach Andreas ihn an.

Der Mann erhob sich und wandte sich um. Stämmig und athletisch, um die 30, kaum größer als Sascha, die Ärmel des Overalls mit dem Firmenlogo auf dem Rücken so weit nach oben gekrempelt, dass man die ordentlichen Muskeln an den Oberarmen sehen konnte. Noch auffälliger waren allerdings seine Augen: groß, babyblau, mit dichten Wimpern, was seinem Durchschnittsgesicht etwas Kindlich-Unschuldiges verlieh. Ohne den wilden 3-Tage-Bart hätte man ihn auch für einen 16-Jährigen halten können.

„Ja, was gibt's?"

Sascha und Andreas zeigten ihre Ausweise und teilten ihm mit, was sie über den Unfall vom November wussten, und dass sich die Unfallflüchtigen bei der Polizei gemeldet hätten, weil es drei Morde in ihren Reihen gegeben hatte.

„Aha", meinte Körber betont desinteressiert und stützte die Hände in die Taille. „Ich versteh nicht, was das mit mir zu tun hat."

Andreas war beeindruckt – verdammt, konnte der Kerl treuherzig gucken!

„Das erkläre ich Ihnen schon noch, Herr Körber. Wem gehört der rote Mercedes hier?"

„Mir. Hab ich 'nem Freund abgekauft."

„Schöne Farbe... neu lackiert?"

„Ja. Die Karre war vorher weiß. Das is doch nix."

„Kann ich mal die Papiere sehen?"

„Klar. Um was geht es denn eigentlich?"

„Wir suchen nach dem alten Mercedes, der an dem Unfall beteiligt war."

Colin Körber schaute zur Seite und nickte. „Warten Sie hier, ich hole die Papiere."

Andreas schüttelte den Kopf. „Nein, wir kommen mit."

Urplötzlich drehte der Mann sich um, rannte los, sprang mit einem kraftvollen Satz auf die flache Schnauze eines alten, dunkelgelben Mazdas, von dort aufs Autodach, schwang sich dann mutig über den mehr als zwei Meter hohen Zaun und landete – anscheinend ohne sich Füße oder Beine zu brechen – auf der anderen Seite.

*

„Scheiße!", fluchte Sascha, wandte sich um, lief durch das Tor aus dem abgezäunten Bereich und jagte Körber hinterher.

Der war schon fast an der hinteren Ecke der Halle angekommen, jetzt verschwand er nach links zur Straße hin. Sascha legte noch einen Zahn zu, aber als er das laute Röhren einer angelassenen Maschine hörte, war ihm klar, dass er den Kerl an diesem Ort nicht mehr einholen würde.

Im Laufen kramte er die Autoschlüssel aus der Hosentasche, sauste um die Ecke der Halle und sah, wie Körber auf einem schwarzen Motorrad eben das Gelände der Werkstatt verließ.

„Verfluchte Scheiße!", wetterte Sascha, legte einen schnellen Endspurt zum Auto hin, ließ sich auf den Sitz fallen und wartete nicht auf Andreas, der gerade an der anderen Ecke der Halle auftauchte und auf ihn zumarschierte. Nein, keine Zeit, wenn er nicht sofort losfuhr, war Körber über alle Berge.

Mit quietschenden Reifen schoss er auf die Straße, bog in die Einsteinstraße ein und raste auf die Kreuzung zu, die Körber gerade bei Grün überquert hatte. Sascha folgte ihm bei Dunkelrot. Fahrer hupten, Autos bremsten in letzter Sekunde ab, und Sascha kam mit viel Glück heil über die Kreuzung – vor sich den flüchtenden Körber, der natürlich viel zu schnell fuhr und jetzt, fast auf der Seite liegend, durch einen Verkehrskreisel bretterte, sich aufrichtete und weiterraste.

Sascha wusste gar nicht, wo er war, bis er zum nächsten Kreisel kam: Von dort hatte man gute Sicht auf den HUMA-Einkaufspark.

Körber fuhr geradeaus weiter, rechts lag irgendwo die Kinderklinik, links eine Polizeiwache. Sollte sich Sascha nicht allmählich Verstärkung holen? Straßen sperren lassen? Das Problem war, dass er keine Ahnung hatte, wo der Kerl hinwollte… nach Bonn, nach Siegburg, auf die Autobahn nach Köln oder Frankfurt? Von hier aus konnte man überall hinkommen.

Sascha gab vorsichtshalber eine Meldung und eine Beschreibung des Flüchtenden an die Zentrale. Sollten sich halt die Kollegen die Köpfe heiß laufen lassen.

Gerade kam Körber weiter vorne an einer roten Ampel an. Aber er fuhr nicht einfach drauflos, Augen zu und durch, nein, er wurde langsamer, passte auf, stahl sich nach links und rollte im Schritttempo über die grüne Fußgängerampel. Dann gab er wieder Gas Richtung B56.

Mist, hatte Sascha ihn schon verloren? Nein, er hatte schon wieder Glück, die Ampel sprang auf Grün, als er den hintersten von drei Wagen erreichte, die sich gemächlich in Gang setzten und nach links schlichen.

Sascha zog mit aufdröhnendem Motor einfach an ihnen vorbei, scherte wieder in die mittlere Spur ein und sah, wie Körber in gut hundert Metern Entfernung zwischen den Autos hindurch bei Grün über die große Kreuzung an der B56 geradeaus weiterdüste. Sascha musste sich definitiv mächtig beeilen, wenn er an ihm dranbleiben wollte.

Kreuz und quer von einer Spur auf die andere preschend, arbeitete er sich so schnell wie möglich durch den Verkehr auf die Kreuzung zu und schaffte es, sie bei Gelb zu überqueren, unbeschadet und ohne andere Verkehrsteilnehmer zu Tode zu bringen. Er war Körber jetzt sogar ein paar Dutzend Meter näher, er konnte fast das Nummernschild des Motorrads und den Aufdruck auf Körbers dunkelgrünem Overall lesen.

Der Kerl überholte immer wieder Autos, und Sascha machte es ihm nach, sie jagten die relativ breite, übersichtliche und sehr gerade Hennefer Straße entlang, die eigentlich wegen ihrer vielen prachtvollen Bäume den Namen Allee verdient hätte – bis Körber plötzlich nach links abbog, in eine Tempo-30-Zone. Wo wollte er hin?

Auf jeden Fall erwies sich die schmale Seitenstraße als Autobehinderungsparcour erster Sahne: Straßenverkehrsberuhigung durch Riesenbetonpflanzkübel alle fünf Meter, versetzt in beiden Richtungen! Sobald sich zwei Autos begegneten, drohte Verstopfung, während die schwere Maschine von Körber immer eine Lücke zum Durchschlüpfen fand!

Sascha musste mehrmals anhalten und Autos aus der Gegenrichtung passieren lassen, bekam aber immerhin von Weitem mit, dass Körber nach rechts in eine weitere Seitenstraße abbog: Er schien sich hier auszukennen.

Sascha umrundete den ausladenden Betonkübel und fuhr Körber – natürlich mit mehr als Tempo 30! – hinterher.

Die Straße mit lauter zweistöckigen Wohnblocks auf beiden Seiten machte nach ca. 100 Metern einen rechtwinkligen Knick nach links, hinter dem Körber eben verschwunden war. Sascha beeilte sich, bog auch nach links ab und kam Körber noch ein bisschen näher, denn wegen der vielen Kurven konnte auch Körber nicht so schnell fahren, wie er wollte.

Und schon bog er nach rechts in die nächste Seitenstraße ein. Sascha hinterher, an vielen parkenden Autos und einem Sackgassenschild vorbei, das ihn irritierte. Was wollte Körber in einer Sackgasse?

Dann sah er es, und er hätte sich in den Hintern beißen können: Die Straße endete etwa 30 Meter weiter an zwei knapp ein Meter hohen, rot und weiß gestrichenen Vierkant-Metallpfosten! Körbers Motorrad passte problemlos zwischen den zwei Pfosten hindurch, für Saschas Auto war hier Schluss.

Einen Moment lang dachte er daran, das Gaspedal durchzutreten und zu versuchen, einen der Pfosten einfach umzunieten! Aber vermutlich war der Wagen anschließend derart demoliert, dass er nicht mehr weiterfahren konnte.

Also bremste Sascha ab und gab sich Mühe, sich nicht zu ärgern. Körber hatte hier einfach die besseren Ortskenntnisse. Sascha informierte die Zentrale, dass er den Flüchtenden verloren hatte, und dass spätestens jetzt eine Fahndung eingeleitet werden müsse.

Dann ärgerte er sich doch noch ein bisschen und fuhr, vor sich hin schimpfend, den Weg, den er gekommen war, wieder zurück, um Andreas an der Werkstatt abzuholen.

*

Als Sascha vorhin davon geprescht war, hatte Andreas insgeheim nichts dagegen einzuwenden gehabt – Verfolgungsjagden waren nichts für seine Nerven. Das überließ er den jungen Heißspornen.

Apropos heiß, warum sollte er nicht im gekühlten Büro des Chefs auf Sascha warten? Baumann bot ihm sogar einen Kaffee an und versuchte aus Andreas herauszukitzeln, was Colin Körber eigentlich ausgefressen hatte.

Andreas speiste ihn mit ein paar spärlichen Infos ab – unter anderem, dass der Mercedes von Körber möglicherweise an einem schweren Unfall beteiligt gewesen war – drehte unmerklich den Spieß um und fragte nun seinerseits den Chef aus. Allerdings wusste der kaum etwas über Körber (außer seiner Adresse), das Andreas weiterhalf.

„Können Sie mir denn sagen, seit wann Colin den Mercedes hat?"

Baumann kratzte sich in seinen grauen, kurzen Haaren, überlegte und meinte: „Ich schätze mal, das ist noch keine zwei Wochen her, seit er damit hier ankam."

„Haben Sie die Farbe des Autos vor dem Neulackieren gesehen?"

„Das war dieses typische Beige, aus den Achtzigern oder Neunzigern. Die Stoßstange war im Eimer und die Motorhaube ein bisschen eingedrückt, mehr nicht. Die Wagen damals waren unheimlich stabil."

„Da sagen Sie was. Ich bin jahrelang Opel gefahren, der war kaum kaputt zu kriegen."

Es folgte ein Gespräch über Autos von damals, und Andreas kam sich zwischenzeitlich sehr alt vor.

Gute zwanzig Minuten später kehrte ein sehr schlecht gelaunter Sascha zurück, der auf der Heimfahrt ins Präsidium ausführlich und immer wieder fluchend von seiner missglückten Verfolgung berichtete. Mitten in diese hochdramatischen Schilderungen platzte die Erinnerung an Mutters Anruf in Andreas' Verstand. Er schaute auf seine Uhr: 16.20 Uhr. Sollte er Irene begutachten? Sollte er den Namen aus seinem Gehirn streichen? Oder sollte er seine Mutter erschießen?

Er hörte Sascha kaum mehr zu, sondern beschäftigte sich mit seinem eigenen gedanklichen Zwiespalt bis der große Kreisel vor dem Präsidium auftauchte. Da entschied er sich plötzlich und für ihn selbst überraschend: „Kannst du mich bitte zu Hause absetzen? Ich hab irgendwo meine Brieftasche liegen lassen." Schnell fügte er hinzu: „Du brauchst nicht zu warten, ich komme zu Fuß zurück ins Büro."

Sascha nickte nur, in Gedanken wohl immer noch hinter Körber her, und ließ Andreas vor dem Haus in der Kalkuhlstraße aussteigen.

Andreas eilte in den Schatten eines Buschs und sah an sich herab: helle, dünne Hose, schwarze Slipper, schwarzes Polo-Hemd. Doch, das war ok. Fingernägel sauber? Einmal mit beiden Händen nach hinten durch die Haare, ein unverbindliches Lächeln aufgesetzt, rein ins Haus, mit der Jacke über dem Arm, in deren einer Tasche seine Waffe steckte.

Vor der Wohnungstür seiner Mutter zögerte er dann doch, war das nicht alles unendlich peinlich? Ja, aber gucken konnte man doch mal. Also unerschrocken in die Offensive gehen!

Er klingelte. Seine Mutter war in Rekordzeit an der Wohnungstür, riss sie auf und strahlte ihn an.

„Wie schön, dass du mal kurz vorbeischaust", begrüßte sie ihn extra lautstark, packte ihn am Arm und zog ihn in die Wohnung – als habe sie Angst, er könne sich in letzter Sekunde doch noch aus dem Staub machen. „Komm rein."

Aus dem Wohnzimmer, wo die Damen vermutlich saßen, war nur Stille zu hören. Allgemeine Anspannung also. Große Erwartungen. Ob Irene auch ein Foto von ihm gesehen hatte? Egal jetzt – Angriff auf ganzer Linie!

Andreas marschierte männlich-forsch ins Wohnzimmer, wo die beiden Frauen am Kaffeetisch saßen und ihm freundlich lächelnd entgegen schauten: Ruth, die Mutter, mit weißer Dauerwellenfrisur, Irene, die Tochter, mit etwas moderner gestaltetem, fransigem Blondhaar. Sie war im Gesicht eine Spur molliger als auf dem Foto und trug eine Brille mit dünnem, blauem Rahmen, die beinahe aussah wie seine eigene.

Andreas gab zuerst der Mutter und dann der Tochter die Hand und stellte sich vor. Irenes Hand hielt er ein wenig länger fest und meinte: „So, Sie sind also die Frau, die unsere Mütter mit mir verkuppeln wollen?"

Vermutlich blieb allen vorübergehend das Herz stehen. Aber Irene lächelte weiter und antwortete mit klarer, nicht sehr lauter Stimme: „Ja, das ist peinlich, und ich finde, wir sollten das unter vier Augen klären."

„Prima Idee", lobte Andreas. „Gehen wir doch nach oben."

„Gerne." Irene stand auf, während den Müttern fast die Kinnladen herunterfielen.

Andreas öffnete, ganz Gentleman der alten Schule, sämtliche Türen und ließ Irene die Treppe vor sich hinaufgehen. Wobei er sich fragte, ob das korrekt war, hatte er doch so unfreiwillig einen guten Ausblick auf ihren in einen kurzen, schwarzen Rock verpackten Hintern, der nicht unappetitlich aussah.

Andreas′ Dachwohnung war wegen der Hitze verdunkelt, alle Rollladen und Jalousien heruntergelassen. Hoffentlich verstand Irene das nicht falsch. Verdammt noch mal, es sollte ihn überhaupt nicht interessieren, was sie über ihn dachte!

Andreas schaltete eine Stehlampe ein, und Irene schaute sich um. „Gemütlich haben Sie's hier. Für einen Mann."

Nein, darauf würde er nicht anspringen! „Wie sind Sie denn eingerichtet?"

„Ach, üblicher Lehrerinnen-Stil: Holz, ein paar antike Stücke dazwischen, Bücherwände, Grünpflanzen, zwei Katzen." Sie hatte sich noch nicht hingesetzt. Jetzt verschränkte sie die Arme über ihrer karierten Bluse. „Wissen Sie, auf der einen Seite hab ich überhaupt keine Lust auf Beziehung. So was wird schnell kompliziert und anstrengend und nimmt mir mehr Kraft als es mir gibt, verstehen Sie?"

„Vollkommen. Wem sagen Sie das. Aber warum sind Sie dann hier?"

„Neugier. Und Sie?"

„Ebenso. Und was machen wir jetzt damit?"

Irene lächelte gequält. „Sind Sie immer so direkt und offen?"

„Nein, eigentlich erst nach längerem Leiden."

„Also ich habe auch keine Lust mehr auf Leiden."

„Denken Sie, ich?"

Sie standen sich in Andreas' Wohnzimmer immer noch gegenüber, Irene mit verschränkten Armen; Andreas wusste kaum, wohin mit den Händen, also steckte er sie in die Hosentaschen. Anscheinend hatte er heute tatsächlich einen extrem ehrlichen Tag.

„Ich will nicht drum herum reden, Irene, ich finde Sie attraktiv und sympathisch, aber ich suche, wenn überhaupt, jemanden für ab und zu, nichts Festes, nichts Verpflichtendes, ich will keine Vorwürfe und keine Szenen." Noch guckte sie interessiert, also fuhr er fort: „Aber sogar das hat seine Gefahren. Man gewöhnt sich aneinander, der eine verliebt sich vielleicht, der andere nicht, und schon ist das Theater da! Also ich weiß nicht... haben Sie eine Idee, wie wir das angehen könnten?"

„Ich würde mich gern mal einen Moment setzen, ich hab schon ganz weiche Knie."

Wie war das jetzt gemeint? „Entschuldigung, hier, nehmen Sie den Sessel. Möchten Sie was trinken?"

„Haben Sie Mineralwasser?"

„Natürlich, das ist mein Lieblingsgetränk. Moment." Andreas eilte in die Küche. Verflixt, nun saß die Frau schon in seinem Wohnzimmer! Wie konnte das passieren? Blödmann, du hast sie mit raufgenommen! War das der verzweifelte, aber stets vergebliche Kampf gegen die Hormone?

Mit zwei Gläsern und einer Flasche Wasser begab er sich angestrengt lächelnd zurück zu Irene und setzte sich ihr gegenüber aufs Sofa. Er schenkte ihr und sich ein und fühlte sich immer unwohler. Wie wurde er sie am schnellsten los, damit er in Ruhe und nicht unter Druck über die Sache nachdenken konnte? Indem er sie zwang, endlich Stellung zu beziehen!

„Also Irene, nun sagen Sie doch mal: Welche Erwartungen haben Sie denn?"

Sie guckte ihn eine Weile ratlos mit ihren Rehaugen an, griff mit ihrer schlanken, gepflegten Hand zum Wasserglas, trank, hielt das Glas dann mit beiden Händen fest und lehnte sich im Sessel zurück.

„Eigentlich suche ich jemanden, der ab und zu mit mir in die Oper geht, ins Theater, auf Ausstellungen und ähnliches."

Ach Gott, die alte Leier, das sagten sie anfangs alle! „Gibt es für solche Gelegenheiten nicht inzwischen Begleitagenturen?", fragte Andreas freundlich.

Irene schlug die nicht schlanken, aber recht gut geformten Beine übereinander und wippte verräterisch mit dem rechten Fuß, der in einem Schuh mit vielen schwarzen Riemchen steckte.

„Das heißt also, an Oper, Theater usw. haben Sie gar kein Interesse?"

Schön, eine ihrer Illusionen hatte er gerade abgeschossen. „Genau, ich bin nicht so der kulturelle Typ. Außerdem ist mein Beruf unberechenbar. Morde und Leichenfunde passieren eher selten zwischen 9 und 17 Uhr."

Irenes Lächeln war schon länger verblasst, es wirkte jetzt kaum mehr als höflich. „Mit anderen Worten: Sie sind mit Ihrer Arbeit verheiratet, und ich soll die Geliebte im Hintergrund spielen, die sich immer an alles anzupassen hat?“

Andreas versuchte den nächsten Satz so charmant wie möglich zu verkaufen. „Was anderes kann ich Ihnen im Moment nicht anbieten.“

Mit zwei langen Schlucken trank sie das Glas leer, erklärte leicht unterkühlt: „So nötig hab ich's nun auch nicht“, stand auf, verabschiedete sich mit einem „Bis dann mal!“ und eilte aus der Wohnung.

Andreas fühlte sich irgendwie bestätigt und verspürte eine gewisse Erleichterung.

*

Bonn-Venusberg
17.20 Uhr

Allegra lag in ihrem komfortablen Einzelzimmer und döste vor sich hin.

Diese Schmerzmittel machten sie so schläfrig… aber gut, Schmerzen wollte sie natürlich auch nicht haben. Und die Medikamente dämpften auch den Schock darüber, dass sie beinah ermordet worden wäre. Wer wusste schon genau, was die Ärzte ihr alles gaben: Sie bekam nicht nur eine Infusion, sondern auch jede Menge Tabletten.

Hoffentlich schluckte ihre Mutter auch was zur Beruhigung, die war so was von fertig mit den Nerven gewesen. So hatte sie sie noch nie heulen sehen.

Die Tür ging auf und herein kam Ricardo, der sie gerettet hatte, dieser schöne Mann mit den schwarzen Augen, die sie mit großer Sorge musterten.

„Wie geht's dir, mein Schatz?“

„Ach, das wird schon wieder“, munterte sie ihn und sich auf. „Und was macht Mama?“

„Ich hab vorhin mit ihr telefoniert, sie kommt heute Abend noch mal vorbei.“

„Gut, dann kann ich – “

Wieder öffnete sich die Tür und eine junge, blonde, immer ernste Schwester mit russischem Akzent brachte ihr das Abendessen und ein

Plastikbecherchen mit mehreren Tabletten.

Allegra ließ sich das Kopfteil des Bettes noch grader stellen und nahm den Deckel vom Teller. „Was gibt's denn heute Schönes? Ach, wie originell – Brot, Wurst und Käse."

„Wenn du Lust auf was anderes hast, hole ich es dir", bot Ricardo sofort an.

Die Schwester warf ihm einen unfreundlichen Blick zu und machte, dass sie aus dem Zimmer kam.

„Ok, ich esse ein Käsebrot, und dann kannst du mir ein Eis holen, das mit der vielen Schokolade."

Ricardo nickte und Allegra versuchte, das Döschen mit der Butter aufzumachen, aber ihre Feinmotorik war anscheinend genauso lahmgelegt wie ihr restlicher Körper. Mehrmals riss sie an der Folie, dann sprang ihr das Döschen aus den Händen und auf den Boden. Als sie Anstalten machte, ihre Beine aus dem Bett zu schwingen, um es aufzuheben, war drei Sekunden später Ricardo zur Stelle und half ihr.

„Bleibst du wohl liegen!", schimpfte er. „Und jetzt nimmst du deine Tabletten, damit es dir ganz schnell wieder besser geht!"

Er nahm das Becherchen, reichte ihr eine Tablette nach der anderen an, und sie schluckte sie alle. Dann aß sie ihr Käsebrot und trank tapfer den abscheulichen Kamillentee, den man ihr aufs Tablett gestellt hatte (und der wohl, wie auch immer, zur Heilung des Großen, Ganzen nötig war!).

Anschließend schickte sie Ricardo aus dem Zimmer, damit er das Eis mit Schokolade auftrieb. Während er fort war, wurde sie zunehmend müde. Irgendwie verlor sie das Zeitgefühl, irgendwann kam Ricardo zurück, aber da mochte sie das Eis nicht mehr, ihr war übel.

Er nahm das Eis mit ins Schwesternzimmer und sagte dort Bescheid, dass es Allegra nicht gut ging. Kurz darauf eilte eine andere Schwester ins Zimmer, hinter ihr Ricardo, aber der wurde wieder nach draußen geschickt.

Und auf einmal begann alles vor Allegras Augen zu verschwimmen, ihr wurde furchtbar kalt, sie bekam immer schlechter Luft. Es fühlte sich an, als schwelle ihr der Hals zu. Ein Arzt tauchte auf. Auch sein Gesicht verschwamm, dann wurde ihr schwarz vor Augen.

Kapitel 10

Waldgebiet bei Bonn
Mittwoch, 15. September, nachts gegen 3 oder 4 Uhr

Nachdem Colin den Polizeitypen abgehängt hatte, war er automatisch Richtung „Zuhause" gerast, Richtung Birlinghoven, bis ihm plötzlich klar wurde, wie bescheuert das war.

Also war er weitergefahren, durch Birlinghoven und Dambroich hindurch, hinauf nach Oberpleis, um von da auf die A3 zu kommen. Aber das war ihm plötzlich auch ziemlich blöd erschienen. Die Polizei fahndete doch sicher längst nach ihm – und wie leicht war so einer wie er im dunkelgrünen Overall und ohne Helm auf einer schweren Maschine zu erkennen!

Er war noch ein Stück weiter gefahren, hatte Ittenbach durchquert und dann einen günstigen Moment abgewartet, als auf der Landstraße kein Auto zu sehen gewesen war, und hatte das Motorrad, das ihm nicht einmal gehörte, nach rechts in den Wald gelenkt. Das Fahrzeug war über den unebenen Untergrund unter die Bäume gehüpft und geschlingert, und Colin war noch langsamer gefahren, damit er nicht von irgendwelchen Ästen vom Sitz gefegt wurde.

Schließlich hatte er in einem besonders dichten Gebüsch angehalten und sich auf den warmen Boden gesetzt. Scheiße, hatte er gedacht, was sollte er jetzt tun? Kein Geld, keine Papiere, kein Handy, kein Wasser, keine Freunde und Verwandten, die er um Hilfe bitten konnte, denn die wurden garantiert alle überwacht!

Wirklich alle? Colin hatte sich das Hirn zermartert, um auf einen Namen zu kommen, mit dem ihn die Polizei vielleicht doch nicht in Zusammenhang brachte… irgendeine Ex-Freundin vielleicht, zu der er lange keinen Kontakt mehr gehabt hatte? Die möglichst in der Nähe wohnte?

Colin hatte sich nach hinten sinken lassen und war irgendwann eingeschlafen.

Als er aufwachte, war es dunkel und kalt. Er brauchte ein paar Sekunden, um sich zu erinnern, wo er war, und warum er hier war. Wie spät mochte es sein? Seine Armbanduhr lag, wie alles andere, im Spind in der

Werkstatt. Und wie war noch der Plan gewesen, den er sich ausgedacht hatte? Mist, er hatte so einen Hunger! Mit beiden Händen durchsuchte er sämtliche Taschen an seinem Overall und fand in einer einen Schokoriegel.

Während er aß, fiel ihm auch wieder ein, was er vorgehabt hatte: eine Ex-Freundin aufsuchen, die in Rhöndorf wohnte, am Berg, mit toller Aussicht über den Rhein. Wie er sie dazu überreden würde, ihn mit Geld und Handy auszustatten, darüber konnte er nachdenken, sobald er heil in Rhöndorf angekommen war!

Colin bestieg die Maschine, startete sie, schaltete das Licht ein, und ein heller Lichtkegel beleuchtete dicht belaubte Büsche und kräftige Baustämme. Colins Blick ging zum Tankanzeiger. Na klar – kaum noch Benzin! Bis Rhöndorf könnte es reichen. Vielleicht aber auch nicht.

Er sollte den kürzesten Weg mit dem geringsten Verbrauch nehmen: Er war kurz hinter Ittenbach, also das Motorrad die lange Mühlens-Straße hinunterrollen lassen und dann in Königswinter auf die Schnellstraße wechseln.

Aber zuerst musste er aus dem verdammten Wald zurück auf die Straße finden, denn das wäre ein Witz: Colin Körber verirrt sich auf der Flucht im Wald!

Um Benzin zu sparen stieg er wieder ab, schob die Maschine über den rumpligen Boden hoffentlich ungefähr in die Richtung, aus der er gestern gekommen war. Und dann sah er endlich die Straße. Keine Sau war mehr unterwegs, es musste schon sehr spät sein.

Die Straße führte in großzügigen Kurven durch den Wald hinunter nach Königswinter, und weiter vorne war auch schon die Auffahrt auf die B42 in Richtung Bad Honnef. Plötzlich, wie aus dem Nichts, strahlten zwei Autoscheinwerfer hinter ihm auf. Und ein blaues Licht auf dem Autodach!

Scheiße, die Bullen! Sein Hirn überlegte blitzschnell: Welche Richtung? Bad Honnef oder Bonn? Sie würden ihn schnappen, sobald die Schnellstraße hinter Bad Honnef zu Ende war! In der anderen Richtung hatte er deutlich mehr Chancen! Falls das Benzin reichte, fiel ihm plötzlich ein. Egal, er dachte nicht weiter nach, sondern nahm die Auffahrt Richtung Bonn. Er raste mit knapp über 100 km/h, was ohne Helm verdammt unangenehm war. Seltsamerweise hielt der Streifenwagen hinter ihm einen konstanten Abstand ein.

Colin hatte die Tunnel in Dollendorf erreicht und überlegte eben, ob er nicht besser gleich nach Sankt Augustin fuhr, wo er sich auskannte und den Sackgassen-Trick ein zweites Mal anwenden konnte – als mit einem Mal weiter vorne zwei Wagen mit Blaulicht aus einer Auffahrt schossen. Sie fuhren in die falsche Richtung, nämlich auf Colin zu. Beide nebeneinander. Sie kamen schnell näher. Der dritte Streifenwagen war noch hinter ihm.

Jetzt hatten sie ihn aber in der Zange! Sollte er sich stellen? Oder versuchen, zwischen den beiden Autos durch zu preschen? Oder seitlich vorbeiziehen? Ein guter Fahrer in voller Montur hätte das vielleicht riskiert… aber Colin hatte Bilder von zertrümmerten Schädeln und amputierten Beinen im Kopf, und wofür das alles? Er hatte doch ein einwandfreies Alibi!

Er bremste die Maschine ab, blinkte, fuhr rechts an die Tunnelwand und hielt an. Sofort stellten sich die drei Streifenwagen im Halbkreis um ihn herum auf, vier Polizisten sprangen mit gezogenen Pistolen aus den Autos und kamen auf Colin zu.

Verflucht – sah er etwa aus wie ein schwerbewaffneter Verbrecher? Vorsichtshalber hob er die Hände und ließ sich widerstandslos festnehmen.

*

Venusberg

Allegra tauchte aus der Schwärze auf, als sie das Gefühl hatte, ihr werde etwas in den Hals gestochen. Von innen. Leichter Schmerz. Irgendwie Hektik um sie her.

Menschen taten etwas, Menschen riefen sich etwas zu, sie verstand nichts, alles im Halbdunkel, im Nebel, in der Unwirklichkeit.

Ihr Körper war auch irgendwie nicht mehr da… doch, jetzt, ein starker Druck auf ihrer Brust… dann fiel sie zurück in die Dunkelheit.

*

Bonn, Polizeipräsidium
6.45 Uhr

In der Nacht war Andreas von der Verhaftung Colin Körbers unterrichtet worden. Er war noch einmal eingeschlafen und hatte in Ruhe gefrühstückt. Jetzt saß er an seinem Schreibtisch und wartete auf Sascha, der sich um kurz nach sieben endlich blicken ließ.

„Morgen", begrüßte ihn Andreas. „Hat dich dein kleiner Gabriel wieder auf Trab gehalten?"

Sascha zog sein Jäckchen aus und machte sich ans Kaffekochen. „Nein, ich hab die ganze Nacht über unseren Fall nachgegrübelt!", antwortete er grantig. „Wo ist der Kerl?"

„Gleich hier."

Zehn Minuten später saß auch Körber am Schreibtisch, mit Stoppelhaar und Stoppelbart, mit roten, müden Augen, immer noch im dunkelgrünen Overall.

Sascha stand seitlich von ihm, stützte die Hände auf die Tischplatte und fuhr Körber mit aller ihm zur Verfügung stehenden Aggressivität an: „So, ich bin gespannt, welches Märchen Sie jetzt zum Besten geben wollen! Also, warum sind Sie gestern abgehauen?"

Körber wirkte überraschend gefasst. „Kann ich bitte auch einen Kaffee haben? Dann erzähle ich Ihnen alles."

Sascha hätte sicher Nein gesagt, aber Andreas stellte dem Mann persönlich eine Tasse vor die Nase. „Na, dann los."

Körber trank erst ein paar Schlucke. „Vor etwa zwei Wochen taucht eine ältere Dame mit dem Taxi bei uns vor der Werkstatt auf, spricht mich an und fragt, ob ich der Chef bin. Ich sage Nein, und sie fragt, ob ich mir was dazuverdienen will." Körber trank wieder Kaffee, guckte harmlos und fuhr fort: „Klar, wollte ich. Sie hat mir ihre Adresse gegeben und ich bin gleich am nächsten Tag zu ihr hin. Sie hat mir dann was von einem Unfall erzählt, von dem keiner was wissen soll. Ich sollte den Wagen heimlich wieder herrichten, und dann könnte ich ihn für 1000,- Euro haben und dann teuer weiterverkaufen, oder behalten oder was auch immer. Ich hab natürlich wegen der Papiere gefragt, und sie hat behauptet, sie hätte Beziehungen und könnte falsche Papiere besorgen." Jetzt machte er ein bedauerndes Gesicht. „Ich hab mir den Wagen angesehen und mich halt drauf eingelassen. Aber die Papiere hab ich immer noch nicht, deshalb bin ich gestern abgehauen. Ich dachte, da ist ganz schwer was faul."

Sascha richtete sich auf, verschränkte die Arme und lächelte ein wenig mitleidig. „Das ist ja wohl der größte Mist, den ich seit Langem gehört hab!"

„Was mich interessiert", mischte sich Andreas ein, „Sie hatten also nicht die geringste Ahnung, dass Sie den Unfallwagen vor sich haben, durch den Ihre Cousine Laura starb?"

„Was? Nein, das wusste ich nicht!"

Andreas verkniff sich eine Bemerkung – natürlich konnte er dem Kerl nicht das Gegenteil beweisen. Noch nicht. „Schön, dann reden wir über was anderes: Wo waren Sie letzte Woche Sonntag am späteren Abend?"

Körber griff nach seiner Kaffeetasse, nippte ein paar Mal daran und schien zu überlegen. „Warum?"

„Ach, kommen Sie! Halten Sie uns doch nicht für blöd!", verlangte Sascha. „Das war der Abend, an dem die Besitzerin des Wagens ermordet wurde!"

Immerhin gab Körber nicht vor, von Müschbergs Ermordung nichts gehört zu haben. Er schaute aus dem Fenster. „Sonntagabend? Ach ja, ich hab mir Tante Ulla geschnappt, um sie ein bisschen aufzumuntern und hab sie nach Siegburg ins Kino geschleppt, da war's schön kühl und schön leer, weil ja anscheinend das ganze Volk auf Pützchen war."

Andreas schaute Sascha an, der fragend zurückguckte. Das bekam auch Körber mit und erklärte: „Tante Ulla ist Ursula Schwarz, die Mutter von Laura, die bei dem Unfall getötet worden ist, jetzt kapiert? Ich kümmere mich öfter mal um sie, damit sie nicht vor die Hunde geht! Jenny und ich wechseln uns ab."

Andreas' Laune verschlechterte sich. Was, wenn das stimmte? Körber klang ziemlich überzeugend.

„Kann jemand bezeugen, dass Sie mit Ihrer Tante im Kino waren?"

„Keine Ahnung."

„Schön, wir werden da mal nachhaken", versicherte ihm Andreas. „Und am Mittwoch drauf, was haben Sie da gemacht?"

„War das der 8. September? Da hatte ich mir freigenommen, genau, das war nämlich der Mittwoch, an dem eigentlich Jenny dran war, aber Jenny hatte irgend so einen wichtigen Uni-Termin, also hab ich mit

Tante Ulla ein paar Sachen erledigt; die kriegt alleine kaum was auf die Reihe, wegen der starken Medikamente."

Er überlegte weiter. „Wir waren auf der Post, Briefmarken kaufen, dann haben wir im HUMA Großeinkauf gemacht, das Zeug nach Hause gebracht… Ach ja, und dann wollte sie mal wieder nach Bonn rein, sie war da so lange nicht mehr. Sie hat mich zum Essen ins Steakhaus eingeladen, genau, und so um zwei waren wir noch in einem Eiscafé am Markt. Gegen halb vier hab ich sie zu Hause abgesetzt."

„Kann das jemand außer Ihrer Tante bezeugen?"

„Glaub ich eher nicht", antwortete Körber zögernd, doch plötzlich schien ihm etwas einzufallen. Er sah Andreas offen in die Augen und führte eifrig aus: „In der Eisdiele ist was Blödes passiert. Wir wollen gerade gehen, als Tante Ulla aufsteht und sich ihre Handtasche über die Schulter wirft. Genau gegen das Tablett, mit dem der Kellner hinter ihr gerade ankommt, Kaffee, Eis, das ganze Zeug fliegt auf den Boden. Das weiß der Kellner garantiert noch!"

„Wir werden auch das überprüfen."

„Tun Sie das, Herr Kommissar. Sie fragen mich doch genau nach den Tagen, wo die Leute ermordet worden sind, stimmt's? Das ist echt pervers!"

„Wieso?"

„Als ob ich jemanden umbringen würde!" Körber schüttelte den Kopf, als könne er es nicht glauben.

Andreas hatte allmählich genug von dem Theater. „Sagen Sie mal, rauchen Sie?"

„Ja, ab und zu, wieso?"

„Wo waren Sie am Freitagabend?"

Körber lächelte. „Niklas, Cora, Jenny und ich treffen uns jeden 1. Freitag im Monat zum Spieleabend , so auch letzten Freitag." Das kam wie auf Knopfdruck, wie gut vorbereitet.

„Aha. Und letzten Sonntagnachmittag?"

„Da war ich bei Tante Ulla. Wir haben ihren Geburtstag nachgefeiert. Jenny war auch da." Nun lächelte Körber ein wenig selbstgefällig.

Andreas reagierte gereizt: „Wir können Sie nach Ihrer Vorstellung von gestern natürlich nicht einfach nach Hause gehen lassen! Außerdem müssen wir Ihre Angaben überprüfen. So lange bleiben Sie auf jeden Fall in Gewahrsam."

Körber tat komplett verständnisvoll und wurde abgeführt. Sascha hingegen stand fast der Schaum vorm Mund.

„Ist dir klar, was die machen?", zeterte er und lief auf und ab. „Die ganze Bande gibt sich gegenseitig Alibis! Die stecken alle unter einer Decke! Da kommen wir niemals ran!"

Andreas versuchte ihn zu beruhigen. „Na hör mal, haben wir nicht schon ganz andere Fälle gelöst? So was spornt mich an."

Sascha blieb stehen. „Du hast Recht. Wir werden den Typ so lange weichkochen, bis er uns anfleht, die Wahrheit sagen zu dürfen!"

„Ok, die Formulierung lasse ich ausnahmsweise mal so durchgehen." Andreas holte ein paar Blätter Papier aus dem Schreibtisch. „Setz dich, und dann arbeiten wir uns gründlich durch alle Alibis der Familien Schwarz und Klein durch. Wär doch gelacht, wenn wir keinen Schönheitsfehler finden!"

Aber kaum hatten sie angefangen, mussten sie schon wieder aufhören: Der Venusberg rief.

*

Sascha war immer noch nicht gut gelaunt. Gabriel, „der kleine Terrorist", wie ihn sein Vater auch liebevoll nannte, bekam Zähne oder so was, und ließ jeden daran teilhaben! Durchschlafen war jedenfalls nicht sein Fachgebiet!

Sascha trat aufs Gaspedal und fuhr über eine Autobahn, die allmählich immer voller wurde. Aber mehr als darüber ärgerte er sich wohl doch über Körber, der ihn angeschmiert hatte wie einen blutigen Anfänger! Andreas ließ ihn netterweise in Ruhe. Er hatte ihn noch nicht einmal genau informiert, was eigentlich auf dem Venusberg los war... irgendwas mit Allegra Dreesbach.

Die Sonne kam auch schon über die Häuser gekrochen, es würde wieder heiß werden heute. Sascha machte das nichts aus, aber Andreas würde sich zehnmal pro Stunde beschweren. In Gedanken versunken raste er den Venusberg hoch: Es kam ihm komisch vor, dass seine Stalkerin Rosamaria de Santos gar nichts mehr von sich hören ließ. Hatte sie verstanden? Hatte sie aufgegeben? Aus einschlägigen Internetforen wusste er, dass Stalker für gewöhnlich weder irgendeine Einsicht hatten, noch jemals aufgaben. Was also war los?

Die Klinikeinfahrt tauchte auf. Um zur Orthopädischen Unfallchirurgie zu kommen, musste man gleich links abbiegen, in ein Gebiet, in dem viele neue Klinikgebäude standen. Und es wurde fleißig weitergebaut.

„Was ist eigentlich passiert?", fragte Sascha endlich, als sie den Aufzug nach oben nahmen.

„Angeblich ein zweiter Mordanschlag auf Allegra Dreesbach", antwortete Andreas. „Theoretisch könnte es sogar unser Colin Körber gewesen sein. Für gestern Abend hat der garantiert kein Alibi!"

„Aber unser Kollege saß doch vor Allegras Tür, was sagt der denn?"

„Fragen wir ihn."

Sie stiegen aus dem Aufzug, und mittlerweile hielten schon *zwei* uniformierte Kollegen vor Dreesbachs Zimmer Wache. Der Mann, der am Vorabend Dienst gehabt hatte, war auch anwesend: Ein junger Mann unter Dreißig mit krausen, braunen Haaren und schuldbewusstem Blick.

„Wie geht es Frau Dreesbach?", wollte Andreas wissen.

„Sie lebt noch", informierte ihn der andere Kollege, der um die Vierzig, klein und etwas mollig war.

„Was ist denn überhaupt passiert?"

„Jemand muss ihr gestern eine Penizillintablette in ihr Pillenbecherchen geschmuggelt haben, und darauf reagiert sie wohl schwer allergisch. Sie hat sie geschluckt und sofort einen Schock gekriegt."

Andreas wandte sich an den Kraushaarigen. „Ab wann saßen Sie hier vor der Tür?"

„Gestern hatte ich Spätschicht, von 14.00 bis zwei Uhr nachts. Kurz nach sechs am Abend ist das ja schon passiert."

„Und warum wurden wir erst heute Morgen informiert?" Andreas stemmte die Hände in die Hüften, als wolle er Frischluft unter seine Achseln lassen. Es war wirklich heiß hier oben im Klinikflur.

„Weil ihr Zustand zuerst nicht mit einem Mordanschlag in Verbindung gebracht wurde", erklärte der Polizist mit den krausen, braunen Haaren.

„Ist die Dreesbach im Zimmer?"

„Nee, die ist noch unten auf der Intensiv."

„Und warum bewachen Sie zu zweit ein leeres Zimmer?"

„Wegen eventueller Spuren. Außerdem wollte ich gerade wieder runtergehen!", erklärte der junge Kollege mit beleidigtem Unterton.

„Sie bleiben jetzt mal hier, für alle Fälle. Und Sie", Andreas wies auf den Kleinen, Dicken, „kommen mit uns."

In die Intensivstation konnte man nicht einfach so hineinspazieren, vorher musste man eine verschlossene Tür und eine ebenso verschlossene Schwester passieren.

Im Gang hinter der Tür trafen sie auf eine sehr junge, nette Ärztin mit schulterlangem, dunkelrotem Haar, die ihnen ausführlich darlegte, dass Allegra Dreesbachs Penizillin-Allergie in den Unterlagen verzeichnet sei, dass sie in den letzten Tagen per Tropf mit einem anderen Antibiotikum versorgt worden sei, und dass es daher so gut wie ausgeschlossen sei, dass eine Schwester Frau Dreesbach die Penizillintablette versehentlich ins Becherchen gelegt habe.

„Wann ungefähr hat Frau Dreesbach die Tablette geschluckt?", fragte Andreas.

„Vermutlich etwa eine halbe Stunde, bevor sie in den kritischen Zustand kam."

„Also sagen wir mal großzügig zwischen fünf und sechs Uhr." Er wandte sich an den Kraushaarigen. „Wer war um die Uhrzeit in Dreesbachs Zimmer? Sie haben sich doch wohl hoffentlich alles notiert."

Der Mann nickte und reichte Andreas eine Liste, der einen Blick darauf warf. „Na, da war ja ganz schön was los gestern." Er fuhr mit dem Finger die Namen entlang. „Ok, lassen wir die Ärzte und Schwestern mal weg, auch die Mutter und Ricardo, bleiben drei Kommilitonen und zwei Freundinnen." Er sah Sascha an. „Ob einer von denen eine Freundin oder Mitstudierende für viel Geld umbringt?"

„Soll vorgekommen sein. Aber ich hab noch eine andere Idee", verkündete Sascha und fragte die Ärztin: „Wann bekommen die Patienten ihre Medikamente?"

„Die kriegen sie manchmal schon nach dem Mittagessen aufs Zimmer gestellt."

„Was, wenn sich jemand als Arzt oder Schwester verkleidet – hab ich übrigens neulich noch in einer preisgekrönten, skandinavischen Krimiserie gesehen – und sich schon früher ins Zimmer geschlichen hat?"

Die Ärztin überlegte kurz. „Na ja, wir kennen uns doch hier alle untereinander."

„Meinen Sie nicht, jemand, der es darauf anlegt, kann einen Moment abpassen, wo ihm weder Arzt noch Schwester über den Weg laufen?" Sascha sprach den kraushaarigen Polizisten an. „Ist gestern Krankenhauspersonal im Zimmer gewesen, das Sie noch nie hier gesehen haben? Oder lassen Sie sich jedes Mal den Ausweis zeigen?"

Der Kollege schien zu vermuten, dass die Sache nun an ihm hängenbleiben sollte, und wehrte sich vehement. „Nein, natürlich nicht, denn ich kenne die Leute hier inzwischen sehr gut, und da war kein fremdes Gesicht dabei!" Er war rot angelaufen.

Andreas gab sich väterlich. „Ja, das glaube ich Ihnen. Sie haben die Personalien aller Besucher notiert?" Der Mann nickte. „Gut, darum kümmern sich Petra und Manfred. Ich knöpfe mir noch mal Colin Körber vor. Der weiß vielleicht, wer der Täter war."

Plötzlich stürmte jemand aus einem der Zimmer, deren Türen alle offen standen.

„Herr Kommissar, was haben Sie rausgefunden?" Es handelte sich um Lorna Dreesbach im ärmellosen, zartgelben Kleid mit passenden Schuhen, groß, nicht ganz schlank, die braunen Haare am Hinterkopf zusammengesteckt, das Gesicht und vor allem die braunen Augen voller Sorge und Angst.

Hinter ihr tauchte der schwarzhaarige Ricardo Lopez auf, die Hände in den Taschen der hellen Hose, im Gesicht eine mindestens ebenso ernste Miene wie Dreesbach.

Andreas wandte sich zu ihnen um, und Sascha hörte ihn sagen: „Wir haben heute Nacht einen Verdächtigen verhaftet, den werde ich gleich noch mal befragen und – "

„Das muss aufhören! Das war schon der zweite Mordversuch! Können Sie nicht mich und meine Tochter in Schutzhaft nehmen?" Lorna Dreesbach schien kurz vor einem Nervenzusammenbruch zu stehen.

„Frau Dreesbach, das ist nicht so einfach, wir müssen – "

„Nicht so einfach?", fiel ihm nun Lopez ins Wort. Die schwarzen Augen glühten verärgert. „Möchten Sie, dass morgen in der Zeitung steht: Polizei sieht ungerührt zu, wie zwei Menschen ermordet werden?"

Andreas ließ sich ungern drohen. „Jetzt sind also schon zwei Leute in Gefahr? Frau Dreesbach, gab es auch einen Anschlag auf Sie?", fragte er streng.

Die Frau schaute weg und schüttelte den Kopf.

„Hatten Sie nicht mindestens einen Bodyguard engagiert, der auf Sie aufpasst?“ Andreas wies mit dem Kopf zu dem Mann im Anzug hin, der mit schweifendem Blick und unbewegter Miene im Krankenhausgang stand. „Ich schicke noch ein paar Leute zur Überwachung Ihrer Tochter hierher, mehr kann ich im Moment nicht tun!“

Lorna Dreesbach nickte, während sich Ricardo Lopez weggedreht hatte und sich sehr für den Wagen mit dem Putz- und Desinfektionsmitteln zu interessieren schien.

„Lassen Sie sich ein Beruhigungsmittel geben, Frau Dreesbach. Wir kümmern uns jetzt um unseren Verdächtigen.“ Andreas verabschiedete sich knapp und Sascha folgte ihm zum Parkplatz.

„Fahren wir ins Präsidium?“, fragte er.

„Nein, wir fahren zum Eiscafé!“ Andreas stieg ins Auto. „Wir werden diesen Körber knacken! Mir reicht's langsam!“

*

Bonn
9.45 Uhr

Jenny saß auf der Hofgartenwiese unter einem Baum und steckte ihr Handy wieder in die Tasche. Mehrmals hatte sie versucht, Colin zu erreichen, aber er ging einfach nicht ans Telefon! Hoffentlich war sie nicht zu barsch zu ihm gewesen, hoffentlich hatte er keinen Unsinn angestellt!

Sie ließ ihren Blick über die Wiese wandern, auf der sich eine Menge junger Leute niedergelassen hatten und ihre Gedanken sprangen zu einem Tag, der gut und gerne 20 Jahre zurücklag.

Nur dieser eine Tag, nein, nur zwei Minuten dieses Tages hatten sich in ihr Gedächtnis geheftet: Colin war 10 und sollte die Schule wechseln. Es gab große Diskussionen, denn Colin war intelligent, aber sehr temperamentvoll und nicht eben pflegeleicht.

An jenem Tag stürmte er in Jennys Zimmer, schenkte ihr eine Videokassette mit den allerneuesten Walt-Disney-Trickfilmen. Seine Augen strahlten, er tanzte durchs Zimmer und sang: „Ich gehe aufs Gymnasium! Ich gehe aufs Gymnasium!“ Natürlich konnte Jenny seine Freude damals nicht nachvollziehen.

Zuerst ging alles gut auf dem Gymnasium. Dann kam die Pubertät,

Colins Noten sackten ab, er sollte auf die Realschule wechseln. Auch an den Tag konnte sich Jenny erinnern. Colin stürmte wieder in ihr Zimmer, diesmal mit wütender Miene.

„Diese blöden Arschlöcher!", brüllte er. „Ich soll auf die blöde Realschule! Immer sagen sie: Du bist nicht dumm, du bist nur faul! Ich bin nicht faul!" Er trat gegen Jennys Bett.

Jenny, inzwischen selbst auf dem Gymnasium, maulte: „He, lass das! Ist doch nicht so schlimm, dann wirst du eben der Beste in deiner Klasse."

Darauf antwortete Colin erst gar nicht, sondern sprang mit seinen Schuhen auf ihr Bett und riss die Poster ihrer Lieblingsband von der Wand. Fast zwei Monate sprach sie daraufhin nicht mehr mit ihm.

Möglicherweise hatte er damals, als er die Schule wechseln musste, einen Knacks bekommen. Erst fing er mit Trinken an, dann mit Rauchen, später mit Kiffen, dann prügelte er sich. Seine Eltern hatten eine Menge Probleme mit ihm. Jennys Vater nahm ihn ein wenig unter seine Fittiche, verschaffte ihm eine neue Lehrstelle, wenn er die letzte wieder einmal geschmissen hatte.

Zu dritt unternahmen sie viel, bis ihr Vater krank wurde und kurz nach ihrem Abitur verstarb… ja, bis zum Abitur hatte er so gerade noch durchgehalten. Aber jetzt keine Einzelheiten – bitte keine Einzelheiten! Beinah hätte sie sich reflexhaft ins Gesicht geschlagen, aber das tat man natürlich nicht in der Öffentlichkeit!

Jenny zwang sich dazu, daran zu denken, wie sehr Colin ihr damals geholfen hatte. Ja, er hatte sich sogar ein wenig zum Besseren verändert. Nur ab und zu brach sich sein Jähzorn Bahn: Wenn es nun gar nicht so lief, wie er wollte. Und ab und zu bekam Jenny das zu spüren, denn auch sie hatte sich verändert. Geradezu besessen suchte sie Ablenkung von den dunklen Gedanken an Krankheit und Tod.

Sie zog durch die Diskotheken, schleppte Typen ab, die sie mit nach Hause nahm. Ihre Mutter war so mit Überleben beschäftigt, dass sie es kaum mitbekam. Deshalb ließ sie eines Tages Colin ins Haus, als Jenny noch mit irgendeinem Kerl im Bett lag. Colin warf ihn aus dem Zimmer und Jenny ein paar Beleidigungen und Gemeinheiten an den Kopf. Als er sich halbwegs beruhigt hatte, redete er ihr ins Gewissen, und brachte sie schließlich dazu, mit 23 endlich mit dem Studium anzufangen.

Jenny schüttelte den Kopf. Hätte man Colins Absturz damals verhindern können? Aber wer und wann? In den letzten Jahren jedenfalls hatte sich Colin immer mehr an ihre Fersen geheftet. Das gefiel ihr nicht, aber was sollte sie tun? Ihn auch noch vor den Kopf stoßen? Dafür mochte sie ihn zu sehr.

„Hi, Jenny, meditierst du?", hörte sie neben sich eine warme, dunkle Stimme fragen.

Sie wandte den Kopf und blickte in die blauen Augen von Fabian, einem Kommilitonen, der so bezaubernd lächeln konnte, dass sie jedes Mal dahin schmolz.

*

Bonn, Markt
11.05 Uhr

Andreas betrat das noch recht menschenleere Eiscafé und fragte so lange nach, bis er Körbers Zeugen vom Mittwoch gefunden hatte: Einen bleichen, dünnen Mittzwanziger mit halblangem Haar und Stoppelbart, der zunächst mit stockender Stimme und immer wieder fliehendem Blick Körbers Geschichte bestätigte: Ja, eine ältere, konfus wirkende Frau habe ihm aus Versehen ein Tablett aus der Hand geschlagen, und ja, das sei am Mittwoch, dem 8. 9. gewesen, so um 14.30 Uhr.

Ab und zu kam der eine oder andere Mitarbeiter vorbei und guckte neugierig, was zumindest Andreas nicht weiter störte. Er sprach leise, aber scharf. „Hören Sie mir genau zu: Hier geht es nicht um Falschparken, sondern um Mord. Um mehrfachen Mord. Wenn sich herausstellt, dass Sie eine Falschaussage gemacht haben, sind Sie dran! Also denken Sie noch mal nach!"

Der Mann guckte in der Gegend herum und knetete den feuchten Lappen, mit dem er vorhin Tische abgewischt hatte.

„Na ja...", fing er an und begann einen Türrahmen abzuputzen, neben dem er stand. „Also gegen Abend, an dem Mittwoch, wissen Sie, da kam so ein Typ und hat mich gefragt, ob ich 500,- Euro gebrauchen könnte. Als ich wissen wollte, was ich dafür tun soll, da hat er mir was erzählt von einer eifersüchtigen Ehefrau, und ob ich ihm ein Alibi geben könnte und so."

„Das heißt, die Sache mit dem Tablett ist nie passiert, und der Typ war an dem Tag auch nicht mit seiner Tante hier?", bohrte Andreas nach.

Der bleiche Jüngling schüttelte den Kopf. „Da kann ich mich jedenfalls nicht dran erinnern." Er wischte sich mit dem Lappen über die Stirn und schaute an Andreas vorbei.

„Da haben Sie aber gerade noch mal die Kurve gekriegt!" Andreas schrieb sich die Personalien auf und verließ zufrieden die Eisdiele.

Draußen meinte er zu Sascha: „So, das war Teil eins. Und jetzt befragen wir die Tante. Und wo wir schon mal hier sind, kaufe ich mir frisches Obst."

Sie schlenderten die Marktstände entlang und Andreas taten die Händler leid, die den ganzen Tag in der Hitze unter den bunten Schirmen stehen mussten.

Bepackt mit roten Johannisbeeren und Wassermelonen marschierten Sascha und Andreas zurück zum Parkhaus und fuhren nach Hangelar zu Ursula Schwarz, Mutter von Jennifer Schwarz und der verunglückten, schwangeren Laura.

Die Frau war gerade dabei, sich ihr Mittagessen zu kochen, und bat daher ihren Besuch in die Küche. Sie wirkte genauso schläfrig und abwesend wie beim letzten Mal.

Man setzte sich an den Küchentisch, und Andreas fragte: „Frau Schwarz, ihr Neffe Colin hat uns gesagt, dass Sie zusammen mit ihm am 8. September in Bonn waren, stimmt das?"

Immerhin versuchte sie, sich zu erinnern. „War das ein Mittwoch?"

„Richtig."

„Ach ja...ja." Pause. „Da waren wir in Bonn, ein bisschen einkaufen."

„Colin meinte auch, am frühen Nachmittag sei Ihnen ein Missgeschick passiert. Erzählen Sie doch mal."

Sie schaute ihn wieder an, als habe sie keinen Plan. Auf dem Herd klapperte leise ein Deckel auf einem Topf. Etwas fing an zu kochen. Es roch nach Kartoffeln. Ursula Schwarz hörte es auch, stand auf und schaltete die Temperatur herunter. Möglicherweise brachte die Bewegung ihr Gehirn in Schwung. Als sie sich setzte, fiel ihr etwas ein: das, was Körber ihr vermutlich mühsam eingetrichtert hatte.

„Ja, stimmt, in der Eisdiele. Wir wollten gerade gehen, da kam hinter mir ein Kellner", Pause. „Dem hab ich mit meiner Tasche das Tablett aus der Hand geschlagen, alles fiel runter."

„Wissen Sie noch, wie der Kellner aussah?"

Mit großen Augen starrte sie ins Leere. Wie sollte sie das auch wissen, wo sie doch höchstwahrscheinlich nie in dieser Eisdiele gewesen war?

Nach etwa einer Minute sagte sie: „Darauf hab ich nicht geachtet."

„Danke, Frau Schwarz. Sie haben uns sehr geholfen." Andreas erhob sich. Plötzlich kam ihm noch eine Idee. „Sie nehmen doch sicher ein Medikament, wegen des schrecklichen Verlustes. Wer verschreibt Ihnen die Tabletten?"

„Dr. Völker, wieso?"

„Ach nur so, reine Neugier."

Andreas verabschiedete sich und ging zum Auto, neben sich Sascha, der fragte: „Was sollte das mit den Medikamenten?"

„Ich kann mir nicht vorstellen, dass Tabletten, die sie seit November nimmt, immer noch solche Nebenwirkungen haben."

„Versteh ich nicht."

„Wart's ab."

Sie stiegen ins Auto, Sascha schaltete die Klimaanlage ein und freute sich: „Da wird sich der Körber aber wundern, dass er auf einmal für Mittwoch kein Alibi mehr hat."

„Ja, mal sehen, wie er reagiert. Gehen wir was essen?"

„Aber unbedingt."

Sie fuhren ins Präsidium, wo sich Andreas ein belegtes Brötchen und anschließend ein Eis gönnte. Kurz nach zwei Uhr saßen sie im Büro und ließen sich Körber bringen.

Andreas hatte schon am Morgen seine Akte studiert, denn Colin Körber hatte eine: Fahren unter Drogen, zweimal schwere Körperverletzung. Das sah man diesem rundlichen Gesicht mit den babyblauen Unschuldsaugen gar nicht an. Aber auch solche Typen konnten von jetzt auf gleich ausrasten. In seinem dreißigjährigen Leben hatte Körber anscheinend noch nicht wirklich gelernt, seine Aggressivität unter Kontrolle zu halten, oder wenigstens sinnvoll einzusetzen. Also Vorsicht.

Körber setzte sich auf den Stuhl vor dem Schreibtisch und rollte die Ärmel seines Overalls hoch. Er schien zu schwitzen.

„Herr Körber", begann Andreas, faltete die Hände auf dem Tisch und schaute dem Mann fest in die Augen. „Es sieht so aus, als hätten Sie für den Mittwoch, an dem Patrick Jakob ermordet wurde, doch kein Alibi."

Körbers Miene blieb unbewegt. „Ach ja? Wieso nicht?"

„Wir waren im Eiscafé. Sie haben die Aussage des Kellners gekauft. Und Ihre Tante konnte sich auch nicht mehr so genau erinnern. Was sagen Sie dazu?“

„Das ist ein Missverständnis.“ Er bemühte sich, ruhig zu wirken, aber sein Gesicht hatte sich schon gerötet.

„Glaube ich nicht“, widersprach Andreas. „Ich stelle mir das so vor: Angelika Müschberg hatte das Pech, sich mit ihrem kaputten Auto ausgerechnet an den Cousin eines der Unfallopfer zu wenden. Sie, Herr Körber, haben doch sofort gewusst, was Sache ist, als die Müschberg mit ihrer Geheimniskrämerei ankam und Sie den Schaden am Wagen sahen! Sie haben gleich die ganze Sippschaft informiert, und dann haben Sie zusammen mit den anderen einen Plan geschmiedet!“ Andreas behielt Körber, der sich mehrmals an Hals und Kopf kratzte und ihn nicht mehr anschaute, genau im Auge. „Sie haben sich bereit erklärt, ein Geständnis aus der Müschberg herauszuholen, und als Sie sie in ihrem Haus aufsuchen wollten, kamen knapp vor Ihnen zwei ältere Damen an, die ihre Freundin zum Bummel über Pützchens Markt abholten. Sie sind hinter den dreien hergeschlichen, haben den Moment abgewartet, in dem Müschberg wieder allein war, haben sie hinter den Bretterzaun gezerrt und Zigaretten auf ihren Armen ausgedrückt! Was die Frau dann alles ausgeplaudert hat, hat Sie so wütend gemacht, dass Sie sie mit der Plastikplane erstickt haben! So hat es sich doch abgespielt!“

„Nein!“ Körber schwieg, hob eine Hand und fing tatsächlich an, seitlich an einem Fingernagel zu kauen.

„Doch!“, behauptete Andreas. „Sie waren die treibende Kraft hinter allem! Sie haben Patrick Jakob beim Rasenmähen erstochen. Und Sie haben eine Professionelle für Ansgar Hammerschmidts Geburtstagsfeier engagiert, und die hat Sie spät am Abend in die Wohnung gelassen! Im Wald haben Sie dann versucht, Allegra Dreesbach zu ermorden! Nachdem das nicht geklappt hat, sind Sie gestern in der Mittagspause, kurz bevor wir kamen, als Pfleger verkleidet in die Klinik geschlichen und haben ihr die Penizillintablette in den Becher geschmuggelt!“

Als Andreas die Morde aufzählte, schaute Körber ihn dann doch mit großen Augen und halb geöffnetem Mund an. Jetzt schüttelte er heftig den Kopf.

„Nein, das war ich nicht! Das war… das war alles Ricardo!“

„Wie bitte? Ricardo Lopez?“

„Ja genau, der hat alle umgebracht!"

„Er ist Allegras Freund!"

„Nein, ist er nicht. Er ist der Freund von meiner Cousine, von Jenny. Er sollte sich an Allegra ranmachen und sie umbringen."

Andreas war einen Moment lang komplett sprachlos, dann fiel ihm ein: „Aber im Wald, das kann er nicht gewesen sein, er war mit den anderen jungen Leuten zusammen, als Allegra angegriffen wurde!"

„Mich dürfen Sie nicht fragen, wie er das gemacht hat."

Sascha sprang auf. „Der Kerl ist noch in der Klinik! Wenn das alles wahr ist, muss ihn jemand verhaften, bevor er's noch mal versucht!" Er stürzte ans Telefon. Andreas lehnte sich auf dem Stuhl zurück. „Ich verstehe aber nicht, Herr Körber, warum Sie sich ein Alibi kaufen, wenn Sie Patrick Jakob gar nicht ermordet haben."

Körber schien sich ein wenig zu entspannen. „Ich wusste, Sie würden irgendwann den Zusammenhang zwischen mir und Müschbergs Karre finden, und ich hatte Angst, dass die Polizei wegen dem Auto denkt, ich hätte all die Leute umgebracht. Ist ja dann auch prompt so gekommen." Er lächelte schwach.

„Klar, wir sind bekannt dafür, dass wir immer die Falschen verdächtigen", brummte Andreas. „Aber die Sache ist für Sie noch nicht erledigt."

Körber wurde wieder in seine Zelle verfrachtet. Als er weg war, ließ Sascha verlauten: „Das ist ja 'n Ding, wenn das stimmt! Der Ricardo! Vor unserer Nase! Übrigens, wenn wir den dazu zählen, haben wir unsere ‚Acht'." Er strich mit dem Finger über sein dünnes Bärtchen.

Andreas schlug vor, die Wartezeit mit ein paar Recherchen über Ricardo Lopez zu überbrücken. Der Mann hatte sich allerdings bisher nichts zuschulden kommen lassen. Vor etwa einem Jahr war er von München nach Siegburg gezogen, war 34 Jahre alt und studierte in Bonn Jura.

Eine gute halbe Stunde später saß Lopez vor dem Schreibtisch und entrüstete sich darüber, dass er verhaftet worden war.

„Nun regen Sie sich ab, Herr Lopez, wir haben gute Gründe", erklärte ihm Andreas. „Sie kennen doch Colin Körber?"

„Nein."

„Nein? Er behauptet aber, Sie hätten Allegra Dreesbach das Penizillin verabreicht, und ich finde, Sie hatten die beste Gelegenheit dazu."

„Und was hätte ich wohl für ein Motiv?" Er strich mit seiner zarten, fast femininen Hand eine schwarze Locke aus der Stirn.

„Es geht das Gerücht um, dass Sie der Freund von Jennifer Schwarz sind und gemeinsam mit den Familien Schwarz und Klein die Morde geplant haben, um die beiden Unfallopfer zu rächen!" Andreas schickte gleich eine Drohung hinterher: „Glauben Sie mir, wenn es eine Verbindung zwischen Ihnen und den Familien gibt, finden wir sie!"

Lopez trug ein blau weiß gestreiftes Polo-Hemd und weiße Bermuda-Shorts, was zu seiner braunen Haut sehr attraktiv aussah. Sein Blick wanderte durch den Raum, der Mann dachte nach.

„Ja, ich kenne Colin, und ich bin mit Jenny befreundet", gab er plötzlich zu. „Aber ich bin halt nebenher auch mit Allegra zusammen! Ich weiß, das ist nicht die feine, englische Art, aber so bin ich eben!"

Andreas rang sich ein herablassendes Lächeln ab. „Schön herausgeredet. Dummerweise behauptet Herr Körber, dass Sie auch die Morde an Angelika Müschberg, Patrick Jakob und Ansgar Hammerschmidt begangen haben."

Lopez riss überrascht den Mund auf und warf empörte Blicke um sich. Während er sich die nächste Antwort ausdachte, musterte Andreas die weiblichen Züge seines Gesichts und fragte sich, ob sich der Kerl, der nicht sonderlich groß gewachsen war, vielleicht als Frau hätte zurechtmachen können, um Ansgar Hammerschmidt in seiner Wohnung umzubringen. Ja, hätte er.

Inzwischen hatte Lopez anscheinend das richtige Argument gefunden.

„Das ist ja unerhört!", schimpfte er. „Aber ich kann Ihnen sagen, warum Colin so was behauptet: aus Eifersucht! Der ist nämlich seit Jahren in Jenny verknallt, in seine eigene Cousine! Und mit seiner Anschuldigung will er mich aus dem Verkehr ziehen, damit er freie Bahn bei ihr hat!"

„Ist ja interessant. Aber – "

„Er war's! Er hat die Leute umgebracht!", fügte Lopez aufgebracht gestikulierend hinzu. „Ich hab mit diesen Verrückten nichts zu tun!"

„Wen meinen Sie mit diesen Verrückten?"

„Na, die beiden Familien! Die sind so voller Hass und Rachegefühle, das ist nicht mehr normal! Und am schlimmsten ist Jennys Mutter! Als sie erfuhr, wer die Frau mit dem Mercedes war, verlangte sie sofort, dass die Kinder dieser Mörder, wie sie sie nannte, umgebracht werden sollten… so, wie ihr eigenes Kind ja auch umgebracht worden war." Lopez schaute nach unten. „Colin hat sich gleich angeboten, wahrscheinlich wollte er Jenny damit beeindrucken."

„Na wunderbar", brummte Andreas missmutig. „Darf ich denn dann erfahren, wo Sie sich zum Zeitpunkt der Morde aufgehalten haben?"

Lopez ließ sich zu jedem Mord noch einmal das genaue Datum und die Uhrzeit geben. Am Sonntag hatte er angeblich einen Freund in München besucht, am Mittwoch war er an der Uni, freitags und sonntags war er mit Allegra zusammen gewesen. Andreas ließ sich auch die Geschichte vom Sonntag am Dornheckensee noch einmal erzählen, und sie stimmte mit dem überein, was Allegra ausgesagt hatte.

Es schien praktisch unmöglich, dass Lopez der Angreifer im Wald gewesen war. Also hatte Körber doch gelogen. Aber warum? Weil er die Morde selbst begangen hatte?

Auch Ricardo Lopez wurde in eine Zelle gebracht, und kaum war er aus der Tür, als Sascha mit seiner neuesten These herausrückte.

„Wer sagt denn, dass nur einer der beiden für die Morde verantwortlich ist? Das behaupten sie zwar, aber ich sage jetzt mal was anderes: Die haben das unter sich aufgeteilt!"

„Ach so, und ich dachte schon, du sagst, es war Angelina Jolie. Wir müssen – ", begann Andreas, als sein Telefon klingelte. „Ja?"

„Hier ist Ulli. Ich überwache seit heute früh Jennifer Schwarz. Bisher hat sie nichts Besonderes angestellt, war einkaufen, an der Uni, usw. Aber ich bin ziemlich sicher, dass sie nicht nur von mir observiert wird."

„Was soll denn das heißen?"

„Wo immer sie mit ihrer kleinen, alten Karre auch hinfährt – sofort klebt ihr ein noch älterer, grauer Kleinwagen am Hintern! Ich geb dir mal das Kennzeichen durch."

Andreas schrieb es sich auf und erkundigte sich in der Zentrale nach dem Halter. Es war eine Privatdetektei. Die rief er sofort an, und verlangte zu wissen, wer den Auftrag gegeben hatte, Jennifer Schwarz zu überwachen. Mit größtem Bedauern teilte man ihm mit, dass man ihm diese Auskunft nicht geben dürfe.

„Schön, dann hole ich mir einen Gerichtsbeschluss!"

„Tun Sie das", empfahl ihm die freundliche Dame am anderen Ende der Leitung und legte auf.

*

Siegburg
15.25 Uhr

Ulli saß im Auto und schwitzte, obwohl der Wagen im Schatten stand, und zwar auf der gegenüber liegenden Straßenseite des alten Kastens, in dem Jenny Schwarz wohnte.

Das Haus hatte mindestens zehn Wohnungen; die Schwarz wohnte, wie Ulli herausgefunden hatte, oben unterm Dach. Das Auto der Privatdetektive stand vielleicht 30 Meter von seinem entfernt auf der gleichen Straßenseite. Vermutlich hatten sie ihn auch längst bemerkt.

Gerade klingelte ein junger Mann in Bermuda-Shorts, blauem T-Shirt, Sonnenbrille und Baseball-Kappe, der zu Fuß gekommen war, an der Haustür und wurde hereingelassen. Ulli notierte sich das, wie jeden Besucher. Vielleicht war der Mann auch ein Hausbewohner, den er noch nicht kannte und der seinen Schlüssel vergessen hatte.

Ulli griff nach der Cola-Flasche, die schon halb leer war, und trank ein paar Schlucke. Lecker warm das Zeug.

Er legte den Kopf zurück, gähnte, starrte ins Nichts und dachte auch an nichts. Fast fielen ihm die Augen zu, als plötzlich der gleiche junge Mann mit Kappe, der vor höchstens fünf Minuten das Haus betreten hatte, durch die Haustür auf den Bürgersteig stürmte und irgendwie humpelnd Richtung Innenstadt davoneilte. Und deutlich zu sehen war, dass unten aus dem Bermuda-Hosenbein heraus Blut an seiner linken Wade herablief.

Abrupt verflog Ullis Müdigkeit. Was war im Haus passiert? Hatte es etwas mit Jennifer Schwarz zu tun? Sollte er hineingehen oder nicht? Er haderte noch mit sich selbst, als er von der Zentrale angewiesen wurde, sofort nach Schwarz zu sehen, die die Polizei angerufen hatte, weil sie überfallen worden sei.

Ulli sprang aus dem Auto, rannte über die sonnenbeschienene Straße, drückte auf Jenny Schwarz' Klingel und wurde eingelassen. Zwei Stufen auf einmal nehmend, hastete er, allmählich immer stärker keuchend, hoch ins Dachgeschoss. Dort stand die Wohnungstür eine Handbreit offen, er stieß sie ganz auf: Auf dem hellen Laminat im Flur dicke Blutstropfen. Wo war die Frau?

Sein Blick ging nach links, in ein kleines, aber sehr dicht möbliertes Wohnzimmer, in dem Schwarz in einem roten, modernen Sessel mehr lag als saß. Ihr dünnes, rosa Top war auf der rechten Seite blutverschmiert, mit der linken Hand drückte sie ein Handtuch auf die Stelle zwischen Hals und Schulter. Hoffentlich war nicht die Halsschlagader getroffen!

„Gott, tut das weh!“, presste sie durch die Zähne, während sie Ulli mit halb zusammengekniffenen Augen ansah.

Gut, wenn sie ihm die Haustür öffnen und noch reden konnte, war es wohl eher nicht die Halsschlagader.

„Ganz ruhig, ich bin von der Polizei, und der Krankenwagen ist auch gleich da“, versicherte Ulli und beugte sich über sie. „Darf ich mal sehen?“

Die hübsche, zierliche Frau nahm die Hand weg, und eine nicht sehr breite Stichwunde kam zum Vorschein, die langsam aufhörte zu bluten. „Was ist passiert?“

„Da hat ein Mann unten geklingelt, ich hab ihn rein gelassen, und er hat von unten gerufen, er hätte ein Paket für mich“, sprudelte es aus Jennifer Schwarz heraus. Sie verzog das Gesicht, als sie versuchte, sich im Sessel aufzusetzen. „Ich habe vor einigen Tagen auch tatsächlich etwas bestellt, erwartete also ein Paket. Ich warte also hier oben an der Tür, und als der Typ ankommt, sehe ich, dass er gar kein Paket dabei hat!“ Sie drückte das Handtuch wieder auf die Stichwunde, schaute mit großen, braunen Augen durch Ulli hindurch und berichtete weiter: „Der Mann hat sich gleich auf mich gestürzt und mich zurück in die Wohnung gedrängt. Und die Tür zugeknallt.“ Plötzlich wurde ihr Blick wütend. „Dann holt er ein Messer raus und will zustechen – aber nicht mit mir! Ich mache Karate, ich hab mich gewehrt, und deshalb ist der Stich danebengegangen!“ Sie stöhnte einmal leise auf. „Der Kerl war vor mir auf die Knie gefallen, und ich lag halb in der Garderobe. Das Messer steckte in meinem Hals, aber Ich hab's geschafft, es rauszuziehen, gerade als der Typ wieder auf die Füße kam. Also hab ich ihm das Messer ins Bein gejagt, da ist er abgehauen!“

„Mit dem Messer?“

„Ich glaube, ja.“

„Und Sie haben sich ins Wohnzimmer geschleppt und die Polizei angerufen?“

„Ja. Am liebsten wär ich dem Mistkerl hinterhergelaufen, aber mir war plötzlich so schwindlig, ich fühlte mich so schwach.“ Sie schwieg total erschöpft.

„Können Sie den Mann beschreiben?“

„Nicht wirklich… ich dachte noch, warum zieht der Typ hier im Haus die Sonnenbrille nicht aus? Dunkles T-Shirt, helle Bermudas, blaue Kappe, ich glaube, ich hab nicht mal was von seinen Haaren gesehen.“

„Ok, Sie sollten jetzt nichts mehr sagen… hören Sie, da kommt der Krankenwagen.“

Fünf Minuten später wurde Jennifer Schwarz vom Notarzt versorgt und ins nächste Krankenhaus gebracht.

Ulli informierte Andreas über den Vorfall. Andreas schien wenig begeistert, denn dieser Überfall passte angeblich überhaupt nicht in sein Konzept.

*

Siegburg
16.20 Uhr

Andreas stand in Jennifer Schwarz' kleiner Wohnung, sah sich um, kramte lustlos in ein paar Schubladen herum und schüttelte immer wieder den Kopf.

„Sascha, jetzt hilf mir doch mal – was war das nun? Ein Mordanschlag? Warum und von wem?“

„Könnte Lorna Dreesbach gewesen sein, die ist doch völlig von der Rolle wegen ihrer Allegra.“

Andreas runzelte die Stirn und stützte wieder die Hände in die Hüften. „Klar könnte sie einen Killer engagiert haben… aber wieso für die Schwarz? Woher kennt sie die Frau? Weiß sie irgendwas, das wir nicht wissen?“

„Fragen wir sie doch.“

„Machen wir. Aber zuerst befragen wir die Hausbewohner, vielleicht hat einer was gesehen oder gehört.“

Also drehten sie eine Runde durchs Haus. Einige Mieter waren anscheinend noch bei der Arbeit, oder sonst wo. Die anderen hatten erst etwas von dem Anschlag mitbekommen, als schon Polizei- und Krankenwagen unten auf der Straße standen. Schließlich kamen Andreas und Sascha an der letzten Wohnung im Erdgeschoss an und klingelten an der Tür von Familie Jansen.

Eine junge Frau, zierlich, kurzes Haar, Brille, öffnete. Andreas und Sascha wiesen sich aus und stellten ihre Fragen.

Frau Jansen überlegte nicht lange. „Mir ist ein Mann aufgefallen, als ich vorhin vom Einkaufen zurückkam... der stürmte zur Tür heraus und hätte mich fast über den Haufen gerannt!"

„Können Sie ihn beschreiben?"

Jansen legte einen Zeigefinger über die Lippen und versuchte sich zu erinnern. „Sehr groß war er nicht... eher breit. Er hatte Shorts und T-Shirt an. Was mir auffiel war dieses altmodische Ding auf der Brille." Sie lachte. „Gibt's die heute überhaupt noch? Wissen Sie, das sind zwei Sonnenbrillengläser mit Halterung, die kann man auf die eigene Brille stecken. Ja, und da war noch was. Als er rauskam, da hat er seine Kappe kurz gelüftet und ein paar blonde Haarsträhnen darunter geschoben.

„Danke, Frau Jansen, Sie haben uns sehr weitergeholfen."

Als sie wieder im Auto saßen, meinte Andreas: „Körber und Lopez waren's jedenfalls nicht. Der Täter war ein blonder Brillenträger... dazu wird uns sicher noch was einfallen. Das Messer muss er noch im Haus aus seinem Bein gezogen haben... ob das noch in irgendeiner Ecke rumliegt? Oder hat er es mitgenommen? Merkwürdig." Kurze Pause. „Also los, besuchen wir Jennifer Schwarz im Krankenhaus. Vielleicht kann sie noch was zur Aufklärung beitragen."

Sascha begann allmählich eine Abneigung gegen Krankenhäuser zu entwickeln. Außerdem lag die Siegburger Klinik so gut wie in der Innenstadt, normale Parkplätze gab es da schlicht nicht. Alles war eng und unübersichtlich, sogar das Parkhaus, in dem Sascha schließlich den Wagen schimpfend in eine schmale Lücke bugsierte.

Im Krankhaus fragten sie sich bis zu Jennifer Schwarz durch, die im ersten Stock noch behandelt wurde. Sie warteten im Gang vor einer offen stehenden Tür, durch die erst die Stimme eines Arztes, und dann Schwarz' unwillige Antwort zu hören waren.

„Ach, lassen Sie mich doch in Ruhe mit Ihrem ‚Sie-müssen-über-Nacht-hierbleiben'-Gerede! Sie haben gerade selbst gesagt, dass das eine ungefährliche Fleischwunde ist! Was soll mir also zu Hause passieren? Glauben Sie, dass ich von Piranhas angefallen werde?"

„Na, die ist ja gut drauf", flüsterte Sascha Andreas zu. „Was wird sie erst machen, wenn sie uns sieht?"

„Lügen", weissagte Andreas und holte sich einen Stuhl zur Tür, der weiter hinten im Flur gestanden hatte.

Fünf Minuten später durften sie das Zimmer betreten, in dem Schwarz blass und mit leidvoller Miene auf einer Liege saß, einen dicken Verband über der linken Schulter. Wider Erwarten freute sie sich über ihren Besuch und begann sofort, den hinterhältigen und brutalen Angriff auf ihre Person noch einmal in allen Einzelheiten zu schildern.

Sascha sprach ihr ein Lob dafür aus, dass sie sich so furchtlos und erfolgreich gewehrt hatte, und fragte sie, ob sie sich vorstellen könne, wer ihr das angetan hatte.

Trotz ihrer Blässe und des Verbands sah sie richtig gut aus: langes, dunkles Haar, zum Knoten hochgesteckt, dunkle Augen, schlanke Figur, zarte Fingerchen, die ständig mit etwas beschäftigt waren: Träger des Tops hochziehen, Haarsträhnen aus dem Gesicht wischen oder hinters Ohr klemmen, an der Nase kratzen, am Verband zupfen, den Zeigefinger zur Betonung erheben… wie jetzt zum Beispiel, als sie sowohl Sascha als auch Andreas mit einem ganz frischen Denkansatz überraschte.

„Zuerst hab ich ja gedacht, dass mir eine der Mütter einen Mörder auf den Hals gehetzt hat, Sie wissen schon, eine der Mütter der getöteten, jungen Menschen, aber das ist ja absurd, die wissen doch gar nichts von mir – oder haben Sie denen was von mir erzählt? Nein? Gut, und ich habe ja auch gar nichts damit zu tun." Sie machte eine Pause und schaute aus dem Fenster auf ein paar alte Wohnhäuser. „Nein, nein, ich hab da eine andere Idee. Bis auf die erste Ermordete waren alle getöteten und angegriffenen Personen Studenten!" Sie wandte den Kopf und schaute Sascha mit festem, langem Blick direkt in die Augen. „Ich glaube, da ist ein irrer Studentenmörder unterwegs."

Sascha hatte Mühe, sich auf den Inhalt ihrer Argumentation zu konzentrieren.

Aber Andreas ließ sich anscheinend nicht beeindrucken. „Interessant. Ach, übrigens, Sie wissen doch sicher, dass wir Ihren Cousin Colin Körber und Ihren Freund Ricardo Lopez verhaftet haben?"

Jenny Schwarz' Blick wanderte zu Andreas, ihr Gesicht wurde immer starrer und ihre Finger falteten sich auf ihren Oberschenkeln, als wolle sie auch die Hände unter Kontrolle halten. Da sie nichts sagte, fuhr Andreas mit irgendwie mitleidiger Stimme fort: „Die beiden Herren beschuldigen sich gegenseitig, Jakob und Hammerschmidt ermordet und Dreesbach angegriffen zu haben. Was sagen Sie dazu?"

Schwarz erwachte aus der Starre und wurde plötzlich wieder energisch. „Das ist doch totaler Quatsch! Die wollen sich nur aufspielen!"

„Warum?"

„Weil sie eifersüchtig aufeinander sind! Wegen mir! Sie wollen sich gegenseitig ausbooten!"

Andreas ließ sich nicht anmerken, ob er ihr das glaubte. „Und Sie wollen wirklich wieder nach Hause? Haben Sie keine Angst, dass der Täter noch mal auftaucht?"

„Nein, ich kann mich wehren! Außerdem bin ich jetzt vorgewarnt und werde besonders gut aufpassen! Ich lasse mir von niemandem vorschreiben, wann ich Angst haben muss!"

Hoppla, schon wieder so ein aggressives Weib, wo kamen die heutzutage alle her? Sascha wunderte sich, und Andreas trat den Rückzug an.

Natürlich war als nächstes ein Besuch bei Allegra Dreesbach vorgesehen. Man musste sie darüber aufklären, warum ihr „Freund" Ricardo Lopez verhaftet worden war. Und so machten sich Andreas und Sascha ein paar Minuten später auf den Weg zum Venusberg. Fenster zu, Klimaanlage an: Es war bedeckt und furchtbar schwül.

Sascha musste natürlich seine Meinung über die Schwarz loswerden. „Mit blonden Haaren wäre sie Uma Thurman in ‚Kill Bill'."

„Soll heißen?"

„Ein gewalttätiges Weib, das krank ist vor Rachegelüsten."

„So wie du das sagst, klingt es ein bisschen nach Bewunderung."

Darauf ließ sich Sascha nicht ein. „Ich weiß nur eins: Filme über Selbstjustiz kommen beim Publikum immer gut an… man muss den Bösewicht nur so eiskalt, grausam und unmenschlich wie möglich darstellen, dann freut sich jeder Zuschauer, wenn das ehemalige Opfer den Täter genauso grausam um die Ecke bringt!"

Das fand Andreas natürlich nicht korrekt. Sascha ließ ihn reden und genoss die kurvige Fahrt den Berg hinauf.

Selbstredend hielt sich Lorna Dreesbach im Krankenhaus auf. Schließlich war ihre Tochter Allegra zum zweiten Mal nur knapp dem Tod von der Schippe gesprungen und lag immer noch auf der Intensivstation. Die Mutter hatte ihr nichts von Ricardos Verhaftung erzählt, und das sollte sie, wenn es nach den Ärzten ging, vorerst auch nicht tun.

Allerdings entrüstete sie sich Sascha und Andreas gegenüber maßlos über den verlogenen Schweinehund, dem sie ja von Anfang an nicht über den Weg getraut hatte!

„Liebe Frau Dreesbach“, versuchte Andreas sie zu besänftigen, „wir wissen ja noch gar nicht, ob er wirklich was mit den Anschlägen auf Ihre Tochter zu tun hatte. Ich möchte Sie was fragen: Kennen Sie Jennifer Schwarz?“

Ihre Miene verriet nichts, als sie zurückfragte: „Wer ist das denn?“ Sie saß auf einem Stuhl im Flur, und ihr weites, rosa Kleid fiel bis auf den Boden.

„Sie ist die Schwester von Laura Klein, die schwanger im Auto verblutet ist“, klärte Andreas sie auf.

Diese Information war ihr sichtlich unangenehm, aber sie blieb dabei: Sie kenne keine Jennifer Schwarz.

Unverrichteter Dinge traten Andreas und Sascha den Heimweg an.

„Und, glaubst du der Dreesbach?“, wollte Sascha zehn Minuten später im kühlen Auto wissen.

„Ich weiß nicht... der Anschlag auf die Schwarz bringt unsere ganze Theorie durcheinander. Lass mich mal nachdenken.“

Also wurde auf der Rückfahrt ins Präsidium eher viel geschwiegen und nachgedacht als geredet und diskutiert.

Im besagten Präsidium angekommen, konfrontierte man dort sowohl Colin Körber als auch Ricardo Lopez mit der neuen Sachlage. Beide gaben sich entsetzt, hatten aber keine Idee, wer Jennifer Schwarz angegriffen haben könnte... das heißt, sie hatten sogar mehrere Ideen, die sich aber allesamt auf Kumpel des jeweiligen Rivalen bezogen.

„Ich glaube, das wird heute nichts mehr“, meinte Andreas erschöpft. „Lass uns Schluss machen.“

Sascha setzte Andreas kurz nach 18.00 Uhr in der Kalkuhlstraße ab und traf selbst kurz nach halb sieben in einem stillen, verdunkelten und relativ kühlen Zuhause ein. Auf dem Tisch lag ein Zettel für Sascha: Annika war mit Gabriel, einer Freundin und deren Tochter wieder im Freibad, Sascha könne ja nachkommen oder es sein lassen.

Sascha rief Annika an und hörte nach, wie lange sie noch bleiben wolle. „Lohnt es sich für mich rüberzukommen? Gabriel muss doch um 7 ins Bett.“

Annika ließ ein dunkles Lachen hören. „Ich hab den Plan geändert: Ich bleibe so lange mit dem Jungen hier, bis er fix und alle ist und so tief schläft, dass er garantiert nichts mehr mitkriegt – dann haben wir ein bisschen Zeit für uns.“

„Prima Idee! Ich komme zu euch und helfe dir, den kleinen Tyrannen fertig zu machen.“

Kapitel 11

Bonn
Donnerstagvormittag, 16. September, 9.00 Uhr

Konstanze saß, über einem Plan brütend, auf der Terrasse hinter dem Haus. Vor ihr auf dem Rattantisch stand eine Tasse Kaffee, den Alkohol verkniff sie sich um die Uhrzeit noch.

Der große, blaue Glasascher war voller Kippen. Im Rasen prangten gelb vertrocknete Stellen, und es war ihr so verdammt egal. Die Trauer über den Tod ihres einzigen Kindes hatte sie in den hintersten Winkel ihrer Seele verbannt, und davor hatte sie die Wut postiert und die tausend Gedanken an Rache und Vergeltung.

Ein letzter Zug aus der Zigarette, dann zerquetschte sie die Kippe im Aschenbecher. Genauso würde sie die Mörderin ihres Sohnes zerquetschen! Ja, es war eine Frau gewesen, und Konstanze hatte eine im Verdacht, und wenn sich herausstellte, dass sie es gewesen war, dann Gnade ihr Gott! Denn Konstanze kannte garantiert keine Gnade!

Gerade als sie sich die nächste Zigarette anzündete, klingelte es an der Haustür. Es war Messner, mit dem sie sich dummerweise auf sehr intime Art eingelassen hatte, und der unbedingt wissen wollte, ob es ihr gut ging. Jetzt klebte er an ihr wie Kaugummi in den Haaren.

„Christian", empfing sie ihn mahnend, „hatte ich dich nicht gebeten, anzurufen, bevor du vorbeikommst?"

„Warum? Damit du dich mir wieder entziehen kannst?"

Beinah hätte sie gesagt: *Ja, genau, die Sache wird mir zu eng!* Aber sie wollte jetzt keine Auseinandersetzung. „Wäre ich gerade in der Stadt gewesen, wärst du umsonst gekommen!"

„Dann hätte ich halt im Wagen gewartet."

Gott, derart anhängliche Männer waren ihr ein Gräuel! Genau wie das Gel in seinen fast schwarzen Haaren!

Messner ließ ein Lächeln sehen, das so warm und liebevoll war, dass es ihr wehtat. Nein, sie wollte das nicht! Fünf Sekunden später lag sie in Christians Armen, sie küssten sich, und Konstanze fühlte sich getröstet und nicht ganz so allein.

Dann klingelte ihr Telefon. Christian meinte, sie solle das Klingeln ignorieren, aber er hatte ja keine Ahnung, was für einen wichtigen Anruf sie erwartete. Sie ging an den Apparat. Ja, es war Privatdetektiv Tiefenthal.

„Guten Morgen, Frau Hammerschmidt, ich habe das Ergebnis der DNA-Analyse", verkündete er. „Die Spuren auf dem Kaffeebecher und den künstlichen Wimpern stammen von derselben Person."

Konstanze hatte es doch geahnt! „Danke, Sie haben wirklich hervorragende Arbeit geleistet. Ihr Auftrag ist damit beendet. Sie brauchen die Zielperson nicht weiter zu beobachten." Sie wechselten noch ein paar freundliche Worte und verabschiedeten sich.

Messner stand mit neugierigem Gesicht daneben, und Konstanze hielt die Zeit für gekommen, ihn um einen Gefallen zu bitten.

Sie schaute ihm in die schwarzen Augen, legt ihm zart die Hände auf die schmalen Schultern und sagte mit viel Herzlichkeit in der Stimme: „Es ist so: Ich habe gerade erfahren, wer Ansgar ermordet hat. Und ich möchte diese Person zu Tode erschrecken, bevor ich sie der Polizei ausliefere. Kannst du mir eine Pistole besorgen?"

*

Bonn, Polizeipräsidium
13.20 Uhr

Nach einem Mittagessen, das hauptsächlich aus Eiscreme bestanden hatte, saß Andreas wieder im Büro und las in seinen Notizen. Irgendwie kam er nicht weiter. War das ein Wunder bei der Menge an Ermordeten und an in Frage kommenden Tätern?

Vielleicht sollte er nach dem Ausschlussprinzip vorgehen und die streichen, die höchstwahrscheinlich nichts mit den Morden zu tun hatten. Brillante Idee – er konnte nämlich niemanden ausschließen.

Er hob den Blick und fragte sich gerade wieder einmal, was Sascha eigentlich die ganze Zeit im PC suchte, als die Tür aufgestoßen wurde, und Renate ins Zimmer stürmte, in schwarzer Hose, mit einer weiten, buntgemusterten Bluse darüber. Ihr langes, hellblondes Haar war im Nacken zu einem Knoten geschlungen, ihr pinkfarben geschminkter Mund lächelte nicht.

„Hi! Wir haben doch gestern Jennifer Schwarz' Wohnung auf Spuren hin untersucht", begann sie und legte Andreas ein Blatt mit Laborergebnissen auf den Schreibtisch. „Da war einiges an Blut in der Diele, und weil der Angreifer ja verletzt wurde, haben wir auch nach seinem Blut gesucht."

Sie machte eine Pause, was Andreas zu einem leicht genervten „Ja, hab ich so weit verstanden, und?" veranlasste.

„Nun sei mal friedlich!", verlangte sie und fuhr fort: „Das Blut stammt größtenteils von der Schwarz, nur ein winziger Tropfen auf dem PVC-Boden war nicht von ihr."

„Ihr habt Blut vom Täter?"

„Na ja, nicht direkt." Wieder machte sie eine Pause. Hatte sie diese Taktik von Cedrik abgeguckt, dem selbsternannten, weltbesten Forensiker? Sie tippte mit dem Finger auf das Blatt. „Es stellte sich heraus, dass der rote Tropfen gar kein Blut ist."

„Sondern?", fragte Sascha, der inzwischen ebenfalls ungeduldig geworden war.

„Eine seltene Mischung aus Tomatenketchup und Erdbeermarmelade."

Schweigen. Ketchup und Marmelade? Und plötzlich wurde Andreas klar, was das zu bedeuten hatte. „Der Überfall war vorgetäuscht!"

Renate nickte nachdenklich. „Ja, wahrscheinlich, aber warum?"

„Vermutlich denkt die Schwarz, wenn wir sie zu den Opfern zählen, halten wir sie nicht für eine Täterin."

„Wir sollten schleunigst mit ihr reden", schlug Sascha vor.

„Wird sie noch von Ulli überwacht?"

„Klar, er sollte aufpassen, dass sie nicht doch noch ermordet wird. Ich ruf ihn mal an."

Es war dann nicht Ulli, der zu ihrem Schutz abgestellt war, sondern Manfred, der berichtete, Schwarz sei tatsächlich vom Krankenhaus direkt nach Hause gewandert und habe seit dem späten Vormittag die Wohnung nicht mehr verlassen.

„Ok. Besuchen wir sie. Bin gespannt, wie sie uns die Marmelade erklären wird." Andreas stand auf und verließ das Büro. Sascha folgte ihm.

Gegen halb drei nachmittags kamen sie in Siegburg an und fanden an der Frankfurter Straße sogar einen Parkplatz. Ein paar Autos weiter stand Manfreds Wagen. Sie beachteten ihn nicht und klingelten an Jennifer Schwarz' Haustür. Niemand öffnete. Sie versuchten es drei weitere Male. Vergeblich. Dann rief Andreas ihre Nummer an, die er sich notiert hatte. Niemand hob ab.

„Und wenn wir nun falsch liegen und man hat sie doch ermordet?", unkte Sascha mit sorgenvoller Miene.

Da man sich nie völlig sicher sein konnte, beschloss Andreas, nachzusehen. Er drückte so lange auf anderen Hausbewohnerklingeln herum, bis ihm jemand öffnete. Im Flur war es im Vergleich zu draußen kalt wie im Kühlschrank, aber die Luft wurde auch im Treppenhaus wärmer, je höher sie stiegen.

An Schwarz' Wohnungstür klopften und klingelten sie wieder. Und wieder ohne Erfolg.

„Soll ich die Tür aufmachen?", fragte Sascha und holte einen Spezialschlüssel aus der Tasche, den er keineswegs immer dabei hatte.

„Auf jeden Fall. Wenn sie mit Kopfhörern in der Wanne liegt, können wir uns immer noch diskret zurückziehen."

„Ja, nach einem kurzen Blick in die Wanne", murmelte Sascha und hatte die Tür in fünf Sekunden geöffnet.

Langsam schob er mit der linken Hand die Tür auf, während er mit der rechten die Waffe zog. Aus der Wohnung drang kein Laut.

„Frau Schwarz, sind Sie da?", rief Sascha. „Hier ist die Polizei! Hallo?"

Er betrat den kleinen Flur, steuerte auf das Wohnzimmer zu, schob auch dessen Tür auf und rief noch einmal. Niemand antwortete. Andreas bewachte die Eingangstür, ließ sich von Saschas Vorsicht anstecken und holte seine Waffe ebenfalls heraus. War Schwarz wirklich ermordet worden?

Sascha kam aus dem Wohnzimmer zurück und schüttelte den Kopf. „Da ist sie nicht."

Vom Flur gingen drei weitere Türen ab, alle zugezogen. In der winzigen Küche sowie im noch winzigeren Bad hielt sich auch niemand auf, das sah man auf den ersten Blick. Sascha öffnete die Tür zum Schlafzimmer. Es war dunkel dort.

Andreas stellte sich neben ihn in den Türrahmen, als Sascha auf den Lichtschalter drückte. Ein breites Bett mit Eisenstäben an Kopf- und Fußende. Leer. Nur ein zerknülltes Bettlaken lag auf der Matratze.

Links ein klappriger, zweitüriger Kleiderschrank. Sascha schaute hinein. Nichts. Er kniete sich auch auf den Boden und schaute unters Bett. Nichts und niemand. Mehr Versteckmöglichkeiten gab es im Schlafzimmer nicht.

Es war klar: In dieser Wohnung hielt sich keine Jenny Schwarz, tot oder lebendig, auf.

Sie wollten schon gehen, da wies Sascha auf den Wohnzimmertisch. „Sieh mal, da liegt ihr Handy." Das war nun wieder merkwürdig.

Sascha nahm es an sich und gemeinsam machten sie ein zweites Mal die Runde durchs Haus. Sie fragten die Mieter, die zuhause waren, ob sie zufällig Besuch von Jennifer hatten. Aber niemand hatte sie gesehen, kaum jemand kannte sie näher. Irgendwann kam Andreas auf die Idee nach einem Hinterausgang zu fragen. Aber angeblich hatte das Haus keinen.

Und wieder konnte Frau Jansen aus dem Erdgeschoss ihnen weiterhelfen.

„Die Jenny? Ja, die hat um kurz nach zwei bei mir geklingelt. Sie hat mir erzählt, vor dem Haus stünde seit Stunden so ein Wagen, in dem ein Mann sitzt, und sie hätte Angst, und sie wolle nach hinten raus aus dem Haus. Ob sie wohl von meinem Balkon klettern dürfe", berichtete sie und bat Sascha und Andreas herein.

Sie schauten sich den Balkon an, zwischen Balkonunterkante und Wiese gab es vielleicht einen Meter Abstand.

„Mist!", murmelte Sascha. „Warum haben Sie uns nicht angerufen?"

„Ich wollte ja", gab Frau Jansen jetzt leicht gereizt zurück, „aber Jenny hat mir in ziemlich autoritärem Ton befohlen, das nicht zu tun. Sie würde das selber machen!" Sie wirkte verstimmt und fügte hinzu: „Naja, dachte ich, dann mach es doch selbst!"

„Ist Ihnen irgendwas an Frau Schwarz aufgefallen?", wollte Andreas wissen.

„Ja, sie trug einen Verband um die Schulter und auf dem Rücken einen Rucksack."

„Einen Rucksack? So so", sagte Andreas mehr zu sich selbst. Was hatte die Frau vor? Sich aus dem Staub machen?

*

Siegburg
15.30 Uhr

Kurz nach 14 Uhr hatte Jenny das Haus über den Balkon im Erdgeschoss verlassen, war über einen niedrigen Zaun in den Nachbargarten geklettert und von dort auf eine Seitenstraße gelangt.

Sie hatte geahnt, dass die Polizei auftauchen und ihren Plan durchkreuzen könnte. Denn im Nachhinein kam ihr die Sache mit dem vorgetäuschten Überfall selbst nicht mehr so überzeugend vor. Und was, wenn jemand Niklas erkannt hatte? Ganz abgesehen von dem unangenehmen Nebeneffekt, den sie nicht bedacht hatte: Jetzt wurde sie nämlich erst recht überwacht!

Bevor sie aus dem Haus geflüchtet war, hatte sie noch ein paar Schmerztabletten geschluckt, denn der Rucksack tat auf ihrer verletzten Schulter ganz schön weh. Mit der Straßenbahn, in der man fast keine Luft bekam, war sie nach Bonn gefahren und am Bertha-von-Suttner-Platz ausgestiegen. Trotz der Hitze war viel los in der Stadt, viele junge Leute, viele Touristen, viele Radfahrer, die da fuhren, wo sie nicht sollten, ein paar Straßenkünstler, die Musik machten oder das Pflaster bemalten.

Jenny war die Wenzelgasse hochgeschlendert, hatte den Marktplatz überquert und sich ein Eis gekauft. Mit dem Eis in der Hand war sie an Schaufenstern entlang flaniert und hatte schließlich vor dem Münster gestanden. Und war plötzlich von einer großen Sehnsucht nach kühler Stille überfallen worden. Schnell hatte sie den Rest ihres Eishörnchens heruntergeschlungen und dann die Kirche betreten.

Eine gute Viertelstunde saß sie nun schon auf einer der hinteren Bänke. Jetzt holte sie eine Colaflasche aus ihrem Rucksack und trank ein paar Schlucke von dem warmen Zeug, was ihr befremdete Blicke von umherstreifenden Touristen einbrachte, aber das störte sie nicht. Jenny schaute hoch zu den aus buntem Glas gestalteten Fenstern und merkte, wie der altvertraute Schmerz in ihr Bewusstsein zu kriechen begann. Die Erinnerung an das qualvolle Sterben ihres Vaters… die Erinnerung an den Schock, als sie erfuhr, dass ihre Schwester tot war… und nicht zuletzt die Gedanken an ihre Mutter, die ebenfalls unter den Erinnerungen an all diese schrecklichen Dinge litt – sie würde noch eingehen wie eine Pflanze, die kein Wasser und kein Licht mehr bekam!

Jenny sah sich kurz um, niemand sah hin, sie schlug sich schnell mit der linken Hand ins Gesicht und schnell mit der anderen auch noch. Hör auf, an den Scheiß zu denken! Denk an das, was du vorhast! Das wird dir und Mama guttun! Mit viel Willenskraft konzentrierte sie sich auf ihren Plan und ging alles noch einmal durch.

Als sie auf ihre Armbanduhr schaute, war es fast halb fünf. Um fünf Uhr war sie mit einer alten Freundin verabredet, die sie seit Jahren nicht gesehen hatte. Und sie stellte fest, dass sie inzwischen in ihrer kurzen Hose und dem ärmellosen Top das Bedürfnis hatte, sich draußen aufzuwärmen. Nicht zuletzt musste sie ja noch einen wichtigen Anruf tätigen.

Entschlossen schob sie die Flasche zurück in den Rucksack, nahm ihn auf, erhob sich und verließ die Kirche. Dann machte sie sich auf die Suche nach einer Telefonzelle, von der aus man mit Bargeld telefonieren konnte.

*

Bonn
16.40 Uhr

Konstanze saß im abgedunkelten Wohnzimmer, rauchte eine Zigarette und trank ein Likörchen dazu. Messner hatte sie in die Firma zurückgeschickt.

Am Vormittag hatte es einen heftigen Streit gegeben, das heißt, Messner hatte sie beschimpft, wegen der Pistole: Ob sie wisse, was sie da von ihm verlange; ob sie denn völlig den Verstand verloren habe; ob sie den Rest ihres Lebens im Gefängnis verbringen wolle?

Sie hatte beruhigend auf ihn eingeredet und ihn schließlich tatsächlich davon überzeugt, dass sie nichts Schlimmes vorhatte. Und so hatte er versprochen, ihr eine Waffe zu besorgen. Für ihn kein Problem, er war Sportschütze. Sie wusste von seinem Hobby, sonst hätte sie ihn gar nicht gefragt. Hoffentlich brachte er das Ding nachher wirklich mit!

Während der letzten Stunde hatte sie ungefähr zehnmal diese Jennifer Schwarz angerufen, aber die Verbrecherin ging einfach nicht ans Telefon! Und ihre Handynummer hatte Konstanze nicht. Als sie aufstand, um sich noch ein Likörchen zu holen, läutete ihr Telefon. Die Nummer im Display kannte sie nicht.

„Hammerschmidt!", meldete sie sich energisch.

„Hallo, hier ist Jennifer Schwarz. Wissen Sie, wer ich bin?"

Konstanze stockte das Herz. Und der Verstand. Was sollte sie darauf antworten? Ihr Bauch riet ihr kurz entschlossen zu einem „Nein".

Zwei Sekunden Stille in der Leitung, dann: „Ich war an der Ermordung Ihres Sohnes beteiligt, Frau Hammerschmidt, und ich werde fast verrückt vor Schuldgefühlen. Ich würde mich furchtbar gerne mit Ihnen aussprechen, und zwar am liebsten noch heute."

Konstanze war vollkommen sprachlos, und so redete die Frau weiter: „Was halten Sie davon, wenn wir uns heute Abend treffen und über alles reden, am Grab meiner Schwester. In Bonn auf dem Alten Friedhof, um 24.00 Uhr. Wissen Sie, wo das Schumann-Grab ist? Ziemlich in der Mitte, da treffen wir uns."

Es dauerte ein bisschen, bis Konstanze realisiert hatte, dass die Frau ihr ein Treffen vorschlug, und dann dauerte es noch einmal, bis ihr klar wurde, dass dieser Vorschlag ihren Plänen ganz wunderbar entgegenkam. Rasch versicherte sie: „Ich werde da sein. Alter Friedhof, am Grab von Robert Schumann, 24.00 Uhr."

Jennifer Schwarz legte auf, und Konstanze stand mit dem Telefon in der Hand im Wohnzimmer und merkte plötzlich, dass ihr die Beine zitterten. Ein Whisky, eine Zigarette! Sie eilte in die Küche, nahm einen Schluck direkt aus der Flasche, ließ sich im Wohnzimmer in einen Sessel fallen, zündete sich eine Zigarette an, und auf einmal funktionierte ihr Verstand wieder. Sie brauchte die Pistole unbedingt heute noch!

Sie holte sich das Telefon und wählte Messners Nummer. „Hallo, Christian, wie sieht's aus? Bringst du mir gleich das vorbei, worum ich dich gebeten habe?"

Er schien einen Moment zu überlegen. „Ja, ich hab's hier. Ich bin in einer Stunde bei dir."

„Danke", sagte Konstanze mit extra viel Wärme und Zärtlichkeit in der Stimme. „Das werde ich dir nie vergessen. Du bist schon ein ganz besonderer Mensch."

Ob Messner sich davon beeindrucken ließ, konnte sie nicht beurteilen, denn er legte sofort auf.

*

Bonn, Polizeipräsidium
19.05 Uhr

Den Nachmittag hatten Andreas und Sascha damit zugebracht, durch die Gegend zu fahren und nach Jennifer zu suchen. Sie hatten bei sämtlichen Verwandten nachgefragt, bei Freunden (soweit bekannt) und Kommilitonen, aber niemand wusste etwas über ihren Verbleib.

Jetzt waren sie ins Büro zurückgekehrt, weil Ulli Bescheid gegeben hatte, dass er vor einer halben Stunde einen interessanten Anruf erhalten habe. Er war aufgezeichnet worden, und Andreas ließ ihn abspielen:

„Ja, hier ist Müller. Kann ich mal den Kommissar sprechen, der für den Mord an Ansgar Hammerschmidt zuständig ist?"

„Der ist gerade nicht da, ich verbinde Sie mit Kommissar Giersberg, der weiß auch Bescheid."

Ulli meldete sich. „Giersberg."

„Hier ist Müller. Sie kennen den Fall Ansgar Hammerschmidt?"

Ulli: „Klar."

Müller: „Schön, dann Folgendes: Ich weiß, dass sich Frau Konstanze Hammerschmidt eine Pistole besorgt hat. Aber ich weiß nicht, was sie damit anstellen will. Sie sagte nämlich kürzlich, sie wisse jetzt, wer ihren Sohn umgebracht hat."

Ulli: „Würden Sie mir Ihre Telefonnummer und – "

Der Anrufer legte auf, doch der Anruf konnte zurückverfolgt werden. Er kam aus Hammerschmidts Firma. Einen Herrn Müller gab es dort allerdings nicht.

„Die Hammerschmidt hat eine Waffe? Das hört sich gefährlich an", kommentierte Sascha.

„Ja, lebensgefährlich", fand auch Andreas. „Sie will den Mörder ihres Sohnes hinrichten – und das sollten wir ihr schleunigst ausreden! Auf in die Weberstraße!"

Draußen war es schwül-heiß wie im Amazonasbecken. Eine Viertelstunde später fanden sie wie von Zauberhand in unmittelbarer Nähe von Hammerschmidts Haus einen Parkplatz. Das war in der Bonner Südstadt eigentlich nahezu unmöglich. Die Frau öffnete ihnen bereitwillig die Tür und strahlte Andreas an, als sei er der willkommenste Gast seit Jahren.

„Ach, die Kommissare. Was kann ich für Sie tun?"

„Dürfen wir kurz reinkommen?"

„Natürlich." Sie führte sie ins Wohnzimmer, wo ein schlanker Mann in dunkler Anzughose und blauem Hemd auf dem Sofa saß. Er hatte kurzes, welliges, fast schwarzes Haar, das irgendwie feucht aussah. Anzugjacke und Krawatte hingen über einem Sessel. Wer war das? Konstanzes Freund?

„Das ist mein Geschäftsführer, Herr Messner." Konstanze wies mit ihrer stark beringten Hand zu dem Mann hinüber und wandte sich dann wieder lächelnd an Andreas: „Warum sind Sie hier, meine Herren? Haben Sie neue Spuren im Mordfall?"

„Nein, Sie wissen doch, wir sind nicht die Schnellsten." Andreas lächelte zuvorkommend zurück. „Aber ein anonymer Anrufer hat uns darüber informiert, dass Sie illegalerweise eine Schusswaffe im Haus haben sollen."

Konstanzes Lächeln gefror auf spektakuläre Weise. Sie schaffte es kaum, die erhobenen Mundwinkel in der richtigen Position zu halten. Ihr Blick flog zu Messner, der gewollt ausdruckslos durch den Raum starrte. Dann schien Hammerschmidt sich wieder gefangen zu haben.

„Ach was, eine Waffe?", zwitscherte sie. Wieder ein Blick von ihr zu Messner. „Wer erzählt denn so einen Unsinn?"

Andreas Lächeln wurde immer dünner. „Der Anruf schien aus Ihrer Firma zu kommen."

„Aus meiner – " Konstanze schwieg einen Moment, als sei sie überrascht, doch plötzlich griff sie sich eine Zigarette und verkündete: „Ich kann mir schon denken, wer das war! Ich hab da so einen sehr von sich selbst eingenommenen Mitarbeiter in leitender Position, der sicher gern Chef der Firma wäre! Er meint wohl, er könnte mich auf die Tour loswerden!"

Anscheinend konnte Andreas diese Argumentation nachvollziehen. „Wie heißt der Mann?"

„Ach, wissen Sie, das würde ich gerne selbst regeln!"

„Schön. Sie sagen also, Sie haben keine Pistole hier?"

Konstanze zog an ihrer Zigarette. Und lächelte wieder. Diesmal fast schon neckisch. „Nein, Herr Kommissar, ganz sicher nicht. Wenn Sie wollen, können Sie gern das Haus durchsuchen, von oben bis unten."

Andreas dachte ein paar Sekunden nach, schüttelte den Kopf und behauptete: „Nein, nein, ich vertraue Ihnen voll und ganz, Frau Hammerschmidt. Außerdem haben wir dafür keine Zeit, wir müssen einigen Hinweisen nachgehen."

„Ja, tun Sie das. Vielleicht finden Sie ja doch noch einen Verdächtigen." Sie inhalierte extra tief und schwieg.

Daraufhin verabschiedete sich Andreas kurz, und Sascha ging neben ihm her zurück zum Auto.

„Du glaubst der doch etwa kein Wort, oder?", wollte Sascha wissen, sobald er hinterm Steuer saß.

„Natürlich nicht! Ich werde die Frau ab sofort persönlich überwachen! Die hat was vor! Und ich wette, heute noch! Du schleichst dich jetzt hinters Haus und guckst nach, ob man von da abhauen kann! Ich will mit der Hammerschmidt nicht dasselbe Malheur erleben wie mit der Schwarz!"

Sascha nickte, stieg wieder aus und machte sich sofort auf den Weg um den Block. Es war eine schöne Gegend hier, so ruhig, fast vornehm. Viele der Häuser standen Mauer an Mauer an der Straße, zwischen anderen hindurch konnte man in die großen Gärten mit altem Baumbestand sehen.

Sascha lief jetzt den Bonner Talweg entlang, und plötzlich wurde ihm eins klar: Konstanze Hammerschmidt konnte, wenn sie es darauf anlegte, aus ihrem Garten durch andere Gärten und Hinterhöfe auf jede beliebige der vier Straßen des Blocks kommen!

Und die vier Straßen konnten sie unmöglich zu zweit alle gleichzeitig im Auge behalten.

*

Als die Kommissare weg waren, drehte sich Konstanze um und musterte Messner mit einem langen, bohrenden Blick. Der Mann hielt ihm drei Sekunden lang stand und schaute dann auf seine zarten Hände.

„Würdest du mir jetzt bitte die Pistole geben?", fauchte Konstanze.

Ohne ein Wort holte er sie aus dem teuren, schwarzen Aktenkoffer, der neben seinen Füßen stand, und legte die Waffe auf den Couchtisch.

„Ist sie geladen?"

Messner nickte.

„Zeig mir, wie man sie entsichert!"

Das tat er, schweigend und mit widerwilligem Gesichtsausdruck.

Anschließend schaute er zu Boden.

Konstanze legte die Waffe in eine Schublade des Wohnzimmerschranks und fuhr Messner an: „Du hast mich verraten! Warum?“

Messner sah nicht auf. „Ich habe mir Sorgen gemacht, dass dir oder jemand anderem was passiert. Es ist doch gerade so schön mit uns… Warum willst du das kaputtmachen?“

Jetzt war nicht der Zeitpunkt, ihm die Wahrheit zu sagen. „Ich will nichts kaputtmachen, und es wird auch niemandem was passieren! Du kennst mich doch! Warum vertraust du mir nicht einfach? Das macht mich ziemlich sauer!“

Konstanze zündete sich die nächste Zigarette an, stellte sich an die Terrassentür, schwieg und dachte nach. Wegen diesem Blödmann musste sie jetzt ihren Plan ändern! Verdammt noch mal! Wahrscheinlich wurde sie von nun an rund um die Uhr von der Polizei überwacht! Wegen Messners blödem Anruf! Herrgott, wie sie sich ärgerte!

Sie nahm einen tiefen Zug nach dem anderen, schwieg, überlegte, und allmählich formte sich eine Idee in ihrem Verstand.

Messner hatte es immer noch nicht gewagt, einen Ton von sich zu geben. Konstanze wandte sich ihm zu und stellte klar: „Hör gut zu, Christian, ich habe was Wichtiges zu erledigen, und du wirst mir bei den Vorbereitungen helfen, sonst rede ich nie wieder ein Wort mit dir, verstanden?“

Messner hob den Blick, in welchem eindeutig zu lesen war: *Du hast nicht mehr alle Tassen im Schrank!*

Verflixt, sollte sie ihm überhaupt etwas erzählen? Was, wenn er sie gleich wieder verpetzte?

„Ich weiß nicht, ob ich dir helfen will“, redete sich Messner heraus. „Kommt ganz drauf an, was ich tun soll, und was du eigentlich vorhast.“

Ja, das hatte sie sich gedacht! Also noch eine Planänderung. Sie drückte die Zigarette im Aschenbecher aus, setzte einen nachdenklichen Gesichtsausdruck auf, verschränkte die Arme und blieb an der Terrassentür stehen.

„Vielleicht hast du Recht“, räumte sie mit plötzlich sanfter Stimme ein. „Vielleicht sollte ich alles noch mal überdenken und eine Nacht drüber schlafen. Weißt du, ich möchte jetzt ein bisschen allein sein. Tust du mir den Gefallen? Wir reden morgen weiter über die Sache.“

Messner schien mit dieser Wendung mehr als einverstanden, nahm sein Köfferchen, drückte Konstanze einen Kuss auf die Wange, dachte auch an Jackett und Krawatte, die über dem Sessel hingen, und suchte das Weite.

Und dieser Mann glaubte tatsächlich, er sei der Richtige für Konstanze? Lächerlich!

Sie setzte sich und ging in Gedanken die Namen von Firmenmitarbeitern durch. Sie kannte sie alle. Alle 48. Sie fühlte sich für jeden einzelnen verantwortlich, wenn auch eher auf einer abstrakten Ebene. Und sie war fair gegenüber den Leuten. Sie handelte nach einem einfachen Prinzip: Die, die sich besonders für die Firma einsetzten, bekamen mehr Geld. Dazu zählte beispielsweise der kleine Hummelried, ein Mann in den Fünfzigern, intelligent, arbeitswütig, immer freundlich, immer zu einem Scherz bereit, und eben sehr klein und hager. Und während Konstanze über sein Erscheinungsbild sinnierte, hatte sie eine noch bessere Idee. Der Mann würde ihr helfen, ohne zu viele Fragen zu stellen!

*

Jenny schaute auf ihre Armbanduhr: Es war schon nach 20 Uhr. Zurzeit saß sie in einem unbequemen Korbstuhl auf dem kleinen Balkon ihrer alten Schulfreundin Annemarie, die sie seit drei Jahren nicht gesehen hatte, und die erst kürzlich nach Bonn in die Sebastianstraße gezogen war.

Natürlich hatten sie sich unendlich viel zu erzählen, und die Zeit flog nur so dahin. Und immer noch hatten sie ausreichend Gesprächsstoff.

„Möchtest du noch ein Eis?", fragte die blonde, etwas mollig gewordene Annemarie, die ihre Haare ganz kurz geschnitten trug, dafür aber riesige Ohrringe neben dem Gesicht baumeln hatte.

„Gerne", meinte Jenny, die den Verband um ihre Schulter kurzerhand auf einen Sportunfall geschoben hatte.

Als Annemarie aufstand, knirschte der Stuhl. Sie eilte in die Küche. Als sie zurückkam, fragte sie: „Wie wär's mit einem Gläschen Sekt zur Feier des Tages?" Annemarie stellte die Eisbecher, die üppig mit Schokosoße und Sahne dekoriert waren, auf dem schmalen, eckigen Klapptisch ab.

„Nee, du, ich muss wegen der Schulter Tabletten nehmen, und mir war schon vorhin von dem einen Glas Wein richtig komisch." Abgesehen davon hatte sie nachher noch einen wichtigen Termin.

Jenny nahm den gläsernen Eisbecher in die Hand und schaute auf den waldigen Hügel zur Rechten, dessen sommerliches Grün in der Dämmerung immer mehr zum Dunkelgrau wurde. Bald würde es völlig finster draußen sein.

„Wie heißt noch mal dein aktueller Freund?", wollte Annemarie zwischen zwei Löffeln Eis wissen.

„Ricardo", wiederholte Jenny und erzählte, wie sie diesen schönen, verschwiegenen Mann mit den schwarzen Locken kennengelernt hatte, und dass er völlig besessen von ihr war. „Er würde sogar einen Mord für mich begehen", fügte sie hinzu und musste darüber furchtbar lachen. Ja, es war ein furchtbares, ein verzweifeltes Lachen, das (ohne, dass sie es hätte verhindern können) auf einmal in erbärmliches Weinen umschlug.

Annemarie wusste anscheinend gar nicht, was sie tun sollte. Dann entschied sie sich dafür, erst die beiden halbvollen Eisbecher ins Tiefkühlfach zu bringen, bevor sie versuchte, Jenny zu trösten. Als Annemarie den Balkon verließ, schlug sich Jenny mehrmals ins Gesicht, aber diesmal half es nicht. Es half nicht! Und so berichtete sie nach Annemaries Rückkehr unter Tränen und Schluchzen vom tragischen Unfalltod ihrer schwangeren Schwester Laura. Und Annemarie, die sensible Seele, weinte herzlich mit.

Doch plötzlich wurde es Jenny wiederum zu viel. Irgendwann musste doch Schluss sein mit dem Heulen und Trauern, mit diesen ständigen, grässlichen Gedanken an die Vergangenheit! Sie hatte das Recht auf ein glückliches Leben!

Und heute Nacht (sie wischte sich die Tränen ab), heute Nacht würde sie einen Schlussstrich ziehen! Für sich und ihre Mutter! Ja, vor allem gehörte ein Schlussstrich unter das endlose Leid ihrer Mutter! Das war schlimmer als alles andere! Mit ansehen zu müssen, wie sie in ihrem Kummer versank und mitzuerleben, wie sich ihr Wesen in schrecklicher Art und Weise veränderte. Was aber würde passieren, wenn sie ihre Rache bekommen hatte?

Jenny erbat sich ein Taschentuch von Annemarie, schnäuzte sich und erklärte: „Ach, das hat gut getan, sich alles von der Seele zu reden… und jetzt essen wir unser Eis auf, ja?"

Auch Annemarie trocknete ihre Tränen, holte eilig das Eis zurück auf den Balkon und schon widmeten sich die beiden erfreulicheren Themen.

Gegen 23 Uhr wurde Jenny unruhig, sie wollte auf keinen Fall zu spät auf dem Friedhof sein. Annemarie versuchte sie zu überreden, bei ihr zu übernachten, aber Jenny lehnte ab und behauptete, Ricardo warte am Hauptbahnhof auf sie, um mit ihr nach Hause zu fahren. Sie verabschiedete sich und kam fünf Minuten später an der Bushaltestelle an. Dort stellte sie den schweren Trekkingrucksack auf einem der Plastiksitze ab. Eine Bogenlampe strahlte orangefarbenes Licht aus, niemand außer Jenny wartete auf den Bus.

Die Luft war immer noch so warm, dass Jenny nicht einmal ihre Jacke angezogen hatte. Es roch irgendwie nach Wald und nach Blumen, und einen Moment lang wünschte sie sich nichts sehnlicher, als diese schöne, stille Stimmung genießen zu können und einfach nur für ein paar Minuten glücklich zu sein.

Aber das ging nicht. Sie konnte nicht glücklich sein, solange diese Sache nicht erledigt war!

Der Bus kam, die Türen öffneten sich leise pfeifend, der Busfahrer grummelte ein leises „N'Abend!“ vor sich hin, und Jenny setzte sich mit ihrem Rucksack ganz nach hinten, weit weg von dem einzigen weiteren Fahrgast, einem jungen, bleichen Mann mit Kopfhörern in den Ohren und einer weißen Pappschachtel in der Hand, aus der er etwas zu sich nahm, das nach chinesischem Essen roch.

Jenny stieg am Stadthaus aus, schwang sich den Rucksack über die Schultern und marschierte Richtung Friedhof. Es war 23.38 Uhr – die Mörderin ihrer Schwester war sicher längst da. Jenny hatte die Frau nur einmal gesehen, nämlich als die Hammerschmidt ihrem Ansgar einen Kurzbesuch abstattete, genau zu der Zeit, als Jenny den fetten, verwöhnten Faulpelz ausspioniert hatte.

Rechts kam die Mauer des Alten Friedhofs in Sicht. Natürlich würde Jenny nicht den Haupteingang nehmen.

*

Bonn, Loestraße
22.30 Uhr

Andreas war für die Beobachtung der Loestraße zuständig, einer Parallelstraße der Weberstraße. Hier gab es eine Ausfahrt aus einem Hinterhof, die er besonders aufmerksam im Auge behalten wollte.

Allerdings hatte seine Aufmerksamkeit im Lauf der letzten Stunden schwer nachgelassen, zweimal waren ihm schon sekundenlang die Augen zugefallen. Hier war einfach nichts los. Kaum Kneipen bzw. deren Besucher, keine Touristen, anscheinend auch keine Hundebesitzer... Also fast kein Mensch auf der Straße, entsprechend wenige Autos.

Gerade riss er die Augen wieder auf, als ein kleiner, weißer Lieferwagen nicht eben geräuschlos auf ihn zukam, langsam an ihm vorbeifuhr, in die Hofeinfahrt einbog und wieder aus seinem Blickfeld verschwand. Hinter dem Steuer hatte ein nicht sehr junger, nicht sehr großer, schlanker Mann im dunkelblauen Overall, mit Schnauzer, Schirmmütze und Hornbrille gesessen.

Hatte er etwas mit Konstanze Hammerschmidt zu tun oder nicht? Da half nur nachsehen. Rasch informierte Andreas seinen Kollegen Sascha und die beiden anderen Polizeibeamten, die den Block observierten, stieg aus dem Auto und schlich sich zur Einfahrt.

Sie führte unter einem Gebäude hindurch in einen Hof mit mehreren Garagen und ein paar Stellplätzen. Dahinter Gärten und rundum die Rückseiten der umliegenden Häuser. In vielen Fenstern brannte noch Licht.

Als gehöre er dorthin, schlenderte Andreas in den Hof und versuchte unauffällig in den Lieferwagen hineinzusehen, der auf einem der Plätze stand: Der Wagen schien leer zu sein. Mist, wo war der Fahrer? War er ins zum Hof gehörende Haus gegangen oder hatte er sich durch die Gärten zum Haus der Hammerschmidt durchgeschlagen?

„Verflucht, was mache ich jetzt?“, murmelte Andreas ungehalten vor sich hin. Wenn der Lieferwagenfahrer in dem Haus hier wohnte, konnte sich Andreas (ergebnislos!) die ganze Nacht die Beine in den Bauch stehen! Wenn aber der Mann der Hammerschmidt helfen wollte, ungesehen aus dem Haus zu kommen, dann hatte Andreas hier einen Logenplatz!

Er entschied sich für sein Gefühl, dass heute Nacht noch etwas Bedeutsames geschehen würde, und rief Sascha an, der die Überwachung des Bonner Talwegs zwischen Weber- und Loestraße übernommen hatte. Er gab ihm die Nummer des Lieferwagens zur Überprüfung durch und wies ihn an, sein Auto so zu parken, dass er auch ein halbes Auge in die Loestraße werfen konnte.

Anschließend suchte sich Andreas ein Plätzchen, von dem aus er die hinteren Gärten im Visier hatte und an dem er sich notfalls auch verstecken konnte. Er stellte sich zwischen zwei metallene Müllcontainer, die nicht besonders gut rochen, und wartete ab.

Ein paar Minuten später brummte sein auf Vibration geschaltetes Handy und Sascha teilte ihm die neuesten Erkenntnisse mit: „Jetzt rate doch mal, zu welcher Firma der Lieferwagen gehört!"

„Zu einem Zahntechniker?"

„Was?"

„Mann, Sascha, wenn du schon so fragst, kann der Wagen ja wohl nur von Hammerschmidts Firma sein!", flüstere Andreas.

„Stimmt. Ich hab sofort den Geschäftsführer, du weißt schon, diesen Messner, angerufen und ausgequetscht, wer der Fahrer sein könnte. Von der Beschreibung her könnte es sich um Herbert Hummelried handeln, obwohl der seiner Erinnerung nach keinen Schnäuzer hat." Sascha holte kurz Luft. „Und die interessanteste Info ist die, dass Hummelried definitiv nicht in der Loestraße wohnt!"

„Ok, die haben was vor, haltet euch bereit! Ich melde mich."

Im Hof standen in entgegengesetzten Ecken zwei Laternen mit eher mäßig starkem Licht. Andreas duckte sich tiefer in den Schatten des einen Containers und spähte konzentriert zum Garten des Hammerschmidt-Hauses hinüber, der in völliger Dunkelheit versank.

Irgendwann warf Andreas einen Blick auf seine Armbanduhr: 23.07 Uhr. Als er wieder zum Garten hinüberschaute, glaubte er, eine Bewegung in den Büschen wahrzunehmen, die hinter einem nicht sehr hohen Gitterzaun standen. Und dann kletterte eine kaum zu sehende Gestalt in dunkler Kleidung über den Zaun und eilte über eine Rasenfläche zwischen den Gärten und den Parkplätzen auf den weißen Lieferwagen zu.

Andreas duckte sich tiefer. Die Person auf dem Rasen war zierlich, trug einen blauen Overall, eine Kappe, eine Hornbrille und einen Schnauzbart. Und sie gab sich redlich Mühe, sich möglichst männlich zu bewegen. Aber Andreas fand es nicht besonders überzeugend: Er verwettete sein neues (gebrauchtes) Auto darauf, dass die Gestalt im Overall Konstanze Hammerschmidt war.

*

Konstanze schloss den Lieferwagen auf, setzte sich hinters Steuer und wartete erst einmal ab. Sie spähte durch die Scheiben, aber nichts Verdächtiges war zu sehen.

Zwei Minuten später fuhr sie im Schritttempo durch den Hof und zur Ausfahrt hinaus. Sie bog nach links ab und kam zum Bonner Talweg, auf dem nicht mehr viel Verkehr herrschte. Statt Richtung Innenstadt fuhr sie Richtung Süden: Sie wollte wissen, ob sie verfolgt wurde.

Sie kurvte durch halb Poppelsdorf, und immer wieder fuhr der eine oder andere Wagen eine Zeitlang hinter ihr her, aber gerade, wenn sie dachte, das müsste die Polizei sein, bog das Auto ab, und sie war wieder allein unterwegs.

Nach zehn Minuten war sie der Überzeugung, dass sie diesen unfähigen, überheblichen Kriminalhauptkommissar überlistet hatte. Jetzt aber nichts wie los zum alten Friedhof!

Da sie sich nicht mehr mit dem Abschütteln von Verfolgern beschäftigen musste, trieben ihre Gedanken eine Weile ziellos von hier nach da, und von da nach dort und landeten plötzlich an einem dunklen Ort, in einem verdunkelten Wohnzimmer, in dem ein Mensch auf dem Boden lag, der einmal ihr Sohn gewesen war. Sie landeten bei dem Moment, als sie eben diesen Menschen umdrehte und in dieses völlig zerschmetterte, blutige Etwas von einem Gesicht schaute. Sie landeten bei der Ungeheuerlichkeit dieses Anblicks, der sie in den Wahnsinn hatte schleudern wollen. Aber das hatte Konstanze nicht zugelassen, und sie ließ es auch jetzt nicht zu!

Tief Durchatmen. Die nächste Zigarette. Beim Anzünden gerieten zwangsläufig ihre Finger in ihr Blickfeld. Die Finger! Warum musste dieses Dreckstück ihm auch noch die Finger abschneiden? Warum? Das war überflüssig gewesen! Das war demütigend gewesen! Das war –

Beruhige dich, um Himmels willen, beruhige dich! Du musst einen klaren Kopf behalten! Wenn sie was ahnt, wird sie verschwinden!

Konstanze war in der Bornheimer Straße angekommen und fand dort sogar einen freien Parkplatz. Sie rauchte ihre Zigarette zu Ende und zwang ihre Gedanken in eine andere Richtung: Sie hatte einen Auftrag zu erledigen und zwar so gut wie möglich! Darauf musste sie sich jetzt konzentrieren!

Ein letzter, tiefer Zug, dann nahm sie Kappe und Brille ab, riss sich den falschen Bart von der Oberlippe und stieg aus dem Lieferwagen. Eine Tasche hatte sie nicht dabei, alles, was sie brauchte, trug sie in den Taschen des Overalls mit sich. Neben dem Auto blieb sie eine Weile stehen und beobachtete die Umgebung. Es war nicht mehr viel los auf den Straßen. Ihr wäre garantiert aufgefallen, wenn man sie verfolgt oder beobachtet hätte.

Langsam schlenderte sie, sich immer wieder umsehend, zum Haupteingangstor des Friedhofs, einem gewaltigen, verschnörkelten Gittertor, von dem ganz rechts eine kleinere Gittertür abgetrennt war, aber natürlich waren beide verschlossen.

Konstanze war bereits am späteren Nachmittag hier gewesen, um sich ein Bild von den Örtlichkeiten zu machen; sie wusste, wie man in den Friedhof kam. Es gab nämlich ein paar Hinterhöfe, die an die Friedhofsmauer stießen, und dort standen Mülltonnen, auf die man klettern konnte.

Nachdem sie aufs Friedhofsgelände gesprungen war, duckte sie sich eng an die Mauer und lauschte. Nichts Verdächtiges zu hören. In ihrer nächsten Umgebung war es still, nur von den Straßen ringsum drangen ab und zu Motorengeräusche, auch Stimmen, Lachen und Hundegebell waren zu vernehmen. Von den Straßenlampen und Wohnhäusern sowie vom unverhüllten Halbmond schien ein wenig Licht auf Gräber und Büsche.

Immer noch in gebückter Haltung schlich Konstanze zwischen kaum mehr als einen Meter hohen Hecken auf das Zentrum zu, unter gewaltigen Platanen entlang, an uralten Grabsteinen, an steinernen Engeln, anderen Figuren und altertümlichen Mausoleen vorbei. In der Luft hing immer noch sommerliche Wärme und der Duft nach verblühenden Blumen.

Als sie am Grab Robert Schumanns ankam, blieb Konstanze stehen, legte die rechte Hand an die Pistole in der Overalltasche und schaute sich um. Die Schatten zwischen den hohen Bäumen und Büschen waren tiefschwarz.

Aus diesen Schatten ertönte plötzlich von rechts ein leises „Pst!“.

Konstanze zuckte zusammen, blickte nach rechts und sah nichts.

„Kommen Sie hier rüber“, verlangte die leise Stimme, aber Konstanze tat natürlich nichts dergleichen.

„Nein“, raunte sie zurück. „Kommen Sie erst mal da raus! Ich will Sie sehen!“

Ein paar Sekunden lang passierte nichts. Dann tauchte eine junge, schlanke Frau in Shorts und hellem Shirt neben dem mächtigen Stamm einer Kiefer auf. Sie trug einen Verband um die linke Schulter, ihr dunkles Haar war zu zwei lockeren Zöpfen geflochten.

„Sie also sind Jennifer Schwarz“, stellte Konstanze fest, und sie flüsterte nicht mehr. Warum auch? Und sie versuchte auch in keiner Weise den Hass, der in ihrem Innern zu explodieren drohte, zu unterdrücken. „Du also hast meinen Sohn ermordet!“

Die Frau rührte sich nicht von der Stelle, verschränkte die Arme und gab im gleichen kalt-verächtlichen Ton wie Konstanze zurück: „Und du bist das gottverdammte Stück Scheiße, das meine Schwester so elendig hat verrecken lassen!“

Ach, so lief das hier? Von wegen Gewissensbisse und Schuldgefühle! Das hatte sich Konstanze fast schon gedacht. Jetzt musste sie nur noch ein bisschen näher an die Person herankommen, damit sie ihr Ziel nicht am Ende noch verfehlte. Schließlich hatte sie noch nie eine Waffe in der Hand gehabt.

„Ich hab niemanden verrecken lassen!“, protestierte Konstanze und ging zwei, drei Schrittchen vorwärts. „Es war ein Unfall, und ich habe nur einen toten Mann im Wagen liegen sehen!“

„Ein Unfall?!“ Schwarz machte ihrerseits einen kleinen Schritt rückwärts. „Du hast ja keine Vorstellung, was deine liebe Freundin Angelika so alles ausgeplaudert hat!“ Noch ein Schrittchen seitwärts in Richtung Baumstamm. „Du bist betrunken Auto gefahren, Konstanze Hammerschmidt, und du hast gelacht und gerufen ‚Hier ist ja keine Sau unterwegs!‘, als du bei Rot über die Ampel gerast bist, ohne abzubremsen und mit über 120 Sachen! Das war vorsätzlicher Mord!“

„Nein, das stimmt nicht, ich bin…“ Wieso wollte sie es leugnen? Die Frau wusste doch Bescheid. Konstanze war stehen geblieben. Nein, sie ließ sich keine Schuldgefühle einreden! Wie hätte sie denn ahnen sollen, dass in dieser gottverlassenen Gegend (ja, tatsächlich gottverlassen) im gleichen Moment ein anderes Auto auf die Kreuzung fahren würde! Das war doch nichts als ein schrecklicher Zufall gewesen!

„Red keinen Müll!", fuhr Jennifer sie an. „Und tu nicht so, als wär dir nicht bewusst, was du angerichtet hast! Was ihr alle angerichtet habt!" Vor Wut war ihre Stimme lauter geworden, jetzt senkte sie sie wieder. „Du hast es ja nicht mal für nötig gehalten, den Notarzt zu verständigen! Nicht mal anonym!" Jennifer gab einen verächtlichen Laut von sich. „Aber ihr müsst ja noch einen draufsetzen, ihr jämmerlichen, feigen, alten Weiber! Ihr müsst ja noch behaupten – natürlich für den Fall, dass ihr auffliegt – mein Schwager wäre schuld gewesen! Er wär mit über zwei Promille bei Rot über die Ampel gerast!"

„Ja, das – "

„Ach, hör doch auf, du verlogene Schlampe!" Jennifer stand immer noch seitlich neben dem dicken Baumstamm. „Der Mann deiner Freundin, dieser Gideon Scheißkerl, der hat doch den Gerichtsmediziner bestochen! Und den werde ich mir auch noch vorknöpfen, das schwöre ich dir!"

Die Wut der Jennifer Schwarz machte Konstanze noch wütender. Diese Mörderin hatte kein Recht, sich ihr gegenüber so aufzuspielen! Was tat sie da überhaupt? Was hatte sie vor? Und obwohl Konstanze eine so dumme Frage gar nicht stellen wollte, stellte sie sie doch: „Was willst du von mir?"

„Dich genauso zu Brei schlagen wie deinen Sohn! Ich hab ihn umgebracht, damit du genauso leidest wie meine Mutter! Wenigstens so lange, bis du bekommst, was du verdient hast!"

Plötzlich beugte sie sich zur Seite, tauchte wieder auf und hatte ein schweres, metallenes Werkzeug von gut einem halben Meter Länge in beiden Händen. Konstanze kannte sich aus: Das war eine alte, massive Rohrzange.

Jennifer zischte: „Die Familien haben sich zusammengesetzt, und wir haben dich mit 8 zu 0 Stimmen zum Tode verurteilt!" Sie hob die Zange. „Hier, sieh genau hin! Da klebt noch Blut von deinem Sohn dran!"

Dieser Satz und ein Geräusch, das klang, als habe Jennifer ausgespuckt, knipsten das letzte Restchen Vernunft in Konstanzes Hirn einfach aus. Übrig blieb purer Hass. Sie zog die Pistole aus der Tasche, ging auf Jennifer zu und zielte auf sie. Die Frau riss erschrocken die Augen auf.

„Ja, da staunst du – das hast du einer alten Frau wie mir wohl nicht zugetraut! Du hast wohl gedacht, ich käme unbewaffnet! Du hältst mich wohl für blöd!"

„Nein", murmelte Jennifer und schaute an Konstanze vorbei. „Du gehst über Leichen, das wird mir jetzt klar."

„Das musst gerade du sagen! Ich werde dich – "

Plötzlich raschelte es links im Gebüsch, eine Gestalt, ganz in Schwarz gehüllt, tauchte auf und kreischte: „Nein, tun Sie ihr nichts! Bitte, hören Sie auf damit! Ich bin schuld, ich hab sie dazu angestiftet!"

Konstanze glaubte es ja kaum – die Mutter? Hatte sich versteckt und wollte zusehen, wie ihre Tochter die angebliche Mörderin zu Tode prügelte? Was war das für eine Familie? Lauter Verrückte?

Mutter Schwarz hatte sich ein Tuch um den Kopf geschlungen, sodass ihr Gesicht kaum zu erkennen war. Beschwörend oder eher beschwichtigend hatte sie ihre Hände ausgestreckt und flehte Konstanze mit Inbrunst an: „Bitte, nehmen Sie mir nicht auch noch meine andere Tochter! Das dürfen Sie nicht tun! Bitte!"

Konstanze blaffte zurück: „Ich habe Ihnen Ihre erste Tochter nicht genommen! Hören Sie? Das war verdammt noch mal ein Unfall! Das war der beschissene Zufall! Nicht ich, kapieren Sie das nicht?"

„Doch, doch", beeilte sich die Frau zu sagen. „Ich sehe das jetzt ein, es war ein Unfall, Sie hatten gar nichts damit zu tun. Bitte, lassen Sie uns einfach gehen, wir – "

Für zwei, vielleicht auch drei Sekunden streifte ein tiefer Schmerz, gepaart mit allem Verständnis der Welt für diese Frau, Konstanzes Seele, aber dann fiel sie ihr heftig ins Wort: „Ihre Tochter da", Konstanze wies mit der freien Hand zu Jennifer hin, „dieses hinterhältige Miststück hat mein einziges Kind ermordet! Ermordet! *Das* war kein Unfall! Sie hat mir das Kostbarste genommen, was ich auf dieser elenden Welt hatte! Das kann ich nicht einfach hinnehmen!"

„Nein!", schrie die Mutter, fiel auf die Knie und faltete sogar die Hände. „Nein, dann töten Sie mich! Ich bin schuld! Verschonen Sie meine Tochter! Ich will sowieso nicht mehr leben, wenn Sie mir Jenny nehmen! Erschießen Sie mich, bitte!"

Konstanze zielte immer noch auf Jenny, und gerade als sie dachte, nun müsse aber das Zögern ein Ende haben, geschah etwas Unerwartetes. Von schräg hinter ihr ertönte eine energische Stimme:

„Hier wird überhaupt niemand erschossen! Frau Hammerschmidt, legen Sie sofort die Waffe auf den Boden! Hier ist die Polizei! Frau Schwarz, nehmen Sie die Zange runter! Frau Hammerschmidt, Sie sollen die Pistole weglegen!"

Ein leichter Schwindel trudelte durch Konstanzes Hirn. Ihr war schwindlig vor Zorn. Wollte ihr das Schicksal schon wieder einen Strich durch die Rechnung machen? Jetzt – so kurz vor dem Ziel? Das würde sie ihm nicht erlauben! Sie war hier, um den Mord an ihrem Sohn zu rächen! Und für einen Moment sah sie Ansgar wieder vor sich, wie er dalag in seinem Blut, ohne Gesicht, mit den abgeschnittenen Fingern, und niemand, niemand hatte das Recht zu leben, der ihren Sohn auf diese Weise umgebracht hatte!

„Frau Hammerschmidt, wir werden auf Sie schießen, wenn Sie nicht sofort die Waffe weglegen! Haben Sie das verstanden?", rief einer der Kommissare.

„Bitte, bitte tun Sie Jenny nichts!", jammerte wieder die Mutter.

Der Kommissar: „Seien Sie doch vernünftig, Sie können Ihren Sohn nicht mehr lebendig machen!"

Die Mutter: „Ich bin schuld, bitte verschonen Sie meine Tochter!"

Der Kommissar: „Machen Sie sich nicht unglücklich, Frau Hammerschmidt!"

Die Mutter: „Bitte, schenken Sie ihr das Leben!"

„Hört auf!", schrie Konstanze und rannte los in die Richtung, aus der keine Stimmen kamen, und noch im Losrennen gab sie zwei Schüsse auf Jennifer Schwarz ab. Haken schlagend wie ein Hase eilte sie auf eine Hecke zu, und noch während sie floh, hörte sie eine weibliche Stimme ein hysterisches „Nein!" in die dunkle Nacht brüllen.

*

Auch Sascha vernahm den Schrei. Aber darum kümmerte er sich jetzt nicht – er rannte hinter Hammerschmidt her, die eben im dichten Strauchwerk untertauchte.

Bisher hatte er noch nicht geschossen, weil er nicht auch noch blindlings in der Nacht herumballern wollte. Jennifer Schwarz jedenfalls war zusammengebrochen, nachdem Hammerschmidt gefeuert hatte.

Sascha wandte sich nach links und ging hinter einem Baum in Deckung. Da er nicht viel sehen konnte, versuchte er zu hören, wohin sich die Hammerschmidt bewegte, aber durch das nervenaufreibende Wehklagen von Jennifers Mutter war auch das nicht möglich.

Hoffentlich hatten wenigstens Jörg und Ulli inzwischen den hinteren Ausgang erreicht, um die Hammerschmidt von dort aus in die Zange zu nehmen.

Zehn Meter weiter vorne bewegten sich ein paar Blätter! War das die Hammerschmidt? Was wohl sonst? Großwild? Sascha pirschte sich, mit der Waffe in der Hand und immer wieder Deckung suchend, näher heran.

Da, wieder eine Bewegung in den Büschen, fünf Meter weiter. Wo wollte die Frau hin? Kannte sie sich hier aus? Sascha jedenfalls nicht. Er lief auf die Büsche zu und blieb stehen. Jetzt war wieder alles ruhig. Wahrscheinlich kauerte sie keine zwei Meter von ihm entfernt in der Dunkelheit hinter einem der riesigen, uralten Grabsteine. Und er hatte nicht einmal eine Taschenlampe. Und bot vermutlich ein hervorragendes Ziel!

Schnell duckte er sich in den Schatten eines steinernen Engels, verhielt sich still und versuchte, ein Geräusch zu orten, aber hinter ihm, dort, wo Jennifer Schwarz zu Boden gegangen war, jammerte herzerweichend ihre Mutter: „Nein! Tu mir das nicht an! Bitte, Jenny! Nein!"

Plötzlich knirschte ein Steinchen hinter ihm. Sascha fuhr der Schreck durch die Glieder. Verdammt, wer war das? Er wollte sich eben erheben und umdrehen, als er etwas Hartes an seinem Hinterkopf spürte.

„Wirf die Waffe weg!", zischte Konstanze Hammerschmidt leise. „Los, wirf sie weg, oder du bist tot!"

Sascha erstarrte. Im Bruchteil einer Sekunde nahm er Dinge wahr, die ihm vorher kaum aufgefallen waren: die warme, leicht feuchte, irgendwie nach Friedhofserde riechende Luft, weiter entfernte Geräusche wie das Lachen eines Mannes und das Quietschen von Reifen, dumpfe, hohle Laute von irgendeinem Nachtvogel, dazwischen das Wehklagen der Mutter, der helle Schein des Halbmonds, der am klaren Himmel stand und die alten, steinernen, bemoosten Statuen beleuchtete... und der Gedanke blitzte ihm durchs Hirn, dass dies alles vielleicht das Letzte war, das er in seinem Leben wahrnahm.

Er verbot sich diesen Gedanken. Was war zu tun? Im Moment hatte er keine andere Möglichkeit, als die Pistole einen knappen halben Meter weit wegzuwerfen und zu antworten: „Geben Sie auf, Frau Hammerschmidt! Der Friedhof ist umstellt, Sie kommen hier nicht weg!"

Die Frau wirkte verärgert. „Wieso sind Sie überhaupt hier?"

Sascha redete drauflos, in der Hoffnung, dass ihm jemand in der Zwischenzeit zu Hilfe kam. „Sie scheinen uns tatsächlich für blöd zu halten! Wir haben Sie verfolgt – oder meinen Sie, wir merken nicht, wenn Sie sich als Mann verkleidet aus dem Haus schleichen?"

„Ja, anscheinend habe ich alles immer nur falsch gemacht in meinem Leben", murmelte die Frau. „Den falschen Mann geheiratet, meinen Sohn nicht richtig erzogen und schreckliches Unglück über meine einzigen Freundinnen gebracht." Sie sprach noch leiser. „Und nach dem Unfall… da habe ich wohl die falscheste aller Entscheidungen getroffen. Wir hätten da bleiben sollen, ich hätte zu dem stehen sollen, was ich getan habe. Aber eins schwöre ich hoch und heilig und bei meinem armen, ermordeten Sohn: Ich habe die Schwangere nicht gesehen! Ich wusste nichts von der Frau! Ich schwöre es!"

Auf einmal war der Druck auf Saschas Hinterkopf verschwunden. Sie hatte die Pistole weggenommen. Durfte er es wagen, sich umzudrehen? Er erhob sich und tat es einfach.

Konstanze stand keine zwei Meter von ihm entfernt und hielt sich die Waffe unters Kinn.

„Frau Hammerschmidt, das sollten Sie nicht tun, das ist doch auch kein Ausweg!", beschwor er sie.

„Da bin ich anderer Meinung – ich finde, es ist der einzige Ausweg."

Auf einmal sagte jemand hinter Sascha: „Frau Hammerschmidt, Sie sind sicher vieles, aber doch kein Feigling! Stellen Sie sich der Sache *jetzt*!" Das war Andreas.

„Warum? Nennen Sie mir *einen* Grund."

Andreas zögerte. Fiel ihm auf die Schnelle nichts ein? Dann aber meinte er: „Es widerspricht doch völlig Ihrem Selbstbild von einer starken, unverwüstlichen Frau, jetzt so abzutreten!"

„Ach, wissen Sie, wenn ich tot bin, ist mir mein Selbstbild ziemlich egal. Nein, ich habe meine Aufgabe erfüllt, und es gibt nichts mehr, was in dieser Welt noch eine Bedeutung für mich hat. Mir ist nur eins geblieben: Die Freiheit zu entscheiden, wann ich gehe."

„Ja, aber sollte man eine so weitreichende Entscheidung nicht noch mal überschlafen?"

Konstanze lachte hysterisch auf. „In der Zelle oder wie? Tut mir leid, wenn Ihnen die Täter ausgehen. Nein, das hier ist meine letzte Chance."

„Frau Hammerschmidt, überlegen Sie sich – "
Der Knall hallte über den Friedhof, die Frau sackte zusammen.

*

Andreas, der sich für die Überwachung wie immer perfekt ausgestattet hatte, zog eine Taschenlampe aus der Jackentasche und beleuchtete Konstanze Hammerschmidt, die im blauen Overall und mit blutigem Hals vor ihm auf dem Weg lag. Er fasste sie nicht an. Aber es war unwahrscheinlich, dass sie den Schuss überlebt hatte.
„So was sollte nicht passieren", murmelte er.
„Ich finde, wir haben alles getan, was wir konnten. Besser, sie erschießt sich als uns, ich hatte schließlich schon ihre Pistole am Kopf", beschwerte sich Sascha.
„So kann man es auch sehen."
„Ja, so seh ich das! Wie geht's Jennifer Schwarz?"
„Die erste Kugel ging anscheinend vorbei, die zweite traf sie in den Bauch. Aber vorhin, als ich den Arzt verständigte, lebte sie noch." Andreas wandte sich ab und ging Richtung Familie Schwarz. „Die Mutter wollte also der ‚Hinrichtung' beiwohnen. Wenn sie Pech hat, verliert sie auch noch ihr anderes Kind."
„Ja, Rache bringt nichts, außer neuem Leid", bestätigte Sascha, der Andreas folgte.
Jenny Schwarz lag leichenblass in den Armen ihrer am Rande des Wahnsinns balancierenden Mutter, die unaufhörlich murmelte: „Du bleibst hier, du gehst nicht, du bleibst bei mir, hörst du, du gehst nicht, du…"

*

Bonn
Freitag, 17. September, 10.25 Uhr

Sascha fuhr gut gelaunt die Kurven nach Oberkassel hinunter. Der Fall war so gut wie gelöst, Rosamaria de Santos hatte auch nichts mehr von sich hören lassen, und Annika würde nun doch nicht Filialleiterin werden. Vorerst würde sie vier Vormittage pro Woche auf ihrer alten Stelle arbeiten, und die beiden Omas hatten sich darum gerissen, Gabriel in der Zeit betreuen zu dürfen, denn die Sache mit dem Kita-Platz hatte sich auch zerschlagen.

Alles lief in Saschas Sinne, und heute würde es wieder sonnig und warm werden, ein schöner Tag… wenn auch nicht für jedermann. Besonders nicht für die Mutter von Jennifer Schwarz. Der Notarzt hatte noch in der Nacht bezweifelt, dass die junge Frau durchkommen würde. Der Schuss hatte eine Bauchschlagader verletzt, und Jennifer Schwarz war kurz davor zu verbluten. Wie ihre Schwester. Wie beschissen war das denn?

Sascha verbannte diese Gedanken und freute sich lieber auf das Wochenende, das er mit seiner Familie wohl wieder im Schwimmbad verbringen würde.

Zehn Minuten später traf er im Büro ein, wo Andreas schon am Schreibtisch saß, im Hemd mit hochgekrempelten Ärmeln, er trug selten T-Shirts. Er sah genauso müde aus, wie Sascha sich fühlte. Sie hatten nicht viel Schlaf bekommen letzte Nacht.

„Einen schönen guten Morgen“, begrüßte er Sascha, und sein Lächeln wirkte zum ersten Mal seit fast zwei Wochen nicht angespannt.

Sascha begab sich gleich zur Kaffeemaschine und bediente sich. „Morgen. Was gibt's Neues?“

Andreas guckte wieder ernst. „Jennifer Schwarz ist heute Nacht verstorben. Die Mutter musste ins LKH, und der Rest der Familien wurde heute früh verhaftet. Wir haben gleich einiges zu tun. Ich hab auch Lorna Dreesbach noch mal hierher bestellt. Sie müsste jeden Moment auftauchen.

Fünf Minuten später war sie da: im dunkelblauen, wallenden Kleid mit passenden Schuhen, Tasche und Hut. Andreas bot ihr einen Kaffee an, den sie auch annahm, und redete nicht lange um den heißen Brei herum.

„Frau Dreesbach, vielleicht wissen Sie es schon: Frau Hammerschmidt hat sich heute Nacht selbst erschossen.“

Dreesbach riss Augen und Mund auf, verharrte ein paar Sekunden in dieser Stellung, machte den Mund wieder zu und blickte auf ihre Hände, während Andreas ihr die Umstände erläuterte. Schließlich holte sie ein Papiertuch aus ihrer dunkelblauen Handtasche und tupfte sich damit die Augen ab.

„Jetzt habe ich also alle meine Freundinnen verloren“, stellte sie bitter fest.

Andreas schien verwundert. „Das nennen Sie Freundinnen?“

„Ja! Wir kannten uns seit über zwanzig Jahren, und jede hatte ihre Macken, die habe ich auch, aber wir hatten trotzdem viel Spaß miteinander!“, behauptete Lorna trotzig. „Haben Sie eine Ahnung, wie schwer es ist, in unserem Alter neue Freunde zu finden?“

Auf diese Thematik wollte sich Andreas anscheinend nicht einlassen. „Frau Dreesbach, Sie können also bestätigen, dass Frau Hammerschmidt im November letzten Jahres betrunken ins Auto gestiegen ist, mit hoher Geschwindigkeit eine rote Ampel überfahren und damit den Unfall verursacht hat?“

„Ja.“

„Und sie hat auch die Lackspuren zu entfernen versucht und dann darauf gedrängt, sich vom Unfallort zu entfernen?“

„Ja.“

„Weiterhin hat sie Gideon Jakob eingeweiht und ihn dazu gebracht, den Gerichtsmediziner zu bestechen?“

„Genau.“

„Und sie hat Sie und die beiden anderen Damen dazu überredet, den Mund zu halten?“

Lorna schaute aus dem Fenster. „Leider ja. Im Nachhinein tut mir das alles so furchtbar leid. Konstanze hatte so eine… so eine autoritäre Art an sich. Sie wollte immer alles kontrollieren. Auch uns. Wenn ich gewusst hätte, wie das alles endet…“ Sie schwieg und betupfte wieder ihre Augen.

„Aber immerhin waren Sie es, die uns auf die richtige Spur gebracht hat“, versuchte Andreas sie ein bisschen zu trösten.

„Ja, aber hätte ich Ihnen früher von meiner Ahnung erzählt…“

Andreas sagte darauf nichts mehr. Wie es aussah, wollte sich die Frau ja unbedingt schuldig fühlen. Vielleicht lernte sie daraus etwas für ihr restliches Leben.

Nachdem Lorna gegangen war, ließ sich Andreas den braun gebrannten Ricardo Lopez mit der schwarzen Mähne bringen. Der Mann blieb recht ungerührt, als er von Jennifer Schwarz’ Tod erfuhr. Überhaupt tat er immer noch so, als habe er mit den Morden nichts zu tun.

Andreas reagierte genervt. „Gut, Herr Lopez, vielleicht haben Sie niemanden ermordet, weil Sie Pech hatten oder einfach nicht zum Killer taugen! Aber die zwei Mordversuche an Allegra Dreesbach gehen auf

Ihre Kappe!“ Andreas tippte mehrmals nachdrücklich mit dem Zeigefinger auf die Schreibtischplatte. „Sie haben die Frau in den Wald über der Dornhecke gelockt, weil Jennifer Schwarz sie erschlagen wollte. Das hat ja Mutter Dreesbach mit ihrer hartnäckigen Suche verhindert. Also haben Sie Allegra in der Klinik die Tabletten verabreicht, die sie fast das Leben gekostet hätten! Sie sind der Einzige, der das Motiv und die Gelegenheit dazu hatte!“

Lopez schaute hoch und schenkte Andreas einen beinah gelangweilten Blick. „Das können Sie mir überhaupt nicht nachweisen.“

Andreas senkte die Stimme. Sie klang eisig. „Ich versichere Ihnen – wir werden einen Bewies finden!“

Daraufhin sagte Lopez nichts mehr, und Andreas ließ ihn wegbringen.

Als nächster saß Colin Körber, der Mann mit den babyblauen Unschuldsaugen, vor Andreas' Schreibtisch. Im Gegensatz zu Lopez brach er fast zusammen, als er von Jenny Schwarz' Tod hörte.

„Nein“, hauchte er, bedeckte mit beiden Händen sein Gesicht, schüttelte gleichzeitig den Kopf und gab ein „Nein“ nach dem anderen von sich, wobei die Neins immer lauter und wütender wurden, bis er schließlich die Hände herunterriss und anfing zu toben. Nur mit Hilfe zweier weiterer Kollegen konnte er gebändigt werden. Eine Viertelstunde später hockte er heulend auf seinem Stuhl und schwor Rache.

„Verdammt noch mal!“, wetterte Andreas. „Haben Sie immer noch nicht genug von Ihren Scheiß-Rachephantasien? Ist Ihnen eigentlich klar, dass Ihre Jenny an ihrer Ermordung nicht ganz unschuldig ist? Und haben Sie einen Plan B, für den Fall, dass Sie sich nicht mehr rächen können? Weil sich die Täterin nämlich schon selbst gerichtet hat?“

Diese Nachricht brachte Körber, sofern das überhaupt möglich war, noch mehr aus der Fassung. Andreas schlug sogar vor, einen Arzt kommen zu lassen. Aber dann rauchte Körber drei Zigaretten hintereinander, und dann ging es erst einmal wieder.

„Herr Körber“, begann Andreas, „Sie behaupten immer noch, Sie hätten Angelika Müschberg auf der Kirmes nicht mit einer Plastikplane erstickt?“

„Blödsinn!“, brummte er und schaute weg. Sascha hatte den Eindruck, dass der Mann kurz vorm Einknicken war. Der war fertig. Der *wollte* reden.

Andreas hatte es wohl auch gemerkt, denn er ließ seine Stimme plötzlich sanft und verständnisvoll klingen. „Herr Körber, Sie werden sich sehr viel besser fühlen, wenn Sie mir alles erzählen. Was ist an jenem Sonntagabend auf Pützchens Markt passiert?"

Colin Körber zündete sich noch eine Zigarette an. Andreas öffnete trotz der Hitze das Fenster und ließ ihn gewähren.

Und auf einmal fing er an zu reden: „Als mir klar war, was für ein Auto mir die Müschberg da andrehen wollte, hab ich sofort Jennys Eltern davon erzählt. Meine Tante ist echt durchgedreht und musste wieder Tabletten nehmen. Dann hat sie von mir verlangt, dass ich die Frau wegen dem Unfall ausquetsche." Körber inhalierte heftig. „Ich wollte die Müschberg zu Hause besuchen, aber da kamen gerade die zwei Frauen an, und dann sind sie zu dritt auf die Kirmes gegangen. Ich hinter denen her, und als die Müschberg dann allein nach Hause wollte, hab ich sie hinter den Zaun gezerrt und ausgefragt, aber die wollte nicht so recht mit der Sprache rausrücken. Das machte mich wütend… Also hab ich ihr ein bisschen auf die Sprünge geholfen. Als ich alles wusste, bin ich derart ausgerastet, dass ich… also ich hab kaum noch mitbekommen, was ich da tat, ich meine, ich kannte Laura und Jenny doch, seit ich klein war, und ich hab sie beide irgendwie geliebt, und man kann doch keinen Menschen einfach so verrecken lassen, und die Müschberg versuchte dauernd, sich da rauszureden! Ich wollte einfach nichts mehr hören von ihren Lügen, und dann hab ich wohl die Plane genommen und…"

Körber zog an der Zigarette und schwieg, während Andreas verständnisvoll mit dem Kopf nickte. „Nun gut, dass kann ich irgendwie nachvollziehen. Und wie war das mit der Ermordung von Patrick Jakob?"

Körber zögerte keine Sekunde. „Das war wirklich Ricardo!"

„Aha, wirklich. Wir haben aber weit hinten im Garten, unter den Büschen, ein Papiertaschentuch gefunden. Vielleicht haben Sie es in Ihrem aufgewühlten Zustand weggeworfen oder auch einfach nur verloren. Aber ganz sicher haben Sie sich damit die Spritzer von Patrick Jakobs Blut abgewischt! Denn an diesem Taschentuch, Herr Körber, waren Ihre DNA-Spuren! Sie können also gleich ein Geständnis ablegen!"

Körber schaute zum Fenster hinaus und schwieg.

Andreas wartete eine Minute lang, dann fragte er weiter: „Und wer hat Ansgar Hammerschmidt erschlagen?"

Colin überlegte und meinte schließlich, immer noch nach draußen schauend, widerwillig: „Jenny."

„Und der Mordversuch an Allegra Dreesbach?"

„Auch Jenny."

„Sie wussten also über alles Bescheid und haben nichts dagegen unternommen? Das ist auch ein Straftatbestand", klärte Andreas ihn auf.

Das erfreute Colin nun gar nicht. Er regte sich wieder auf, und man ließ ihn zurück in seine Zelle bringen.

*

Andreas fühlte sich zufrieden, aber irgendwie erschöpft. „Tu mir einen Gefallen, Sascha", bat er. „Fang schon mal mit den Berichten an. Ich geh schnell was essen und leg mich zu Hause noch ein, zwei Stündchen aufs Ohr. Dann bin ich wieder da."

„Ok", murmelte Sascha und wirkte nicht begeistert.

Als Andreas auf den Flur trat, kam ihm Renate entgegen, in schwarzer Hose und hellblauer Bluse mit kurzen Ärmeln. Sie sah darin ziemlich schlank aus, und schaute ernst und leicht angespannt drein, fand Andreas.

„Habt ihr noch was entdeckt?", fragte er betont sachlich.

„Ja, in Lopez' Wohnung lag ganz hinten in einer Schublade versteckt eine Schachtel mit Penizillin-Tabletten. Drei fehlten."

„So ein Schweinehund! Der wollte anscheinend sicher gehen. Aber das könnte unser fehlender Beweis werden."

„Gehst du was essen?"

„Weiß noch nicht", antwortete Andreas vorsichtig. „Vielleicht verschwinde ich auch nach Hause, mir fehlen definitiv ein paar Stunden Schlaf.

„Ach, stimmt ja. Da war wohl ordentlich was los heute Nacht auf dem Friedhof." In ihren himmelblauen Augen leuchtete es.

„Du wärst wohl gern dabei gewesen?"

„Klar. Schon vergessen? Ich bin auch Polizeibeamtin."

Andreas hatte den Verdacht, dass sie ihm damit etwas Bestimmtes sagen wollte. Geh auf nichts ein, mach dich aus dem Staub!

„Nein, das habe ich nicht vergessen. Also dann…" Er wollte sich gerade verdrücken, als sie fragte: „Und, was machst du so am Wochenende?"

Andreas verspürte einen Anflug von Panik. Er musste unbedingt etwas Abschreckendes sagen. Also lächelte er dünn und antwortete: „Na, was schon! An den Wochenenden reiße ich Frauen auf. Als Mann braucht man das."

Ohne sich um Renates Reaktion zu kümmern, eilte Andreas an ihr vorbei und machte, dass er aus dem Präsidium kam.

Mörderische Habgier

288 Seiten, 125 x 190 mm, Softcover,
9,95 €
ISBN 978-3-939908-85-2

Irgendwie schien das Licht im Raum dunkler zu werden… Gott, sie fiel doch jetzt nicht in Ohnmacht!? Es war unheimlich still in der Bank, alles lief ab wie in einem Stummfilm ohne Klavierbegleitung… Weder Gianfranco noch der Bankräuber gaben einen Laut von sich. Niemand hustete, niemand schrie. Ein Schuss fiel. Laut, unerwartet, schrecklich.
Die Hauptkommissare Andreas Montenar und Sascha Piel von der Bonner Mordkommission haben einen kniffligen Fall zu lösen: wie hängen ein Banküberfall, zwei ermordete Männer, zwei tote Frauen und eine Geiselnahme in der Bonner U-Bahn zusammen?

Alles hat seinen Preis

256 Seiten, Softcover, 125 x 190 mm,
9,99 €
ISBN 978-3-941557-73-4

Ein 13jähriger Junge verschwindet spurlos aus einer Neubausiedlung in Beuel. Während den Ermittlungen stellen Andreas Montenar und Sascha Piel fest, dass die Kindesentführung nicht das einzige Verbrechen in dieser Siedlung ist…

„Angegangen. In einem Zug durchgelesen. Für gut befunden!“
(L. Kroner, Kriminalhauptkommissar)

Bestellen Sie einfach im örtlichen Buchhandel,
oder direkt im Verlag:

Edition Lempertz
Hauptstrasse 354, 53639 Königswinter
Tel.: 0 22 23 / 90 00 36, Fax: 0 22 23 / 90 00 38
E-Mail: info@edition-lempertz.de